Michael Siefener
Hexennacht

Michael Siefener, geboren 1961, promovierter Jurist, wandte sich 1992 von seinem Beruf ab und lebt seitdem als freier Schriftsteller und Übersetzer im Rheinland. Er veröffentlichte zahlreiche Romane und Kurzgeschichtensammlungen, hauptsächlich im Genre der Phantastischen Literatur.
Nach »Somniferus« ist »Hexennacht« sein zweiter Roman im Programm des KBV.

Michael Siefener

Hexennacht

KBV
KRIMI

Originalausgabe

www.kbv-verlag.de
E-Mail: info@kbv-verlag.de
Telefon: 0 65 93 - 99 86 68
Fax: 0 65 93 - 99 87 01
Umschlagfoto: Theo Broere
Redaktion, Satz: Volker Maria Neumann, Köln
Druck: Grenz-Echo AG, Eupen
www.grenzecho.be
Printed in Belgium
ISBN 3-937001-44-1

Zum Andenken an Andrea
und
für Silke

1. Kapitel

Arved Winter kam sich wie ein Hochstapler vor, als er hinter dem großen Holzlenkrad des alten Bentley Platz nahm, die Tür zuzog, die mit einem sanften Geräusch ins Schloss fiel, und den Motor startete. Er fuhr rückwärts aus der Garage auf die enge, ruhige Palmatiusstraße, schob dann den Lenkradhebel der Getriebeautomatik vorsichtig auf *D*, tastete sich in die Thebäerstraße vor und bremste heftig, als ein kleiner Volkswagen, den er wegen der breiten Dachsäule seines Bentley nicht rechtzeitig gesehen hatte, hupend vor ihm vorbeibrummte. Winters Herz raste. Er strich sich das wirre blonde Haar aus dem Gesicht. Was für ein Tag. Zuerst der Brief – und jetzt das.

Mit Schrittgeschwindigkeit bog er in die Thebäerstraße ein. Vor ihm erhob sich St. Paulin mit seiner barocken Südfassade in Gelb und Weiß, die mit dem Grün der sie einrahmenden Ahornbäume und dem Blau des kalten Frühlingshimmels kontrastierte. Der riesige Bentley glitt an dem Märtyrerkreuz vor der Kirche vorbei und hin zur Paulinstraße. Arved Winter warf einen Blick in den Rückspiegel. Der hohe Turm mit den Voluten und Obelisken war wie ein Finger, der in den Himmel wies. Arved Winter schaute lieber wieder auf die Straße. Er schluckte; Tränen sammelten sich in seinen Augen.

Fünf Jahre war er Pastor an St. Paulin gewesen.

Vorbei.

Heute Morgen hatte er den bischöflichen Suspendierungsbescheid erhalten. Natürlich hatte Arved ihn erwartet, doch schwarz auf weiß lesen zu müssen, dass er ab nun kein Seelsorger mehr war, hatte ihn mehr geschmerzt, als er erwartet hatte.

Lange stand er an der Ampel vor der Paulinstraße. Als es endlich Grün wurde, fuhr er stadtauswärts, vorbei an dem großen alten Friedhof, dessen gusseiserne Engel seltsame Schatten über die Straße warfen, hin zum Verteilerkreis und von dort auf die Autobahn, weg aus Trier.

Er gab Gas. Der schwere Wagen beschleunigte erstaunlich schnell. Arved bemerkte, wie die Insassen der ihn überholenden Autos sein außergewöhnliches Gefährt anstarrten. Manche nickten anerkennend, manche schienen sich über ihn lustig zu machen. Es war ihm peinlich. So hatte er sich seine erste Ausfahrt nicht vorgestellt.

Doch der tief blaue Himmel, das frische, frühe Grün des erwachenden Jahres und auch der angenehme Geruch von altem, gepflegtem Leder und Holz halfen dabei, seine Stimmung wieder ein wenig zu heben.

Er fuhr auf die A1 ab, in Richtung Eifel. Heute war ihm danach, in Waldeinsamkeit und Bachesraunen mit sich allein zu sein.

Weg von dem schlimmen Brief, der sein endgültiges Scheitern dokumentierte, fort von diesem dunklen Haus, in das er erst vor wenigen Tagen umgezogen war, fort von den beiden schwarzen Katzen, die ihm bisweilen wie zwei kleine Dämonen erschienen.

Wenn er an Dämonen geglaubt hätte.

Das dreißig Jahre alte Coupé nahm mühelos die ersten Steigungen in Nähe der Mosel. Wittlich war schnell erreicht. Er fuhr von der Autobahn ab, denn die neugierigen Blicke waren ihm allmählich zu viel geworden. Arved folgte der Hauptstraße, ließ sich treiben, hatte die Stadt bald hinter sich gelassen und befand sich auf einer geraden, gut ausgebauten Landstraße, die mitten ins Nirgendwo zu führen schien. Bald verwandelte sie sich in eine Bergstraße, forderte ihn mit engen Serpentinen heraus, schlängelte sich in ein dunkles Tal, überraschte mit Farbspielen aus Grün und Blau und schwarzen Schattentupfern, bevor sie eine Hochfläche erklomm, von der aus der Blick weit in alle Richtungen ging.

Es herrschte kaum Verkehr. Arved fuhr langsam, auch um sich an den Wagen zu gewöhnen. Sein alter Escort war mit diesem herrschaftlichen Gefährt nicht zu vergleichen. Es war, als befinde er sich wieder in der Fahrschule.

Langsam lenkte Arved den Bentley durch Minderlittgen. Er sah, wie zwei Jugendliche einen Bauwagen hinter sich herzogen und ein alter Mann vor einem gedrungenen Haus eine schwere Kette um eine Teakholzbank legte. Zwei gebeugte Gestalten schleppten eine Baustellentoilette durch das Dorf. Jemand grub in einem Vorgarten. Und auf einem Scheunendach saß eine Gestalt, die wie eine Vogelscheuche wirkte.

Arved hatte den Ortsrand bald erreicht. Die Straße führte weiter über die Hochfläche. Einem BMW war er nicht schnell genug; der Wagen überholte ihn mit röhrendem Motor und war bald hinter der nächsten Kuppe verschwunden. Als Arved sie erreichte, stellte er mit klopfendem Herzen fest, dass es dahinter steil bergab ging. Er hoffte, die Bremsen des alten Bentley waren genauso gepflegt wie die übrige Technik.

Wo mochte die alte Lydia Vonnegut ihren Wagen in die Inspektion gegeben haben? Der Kilometerzähler zeigte nicht einmal vierzigtausend an; der Wagen war noch fast neu.

Hoffentlich.

Arved musste mehr Kraft auf das Bremsen verwenden, als er vermutet hatte. Als die scharfe Kurve vor dem Ortseingang immer näher kam und der Wagen nicht viel langsamer wurde, hätte er beinahe zu beten begonnen. Allmählich aber reagierte der Wagen und Arved fuhr mit nur wenig mehr als der erlaubten Höchstgeschwindigkeit in den Ort ein. Verblüfft bemerkte er, wie jemand vor einem gesichtslosen Neubau einen großen Blumenkübel anbohrte, als wolle er ihn mit der Mauer verschrauben und vor einem heraufziehenden Sturm schützen. Eine Frau in einem langen blauen Abendkleid und mit hohen Stöckelschuhen stand mit zwei Gießkannen und einem Rechen am Straßenrand und wartete, bis Arved vorbeigefahren war. Im Rückspiegel sah er, wie sie hinter ihm rasch die Straße überquerte und ein kleines Stallgebäude aufschloss. Dann war er um die nächste Kurve gebogen.

Als er das Hinweisschild zur Abtei Himmerod sah, folgte er ihm. Er verließ Großlittgen und tauchte in einen dunklen Wald ein, der ihm wie ein Vorzeichen erschien. Die Sonne sank allmählich und die Schatten der Bäume wurden länger. Arved betätigte den elektrischen Fensterheber und kühle Luft drang in das Wageninnere. Mit ihr kam gedämpfter Gesang von Vögeln. Und ein dumpfes Gefühl von Feuchtigkeit.

Wie in seinem neuen Haus.

Hinter der nächsten Anhöhe lag das Zisterzienserkloster. Arved bog von der Straße ab und fuhr durch das archaische Torgebäude, hinter dem sich rechts von der vor kurzem restaurierten Mühle ein kleiner Parkplatz befand. Erst als Arved den Motor abstellte, fragte er sich, was er eigentlich hier wolle. Er kannte diesen Ort gut, hatte hier unter der Leitung der Mönche Exerzitien mitgemacht, hatte Kurse besucht, hatte vor allem mit Pater Stephan lange Gespräche über den Glauben geführt und war jedes Mal gestärkt und zuversichtlich von hier abgereist. Er stieg aus und ging auf die Kirche zu.

Schon immer hatte ihn dieses Gotteshaus mit seinen vollkommenen Proportionen begeistert. Die Voluten in der stillen, eleganten Barockfassade erinnerten ihn an St. Paulin. An all das, was er verloren hatte. Er betrat die Kirche, die erst in den fünfziger Jahren nach dem alten Vorbild wieder aufgebaut worden war, nachdem das Kloster in der Franzosenzeit der Säkularisation zum Opfer gefallen und in den langen Jahren danach zur Ruine geworden war. Ein eisiger Hauch umfing ihn. Die Kirche lag in einer Senke und war berüchtigt für ihre Kälte. Im Sommer war es ein Segen, im Winter eine Qual.

Einer der Mönche schrubbte den Boden. Es war ein sehr junger Novize; Arved kannte ihn nicht. Er wollte ihn nicht ansprechen und setzte sich still in die hinterste Bank. Der Novize schaute zu ihm auf, wagte ein Lächeln, öffnete den Mund, als wolle er etwas sagen, schien aber verwirrt zu sein. Ohne das Lächeln abzusetzen, senkte er den Kopf wieder und arbeitete weiter. Wenn er mit dem Schrubber gegen eine der Bänke stieß, war ein lange hallendes Knirschen die Folge. Natürlich, dachte Arved. Ich trage einen schwarzen Anzug, aber an meinem Revers steckt kein kleines Kreuz mehr. Er hat geglaubt, ich sei ein Priester. Ich bin noch immer Priester. Ich bin nicht laisiert.

Ob er um ein Gespräch bitten sollte? Ob er Pater Stephan aufsuchen sollte, der immer ein offenes Ohr für die Nöte der anderen hatte? Doch was brachte es jetzt noch? Die Würfel waren gefallen und er selbst hatte sie geworfen. Er schaute nach vorn, zu der wunderschönen, riesigen Madonna auf der Mondsichel, die in der Apsis thronte und den ganzen Kirchenraum mit ihrem Glanz zu überstrahlen schien. Hier herrschte Friede. Ein Friede, der ihm abhanden gekommen war. Seine Gedanken schweiften ab. Er wunderte sich noch einmal über die seltsamen Aktivitäten in den beiden Dörfern, die er auf dem Weg hierher durchquert hatte. Es hatte den Anschein gehabt, als bereiteten sich die Leute auf etwas vor – als führten sie ein Leben, das ihm völlig unverständlich war und an dem er niemals Anteil haben würde. Aber – was wusste er schon vom Leben? Er, der Verhätschelte und Verwöhnte, der Beschützte und Lebensfremde? Ja, er hatte während seiner Zeit als Pastor in Sankt Paulin vieles gesehen, was er sich nie hätte vorstellen können: schreckliche Krankheiten, Grausamkeiten, Schicksale, die seine Phantasie überstiegen hatten. Doch all das hatte nicht in sein eigenes Leben eingegriffen. Er hatte in seiner behaglichen Pastorenwohnung in dem palastähnlichen Pfarrhaus hinter einer hohen Mauer gewohnt, die ihm immer wie ein Sinnbild seines Lebens erschienen war. Und nun lebte er nur vier Häuser weiter, in derselben Straße, in einem eigenen, dunklen, kalten, ihm unheimlichen Haus. Ob die Katzen sich an ihn gewöhnen würden? Er hoffte es. Denn ohne sie läge er auf der Straße.

Er stand auf und ging an dem Novizen vorbei, der ihm freundlich zunickte und ihn ziemlich genau anschaute. Er schien immer noch irritiert zu sein. Riecht man es, ist es so etwas wie Stallgeruch?, dachte Arved und musste unwillkürlich lächeln. Der Novize erwiderte sein Lächeln.

Allmählich setzte draußen die Dämmerung ein. Sachte Schatten liebkosten den Steinboden und die Holzbänke. Arved blieb vor der Chorschranke stehen. Das Gestühl der Mönche mit den alten, großen Antiphonarien wirkte wie aus der Zeit herausgefallen. Auch das Gestühl stammte aus den fünfziger Jahren, doch es war nach alten Vorbildern getischlert. Schatten sammelten sich zwischen den Bänken, Schatten klebten an dem großen Kreuz über dem schlichten Altar. Arved war es, als fielen sie wie Spinnweben herab.

Die Madonna in der Apsis schien den Kopf zu drehen.

Arved blinzelte erschrocken. Was war nur mit ihm los? Zuerst die seltsamen Aktivitäten in den Dörfern und nun diese lebendig gewordene Madonna. Er schüttelte den Kopf und musste lächeln. Nie hätte er geglaubt, dass ihm seine Suspendierung so nahe gehen könne.

Dabei hatte er sie bewusst herbeigeführt. Oder zumindest billigend in Kauf genommen. Seine Tat hatte nichts anderes nach sich ziehen können. Doch gleichzeitig hatte sie dafür gesorgt, dass er ein großes Haus erhalten hatte. Ein dunkles, unheimliches, schattenverklebtes Haus.

Und einen großen Wagen. Einen Wagen, in dem er angestarrt und entweder belächelt oder ausgelacht wurde.

Und zwei schwarze Katzen. Er mochte keine Katzen.

Und ein riesiges Vermögen. Das an die Pflege der Katzen gebunden war.

Er sah die Madonna an, die nun wieder ihre alte Position eingenommen hatte. Als er bemerkte, dass die Mönche zur Vesper in den Chorraum zogen, ging er zurück in eine der Bänke, setzte sich und lauschte ihren Gesängen, die immer so beruhigend auf ihn gewirkt hatten. Dabei ließ er die Gedanken schweifen, während die Schatten immer dichter wurden. Er hatte ein behütetes Leben aufgegeben, hatte sich zunächst Armut und Elend ausgesetzt, nur um kurze Zeit später auf wundersame Weise aufgefangen zu werden. Fast glaubte er, darin das Walten einer Vorsehung zu erkennen. Er musste wieder lächeln und schüttelte ganz leicht den Kopf.

Wann hatte es begonnen? Nicht damals, als er ins Priesterseminar eingetreten war. Auch nicht bei seiner Weihe und beim Antritt seiner ersten Kaplanstelle in Koblenz. Und erst recht nicht, als er die Pfarre Sankt Paulin in Trier angeboten bekam. Er war begeistert gewesen, denn Sankt Paulin war eine der ältesten Pfarreien in Deutschland. Schon gegen Ende des vierten Jahrhunderts war hier eine Basilika bezeugt und der Boden war mit dem Märtyrerblut der thebäischen Legion getränkt. Nein, er konnte keinen konkreten Zeitpunkt bestimmen. Vielleicht war es Lydia Vonnegut gewesen, vielleicht hatte sie ihm ihr Gift eingeträufelt – oder ihm die Augen geöffnet. Er wusste es immer noch nicht.

Er bemerkte nicht, dass die Mönche ihre Vesper schon beendet hatten und durch das Querschiff auszogen. Er saß da, mit einem gefrorenen Lächeln auf den Lippen, und schwamm durch die Vergangenheit.

2. Kapitel

Ich gratuliere Ihnen zu Ihrer Sonntagspredigt«, hatte Lydia Vonnegut gesagt, als Arved Winter am nächsten Tag, seinem freien Tag, neben ihrem Bett saß.

Er kam nicht gern in das alte Haus in der Palmatiusstraße 8, doch er sah es als seine Pflicht an, dieser sterbenden Frau beizustehen.

»Sie waren in der Kirche?«, fragte Arved erstaunt und verlagerte ein wenig das Gewicht auf dem knarrenden Holzstuhl. Ich muss abnehmen, dachte er, als sei dies das Wichtigste in seinem Leben. Dabei gab es doch nun etwas ganz anderes – etwas, das ihm das Genick brechen konnte.

»Nein, aber Else hat es mir berichtet. Sie wissen ja, wie dieses dumme Ding jede Woche in die Messe rennt, damit sie die Sünden abbüßt, die sie mir gegenüber begeht.«

Lydia Vonnegut sah ihn mit ihren verschiedenfarbigen Augen scharf an, richtete sich auf und beugte den Oberkörper Arved entgegen. Er roch den Gestank des Todes und ekelte sich davor.

»Sie bestiehlt mich, wo sie nur kann. Das ist der einzige Grund, warum sie bei mir bleibt.« Sie lachte meckernd. »Manchmal höre ich es klappern, wenn sie geht. Am Klang kann ich erkennen, ob sie etwa eine der chinesischen Vasen oder einen Silberleuchter mitgenommen hat. Aber es ist mir egal.« Sie verzog den faltigen Mund zu einem Grinsen. Zu einem Totengrinsen.

»Soll ich die Polizei einschalten?«, fragte Arved unschlüssig. Er hatte keine Ahnung, ob Lydia Vonnegut phantasierte oder ob Else, die ältliche Magd, tatsächlich ihre karge Rente und ihr noch kargeres Gehalt bei der Sterbenden durch eine gelegentliche Langfingerei aufbesserte.

»Nein, nein, soll sie doch ihren Spaß haben. Wenn sie mir jeden Tag eine Kleinigkeit stiehlt, wird sie mich in tausend Jahren arm gemacht haben.« Sie legte sich zurück und lachte überraschend laut und kräftig. »Nun aber zu Ihrer Predigt«, sagte sie, als sie wieder stiller geworden war. »Die alte Else war ganz entsetzt.«

Er hasste den Blick ihrer Augen – eines grün, das andere gelblich. Nicht nur Else war entsetzt, wollte Arved sagen, doch er schwieg und schaute sich in dem dunklen Zimmer um. Es ging auf die Thebäerstraße hinaus; manchmal hörte man gedämpften Verkehrslärm durch die vorgelegten Fensterläden, doch das lauteste Geräusch in dem Raum war die große Standuhr gegenüber dem Bett. Sie schlug jede Viertelstunde. Da sich außer ihr und dem Bett sowie dem Stuhl, auf dem Arved saß, kein weiteres Möbelstück in dem Raum befand, hallte jeder Schlag unangenehm laut. Weiterhin war das Huschen und Schleichen der beiden schwarzen Katzen zu hören; ihre Krallen verursachten klickende Geräusche auf dem alten, glatten Parkett.

»Hat Sie etwa der Teufel geritten?«, fragte die alte Vonnegut in scheußlich neckischem Tonfall. »Haben Sie wirklich von der Kanzel herab verkündet, dass es keinen Gott gibt und all die dummen Kirchenschafe ihre Gebete ins Nichts schicken?«

»Nicht ganz«, beeilte sich Arved zu sagen und nestelte an seinem engen Priesterkragen herum. »Ich habe meinen Zweifeln Ausdruck verliehen, das stimmt. Aber ich habe die Kirchgänger nicht beleidigt.« Er erinnerte sich deutlich an seine Predigt – und an das steinerne Schweigen, als er danach das Glaubensbekenntnis sprechen wollte und es nicht mehr konnte. Er hatte die Kirche verlassen. »Vielleicht waren es die vielen Gespräche mit Ihnen, Frau Vonnegut, die meine Zweifel genährt haben.«

Sie lachte böse. »Das würde mir sehr gefallen. Ich mag es, den Leuten ihre Illusionen und ihre Sicherheit zu rauben. Warum soll es Ihnen besser gehen als mir?« Plötzlich griff sie sich mit der krallenartigen Hand an die Seite. Ihr Gesicht war ein einziger Ausdruck des Schmerzes. Eine der beiden Katzen sprang ihr auf den Bauch und kuschelte sich an sie, als wolle sie ihre Herrin trösten. »Sehen Sie, das ist wahre Liebe«, sagte sie und streichelte über das glänzende Fell der Katze, die daraufhin zufrieden schnurrte. »Du, meine kleine Lilith, würdest mich nie im Stich lassen, nicht wahr? Du bist anders als dieser Gott, den immer mehr Menschen als eine Lachnummer entlarven. Machen Sie etwas aus dem Leben, Arved Winter. Wenn Sie schon keine Seele haben, können Sie alles ohne Reue tun: Essen, trinken, huren. Sie sind nichts anderes als ein Fleischklumpen, der nach dem Tod wieder zu Dreck wird. Schade zwar, aber unausweichlich. Wer etwas anderes glaubt, ist nur dumm.«

Ihre Worte taten Arved weh, doch am meisten schmerzte ihn, dass er seinen Gott verloren hatte. Was war Gott anderes als eine Projektion des Menschen, die er sich zur eigenen Beruhigung geschaffen hatte?

»Es freut mich, dass unsere langen Gespräche eine solch wunderbare Frucht getragen haben«, sagte Lydia Vonnegut, als sie sich von dem Schmerzanfall erholt hatte. »Nun ist aus Ihnen ein vollwertiges Mitglied der menschlichen Gesellschaft geworden.«

»Ich habe meinen Himmel verloren«, flüsterte Arved.

»Aber Sie haben sich selbst gefunden, auch wenn das wohl ziemlich desillusionierend war.«

Wieder dieses keckernde Lachen. Wenn es einen Teufel gäbe, würde er so lachen, dachte Arved. Er wollte nach draußen, in den kalten Vorfrühlingstag. Er hasste dieses totenstille, kalte Haus mit den schleichenden Katzen, hasste die vorgelegten Fensterläden, das wispernde Efeu vor den Scheiben, die dichten, unnatürlich schwarz erscheinenden Schatten im ganzen Haus, das bisweilen knackte und knisterte, als läge es ebenfalls im Sterben. Die spärliche Beleuchtung legte Risse in den alten Wänden frei und der Stuck bröckelte von der Decke. Die ehemals hochherrschaftlichen Räume waren nur ein Schatten ihrer selbst, doch es würde nicht viel Mühe kosten, ihnen ihren früheren Glanz wiederzugeben. Und was war mit ihm selbst? Auch die Räume seines Innersten, die einmal in der Gegenwart Gottes geglänzt hatten, waren baufällig, waren verwüstet, waren verwaist. Dunkelheit herrschte darin.

Nach der abgebrochenen Messe waren aufgebrachte Gemeindemitglieder auf ihn zugestürmt und hatten ihn mit Fragen und Vorwürfen bedrängt, und einige besonders Fromme hatten ihn sogar beleidigt. Es würde nicht lange dauern, bis die Nachricht von seinem Verhalten ins bischöfliche Palais drang. Man würde ihn zum Gespräch laden. Bis dahin wollte er keine Messe mehr feiern; das konnte Franz Bomberg, der junge, aufstrebende Kaplan tun, der ihn sowieso nicht leiden mochte. In ihm war alles leer.

So leer wie dieses Haus. Und so dunkel. Wenn er sich gefunden hatte, wenn es wirklich so dunkel in ihm war, dann gab es für ihn keinen Grund mehr weiterzuleben.

»Aber natürlich werden Sie weiterleben. Sie werden noch vielen Menschen Gutes tun«, sagte die alte Vonnegut, als habe sie seine Gedanken gelesen.

Erstaunt schaute er sie an.

»Manche meiner lieben Mitmenschen glauben, ich bin eine Hexe«, sagte sie. Es klang gepresst. Sie schien schwer gegen die Schmerzen anzukämpfen. »Manche sagen, ich kann Gedanken lesen. Und manche glauben, ich stehe mit dem Bösen im Bunde. Das ist schon seit der Schulzeit so. Meine Augen sind mir zum Verhängnis geworden – immer wieder. Was liegt da näher, als irgendwann einfach dem Bild zu entsprechen, das sich die anderen von einem machen? Also bin ich zur Hexe geworden. Für die Welt und für mich.« Sie stieß einen Seufzer aus. Die zweite Katze sprang ihr auf den Bauch. Die alte Frau zuckte zusammen. »Das siehst du ebenfalls so, Salomé, oder?«

Wie konnte sie die Tiere auseinander halten? Arved sah nur schwarze Fellbündel und grüne Augen; die eine Katze war das Spiegelbild der anderen.

»Nein, nein, sie sind ganz unterschiedlich«, sagte die alte Frau und streichelte die beiden Tiere. »Außerdem hat Lilith ein paar ganz feine silberne Härchen am Hals. Man muss schon genau hinsehen. Was wollen Sie jetzt tun?«

»Ich weiß es nicht. Man wird mich zu einem Gespräch bestellen.«

»Zu einem Verhör.«

»Man wird mir nahe legen, mich in psychiatrische oder psychologische Behandlung zu begeben. Und wenn auch das nichts nützt ...«

»Wird es etwas nützen?«

»Ich weiß es nicht.«

Lydia Vonnegut bäumte sich auf. Die beiden Katzen sprangen fast lautlos von ihr herunter. »Es wird nichts nützen! Sie sind verloren!« Mit einem tiefen Seufzer fiel sie zurück auf die Laken. Sie regte sich nicht mehr.

Arved sprang auf und beugte sich zu ihr herunter. Verängstigt legte er das Ohr an ihren Brustkorb. Bisher war es ihm gelungen, noch nie einen Menschen sterben zu sehen. Ihr Herz schlug noch. Nun atmete sie auch wieder. Eigentlich tat sie Arved Leid. Sie hatte aufgrund ihrer körperlichen Besonderheit viel zu leiden gehabt und war immer eine Außenseiterin gewesen. Doch gleichzeitig spielte sie diese

Rolle sehr gern; sie ging darin auf und war zum Zerrbild ihrer selbst geworden.

Die beiden Katzen waren auf das Fußende des ausladenden Empire-Bettes gesprungen und saßen dort wie zwei Ebenholzstatuen. Wie Seelenwächter. Oder wie Seelenfänger.

Arved warf ihnen einen bösen Blick zu, doch sie rührten sich nicht. Sie schienen ihn genau zu beobachten. Nun war Lydia Vonnegut eingeschlummert; sie atmete tief und regelmäßig. Seit Tagen hatte sie vor Schmerzen nicht mehr geschlafen; Arved war dankbar dafür, dass sie nun endlich ein wenig Ruhe fand. Er wagte nicht, sie zu verlassen, denn er wollte nicht, dass sie wieder allein war, wenn sie erwachte. Er sah es als seine seelsorgerische Pflicht an, diese alte, verhärmte, vergrämte, einsame, böse gewordene Frau in den Tod zu begleiten – in einen Tod, der ihr nicht einmal ein ewiges Leben versprach.

Oder sollte er einfach gehen und nie wiederkommen? Sich öffentlich für seine Predigt und die abgebrochene Messe entschuldigen, eine Therapie machen, vielleicht im Recreatio-Haus der Benediktiner von Münsterschwarzach, und danach wieder wie gewohnt seinen Dienst versehen?

Dieser Gedanke erfüllte ihn mit Entsetzen.

Else, Lydia Vonneguts Haushälterin, hatte Arved vor einem Jahr gebeten, sich um ihre Arbeitgeberin zu kümmern, auch wenn sie mit der Kirche nichts am Hut habe. Else hatte sich davon eine gewisse Entlastung versprochen, und Arved hatte gehofft, Lydia Vonnegut vielleicht sogar für die Kirche zu gewinnen. Aber es war anders gekommen. Schon damals war die alte Dame, eine steinreiche Witwe, deren vor zehn Jahren gestorbener Gatte ein erfolgreicher Bauunternehmer gewesen war, sterbenskrank gewesen. Als sie die Diagnose Krebs erhielt – Bauchspeicheldrüsenkrebs –, fand sie sich rasch damit ab und verweigerte jede Art von Behandlung:

keine Strahlentherapie, keine Chemotherapie, nichts. Sie sagte, sie wolle in Würde sterben. Arved hatte diese Entscheidung sehr beeindruckt, doch als er sein christliches Rüstzeug auspacken wollte, lachte sie ihm nur ins Gesicht und machte ihm unmissverständlich klar, dass sie Atheistin sei. Er fragte sich kurz, ob er in diesem Fall überhaupt etwas für sie tun könne. Sie schien seine Gedanken erraten zu haben und bat ihn inständig zu bleiben. Sie habe niemanden, mit dem sie sich unterhalten könne, und es verlange sie so sehr nach menschlicher Gesellschaft – auch wenn es sich nur um einen Priester handele. Arved hätte weglaufen sollen, doch er war geblieben. Ein ganzes Jahr schon kam er montags und donnerstags zu ihr und diskutierte mit ihr – über Gott und den Glauben.

Manchmal glaubte er, sie sei eine Teufelin – eine Prüfung, die Gott ihm geschickt hatte. Er hatte sie nicht bestanden; das wusste er seit gestern.

Und manchmal glaubte er, dass sie ihn noch überleben würde. Es war ihr deutlich anzusehen, dass sie unter starken Schmerzen litt – sie hatte sich geweigert, Morphium zu nehmen, weil sie den Übergang ins Nichtsein bewusst vollziehen wollte.

Arved ging in dem abgedunkelten Zimmer auf und ab. Die beiden Katzen auf dem Fußende des Bettes beobachteten jede seiner Bewegungen. Offenbar schneite es draußen wieder; ein weißer Schein drang zwischen den Lamellen der Schlagläden in das karge Schlafzimmer. Wie sehr wünschte sich Arved, jetzt dort draußen zu sein und sich die Seele vom Schnee reinwaschen zu lassen. Er trat an eines der beiden hohen Fenster heran und versuchte, einen Blick nach draußen zu werfen.

»Sehnen Sie sich nach der strahlenden Sonne des schönen Tages draußen?«, hörte er die Stimme der alten Frau, die im

Schlagen der Standuhr unterging. Als es die vierte Stunde geschlagen hatte, redete sie weiter: »Es gibt keinen Weg zurück. Wenn man erkannt hat, dass man keine Seele besitzt, kann einen alles Licht der Welt nicht mehr erhellen.«

Arved drehte sich zu ihr um. Die verfluchten Katzen und die alte Frau schauten ihn eindringlich an. Wie eine Hexe, dachte er. Noch vor dreihundert Jahren hätte man sie verbrannt – und ihre schwarzen Hilfsgeister dazu.

»Ja, ich bin eine Hexe«, kicherte die alte Frau. »Jeder in Trier hält mich für eine. Habe mich dem Bösen, der in Wirklichkeit der Gute ist, schon in meiner Jugend verschrieben. Mein Mann konnte ein Liedchen davon singen.« In ihrem schwefelgelben Auge funkelte es, während das grüne kalt und unbeteiligt blieb.

3. Kapitel

Feuer. Hexen. Verbrennen. Teufel.

»Die Nacht des Satans ...«

Es war eine helle Stimme gewesen. Verdutzt schaute Arved hoch. Er hatte sich in Tagträumen über seine verhängnisvolle Predigt und über Lydia Vonnegut verloren, die sich selbst als Hexe bezeichnet hatte. Er saß immer noch in der Himmeroder Abteikirche. Inzwischen war es draußen schon ganz dunkel; die Innenbeleuchtung war eingeschaltet und vertrieb die Schatten. Arved schaute sich um. Ein Mönch ging das Mittelschiff in Richtung Westwerk hinunter. Hatte er diese Worte gesprochen? Es war der Novize. Arved sprang aus der Bank und stieß dabei gegen das Holz. Polternd hallte es in der großen, schlichten Kirche wider. Der Novize drehte sich um. Arved ging mit schnellen Schritten auf ihn zu.

»Was haben Sie da gesagt?«, fragte er und sah den jungen Mann verblüfft an.

»Ich habe gar nichts gesagt«, erwiderte der Novize und zog eine schwarze Augenbraue hoch. Auf seinem Gesicht lag die gleiche Freundlichkeit wie vorhin.

Arved schüttelte den Kopf, aber es gelang ihm nicht, die Bilder von Hexen und Scheiterhaufen zu vertreiben, die sich bei der Erinnerung an Lydia Vonnegut eingeschlichen hatten. »Verzeihen Sie, ich hatte geglaubt, Sie hätten ›Die Nacht des Satans‹ gesagt.«

Der Novize lachte kurz und herzlich auf. »Oh, ich fürchte, da sind mir meine gelegentlichen Selbstgespräche zum Verhängnis geworden. Ich hatte ›Wie macht man so was?‹ gebrummelt, weil ich noch nicht weiß, wie ich mit dem Staubwedel an die hohen Fensterbänke kommen soll.

Morgen muss ich nämlich weiter fegen. Ein Gutes hat's: So lerne ich meine Kirche besser kennen.« Er schaute hoch zu den Fenstern, die nichts als schwarze Löcher vor dem erhellten Innenraum waren. »Aber es ist nur allzu verständlich, dass Sie mich derart missverstanden haben. Gerade heute Nacht.«

Er wollte schon weitergehen, doch Arved sagte schnell: »Wie meinen Sie das? Was ist mit der heutigen Nacht?« Er sah den Novizen verständnislos an.

»Wissen Sie das denn nicht? Heute ist Walpurgisnacht. Heute ziehen nach dem Volksglauben die Hexen, Teufel und Gespenster umher. Es ist eine Hexennacht.« Er ließ Arved stehen und verschwand durch den Haupteingang im Westwerk.

Ob damit die seltsamen Taten der Bewohner von Großlittgen und Minderlittgen in Zusammenhang standen? Unwillkürlich musste er wieder an Lydia Vonnegut denken. In ihren letzten Tagen war sie ihm immer mehr wie eine Hexe erschienen. Als der Tag ihres Todes gekommen war und sie spürte, wie ihre Kraft versickerte, schrie sie vor Entsetzen auf. Sie schien seltsamerweise keine Schmerzen mehr zu haben, aber nun kam doch die Angst. Die starke Frau, deren Todesweg Arved über ein Jahr lang begleitet hatte, kreischte wie ein kleines Kind, das sich dem Schwarzen Mann gegenübersieht. »Da steht er!«, brüllte sie mit letzter Kraft. »Da steht er!« Dabei zeigte sie in die dunkelste Zimmerecke.

Arved hatte tatsächlich geglaubt, dort stehe jemand. Es war ein schwarzer Umriss, nicht größer als sie selbst – starr, schweigend, unerschütterlich. Wartend.

Als sie sich ein letztes Mal aufbäumte, stieß sie einen durchdringenden Schrei aus. Die beiden Katzen setzten sich vor ihr Bett und schauten in die dunkle Ecke. Sie waren starr, schweigend und unerschütterlich. Ein Luftzug wehte plötzlich durch den Raum. Dabei war weder die Tür noch ein Fenster geöffnet. Der Schatten war verschwunden.

Arved verließ die Kirche. Walpurgisnacht. Er glaubte nicht an solche Dinge. Er glaubte an gar nichts mehr. Aber er wollte nicht zurück in sein finsteres Haus. In Lydia Vonneguts Haus.

Er war sehr erstaunt gewesen, als er eine Woche nach ihrem Tod eine Nachricht von ihrem Notar erhielt. Arved hatte der kargen Beerdigungszeremonie als Einziger beigewohnt, bei der die Asche der alten Frau von einem Bestattungsunternehmen ohne jegliche Ansprache in die Mosel geschüttet worden war. Nicht einmal Else hatte sich blicken lassen; sie tauchte nie wieder auf. Ihr Notar machte keinen Hehl daraus, dass er die alte Frau abscheulich gefunden hatte. Sie hatte Arved Winter – als Dank für seine mutige Predigt und zur Ermunterung, seinen gottlosen Weg weiterzugehen – ihr gesamtes Vermögen, das sich auf mehrere Millionen Euro belief, sowie ihr Haus und ihren Bentley vermacht, allerdings unter der Auflage, gut für Salomé und Lilith zu sorgen, was vierteiljährlich durch einen benannten Tierarzt zu überprüfen war. Arved hatte nicht gewusst, ob er lachen oder weinen sollte. Nun war er mit einem Schlag all seine existentiellen Sorgen los, in die er sich durch seine Zweifel und Ungläubigkeit selbst gestürzt hatte, aber er musste in das unheimliche Haus einziehen, denn wohin hätte er sonst gehen sollen und für die nicht minder unheimlichen Katzen sorgen?

Als er an diese Katzen dachte, lief es ihm kalt den Rücken herunter. Er fütterte sie jeden Tag, hatte sich mit dem im Testament benannten Tierarzt in Verbindung gesetzt und sich von ihm Ratschläge zum Füttern und zum Umgang mit den Tieren geben lassen, aber sie blieben ihm gegenüber vollkommen unnahbar. Sie ließen sich nicht streicheln, nicht rufen, nichts befehlen. Sie kamen nicht einmal, wenn er mit der Futterdose raschelte. Jeden Abend stellte er zwei Näpfchen in die Küche und jeden Morgen waren sie leer. Manchmal sah er die beiden schwarzen Schatten am Rande seines Blickfeldes über die Treppe oder durch eines der vielen moderigen Zimmer huschen, doch nur selten zeigten sie sich ihm in aller Deutlichkeit.

Arved Winter ging tief in Gedanken zurück zu seinem Wagen und fuhr weiter durch das Tal der Salm. Die Leuchtkegel der Scheinwerfer malten bleiche Flecken auf die Bäume und fuhren mit fahlen Fingern über Wiesen und Gebüsch. Eine Abfahrt links von der Straße, ein kleiner Torbogen, darüber angestrahlt die Worte: *Molitors Mühle*. Ein Restaurant. Erst jetzt erinnerte sich Arved daran, dass er an diesem Tag noch nichts gegessen hatte.

Er lenkte den schweren Wagen langsam in die Einfahrt und kam an das Restaurant, eine ehemalige Mühle an der Salm, die einladend beleuchtet war. Er stellte den Bentley auf den großen Parkplatz, wo er allein stand und wie ein urzeitliches Ungetüm wirkte. Er drehte den Motor ab und verließ den Wagen. Ein kurzer Blick auf die Speisekarte verriet ihm, dass es sich hier um ein Feinschmeckerrestaurant handelte. Früher hätte er sich kaum erlauben können, hier einzukehren, doch jetzt war er vielfacher Millionär.

Er konnte es noch immer nicht glauben. Unglaube. Und genau dieser Unglaube hatte ihn reich gemacht. Reich? Oder nicht vielmehr arm? Hatte er seine Seele verkauft?

Er betrat den Gastraum; tatsächlich war er allein hier. Sofort kam ein Ober, wies ihm einen Tisch an und reichte ihm die Speisekarte. Arved wählte Lammrücken mit Rosmarinbutter und dazu einen Ahrwein. Leise Musik drang aus verborgenen Lautsprechern.

Als der Ober das Essen brachte, meinte Arved: »Nicht viel los heute.«

»An diesem Abend ist nie viel los«, antwortete der Ober, ein älterer Mann mit einem dünnen Oberlippenbart und erstaunlich bleicher Haut.

»Walpurgisnacht?«

Der Ober nickte, stellte ihm das Essen mit einer eleganten Bewegung hin und zog sich wieder zurück. Arved legte sich die gestärkte Leinenserviette über den Schoß und aß. Es schmeckte vorzüglich und auch der Wein war eine gute Wahl gewesen – nicht zu schwer, aber fruchtig und vollmundig. Doch der rechte Genuss wollte sich nicht einstellen.

Walpurgisnacht. Hexennacht.

Nie zuvor hatte Arved so deutlich die Gegenwart von etwas gespürt, das er nur mit den Begriffen des Geisterreiches zu beschreiben vermochte. Wenn es keinen Gott gab, dann gab es auch keine Geister, kein Jenseits, dann war alles mit dem Tod zu Ende. Dennoch rührte ihn dieser Abend an. Er kaute auf dem zarten Lamm herum, als sei es ein zähes Steak.

Hexen überall. Hier in der Eifel, in dieser Nacht, in der sich die Bewohner nicht einmal trauten, essen zu gehen, der Geist einer Hexe in seinem Haus, das er noch nicht als sein Zuhause ansehen konnte und vielleicht nie würde ansehen können. Aber er war zu müde, in absehbarer Zeit noch einen Umzug hinter sich zu bringen und eine neue Bleibe zu suchen.

Als der Ober abräumte, fragte Arved: »Warum geht in dieser Nacht niemand aus?«

Der Ober lächelte, während er das schmutzige Geschirr geschickt in einer Hand balancierte. »Aber jedermann geht aus, mein Herr. Nur nicht hierhin, sondern auf den Tanz in den Mai. Und wer nicht ausgeht, treibt mit den anderen Schabernack. Das ist eine alte Tradition hier.«

Arved zahlte und ging. Und war beruhigt. Da hätte er tatsächlich beinahe geglaubt, dass die uralte heidnische Angst vor dieser Nacht noch in der hiesigen Bevölkerung weiterlebte. Sogar er selbst hatte ein seltsames Gefühl gehabt. Er schüttelte den Kopf über seine Dummheit und verließ das Lokal. Noch immer hatte er keine Lust, nach Trier zurückzufahren. Er setzte den alten Bentley in Bewegung, ließ sich wieder treiben, bog nach Eisenschmitt ab, sah auch hier huschende Gestalten, die unförmige Gegenstände hin und her schleppten, doch nun hatte er nur noch ein Lächeln dafür übrig. Und ein Lächeln für sich selbst. Für seine wabernden, nebelhaften Ängste und Phantasien.

Er durchquerte das Dorf langsam. Einmal musste er heftig bremsen, weil plötzlich vor ihm auf der Straße eine schwarze Katze saß. Sie sah genauso aus wie Lilith. Oder wie Salomé. Sie lief nicht weg, sondern schaute geradewegs in die Lichtkegel des Autos. Er wollte schon aussteigen und sie verscheuchen, als sie plötzlich verschwunden war. Er hatte sie nicht fortlaufen sehen. Arved atmete auf und fuhr vorsichtig weiter.

Hinter Eisenschmitt führte die Straße steil bergan, tauchte in einen dichten Lärchenwald ein und stieß auf eine etwas größere Straße, die aus dem Nichts zu kommen schien und den Wegweisern zufolge nach Manderscheid führte. Arved wusste, dass bei Manderscheid eine Auffahrt zur Autobahn lag. Inzwischen war es bereits nach neun Uhr und leichter Regen setzte ein. Es war Zeit, nach Trier zurückzufahren. Mit einem kräftigen Ruck am Lenkrad leitete Arved den Wagen auf die Straße nach Manderscheid.

Aus dem leichten Nieseln wurde plötzlich ein Platzregen. Die Scheibenwischer bewältigten die Wassermassen kaum mehr. Überdies hatte sich ein Gewitter gebildet, obwohl es den ganzen Tag über schön und frisch gewesen war. Grelle Blitze zuckten über den Wald, rollten sich wie Peitschenschnüre auf und machten aus den Wipfeln sägeblattartige Kämme. Arved fuhr mit Schrittgeschwindigkeit, denn die Straße verschwamm vor ihm. Da aber keine Haltebucht zu sehen war, traute er sich nicht, mitten auf der Straße anzuhalten. Die Gefahr, dass es zu einem Auffahrunfall kam, war zu groß.

Arveds Kinn hing schon über dem Lenkrad. Er hatte die Zähne zusammengebissen und starrte verzweifelt in den Regenvorhang, der nun auch noch von heftigen Windböen hin und her getrieben wurde. Die Blitze, geworfen in Bündeln wie von wütender Himmelshand, erhellten für Augenblicke die Nachtwelt und schufen einen falschen Tag, der als Nachbild in den Augen klebte. War da nicht rechts von ihm ein Parkplatzschild? Er schaltete das Fernlicht ein, sah nur wenig mehr als vorher, doch tatsächlich erschien nun rechts von ihm ein kleiner Weg. Vielleicht war es nur ein Holzabfuhrpfad.

Kurz entschlossen lenkte Arved den Bentley in den schlammigen Weg. Dieser verbreiterte sich und führte in einem kleinen Bogen wieder auf die Straße zurück; es war ein Parkplatz. Arved atmete auf und schaltete den Motor aus. Die Welt um ihn herum versank in Regen und Dunkelheit, die nur von gelegentlichen Blitzen durchzuckt wurde. Donner rollte dicht über ihm.

Aus dem Wald lief etwas auf den Wagen zu. Zuerst sah Arved es nur aus den Augenwinkeln, doch dann wurde es ein schwarzer Schemen, der mit beängstigender Geschwindigkeit näher kam. Arved schlug das Herz bis zum Hals. Sein Denken setzte aus. Automatisch drehte er den Zündschlüssel. Der große Achtzylinder sprang sofort an. Jetzt hatte die Gestalt den Wagen erreicht. Sie trommelte gegen die rechte Seitenscheibe. Arved wollte schon Gas geben, als er die Stimme hörte. Sie klang unendlich gedämpft.

Es war die Stimme einer Frau.

Einer Frau in höchster Not.

»Hilfe! So helfen Sie mir doch! Mein Mann! Mein Mann! Er liegt im Sterben!«

4. Kapitel

Arved ließ das rechte Seitenfenster herunter. Ein Schwall Wasser schwappte herein. Die Frau steckte den Kopf in das Wageninnere. Arved konnte nicht sagen, ob die Nässe auf ihrem Gesicht vom Regen oder von Tränen herrührte. Ihre dunklen Augen brannten.

»Mein Mann! So steigen Sie doch endlich aus! Er verbrennt!«

In diesem Regen?, wollte Arved fragen, doch er schluckte die Worte hinunter; sie erschienen ihm unendlich dumm. Er verließ den trockenen Wagen und war im nächsten Augenblick von einem Schwall Wassers überzogen. Aus dem Kofferraum holte er seine Windjacke, streifte die Kapuze über und schaute die Frau fragend an.

Sie trug eine Bundhose und klobige Wanderschuhe. Ihre Kleidung war aufgeweicht; die schwarzen Haare hingen ihr tropfnass und glatt ins Gesicht. Sie mochte ein wenig jünger als er selbst sein, vielleicht dreißig oder zweiunddreißig.

Mit weit ausholenden Bewegungen zeigte sie in den regenverhangenen Wald hinein. »Da hinten!« Sie drehte sich rasch wie ein Reh um und sprang in den Wald. Ein Blitz zuckte auf und tauchte die Bäume in krankweißes Licht. Die Frau war nur noch als Schatten zwischen den Fichten und Eichen zu sehen. Der Donner übertönte das Rauschen des Regens und das Raunen der zarten Frühlingsblätter. Eine Windbö fegte einen Regenschleier gegen Arved. Er schloss die Augen, öffnete sie wieder und sah die Nachtwelt wie durch eine Milchglasscheibe.

Fern hörte er die Stimme der Frau: »... kommen ...«

Er lief auf sie zu. Morsches Holz knackte unter seinen Füßen. Schwarze Baumriesen warfen sich ihm in den Weg. Er brauchte Licht. Wie ein Zeichen zuckte der nächste Blitz. Arved war bereits vom Weg abgekommen und stand im Unterholz des dichten Waldes. Rechts von ihm ragte eine dunkle Masse auf. Eine Blockhütte vielleicht. Windschief. Nirgendwo war mehr ein Zeichen der rätselhaften Frau zu sehen. Er blieb stehen und lauschte in die Gewitternacht. Links von ihm knackte und knisterte etwas, als breche ein schweres Tier durch das Gebüsch. Es bewegte sich zielstrebig auf ihn zu. Er dachte daran, dass Walpurgisnacht war. Erlaubte sich da jemand einen schlechten Scherz mit ihm? Oder ...

Er zuckte zusammen, als dicht über seinem Kopf ein Aufruhr entstand. Verschreckt schaute er hoch, während der Schatten von links rasch näher kam. Es war nur ein Vogel gewesen, vielleicht eine Eule.

»Wo bleiben Sie denn? Wollen Sie mir nicht helfen? Wollen Sie meinen Mann sterben lassen?« Nun hatte die Frau ihn erreicht und zerrte am Ärmel seiner schon völlig durchnässten Windjacke. »Kommen Sie wieder auf den Weg. Es ist da hinten!«

Er stolperte hinter ihr her. Sie lief zu schnell für ihn; der Abstand zwischen ihnen wurde immer größer. »Warten Sie!«, rief er, doch sie schien ihn nicht zu hören. Der Wind bauschte ihre Jacke; es sah aus, als habe sie Schwingen. Sie lief so schnell, dass sie den Waldboden kaum mehr zu berühren schien.

Arved war außer Atem und in seiner Seite stach es fürchterlich. Er war körperliche Anstrengungen nicht gewöhnt. Immer wieder hatte er abnehmen wollen, doch die Köstlichkeiten, die seine Haushälterin für ihn bereitet hatte, waren immer zu verführerisch gewesen. Er wünschte sich, er säße irgendwo im Trockenen – und sei es in seinem neuen alten Haus. Überall wäre er lieber als in dieser Regennacht hier draußen, in einem unbekannten Wald, mit einer unbekannten Frau und einem unbekannten Schicksal entgegen taumelnd.

Die Frau war stehen geblieben. Endlich holte er sie ein. Arved wischte sich den Regen von Stirn und Brauen und fragte: »Wo ist Ihr Mann?«

Die Frau schaute ruckweise hierhin, dorthin. Ihre Antwort verlor sich in einem Donnerschlag, der unmittelbar über ihnen die Luft erzittern ließ. Ein Blitz fuhr nieder, begleitet von einem Geräusch wie einem schrillen Schrei. Arved riss die Frau mit sich auf die andere Seite des Weges. Gleißende Helligkeit blendete ihn. Ein schreckliches Zischen und Knallen erschütterte den Wald. Eine Stichflamme stieg von dem großen, schwarzen Baum auf, neben dem die Frau eben noch gestanden hatte. Knirschend stürzte er ins Gehölz. Eine Hitzewelle hatte die beiden hilflosen Menschen eingehüllt und ihnen den Atem genommen. Nun standen sie erschüttert da und hielten sich aneinander fest. Spitz wie ein Finger ragte der Baumstumpf in die Nacht; die Bruchstelle rauchte im Licht des nächsten Blitzes, der über den Wald hinwegzuschießen schien. Schreckliches Knallen und Bersten zeigte an, dass auch er irgendwo eingeschlagen war.

Als habe die Hölle ihre Tore geöffnet, dachte Arved. Es gibt keinen Gott, es gibt keine Hölle, beruhigte er sich. Alles ist nur blindes Wüten. Er schaute die Frau an. In der regenverwischten Dunkelheit konnte er ihr Gesicht nicht mehr erkennen. Sie war nur noch ein schwarzer Schemen – wie ein Tor im Wald des Untergangs.

»Wo?«, fragte er atemlos.

Sie machte sich von ihm los und lief einige Meter weiter, bis sie an eine Kreuzung kam. Hier nahm sie die linke Abzweigung. Sie schien den Weg im Dunkeln sehen zu können, was Arved wunderte. Er versuchte, dicht hinter ihr zu bleiben, kam aber immer wieder vom Weg ab und geriet in das Unterholz. Es fiel ihm schwer, sich von den Ranken freizukämpfen, und der Schlamm zerrte an seinen zu dünnen Straßenschuhen. Er hatte den Eindruck, als laufe er barfuß durch den nassen Wald.

Bald blieb die Frau wieder stehen. »Hier hinein«, sagte sie und zeigte auf die schwarze Mauer der Bäume.

»Sind Sie sicher?«, wagte Arved zu fragen.

Sie gab ihm keine Antwort, sondern bahnte sich einen Weg an Brombeerranken und Ginster vorbei, bis sie in einen Teil des Waldes eindrang, wo mächtige Kiefern und Fichten weit auseinander standen und der Boden dicht mit Nadeln gepolstert war. Hier kam der Regen kaum durch; es war, als sei man in das Innere einer gewaltigen Kathedrale getreten. Ein ferner Blitz zuckte; es dauerte einige Sekunden, bis der Donner einsetzte. Das Gewitter zog ab. Arved atmete auf.

Im Schein des Blitzes hatten die gewaltigen Stämme wie Säulen ausgesehen, die ein ungeheures Gewölbe trugen. Die Frau stand verloren zwischen ihnen. Draußen rauschte noch der Regen, doch hier bildeten die Wipfel ein Dach, das den Wald vor den Elementen, vor der ganzen Welt und vor dem Himmel schützte. Arved blieb neben der Frau stehen, die hektisch in alle Richtungen schaute.

»Hier war es«, sagte sie schrill. »Ich weiß es genau. Dieser Wald. Jürgen hatte noch gesagt, dass er wie eine Kirche wirkt. Und dann haben wir das Haus gesehen.«

»Ein Haus? Hier mitten im Wald?«, fragte Arved ungläubig. Er drehte sich in alle Richtungen, doch auch der nächste Blitz zeigte keinerlei Bauwerk in Sichtweite.

»Eine Ruine. Und auch nicht. Das kann ich Ihnen jetzt nicht erklären. O Gott, wenn ich mich verlaufen habe ... Wenn er nun stirbt, bloß weil ich die Orientierung verloren habe ...« Sie war völlig verzweifelt und biss sich auf die Fingerknöchel.

»Vielleicht haben Sie die falsche Abzweigung genommen«, meinte Arved.

»Aber es war dieser Wald ... so ein Wald«, fügte sie mit leiserer, unsicherer Stimme hinzu. »Ein Wald wie eine Kirche. Jürgen hatte darüber seine Witze gemacht, und dann ...«

»Was ist dann passiert?«, wollte Arved wissen und versuchte erneut, Anzeichen für ein Gebäude zu finden.

Sie schüttelte den Kopf und lief weiter in den Wald hinein. »Weiß nicht ...« Das Rauschen von jenseits der Bäume verwischte ihre Stimme.

Arved setzte ihr nach. Etwas schlang sich ihm um den Fuß und zerrte ihn zu Boden. Er ruderte mit den Händen, konnte aber den Sturz nicht mehr aufhalten. Die Bäume tanzten vor ihm und schienen sich ihm entgegenzuwerfen.

Der Aufprall nahm ihm den Atem. Nadeln stachen ihm in Hände und Gesicht. Er tastete nach seinem Knöchel. Eine Ranke hatte sich darum gewickelt. Unwirsch riss er sie ab und warf sie fort. Sie fühlte sich seltsam an. Fleischig. Als wäre es keine Pflanze, sondern ein lebendiger Fortsatz, ein Tentakel. Angewidert stand er auf und wischte sich die Hände an der inzwischen sicher völlig verdorbenen Windjacke ab. Er versuchte, in der Dunkelheit etwas zu erkennen.

Die Frau war fort.

Nun wäre Arved für einen Blitz dankbar gewesen, doch der Wald lag in undurchdringlicher nächtlicher Finsternis. Arved fühlte sich, als habe man ihn mit verbundenen Augen in einer ihm völlig fremden Gegend ausgesetzt.

Walpurgisnacht. Schabernack.

»Hallo?«, rief er und lauschte. Nichts. Der Regen schien aufgehört zu haben; das Gewitter war wohl weitergezogen. Es war, als habe der Wald den Atem angehalten. Keinerlei Nachtgeräusche waren zu hören. Nirgendwo knackte etwas, nichts raschelte oder rauschte. Windstille. »Hallo!?«

Keine Antwort.

Nichts bewegte sich. Er war allein. Allein in diesem Wald, allein auf dieser Welt. Mit einem Mal spürte er die Größe und Bedrohlichkeit seiner Umgebung. Das war nicht mehr seine Welt. Er war in etwas geworfen worden, das keine Beziehung zu ihm hatte. In das er nicht gehörte. Er hatte seinen Platz verloren. Und keinen neuen gefunden.

Angestrengt lauschte er ins Nichts. Allmählich kehrten die Geräusche in den Wald zurück. Ein Rascheln ganz nah neben ihm. Er zuckte zusammen. Wahrscheinlich war es nur eine Maus. Fernes Blätterrauschen. Das Knarren eines morschen Stammes. Ein Zischeln. Flattern wie von gewaltigen Schwingen. Tatsächlich spürte Arved einen Luftzug über sich. Ein fauler Hauch streifte sein Gesicht. Kälte kroch in ihn. Er war völlig durchnässt. Wo war diese Frau bloß abgeblieben?

Ein Lichtstrahl fiel in den Wald und malte einen Teich aus blassem Mondwasser auf den Waldboden. Die Wolkendecke war aufgerissen. Der Wind kreischte nun in den Wipfeln. Der Teich verschwand, wurde an anderer Stelle neu geboren. Ein fernes Geräusch, wie das Pfeifen eines Marders, kam aus der Waldferne vor ihm. Er lauschte angestrengt. Es war kein Pfeifen. Es war eine unendlich leise, verwischte Stimme.

»Hier ... hier ...«

Immer neue Lichtsäulen fielen vom Himmel. In einer davon, weit vor Arved, stand jemand und schwenkte die Arme. Neben der Gestalt ragte eine Masse aus dem Boden, die wie ein uraltes Gebiss aussah. Das Haus? Arved lief los.

»So kommen Sie doch endlich! Hier!«

Er hatte das Haus erreicht. Die Ruine. Es handelte sich um ein einstöckiges Steingebäude mit abgedecktem Dach und nur einem Fenster neben der Türhöhlung, in der die Frau stand und ihn herbeiwinkte. Mit klopfendem Herzen rannte er über einen Pfad aus Mondlicht auf die Tür zu.

Die Frau verschwand im Inneren des zerfallenen Gebäudes. Ihre aufgeregte Stimme drang nach draußen. »Helfen Sie mir, ihn zum Wagen zu bringen. Er muss sofort in ein Krankenhaus. Schnell!«

Arved hatte die Tür erreicht und trat in das Innere der Ruine.

5. Kapitel

Der schwarzhaarige Mann lag auf dem Steinfußboden und hielt sich den Bauch mit beiden Händen. Durch das abgedeckte Dach ergoss sich das Mondlicht und machte das Gesicht des Mannes noch bleicher. Dann schob sich eine Wolke vor den Mond und tauchte das Innere des kleinen Bruchsteinhauses in Dunkelheit.

»Helfen Sie mir, ihn zum Wagen zu tragen«, sagte die Frau am Rande der Hysterie. »Nun machen Sie doch!«

»Ich verbrenne!«, keuchte der Mann mit brüchiger Stimme. »Es ... frisst ... mich auf ... Geh ... weg ... du Teufel ...«

Unter ihm bemerkte Arved Kreidestriche, teils verwischt, teils seltsame Muster bildend. Er stellte sich hinter den Kopf des Mannes und griff ihm unter die Schultern.

»Jetzt wird alles gut, Jürgen. Der Mann wird uns helfen. Alles wird gut. Alles wird gut.«

Es klang wie eine Selbstbeschwörung. Die Frau ergriff die Beine ihres Gatten und gemeinsam hoben sie ihn hoch. Er war zum Glück recht leicht.

Wenn man mich so tragen müsste, hätte man ziemliche Probleme, dachte Arved und hätte beinahe gelächelt.

Als sie nach draußen traten, kam der Mond wieder hinter den Wolken hervor und durchglühte die Waldkathedrale mit silbernem Licht.

»Schneller!«, trieb die Frau ihn an. Sie lief voran und hielt die Beine des Mannes hinter ihrem Rücken.

Arved hatte ihn noch bei den Schultern gepackt und taumelte hinter der jungen Frau her.

Aus den Augenwinkeln sah er gewaltige, dunkle Vögel auf einem Baum in der Nähe der Hütte sitzen. Einer davon schlug mit den Flügeln und stieß einen hohen, schrillen

Schrei aus. Insgesamt waren es sechs, wie Arved bemerkte.

Eulen. Sinnbilder der Weisheit. Vorboten der Dunkelheit und des Bösen.

Arved schüttelte den Kopf und war froh, als sie die unheimlichen Vögel hinter sich gelassen hatten. Er hatte inzwischen völlig die Orientierung verloren und hoffte, dass die Frau wusste, wo der Parkplatz war. Jedenfalls lief sie los, als kenne sie die Umgebung genau. Der Mann hatte noch immer die Arme wie im Krampf über den Bauch gelegt, aber inzwischen gab er keinen Laut mehr von sich. Arved hoffte, dass er noch lebte. Er wollte die Frau in ihrem Lauf nicht bremsen, aber er hätte sich gewünscht, kurz anzuhalten und nach einem Lebenszeichen zu suchen.

Plötzlich blieb die Frau stehen. Arved hätte beinahe den Körper des Mannes fallen gelassen. Es gelang ihm gerade noch, ihn fester zu packen.

Die Frau drehte sich nach ihm um. Panik lag in ihrem Blick. »Wo steht ... Ihr Wagen?«, fragte sie abgehackt und außer Atem.

Arved gestand kleinlaut seine Unkenntnis ein.

»Ich denke, Sie sind von hier! Sie müssen sich doch hier auskennen!«, rief sie verzweifelt.

»Ich komme aus Trier«, verteidigte sich Arved. »Ich war noch nie hier.«

»Ich wollte doch nicht ...« Die Frau begann zu weinen. Arved wusste nicht, ob er den Mann absetzen und sie trösten oder darauf dringen sollte weiterzugehen. Nach kurzem Überlegen entschied er sich für Letzteres.

Endlich stießen sie auf einen Weg. Sie hatten beide keine Ahnung, ob es der richtige war, aber sie waren froh, nicht mehr zwischen den düsteren Bäumen durch das Unterholz laufen zu müssen. Die Äste der Buchen und Eichen ragten wie blasse, vom Mond bezuckerte Finger über den breiten Weg, dessen Grasnabe einem schlafenden Wurm glich. Arved wusste nicht, wo er war, denn vorhin hatte es so heftig geregnet, dass er sich keinerlei markanten Punkt hatte merken können.

Die Frau vor ihm murmelte etwas, das er nicht recht verstand. Wortfetzen drangen durch die Nachtluft zu ihm. »Nicht gewollt ... selber zuzuschreiben ... dummer Kerl ... liebe dich doch ... nichts anderes verdient ...«

Was mochte zwischen den beiden vorgefallen sein?

Sie gelangten an eine Kreuzung. Die Frau blieb wieder stehen und legte die Beine ihres Mannes ab.

Auch Arved konnte den Körper nicht mehr tragen. Sanft bettete er Kopf und Schultern auf der Grasnabe in der Mitte des Weges. »Sind wir vorhin hier vorbeigekommen?«, fragte er.

Die Frau schaute hektisch in alle Richtungen und streckte die Arme aus. Es war, als wolle sie die Antwort aus dem Wald herausziehen. »In diese Richtung«, sagte sie schließlich und deutete auf einen der Wege. »Schnell.«

Sie packte wieder die Beine und Arved bemühte sich um einen festen Griff um die Schultern. Er spürte Schmerzen in den Armen; eine solche Anstrengung war er nicht gewohnt. Er war dankbar dafür, dass wenigstens der Mond schien und der Regen aufgehört hatte. Seine Kleidung klebte ihm nass am Körper. Hoffentlich konnte er diesen Mann retten. Was mochte er haben? Eine Verletzung war nicht zu sehen. Es wirkte eher wie eine Vergiftung. Seine Frau schien sich Vorwürfe zu machen.

Der Mann kam wieder zu sich und stöhnte weiter. Immer lauter. Bis er schrie. »Ich verbrenne! Es tut so weh! Die Hölle!« Er würgte und bewegte sich heftig. Beinahe hätte Arved den Mann fallen lassen. Die Frau lief noch schneller. Arved musste mit, ob er wollte oder nicht. Wenigstens lebte der Mann noch.

Wieder eine Kreuzung. Nirgendwo war der Parkplatz in Sicht. Diesmal blieb die Frau nicht stehen. Sie nahm die Abzweigung nach rechts. »Ich erkenne es wieder!«, rief sie. »Jetzt ist es nicht mehr weit! Sehen Sie den verkrümmten Baum da, der wie ein buckliger Elefant aussieht?«

»Ja«, antwortete Arved, obwohl es eine Lüge war.

»Halten Sie durch, gleich sind wir bei Ihrem Wagen!«

Der Mann stöhnte. Er schrie etwas, das keinem verständlichen Wort mehr glich.

Als das Mondlicht versickerte, löste sich der Weg in Schwärze auf. Fast blind taumelte Arved hinter der Frau her. Seine Last wurde immer schwerer. Stiche fuhren ihm durch den ganzen Körper. Schweiß stand auf seiner Stirn, rann ihm den Rücken hinunter und mischte sich mit dem allmählich trocknenden Regenwasser. In was war er da bloß hineingeraten?

»Da hinten! Ich sehe Ihren Wagen!«, rief die Frau plötzlich.

Gott sei Dank, dachte Arved und musste gleich schlucken. Was für eine unsinnige Redewendung.

Auf den letzten Metern kam der Mond wieder zum Vorschein. Arved setzte den inzwischen erneut bewusstlos gewordenen Mann vorsichtig im Gras ab und schloss den Wagen auf. Die Frau kniete sich neben ihren Gatten und betupfte ihm die Stirn. Er atmete heftig. Arved öffnete die Beifahrertür so weit wie möglich und klappte den Sitz zurück. Dann hoben sie gemeinsam den Bewusstlosen auf und legte ihn unter vielen Mühen auf den Rücksitz. Er stöhnte, sagte aber nichts mehr.

Als sie ihn halbwegs bequem gelegt hatten, riss die junge Frau den Beifahrersitz zurück, warf sich auf das Polster, schlug die Tür zu und rief: »So fahren Sie doch schon! Ins nächste Krankenhaus!«

Wo war das nächste Krankenhaus? Arved wusste noch nicht einmal recht, wo sie sich in dieser Waldeinsamkeit befanden. »Geben Sie mir bitte die Straßenkarte«, sagte er erschöpft. »Sie ist im Handschuhfach.«

Die Frau sah ihn an, als habe er ihr einen unsittlichen Antrag gemacht. »Sie sollen ins Krankenhaus fahren! Wollen Sie schuld sein, wenn mein Mann stirbt?«

Allmählich verließ Arved die Geduld. »Ich kenne mich in dieser Gegend nicht gut aus! Ich vermute, dass es in Wittlich ein Krankenhaus gibt, aber ich habe keine Ahnung, wie ich von hier nach Wittlich komme. Geben Sie mir also schnell die Karte, wenn Sie keine weitere Verzögerung wünschen.« Es hatte härter geklungen, als er beabsichtigt hatte.

Die junge Frau gab keine Widerworte, sondern öffnete das Handschuhfach und gab ihm wortlos die Karte. Dann starrte sie vor sich in die Spiegelung des Wageninneren.

Rasch schlug Arved die Eifel-Seite auf. Bald hatte er Eisenschmitt gefunden. Irgendwo oberhalb des Ortes mussten sie sich befinden – in einem ausgedehnten, namenlosen Waldgebiet, das von zwei Straßen durchzogen wurde. Wenn sie sich an der Straße befanden, die er als die wahrscheinlichere ansah, musste er bis zu deren Ende fahren und dann rechts in Richtung Großlittgen abbiegen. Von dort aus war es nicht mehr sehr weit bis Wittlich. Er hoffte nur, dass diese Kreisstadt ein Krankenhaus hatte. Er prägte sich den Weg ein, gab die Karte der immer noch schweigenden Frau zurück, die sie mechanisch wieder in das Handschuhfach legte, und startete den Motor. Dann schaltete er die Innenbeleuchtung aus.

Als er den schweren Wagen wieder auf die Straße gelenkt hatte und diese mit größtmöglicher Geschwindigkeit entlang fuhr, fragte er: »Was ist passiert?«

Zuerst gab die Frau keine Antwort. Arved warf einen Blick in den Rückspiegel. Der Mann regte sich wie im Fieberwahn, aber er sagte nichts mehr, was man hätte verstehen können. Ein seltsamer Geruch machte sich in dem Wagen breit. Vorhin, im Wald, hatte Arved ihn nicht wahrgenommen. Er war süßlich, beinahe wie Verwesungsgeruch. So ähnlich hatte Lydia Vonnegut gerochen, als er sie zusammen mit den Polizisten im Bett gefunden hatte. Es war der freie Tag der Haushälterin gewesen. Er hatte die Polizei rufen müssen, da er natürlich keinen Schlüssel zu ihrem Haus besessen hatte. Die Obduktion hatte ergeben, dass sie schon seit drei Tagen tot war. Doch dieser Mann hier lebte noch.

»Ich weiß es nicht«, sagte die Frau plötzlich wie aus dem Nichts. Dann schwieg sie wieder.

Die Straße wurde immer holperiger, wand sich wie eine Schlange und durchstach den schwarzen Nachtwald. Nass glänzten die weißen Begrenzungsstreifen auf. In manchen Kurven schlingerte der Bentley bedenklich, doch Arved hatte keine Nerven mehr, langsam zu fahren.

Endlich sagte die Frau wieder etwas. »Es war doch nur eine alte Ruine.«

Ein klackendes Geräusch. Arved warf einen raschen Blick zu ihr hinüber. Sie kaute an ihren Fingernägeln. »Was ist das für eine Hütte?«, fragte er.

»Ich weiß es nicht. Wir hatten uns völlig verlaufen und dann kam dieses Gewitter. Das Haus hat zwar kein richtiges Dach mehr, aber drinnen war es trotzdem trockener als im Wald.«

»Woher kommen Sie?«

»Wir sind vom Kloster Himmerod aus gegangen und wollten noch bis nach Manderscheid wandern«, sagte sie und rieb sich die Schläfen. Ihre kurzen schwarzen Haare trockneten allmählich und wurden wieder zu einer Frisur. Zu einer sehr hübschen Frisur.

»Was ist in der Hütte vorgefallen?«, fragte Arved, während er den Bentley langsam abbremste. Das Ende der Straße kam in Sicht

»Das ist es ja: Ich weiß es nicht«, sagte die Frau und schluchzte. »Es ist alles so verwirrend.«

»Vielleicht erzählen Sie es einfach der Reihe nach«, meinte Arved und hielt den Wagen an der Einmündung an. Ein Wegweiser zeigte nach links: Daun 21 Kilometer, Manderscheid 5 Kilometer, einer nach rechts: Wittlich 14 Kilometer, Großlittgen 5 Kilometer. Arved bog nach rechts ab und beschleunigte heftig. Bald musste er wieder bremsen, denn die Straße machte eine scharfe Biegung nach links.

»Ich gebe zu, dass wir uns gestritten haben«, fuhr die junge Frau fort. »Jürgen hat mir vorgeworfen, dass ich irgendwo die falsche Abzweigung genommen hätte, und ich habe ihm vorgeworfen, dass er vergessen hatte, die Wanderkarte einzustecken. Die liegt nämlich noch im Wagen in Himmerod. Ein Wort ergab das andere und bald haben wir nicht mehr miteinander geredet, sondern nur noch darauf gewartet, dass das Gewitter vorbeizieht.« Sie schwieg wieder.

Der Mann auf der Rücksitzbank war still geworden, doch er atmete schwer.

»Wieso hat Ihr Mann solche Schmerzen?«, fragte Arved ungeduldig und richtete den Blick starr auf die Straße vor sich.

»Er ... er hat etwas gegessen.«

»Was?«

»Rote Trauben.«

»Hat er sie auf dem Weg gepflückt?«

»Nein. In dem zerfallenen Haus.«

Schweigen.

»In dem Haus?«, fragte Arved verdutzt. »Haben die Trauben dort herumgelegen?«

»Nein, sie hingen an einem Rebstock.«

Arved warf ihr einen Blick der Verständnislosigkeit zu. Musste man ihr denn jede Information aus der Nase ziehen? »In dem Haus wächst ein Rebstock?«

»Ja. Es hatte den Anschein, als ob es ganz normale Trauben seien.«

»Aber die Trauben sind noch lange nicht reif.«

»Das habe ich ihm auch gesagt. Außerdem war der Rebstock ... na ja, er war ...«

Schweigen.

»Wie war er?«, fragte Arved etwas gröber als beabsichtigt.

»Er wirkte so ... lebendig. Die Ranken waren rosig und sehr biegsam.«

»Und sie wuchsen mitten in dem Haus?«, vergewisserte sich Arved noch einmal. Er hatte dort keinen solchen Rebstock gesehen, aber er hatte nur Augen für den am Boden liegenden Mann gehabt. Allerdings erinnerte er sich plötzlich an die seltsamen Kreidesymbole auf dem Boden.

»Ja, das Gewächs kam aus dem Stein hervor. Und unten am Stamm sah es ... wie Stein aus. Wie lebendig gewordener Stein. Anders kann ich es nicht erklären.« Die junge Frau legte die rechte Hand vor die Augen.

»Ich habe Kreidestriche auf dem Boden gesehen«, sagte Arved. »Sie auch?«

»Ja.« Die junge Frau holte tief Luft. Dann hielt sie sich die Hände an die Schläfen und keuchte.

»Ist Ihnen nicht gut?«, fragte Arved besorgt.

Sie schüttelte den Kopf.

Nun hatten sie Großlittgen erreicht. Arved dachte daran, wie er am frühen Abend durch den Ort gefahren war und merkwürdige Dinge wahrgenommen hatte – Dinge, die erst durch die Erläuterung des Novizen in Himmerod einen gewissen Sinn bekommen hatten. Nun war niemand mehr auf der Straße zu sehen. Dafür bemerkte Arved einen umgekippten Bauwagen, der in einem Vorgarten lag, und eine Pyramide aus Holzscheiten auf einem Flachdach. Der Schabernack hatte zugeschlagen. Doch das, worin er selbst verwickelt worden war, hatte mit solchen Walpurgisstreichen nicht das Geringste zu tun. Er warf einen sorgenvollen Blick auf seine Beifahrerin. Sie hatte sich auf dem Sitz zusammengekrümmt. »Was ist Ihnen?«, fragte er noch einmal.

Sie richtete sich wieder auf und atmete tief durch. »Es geht schon wieder.« Die junge Frau warf einen Blick aus dem Seitenfenster in die Schwärze. Kein Mond war mehr zu sehen. »Ja, ich habe die Kreidezeichen auch gesehen. Jürgen meinte, es seien Kinderzeichnungen.«

»War sonst noch jemand in dem Haus, als Sie es betreten haben?«, fragte Arved.

»Natürlich nicht«, erwiderte die junge Frau. »Es ist ja nur ein einziger Raum und es konnte sich dort niemand verstecken. Aber ...«

»Aber?«

»Aber da war ein so komischer Geruch. Fast wie nach Weihrauch. Er schien schnell zu verfliegen. Ich habe Jürgen darauf aufmerksam gemacht, aber er hat ihn nicht gerochen. Er war so komisch. So bösartig. Und als ich ihm gesagt habe, dass ich die Trauben seltsam finde, hat er welche gegessen. Ich wollte ihn davon abhalten, aber er hat mich einfach von sich gestoßen. So kenne ich ihn gar nicht.« Sie weinte. Heftiges Schluchzen durchzitterte ihren zarten Körper. »Er wollte mir auch ein paar Trauben geben. Ich habe mich geweigert. Da hat er versucht, sie mir gegen meinen Willen in den Mund zu stopfen. Ich habe ihm vor lauter Angst in den Finger gebissen. Dann hat er sich in die hinterste Ecke zurückgezogen. Da wurde er zwar völlig nass, aber das schien ihm egal zu sein.« Sie seufzte und schien sich wieder im Griff zu haben.

Minderlittgen. Die Scheinwerferkegel legten Mauerwerk und blasse, entfärbte Nachthecken frei. Und eine Gestalt, die an einem Baum hing. Es konnte nur eine Strohpuppe sein. Zumindest hoffte Arved das. Was war das bloß für eine Nacht? Was war das für ein Albtraum? Hoffentlich hatte Wittlich ein Krankenhaus; hoffentlich war diese Nacht für ihn bald vorüber.

Ein großer Vogel flatterte in den Lichtkreis des Bentley. Arved bremste hart ab. Der Mann auf der Rückbank stöhnte auf. Seine Frau drehte sich um und streckte die Hand nach ihm aus. Unter ihrer Berührung wurde er wieder ruhiger.

Der Vogel schien in der Luft zu schweben. Seine Augen glühten im Scheinwerferlicht. Es war eine Eule. Die größte, die Arved je gesehen hatte. Als er schon glaubte, den Wagen nicht mehr rechtzeitig zum Stehen zu bringen und einem Zusammenprall nicht mehr ausweichen zu können, war der Vogel plötzlich verschwunden. Erst jetzt bemerkte Arved, dass er die Luft angehalten hatte. Erleichtert stieß er sie aus.

»Was für eine Nacht«, stöhnte die Frau.

Arved nickte und gab wieder Gas.

»Und dann ist er plötzlich über mich hergefallen«, fuhr sie fort, als sie den Ort hinter sich gelassen hatten. »Ich weiß nicht, zu was es noch gekommen wäre. Er war plötzlich so brutal. So kenne ich ihn gar nicht. Er hat mich geküsst und regelrecht abgegrapscht. Und beim Küssen habe ich die Trauben geschmeckt.« Sie schüttelte sich.

Die Straße wand sich in ein enges Tal und von dort aus auf einer glücklicherweise breiteren Straße nach Wittlich hinein. Arved gab auf der schnurgeraden Bahn Gas und war erstaunt, wie schnell der Wagen beschleunigte.

»Es war ekelhaft«, berichtete die junge Frau weiter. »Das waren keine normalen Weintrauben. Ich weiß nicht, wonach es geschmeckt hat, aber es war abscheulich. Zugleich süß und erdig – vielleicht so, als würde man Schlamm mit Zucker darauf essen. Ich habe das wenige, das er mir durch den Kuss eingeträufelt hat, sofort ausgespuckt, aber ...«

»Aber Sie glauben, auch etwas davon abbekommen zu haben«, vollendete Arved den Satz für sie.

Sie nickte. »Ich habe ihm dafür die Hölle an den Hals gewünscht.«

Arveds Kleidung war inzwischen beinahe getrocknet. So musste man sich fühlen, wenn man im Anzug in die Sauna ging. Er sah die wenigen Lichter des nächtlichen Wittlich vor sich. Weit links, über der Stadt, erhob sich ein großer Gebäudekomplex, in dem es hell aus vielen Fenstern schien. Er hoffte, dass dies das Krankenhaus war. »Es wäre wohl besser, wenn Sie sich ebenfalls einweisen lassen«, sagte er leise.

»Ja. Außerdem würde ich meinen Mann niemals allein lassen.«

Es dauerte eine Weile, bis das erste Hinweisschild auf das Krankenhaus erschien. Arved fuhr schneller als erlaubt durch die wie ausgestorben wirkenden Straßen. Einmal sah er etwas über die Fahrbahn huschen, das ganz sicher weder eine Katze noch ein Hund gewesen war. Zu klein für ein Kind, zu groß für ein Tier ...

Nun ging es bergan, vorbei an einem gespensterhaft erleuchteten Busbahnhof, dann in einer scharfen Rechtskurve weiter hinaus, zu einem Kreisel, immer den Piktogrammen nach, und endlich, hinter einer Biegung am Berg hinter dem Ort, als Arved schon befürchtet hatte, irgendwo die falsche Abzweigung genommen zu haben, tauchte links von der Straße das große, moderne Krankenhausgebäude auf – wie ein Fels in der Nacht. Rasch fuhr er die Auffahrt hoch und lenkte den alten Wagen dreist in die Einfahrt der Rettungsfahrzeuge. Er sprang hinaus, schaute sich rasch um und fand eine Kordel, an der er zog, ohne lange nachzudenken. Kaum eine Minute später erschien eine etwas verschlafen wirkende Krankenschwester mit verknittertem weißen Kittel und schaute ihn fragend an.

»Ein Notfall«, sagte er hastig und deutete auf den Wagen. Er sah, dass auch die junge Frau auf dem Beifahrersitz in sich zusammengesackt war.

Die Krankenschwester warf einen Blick durch das Seitenfenster. Und hielt sich entsetzt die Hand vor den Mund.

6. Kapitel

Bitte bleiben Sie bei mir«, sagte die junge Frau zu Arved, als man sie auf dem Bett in eines der Krankenzimmer schob. Zuerst hatte man sich in großer Hektik um ihren Mann gekümmert und ihn sofort auf die Intensivstation gebracht. Sie hatte ihn begleiten wollen, doch einer der Ärzte hatte sie sanft, aber sehr bestimmt auf ein rasch herbeigeholtes Bett gelegt und ihr den Puls gefühlt, dann ihren Pullover hochgezogen und den Magen abgetastet.

Nun lag sie angezogen auf dem weißen Bett; eine Krankenschwester saß auf einem Stuhl vor ihr und Arved stand am Fußende. Es war ein Doppelzimmer, doch das zweite Bett war nicht belegt. Die Krankenschwester, eine noch sehr junge Frau mit stark geschminktem Gesicht, sah ihn zuerst zweifelnd an, dann nickte sie. Sie nahm die Personalien der jungen Frau auf, und so erfuhr Arved, dass sie Magdalena Meisen hieß, in Trier wohnte und vierunddreißig Jahre alt war. Immer wieder fragte sie nach ihrem Mann, doch die junge Krankenschwester blieb hart.

»Wir kümmern uns um ihn«, sagte sie. »Es war richtig, dass Sie sofort zu uns gekommen sind. Es wird schon alles wieder gut werden.«

Als der Arzt kam, bat er Arved hinaus. Draußen auf dem schweigenden Gang mit den vielen Türen und dem leisen Geruch nach Desinfektionsmitteln lief er auf und ab, die Hände hinter dem Rücken verschränkt, und wartete. Er hasste Krankenhäuser. Er hasste den Geruch, die langen, nur von Neonlicht erhellten Gänge, die pflegeleichten, kalten Fußböden, die Gegenwart von Leid und Tod.

Die Tür von Magdalena Meisens Zimmer öffnete sich; der Arzt kam heraus und winkte Arved heran.

»Sind Sie ein Verwandter?«

Arved fand, dass der Arzt schrecklich jung aussah. Er hatte kaum Bartwuchs; nur ein wenig Flaum spross unter dem Kinn. Er trug eine dicke Brille, unter der zwei rosige, runde Wangen leuchteten – das blühende Leben. Arved erklärte, wie er die Bekanntschaft des Ehepaares gemacht hatte. »Was hat die arme Frau?«, fragte er.

Der Arzt schaute an ihm vorbei. »Das darf ich Ihnen nicht sagen.«

Arved gab sich einen Stoß. »Ich bin Priester.« Fast kam er sich wie ein Lügner vor. Doch eigentlich hatte er Recht, denn die Suspendierung bedeutete nicht, dass er zum Laien geworden war. Noch immer war er zum Beispiel der Pflicht unterworfen, täglich das Brevier zu beten – eine Pflicht, die er heute sträflich vernachlässigt hatte.

Beten – zu wem?

»Das ist natürlich etwas anderes; dann unterliegen Sie wie ich der Schweigepflicht«, meinte der Arzt und legte Arved kameradschaftlich einen Arm auf die Schultern. »Sie scheint etwas Schlechtes gegessen zu haben. Sie sagte etwas von roten Weintrauben. Wissen Sie etwas darüber?«

»Nein. Aber sie hat mir auch davon erzählt. Sie und ihr Mann sollen die Trauben frisch gepflückt haben. Ich habe den Strauch nicht gesehen. Vielleicht war irgendwas mit den Trauben nicht in Ordnung.«

»Trauben? Zu dieser Jahreszeit? Außerdem sind ihre Symptome nicht typisch für eine Magenverstimmung. Ihr Puls ist extrem verlangsamt und sie hat hohes Fieber – wie ihr Mann.« Der Arzt beugte sich Arved entgegen. »Wir werden ihr gleich den Magen ausspülen, aber im Vertrauen gesagt, glaube ich nicht, dass das hilft. Wenn es wie bei ihrem Mann ist ...«

»Wie geht es ihm?«, wollte Arved wissen.

»Nicht so gut. Wir tun, was wir können. Er ist ... also ... so etwas habe ich noch nie gesehen«, flüsterte der Arzt.

»Können Sie das etwas näher erklären?«, fragte Arved. Ihm war sehr unwohl. Was ging hier vor? »Als ich ihn fand, schrie er, er verbrenne.«

»Er hat extrem hohes Fieber. Wir können es einfach nicht stoppen. Aber wir werden uns um die beiden kümmern, so gut wir können, das verspreche ich Ihnen. Ich glaube, es ist besser, wenn Sie jetzt nach Hause fahren. Sie können hier nichts mehr tun. Wir alle sind Ihnen für Ihre Hilfe und Ihren Einsatz sehr dankbar.« Er streckte Arved die Hand entgegen.

Als sich Arved von dem Arzt verabschiedet hatte und auf dem neonhellen, verlassenen Weg zur Notaufnahme war, vor der noch immer sein Wagen stand, beschlich ihn ein Gefühl, als schreite er durch ein dunkles Labyrinth. Er begriff nicht, was um ihn herum geschah, und fühlte sich plötzlich schrecklich einsam. Es war beinahe wie in einem Albtraum. Er dachte an das Haus im Wald und die seltsamen Zeichen auf dem Boden. Walpurgisnacht. Die Nacht der Hexen und Geister. Was war in dieser Hütte vorgefallen? Was war das für ein Strauch gewesen, von dem Jürgen Meisen gekostet hatte?

Beinahe wäre er mit jemandem zusammengestoßen. »Entschuldigung«, murmelte er und schaute auf.

Vor ihm stand eine kleine Gestalt mit einer Kapuze auf dem Kopf. Ihr Gesicht war nicht zu sehen. Als sie sich wortlos regte, ging von dem Umhang ein unangenehm süßlicher Geruch aus. Arved fror. Seine Haut brannte an der Stelle, wo sie mit dem Umhang in Berührung gekommen war. Dann schaute er sich um. Nichts Außergewöhnliches war zu sehen. Die Gestalt verschwand hinter einer Tür mit der Aufschrift *Intensivstation. Zutritt verboten.*

Arved schüttelte den Kopf und versuchte wieder klar zu denken.

Walpurgisnacht.

Vielleicht war es nur ein Scherzbold gewesen, vermutlich einer der Assistenzärzte, der den Schwestern Angst einjagen wollte.

Arved verließ das Krankenhaus, ging zu seinem Wagen und ließ sich schwer in das Lederpolster fallen. Der schlimme Geruch zog nur noch ganz schwach durch den Innenraum. Er öffnete beide Seitenfenster und fuhr aus der Einfahrt. Bald begann es wieder zu regnen und er schloss die Fenster, nachdem bereits stechend kalte Regentropfen ins Innere gedrungen waren. Arved lenkte den Wagen hinunter nach Wittlich und folgte dort den Hinweisschildern in Richtung Autobahn. Für heute hatte er genug Aufregung und Seltsamkeiten. Er schaute auf die altmodische Runduhr im Armaturenbrett. Sie zeigte bereits Mitternacht an.

So schnell, wie er es dem alten Wagen zutraute, fuhr Arved zurück. Der Regen fiel stetig, aber es war wenigstens kein Wolkenbruch. Er war froh, als er endlich auf die Trierer Autobahn kam und schon ein paar Minuten später war die Abfahrt *Verteilerkreis* in Sicht. Arved fuhr die Herzogenbuscher Straße entlang, die schließlich in die Paulinstraße überging, und bog hinter dem Friedhof mit seinen mächtigen Skulpturen nach links in die Thebäerstraße ein. Der Turm von Sankt Paulin ragte mahnend in den aufgewühlten Nachthimmel, schien eins mit ihm zu sein, und der Kirchenbau darunter geronnenes Jenseits. Jedes Mal, wenn Arved dieses Gotteshaus sah, versetzte es ihm einen Stich. Jedes Mal kamen die Erinnerungen, wie er an dem schmucklosen Pseudo-Barockaltar dieser ansonsten so prachtvoll ausgemalten und geschmückten Kirche die Messe gefeiert und Brot und Wein in Christi Leib und Blut verwandelt hatte. Hatte er das wirklich getan? Nein, es waren nur hohle Riten gewesen, an denen sich die Menschen festhalten und in die sie den angeblichen Sinn ihres Lebens fließen lassen konnten.

Er ließ die Kirche links liegen und fuhr in die Palmatiusstraße. Vor der Garage hielt er den Wagen an, stieg aus und öffnete das weiße, breite Tor, von dem die Farbe abblätterte. Er parkte den Wagen ein und blieb erschöpft im Dunkeln sitzen. Zwei unheimliche Katzen erwarteten ihn, dazu ein Haus, das vor Dunkelheit und Feuchtigkeit starrte und in allen Ecken an seine frühere Besitzerin erinnerte, auch wenn er beinahe alle Möbel hatte entfernen und durch seine eigenen ersetzen lassen. Doch es war ihm nicht die Zeit für eine Grundrenovierung geblieben. Er schloss das Garagentor von innen und ging durch die schmale Verbindungstür ins finstere Innere.

Kalte Luft schlug ihm entgegen. Etwas huschte vor ihm weg. Mit zitternden Fingern tastete er nach dem Lichtschalter. Grünes Licht aus der Jugendstillampe im Eingang ging an. Es war eher eine kleine Halle als eine Diele. Sie erstreckte sich über beide Stockwerke. In halber Höhe lief eine Galerie entlang, an der sich die Schlafräume befanden. Es gab vier. Das Ehepaar Vonnegut hatte zwei davon benutzt, die beiden anderen standen schon seit über dreißig Jahren leer – und rochen entsprechend. Arved hatte sich sein Schlafzimmer dort eingerichtet, wo früher Lydia Vonneguts Mann genächtigt hatte. Hier war der Geruch am schwächsten; dennoch hatte er bisher keine Nacht gut geschlafen. Die anderen, nur spärlich möblierten Räume beherbergten vorübergehend Arveds Reliquiensammlung, die er seit seiner Zeit als Theologiestudent zusammengetragen hatte und von der er sich bisher nicht hatte trennen können, denn sie war von hohem kunstgeschichtlichen Wert, auch wenn sie für ihn keine spirituelle Bedeutung mehr hatte.

Im Erdgeschoss befanden sich die Bibliothek, das Wohnzimmer und ein Esszimmer, das er wohl kaum je benutzen würde, da er nicht kochen konnte. Und natürlich die Küche. In ihr fütterte er immer die Katzen; dort störten ihn die Fressnäpfe und Wasserschälchen am wenigsten. Die Katzentoilette hatte er in einen Spind gestellt, der von der Küche abging und unbenutzt war. Am meisten ekelte er sich vor dem täglichen Säubern des Katzenklos, und jedes Mal fragte er sich, ob diese Abscheulichkeit die Erbschaft wert sei.

Auch jetzt näherte er sich der Küche mit einem unguten Gefühl im Magen. Er holte aus einem der Einbauschränke, die Lydia Vonnegut kurz nach dem Tod ihres Mannes angeschafft hatte, einen blauen Abfallsack, schlich hinüber zum Klo, öffnete die Abdeckung und versuchte fortzuschauen, während er den Inhalt in den Sack kippte. Dann spülte er die große Plastikschüssel aus, schüttete frisches Streu hinein und stellte sie wieder an ihren angestammten Platz. Er brachte den Sack in die Mülltonne und füllte danach die Näpfe mit Trockenfutter auf. Keine der beiden schwarzen Katzen war zu sehen. Arved ließ die Küchentür einen Spalt breit geöffnet, damit die Tiere kommen und gehen konnten, wann sie wollten. Er löschte das Licht in der Küche und schlich über die knarrende Treppe nach oben.

In seinem Schlafzimmer zog er sich rasch aus, verschwand dann im angrenzenden kleinen Bad, dessen Einrichtung noch aus den fünfziger Jahren stammte, und versuchte sich die Ereignisse des Tages vom Körper zu waschen.

Als er in seinem Bett lag, die eigenen Laken über den Kopf, den eigenen schwachen Geruch in der Nase, versuchte er zu sich zurückzufinden. Draußen war alles still, nur einmal hörte er leise, krallenbewehrte Katzenpfoten auf dem Holzfußboden klacken. Die Geräusche brachen vor seiner Tür ab und es war ihm, als höre er Schnüffeln. Dann liefen die Pfoten weiter.

Ob sie litten? Ob sie bemerkten, dass ihre Herrin fort war? Ob sie so leidensfähig wie Menschen waren? Plötzlich stellte

Arved verwundert fest, dass die beiden flüchtigen Wesen ihm ein wenig Leid taten. Nicht nur er hatte sein gewohntes Leben verloren, sondern auch sie – und zwar ohne eigene Schuld. Alle drei waren sie Entwurzelte. Er sollte mehr Mitgefühl für die beiden aufbringen. Irgendwann.

Seine Gedanken kehrten zu den Ereignissen des Abends zurück. Wie mochte es Magdalena Meisen nun in ihrem Krankenbett ergehen? Und wie ihrem Mann? Arved wälzte sich unruhig hin und her und fand keinen Schlaf. Schließlich ging er wieder hinunter. Die Katzen hörten ihn und liefen aus der Halle weg in Richtung Küche. Er hörte nur ein Fauchen und ein Klacken, dann war wieder alles totenstill.

Arved legte eine Platte mit Frank-Sinatra-Liedern auf und versuchte abzuschalten. Er ging in dem dunklen Zimmer umher, dessen zwei Fenster vom Efeu halb überwuchert waren – wie fast alle Fenster in dem finsteren, feuchten Haus. Nur spärliches Licht einer Straßenlaterne drang herein. Die Stereo-Anlage wetteiferte mit Grün und Blau. Sinatras rauchige Stimme füllte den Raum.

Arved versuchte sich vorzustellen, dass er nun hier wirklich zu Hause war. Hier stand sein englisches Stoffsofa mit den Vögeln und Blumen auf dem Bezugsstoff, hier stand sein Mahagoni-Sekretär mit den alten Ausgaben der Werke von Trakl und Benn, seinen Lieblingsdichtern, hier stand die Art-Déco-Vitrine, die wie ein Holz gewordenes Omega aussah und Bücher über Reliquien und Reliquiare enthielt, von denen er einige Prunkstücke ebenfalls in diesem Raum aufgestellt hatte: das Kopfreliquiar des heiligen Pamphilius, des gelehrten Bischofs von Sulmona, weiterhin das Armreliquiar der heiligen Eulalia, das große Kreuz mit den Knochensplittern der Heiligen Ambrosius, Thomas de Aquino, Hieronymus und Gregors des Großen und etliche andere Stücke aus Gold, Silber, Ebenholz und Elfenbein. Noch immer schätzte er die Eleganz und die handwerkliche Perfektion dieser Kunstwerke, doch ihre spirituelle Dimension war ihm verloren gegangen.

In diesem Haus.

Durch dessen frühere Bewohnerin.

Fast war es wie ein Hohn, dass nun in diese Mauern die religiösen Gegenstände eingezogen waren, die Lydia Vonnegut so gehasst hatte.

Hexe.

Hexe, hatte sie sich selbst genannt. Ohne je magische Taten ausgeführt zu haben, denn dazu hätte sie an deren Wirksamkeit glauben müssen. Wer nicht an Gott glaubt, glaubt auch nicht an den Teufel, hatte sie gesagt. Es sei denn, man braucht nicht an den Teufel zu glauben, weil man selbst der Teufel ist.

Ihr hartes Lachen schien in diesem Raum zu hängen – in diesem Raum, in dem er sie zum ersten Mal gesehen hatte, noch bevor sie vollkommen bettlägerig geworden war.

»I did it my way«, sang Frank Sinatra gerade. Welcher Weg ist der richtige? Er setzte sich wieder in seinen grünen englischen Ohrensessel und versuchte sich bei der Musik zu entspannen. Es gelang ihm nicht. Immer wieder kehrten seine Gedanken zu dem Ehepaar Meisen zurück. Was hatten sie wirklich erlebt? Was waren das für Zeichen auf dem Steinboden gewesen? Es ist nicht mehr deine Angelegenheit, dachte er. Du hast die beiden im Krankenhaus abgeliefert und kannst nichts mehr für sie tun. Nicht für ihre Gesundheit, nicht für ihre Seelen.

Das Haus knarrte und knisterte verstohlen. Arved spürte einen kalten Luftzug um die Füße. Wie Geisterkatzen. Er schaute hinunter. Waren da nicht huschende Schatten? Die Musik hörte auf, die CD war durchgelaufen. Die einsetzende Stille war wie ein Hammerschlag. Auch das Knirschen hatte aufgehört. Nur der kalte Luftzug war geblieben. Arved stand auf und ging nach oben in sein Schlafzimmer. Auf dem Weg ließ er alle Lichter brennen. Als er im Bett lag, glaubte er etwas in seinem Zimmer huschen zu hören. Bei dem Gedanken, er könnte die Katzen hier eingesperrt haben und müsste die Nacht zusammen mit ihnen verbringen, wurde ihm übel. Er stand auf und suchte in allen Winkeln nach. Er fand nichts.

Am Morgen erwachte er übermüdet und gerädert. Er hatte unruhig geschlafen und einen Albtraum nach dem anderen gehabt. Er hatte wieder vor der bischöflichen Kommission gestanden. »Warum glauben Sie nicht mehr an den Teufel?«, wurde er von einem glatzköpfigen, hoch aufgeschossenen Mann in einem weiten schwarzen Umhang gefragt, der nur entfernt an ein Mönchshabit erinnerte. »Er existiert nicht, weil Gott nicht existiert«, hatte Arved im Traum geantwortet. Die fünf Mitglieder der bischöflichen Kommission lachten laut auf, rissen sich die Gesichter vom Schädel und entblößten ihre wahren Fratzen. Teufel allesamt. Sie stürzten sich auf Arved, der schreiend erwachte.

Der nächste Traum hatte ihn zurückgeführt in das kleine, verfallene Haus mitten im Wald oberhalb von Eisenschmitt. Nun war er allein dort. Er sah die Zeichen auf dem Boden und auch den seltsamen Rebstock. Eine Eule flatterte durch das abgedeckte Dach und setzte sich neben dem Rebstock auf den Boden. »Wenn du davon isst, wirst du wissen«, sagte sie. »Was werde ich wissen?«, fragte Arved. »Alles, was du nicht wissen willst«, antwortete die Eule und sah ihn mit ihren großen gelben Augen eindringlich an. »Warum soll ich dann davon essen?« »Weil das, was man nicht wissen will, das einzig Wahre ist.« Und er aß von den Trauben. Gleichzeitig stieg ihm ein süßlicher Verwesungsgeruch in die Nase. Er sah Jürgen Meisen vor sich in der Hütte stehen:

aufgedunsen, fleckig wie eine Wasserleiche und irgendwie durchscheinend. »Willkommen«, sagte er – und löste sich in der Luft auf. Wieder war Arved erwacht. Er war aufgestanden und hatte versucht, Halt in seinem Brevier zu finden – ohne Erfolg.

Als er sich am frühen Morgen vor dem geschwungenen Spiegel im Badezimmer rasierte, erschrak er über die dunklen Ringe unter seinen Augen. Außerdem war er so grau wie eine Betonwand. Mit raspelndem Geräusch fielen die spärlichen Barthaare ab. Er wusch sich das Gesicht, legte ein Aftershave auf und drehte sich langsam um.

Da saßen sie. Lilith und Salomé.

Die Badezimmertür war verschlossen. Sie mussten die ganze Nacht in dem Bad verbracht haben. Wie Totenwächter hockten sie nebeneinander auf den dunkelbraunen Fliesen und schauten ihn an. Sie regten sich nicht, sondern fixierten ihn nur mit ihren grünen Augen. Er machte vorsichtig einen Schritt auf sie zu, denn die Tür befand sich hinter ihnen. Sie wichen nicht. Er streckte die Hand aus, griff über sie hinweg und öffnete die Tür. Sofort liefen sie in sein Schlafzimmer. Er wollte sie von dort vertreiben, aber als er eintrat, waren sie nirgendwo mehr zu sehen. Sie schienen sich aufgelöst zu haben wie Jürgen Meisen in seinem abscheulichen Traum. Er kleidete sich rasch an und ließ die Schlafzimmertür einen Spalt breit offen stehen.

Er wollte frühstücken, aber er hatte nichts im Haus. Also ging er nach draußen. Palmatiusstraße, Alkuinstraße, vorbei an den kleinen Häusern, die einen schwachen Eindruck von achtzehntem Jahrhundert hinterließen, der sofort wieder durch einige Neubauten und eine Druckerei auf der anderen Seite zerstört wurde. An der Ecke Maximinstraße-Petrusstraße befand sich eine Bäckerei mit angeschlossenem Stehcafé. Er war noch nie hier gewesen, hatte es bisher nicht nötig gehabt, und dachte ein wenig wehmütig an Frau Köster und ihre wunderbaren Frühstücke zurück. Eier, Kaffee, Brötchen, Wurst, Quark, Käse, Marmelade, Orangensaft – vorbei.

Eine kleine Klingel kündigte ihn an. Er ging zur Theke, bestellte einen Kaffee, ein Croissant und ein Töpfchen Marmelade. Er bekam alles auf ein Tablett gestellt, das er mit zu einem der hohen Stehtische nahm. Ohne Appetit aß er. Doch der Kaffee war gut und munterte ihn ein wenig auf.

Er machte sich Sorgen um die Meisens. Hoffentlich hatten sie eine gute Nacht verbracht.

Als er sein Frühstück beendet hatte, ging er wieder nach draußen. Der Regen des vergangenen Abends hatte sich verzogen und weiße Wölkchen tupften den Frühlingshimmel. Erster Mai. Die Walpurgisnacht, die Hexennacht war vorüber. Die Albträume sicherlich auch. Er schlenderte zurück zu seinem Haus, betrachtete es von außen und freute sich zum ersten Mal ein wenig an der französischen Anmutung des Gebäudes, an den hohen Sprossenfenstern, dem dichten Efeu, der weißen Tür mit dem halbrunden Oberlicht und dem kleinen Vorbau sowie an dem weit heruntergezogenen, offenbar erst kürzlich gedeckten Dach mit den anheimelnden Gauben. Ja, es war Zeit für eine weitere Ausfahrt mit dem hochherrschaftlichen Bentley-Coupé.

Arved holte die Schlüssel und fuhr los. Nachdem es ihm gestern nicht gelungen war, den Tag zu genießen, nahm er sich vor, sich das Heute nicht verderben zu lassen.

Auch nicht durch den Gedanken an seine Suspendierung. Schließlich hatte er sie beinahe absichtlich herbeigeführt. Und die Vorsehung – der Zufall? – hatte ihn mit Vermögen und einem schönen Haus und Automobil versehen. Was wollte er mehr? Er würde nach Wittlich fahren, den Meisens einen kurzen Besuch abstatten und es sich dann gut gehen lassen. Ganz allein, ohne jede Störung.

Die Fahrt gefiel ihm. Der Wagen schnurrte über die Autobahn und heute kamen ihm die Blicke der anderen Fahrer nicht mehr neidisch, sondern anerkennend vor. Er freute sich. Genüsslich sog er den Geruch des alten Leders und Holzes ein und ließ den Blick über die lange Motorhaube bis zu dem geflügelten *B* auf dem Kühler gleiten. So etwas hätte er, der schon immer an alten Autos großen Gefallen gefunden hatte, sich niemals leisten können. Wie hätte das auch ausgesehen: ein Pastor mit einem Bentley! Es wurde erwartet, dass man all das von seinem Vermögen spendete, was man nicht unbedingt zum Leben brauchte – wobei der Begriff Leben natürlich dehnbar war.

Als Arved in die Auffahrt zum Krankenhaus einbog, senkte sich ein leichtes Dunkel auf ihn. Heute parkte er nicht vor der Notaufnahme, sondern stellte den Wagen auf den Besucherparkplatz. Er erinnerte sich, dass Magdalena Meisen im zweiten Stock lag, Zimmer 211. Er ging mit schnellen Schritten durch das Foyer und fuhr mit dem Aufzug hoch. Das Zimmer hatte er schnell gefunden; im Sonnenschein wirkte sogar der Gang davor nicht mehr ganz so trostlos. Er klopfte, und als er nichts hörte, trat er ein.

Im zweiten Bett, hinten am Fenster, lag eine alte Frau. Sie sah ihn erstaunt an. Das erste Bett war leer und frisch.

»Verzeihung«, sagte Arved verwundert. »Ich suche Magdalena Meisen. Gestern hat sie noch hier im ersten Bett gelegen. Wissen Sie, wo sie ist?«

Die alte Frau lächelte ihn freundlich an. »Das Mädchen? Ja, eine sehr Nette. Schade, aber da ist was passiert. Ganz schlimme Sache. Am besten fragen Sie die Schwester.«

7. Kapitel

Arved lief hinaus auf den Flur. Es war keine Schwester zu sehen. Alle Türen zu den Patientenzimmern waren geschlossen. Kein Licht zeigte an, dass jemand vom Personal in einem der Zimmer steckte. Arved rannte den Gang auf und ab. Es war, als sei er allein auf der Station. Am Ende des Ganges spreizte eine ausladende Kastanie ihre noch jungen Blätter. Etwas an ihr nahm seine Aufmerksamkeit gefangen.

Es war ein schwarzer Umriss, den er zuerst beiläufig als besonders dicken und bizarren Ast angesehen hatte. Er ging näher an das Fenster heran.

Und rieb sich die Augen.

Es war die kleine Kapuzengestalt, mit der er gestern zusammengestoßen war. Sie hockte auf einem der Äste und schien in das Krankenhaus zu starren. Im nächsten Augenblick war sie verschwunden; der Umriss hatte sich verwandelt. Nun war es eine gewaltige Eule. Arved kniff die Augen zusammen und drückte das Gesicht gegen die Scheibe. Dann musste er lachen. Es klang schrill. Was er gesehen hatte, war bloß ein Kinderdrachen, der sich im Gezweig verfangen hatte. Seine Phantasie war mit ihm durchgegangen.

»Alles in Ordnung mit Ihnen?«

Die Stimme klang weich, zart, wie aus einer anderen Welt. Arved drehte sich um und blickte in die braunen Augen einer Krankenschwester, die etwa einen Meter von ihm entfernt stehen geblieben war. Sie hatte die Hände vor der Brust verschränkt; ihre ganze Haltung drückte Vorsicht und Anspannung aus. Schwarze Ringe lagen unter ihren Augen.

»Ja, vielen Dank«, beeilte sich Arved zu sagen. »Ich suche Magdalena Meisen. Ihre Zimmernachbarin sagte, es sei etwas passiert.«

»Sind Sie ein Verwandter?«, fragte die Krankenschwester zurück. Ihre Mundwinkel zitterten leicht.

Arved erklärte ihr, dass er derjenige sei, der das Ehepaar Meisen am vergangenen Abend eingeliefert hatte. Die Krankenschwester biss sich auf die Unterlippe. Ihre Müdigkeit und Nervosität machte die ansonsten schöne Frau alt und verhärmt. Sie tat Arved Leid. Durch seine pastoralen Besuche in Krankenhäusern kannte er die Belastungen des Personals, das oft unter fast menschenunwürdigen Umständen seinen Dienst versah. Doch an dieser Frau war etwas anders. Sie wirkte, als habe sie Angst.

»Frau Meisen geht es so weit gut«, sagte sie schließlich. »Sie ist unten, glaube ich.«

»Unten?«

»Auf der Intensivstation.«

Arved sah sie erstaunt an. Er fühlte sich, als werde ihm der Boden unter den Füßen weggezogen. Magdalena Meisen hatte doch gestern noch halbwegs gesund und munter gewirkt.

Die Krankenschwester sah ihm seine Gedanken an, die ihm deutlich ins Gesicht geschrieben standen. Sie wagte ein ganz schwaches, müdes Lächeln und steckte die Hände in die Taschen ihres weißen Kittels. »Nein, Frau Meisen geht es gut. Sie ist bei ihrem Mann. Erdgeschoss, vom Aufzug aus rechts, dort können Sie vor der Tür mit dem Milchglas schellen.« Sie drehte sich um und ging.

Natürlich, Magdalena Meisen war bei ihrem Mann. Aber warum hatte ihre Zimmernachbarin gesagt, es sei etwas passiert? Arved nahm den Aufzug, stand kurze Zeit später vor der Tür der Intensivstation und schellte.

»Ja, bitte?«, ertönte eine mechanisch schnarrende Stimme.

»Ich möchte zu Magdalena Meisen. Ich habe gehört, dass sie hier unten ist.«

Schweigen; das einzige Geräusch war ein Knistern in der Leitung. Dann: »Es tut mir Leid, aber der Zugang ist nur für Angehörige.«

»Wie geht es ihr und ihrem Mann?«

»Ich bedaure, aber Auskünfte können wir nur an Familienangehörige geben. Sind Sie verwandt mit dem Ehepaar Meisen?«

Die Stimme war unerbittlich; durch die elektronische Verzerrung konnte Arved nicht einmal sagen, ob sie männlich oder weiblich war. Kurz war er versucht, sich als Angehöriger auszugeben, doch er wollte nicht lügen. Er gab keine Antwort mehr. Hinter der Milchglasscheibe sah er schwarze Schemen huschen. Einer von ihnen blieb plötzlich vor der Tür stehen. Reglos. Schien geradewegs durch das undurchsichtige Glas zu spähen. Ihn anzustarren. Dann ging er weg.

Kurze Zeit später kam Frau Meisen heraus. Sie hatte rote, verweinte Augen. In ihrem Blick mischten sich Angst, Trauer und Verständnislosigkeit. Als sie Arved sah, lief sie ihm entgegen und schlang die Arme um ihn. Er ließ es geschehen und streichelte ihr besänftigend die Schulter.

Sie sah ihn an und sagte leise: »Bringen Sie mich weg von hier.«

»Was ist passiert?«, fragte er. Dass ihr Mann tot war, wusste er, seit er ihren Blick gesehen hatte.

Sie trat einen Schritt von Arved zurück und rieb sich die verweinten Augen. »Ich will nach Hause.«

»Haben die Ärzte Sie entlassen?«, fragte Arved erstaunt.

Magdalena Meisen nickte. »Die Untersuchungen haben nichts ergeben. Ich bin gesund. Man brauchte mir nicht einmal den Magen auszupumpen.«

Arved wagte nicht, sie nach ihrem Mann zu fragen. Er fühlte sich hilflos. Aber er wusste, dass er helfen musste. Schließlich war es als Seelsorger seine Aufgabe.

Gewesen.

Hinter Frau Meisen erhob sich jenseits der Milchglastür wieder der drohende Schatten. Arved zuckte zusammen.

Die junge Frau bemerkte es, drehte sich um und folgte seinen Blicken. Sie sagte nichts. Sah sie den Umriss? Sie wandte sich wieder an Arved und schlang die Arme um ihren Körper, als friere sie. »Wären Sie so lieb, mich nach Hause zu fahren?«, fragte sie mit Erschöpfung in der Stimme.

»Selbstverständlich.« Die Situation war Arved unheimlich. Alles war so unwirklich, so bizarr. Da standen sie und wagten nicht, über Jürgen Meisens Tod zu reden, als könnten sie auf diese Weise das Geschehene ungeschehen machen. Woran mochte er gestorben sein? Was war das gewesen, das er in der Hütte gegessen hatte? Was stand auf dem Totenschein? Das geht dich alles nichts an, dachte Arved. All das war nun unwichtig; er sollte sich nicht um die Toten, sondern um die Lebenden kümmern.

Arved bot Magdalena Meisen den Arm, doch sie lehnte ihn ab und ging aufrecht neben ihm her. Als sie hinaus in die frische Frühlingsluft traten, seufzte die junge Frau schwer, doch sie sagte immer noch nichts. Arved geleitete sie zu seinem Wagen, hielt ihr die Tür auf und half ihr beim Einsteigen. Sie schien unendlich schwach zu sein. Er hielt es für unverantwortlich von den Ärzten, sie bereits zu entlassen. Als er hinter dem Lenkrad saß, fragte er sie, wohin er sie bringen solle.

»In die Saarburger Straße; das ist in der Nähe von Sankt Matthias«, sagte sie und schaute in eine imaginäre Ferne.

Er startete den Motor und fuhr los. Während der ganzen Fahrt sagte Magdalena Meisen kein einziges Wort. Manchmal strich sie sich durch die kurzen schwarzen Haare, manchmal rieb sie sich die Augen, als könne sie nicht glauben, was sie sah. Sie schaute nach innen – und zurück.

Es war eine höchst unangenehme Reise. Arved blickte manchmal zu seiner Beifahrerin hinüber, aber er traute sich nicht, das Schweigen zu durchbrechen. Sie waren beide eingesponnen in den Kokon ihres Selbst, unfähig zu jeglichem Gespräch.

Er war froh, als sie endlich die Saarburger Straße im Süden von Trier erreicht hatten. Sie waren an der alten Abtei Sankt Matthias vorbeigefahren, an der hohen Mauer, von der Arved nie wusste, ob sie die Welt von den Benediktinern oder die Benediktiner von der Welt fern halten sollte. Die Saarburger Straße bestand auf der einen Seite aus Garagen, auf der anderen aus zweistöckigen Flachbauten mit weiß gestrichenen Ziegeln und rosafarbenen Balkonen – vermutlich aus den fünfziger Jahren. Zwischen den alten Eichen und Linden hinter der Klostermauer ragte der romanische Turm von Sankt Matthias ein Stück hervor – wie die Vision einer untergegangenen Welt.

»Nummer 1«, sagte Frau Meisen mit tonloser Stimme.

Vor dem Haus war ein enger Parkplatz frei. Arved setzte den schweren Wagen unter einigen Anstrengungen und mehrfachen Anläufen zwischen die anderen Autos und war Magdalena Meisen beim Aussteigen behilflich.

»Hier wohnen Sie?«, fragte er. Als sie nickte, setzte er nach: »Sie sollten jetzt nicht allein sein. Haben Sie keine Freunde, zu denen ich Sie bringen könnte?«

Frau Meisen schüttelte den Kopf. »Ich will allein sein.« Sie suchte in ihrer Handtasche nach dem Schlüssel. Er rutschte zwischen ihren Fingern hindurch und fiel klappernd auf den Bürgersteig.

Arved bückte sich rasch und hob ihn auf. Als er ihn der jungen Frau überreichte, brach sie in Tränen aus und schluchzte heftig. Ihr ganzer Körper erzitterte. Er nahm sie in den Arm. In diesem Zustand konnte er sie unmöglich allein lassen. Sie schloss die Haustür auf. Er brachte sie nach oben in den ersten Stock, wo ihre Wohnung lag. Sie ließ es zu, dass er bei ihr eintrat und sie auf das Sofa im Wohnzimmer setzte. Es war aus Büffelleder und roch nach teurem Designer-Möbel – wie alles, was er mit einem kurzen Blick sah. Die beiden Bauhaus-Sessel schienen Originale zu sein, und auch die Anrichte sowie die moderne Stehlampe wirkten sehr wertvoll. An der Wand über der Anrichte und dem Sofa hingen zwei abstrakte Ölgemälde. Der Teppich, der beinahe den ganzen Parkettboden bedeckte, kam aus China und hatte das wunderbarste Königsblau, das Arved je gesehen hatte. Die gesamte Einrichtung bildete einen seltsamen Kontrast zu dem Haus, in dem sie sich befand.

»Sie können gehen, wenn Sie wollen«, sagte Magdalena Meisen.

Arved stand unschlüssig vor dem Sofa und schaute sie eingehend an. »Es tut mir Leid, wenn ich aufdringlich erscheine, aber ich glaube, das ist keine gute Idee. Vielleicht hilft es Ihnen, wenn Sie darüber sprechen.«

»Sie reden wie ein Priester.«

Beinahe hätte Arved gelächelt. Es wäre ein wehmütiges Lächeln gewesen. »Ich bin Priester«, sagte er nur.

Frau Meisen riss die Augen auf. »Ein Priester mit einem Bentley? Sie wollen mich wohl aufziehen. Es fehlt noch, dass Sie in einem Schloss wohnen.«

Gar nicht so weit von der Wahrheit entfernt, dachte Arved. Er überlegte, ob er vor dieser fremden Frau seine Lebensgeschichte ausbreiten sollte. Vielleicht lenkte es sie ein wenig ab. Also setzte er sich in einen der Bauhaus-Sessel und berichtete mit knappen Worten von seinen öffentlich verkündeten Glaubenszweifeln und seiner anschließenden Suspendierung sowie der überraschenden Erbschaft.

Frau Meisen hörte zunächst interessiert zu, doch irgendwann schaute sie ins Leere. Schließlich sagte sie mit einer tonlosen Stimme, die aus einer anderen Seinsebene zu kommen schien: »Er ist tot.«

Arved nickte. Welchen Trost sollte er dieser Frau spenden? Den auf ein Wiedersehen im Jenseits? Es gab kein solches. Den auf einen barmherzigen Gott? Es gab keinen solchen. Es gab nur den ewigen Kreislauf des Werdens und Vergehens, das Aufflackern und Erlöschen von Bewusstsein, eine Sekunde unbedeutenden Lebens inmitten eines blinden Universums. Wo lag darin Trost?

»Man hat mich nicht zu ihm gelassen.«

Arved sah sie erstaunt an. »Woran ist er gestorben? Waren es diese Trauben?«

Frau Meisen zuckte die Achseln. »Das haben mir die Ärzte nicht gesagt.«

»Sie werden bestimmt eine Obduktion machen«, meinte Arved leise und wie von fern.

Die junge Frau brach in Tränen aus. Schluchzer durchzuckten sie. »Manchmal ... manchmal habe ich ihn in die Hölle gewünscht«, sagte sie gepresst. »Bin ich schuld an der ganzen Sache?«

Am liebsten hätte Arved sie wieder in den Arm genommen, aber er schreckte davor zurück. Nicht hier, nicht in diesem Zimmer. In der Gegenwart junger Frauen war er so unbeholfen und hilflos. Man bildet uns aus, damit wir im Leid helfen, dachte er, aber man verwehrt uns die tiefsten Gefühle. Wie können wir mitleiden, wenn wir nicht mitlieben dürfen? »Nein«, sagte er sowohl auf Magdalena Meisens Frage als auch auf seine eigenen Gedanken. Er fasste sich und wiederholte: »Nein.« Dann sah er sie an. »Was auch immer zwischen Ihnen beiden war: Sie tragen keine Schuld an seinem Tod.«

»Wir haben uns so geliebt – früher ...« Ihre Stimme verwehte zwischen den teuren Möbeln. »Er hatte so viele Ideale.

Er ist ... war Architekt. Angestellt. Er wollte bald ein eigenes Büro aufmachen und wir hatten vor, uns ein Haus zu kaufen. Hier hat es ihm nicht gefallen. ›Die Häuser beleidigen meinen Architektenblick‹, hat er immer gesagt. Dabei finde ich es sehr schön hier. Der Ahorn draußen vor unserem Balkon ist im Sommer voller Singvögel. Jürgen hatte keinen Sinn dafür. Er hat sich von seiner Arbeit auffressen lassen. In der letzten Zeit war er so gereizt. Ich habe es kaum noch ausgehalten und daher hatte ich vor, für eine gewisse Zeit zu meiner Schwester nach Italien zu gehen. Ihr Mann hat sie mit zwei kleinen Kindern sitzen lassen und ich möchte ihr so gern helfen. Jürgen wollte nichts davon wissen.«

Wie oft hatte Arved schon solche Geschichten gehört: Geschichten von Pfarrkindern, die sich auseinander gelebt hatten, die sich nichts mehr zu sagen hatten, deren Gefühle nie aufrichtig gewesen waren. Und er selbst kannte all das nur vom Hörensagen. Immer war er der Falsche gewesen, hatte nicht wirklich mitreden und noch weniger helfen können. Es war bei Floskeln geblieben, bei leeren Worten, die Verständnis vortäuschen sollten. Er war sich jedes Mal vorgekommen wie ein Blinder, dem man die Farben erklärt.

»Was passiert ist, ist schrecklich«, sagte er. »Es ist wichtig, dass Sie nun die schönen gemeinsamen Zeiten in Erinnerung behalten. Sie werden sehen, dass sie die weniger guten überlagern.« Hohles Gerede. Er wusste nicht, wie es ist, den Lebenspartner zu verlieren. Würde der Schmerz je nachlassen, auch wenn die Beziehung nicht vollkommen harmonisch war? Er hatte Überlebende gesehen, die an ihrer Situation zerbrochen waren, die sich umbrachten, die in psychiatrischen Anstalten geendet waren, aber er hatte auch solche beobachtet, die nach kurzer Zeit scheinbar vergessen hatten. Immer jedoch war mit ihnen eine tiefe Veränderung vorgegangen – eine Veränderung, die Arved nicht nachvollziehen konnte, so sehr er sich auch bemühte. Der Blinde und die Farben. Man kann ein Leben nicht rein theoretisch leben, dachte er verbittert.

Frau Meisen versuchte krampfhaft, nicht wieder zu weinen. »Ich hätte so gern Abschied von ihm genommen.«

»Warum war das nicht möglich?«, fragte Arved ehrlich verwundert.

»Er lag schon im Sarg.«

Arved verstand nicht. Er beugte sich in seinem Sessel vor. Es knarrte leicht. »Man hätte ihn doch öffnen können.«

Magdalena Meisen schaute ihn mit großen Augen an. »Ich habe den Sarg gesehen. Er war aus Zink.« Sie holte Luft wie vor einem weiten Sprung. »Er war verschraubt und verplombt.«

8. Kapitel

Verplombt?« Arved traute seinen Ohren nicht. »Warum denn das?«

Magdalena Meisen zuckte mit den Schultern. »Ich weiß es nicht. Man hat mir ja nichts gesagt. Vielleicht war es eine ansteckende Krankheit.«

»Das glaube ich nicht«, dachte Arved laut nach. »In diesem Fall hätte man Sie sofort unter Quarantäne gestellt und mich vermutlich ebenfalls.«

»Ich muss herausfinden, was mit ihm passiert ist«, sagte die junge Frau und begann wieder zu schluchzen. »Sonst werde ich keine Ruhe finden.«

»Wissen Sie, ob man den Leichnam Ihres Mannes obduzieren wird?«, fragte Arved und kam sich sogleich schrecklich roh vor. Allein die Vorstellung, dass man ihren Gatten aufschneiden und in seinem toten Fleisch herumwühlen würde, war sicherlich für Frau Meisen unerträglich.

In der Tat verstärkten sich ihre Schluchzer. Sie schaute Arved mit roten Augen an. »Das wollen sie tun? Ich weiß es nicht. Aber allein der Gedanke daran ist furchtbar.«

Er überwand sich endlich, setzte sich neben sie auf die Couch und legte ganz sanft den Arm um sie, als berühre er einen Schmetterling. Sie vergrub das Gesicht an seiner Schulter und krallte sich an ihm fest. Das Büffelleder knarzte, als Arved versuchte, ein wenig von ihr wegzurücken und sie gleichzeitig nicht von sich zu stoßen.

Eine Weile weinte sie nur. Sie tat Arved unendlich Leid. Er schaute nach draußen in den Ahorn, dessen helle, winzige Blätter nur mehr eine Ahnung und ein Versprechen des Frühlings waren – eines Frühlings, den diese junge Frau nicht bewusst erleben würde. Für sie war die Welt schwarz und kalt geworden. Arved fragte sich erneut, wie es wohl war, wenn man den Ehepartner durch einen solch schrecklichen Vorfall verlor. Konnte man denn zu einem normalen Leben zurückkehren? Oder war man für die Belange der Welt verloren? Er musste sich eingestehen, dass er in diesem Augenblick froh war, ein solches Gefühl niemals erfahren zu müssen.

Magdalena Meisen riss ihn aus seinen Gedanken. »Wie geht es jetzt überhaupt weiter?«, fragte sie mit tränenerstickter Stimme.

Arved schob sie ein wenig von sich weg und sah ihr in die quälend trauervollen Augen. »Der Leichnam muss freigegeben werden; dann muss man ein Beerdigungsunternehmen beauftragen, das auch alle Formalitäten erledigt. Sind Sie berufstätig?«

Frau Meisen nickte. »Ich arbeite als Bibliothekarin in der Stadtbibliothek.«

»Bestimmt ein schöner Beruf«, meinte Arved nicht ganz aufrichtig. Er mochte Bücher, aber er konnte sich nicht vorstellen, sein ganzes Leben mit ihnen zu verbringen.

»Ja, manchmal«, erwiderte Frau Meisen. »Vor allem, wenn es um alte Drucke geht, also um Bücher, die vor 1800 gedruckt wurden. Ich liebe den Geruch alten Papiers und Pergaments. Die Stadtbibliothek hat ganz außergewöhnliche Stücke. Wussten Sie, dass wir einen Einzelband der zweibändigen Gutenbergbibel besitzen, der sich übrigens in unserer Dauerausstellung befindet?«

Arved musste seine Unkenntnis eingestehen.

Die junge Frau fuhr fort: »Wir haben vor zwei Wochen den Nachlass von Friedrich Adolphi, einem großen Bibliophilen aus der Eifel erhalten und ich bin mit der Katalogisierung und bibliographischen Aufnahme betraut worden. Es ist wunderbar.« Ein leichter Glanz schlich sich in ihre verweinten, roten Augen. Arved war unendlich dankbar dafür.

In dem Ahorn flötete eine Amsel ein fröhliches Lied. Magdalena Meisen schaute auf und lächelte ganz zart. Dann aber riss sie den Mund auf. Sie starrte nach draußen, als könne sie nicht glauben, was sie dort sah. Arved schaute in dieselbe Richtung, über die Balkonbrüstung in den noch recht kahlen Ahorn, aber er sah nichts als die Amsel – eine ziemlich große Amsel. Er sah wieder zu Frau Meisen herüber, die sich inzwischen auf die Handknöchel biss, um nicht laut aufzuschreien.

Besorgt fragte Arved: »Was ist los?«

Anstatt zu antworten, deutete sie nur mit dem Kopf nach draußen. »Da sitzt eine Amsel im Baum«, sagte er leise.

Frau Meisen ließ die Hand sinken und stieß seufzend die Luft aus. »Es ist weg«, sagte sie.

»Was war es?«

»Ich hatte geglaubt ... ach, nichts.«

»Sie können es mir ruhig sagen.«

»Ich ... für kurze Zeit hatte ich geglaubt, in dem schönen Baum etwas hocken zu sehen. Etwas, das viel größer als ein Vogel war. Etwas Schwarzes. Es wirkte so ... unheimlich.«

»Bestimmt war es nur ein Schatten«, versuchte Arved sie zu beruhigen.

Die junge Frau sah ihn mit großen Augen an. »Es war kein Schatten«, sagte sie mit einer Bestimmtheit, bei der es Arved kalt den Rücken herunterlief. Sie rutschte auf dem kalten Sofa ein Stück von ihm weg.

»Wie sah es denn aus?«, fragte Arved. Er befürchtete, eine ganz bestimmte Antwort zu hören. Und er hörte sie.

»Wie ein kleiner, dürrer Mensch mit Umhang und Kapuze. Ich weiß, es klingt verrückt, aber ich habe deutlich gespürt, wie er mich angeschaut hat. Wer war das? Können Sie mir das als Priester sagen?«

»Als suspendierter Priester ...«

»Und da war noch etwas ...«

Arved blickte sie fragend an. Irgendwo in den Tiefen der Wohnung hörte er eine Uhr ticken. Der Duft des Büffelleders und ein feiner Geruch nach Mottenkugeln, vielleicht aus dem chinesischen Teppich, umwebte ihn und wurde immer dichter.

Magdalena Meisen fuhr fort: »Rechts und links neben der Gestalt waren zwei kleine Schatten, wie zwei Katzen. Aber sie saßen ganz still da, als wären es nur Statuen. Sie wirkten so bedrohlich.«

Sofort musste Arved an Lilith und Salomé denken. Bald würde er ihnen wieder begegnen – den Schatten in seinem alten, zugigen Haus. Er wünschte sich, sie wären fort, wenn er heimkam.

»Was ist das alles? Werde ich jetzt verrückt?«, fragte Frau Meisen besorgt.

Arved schüttelte den Kopf. »Bestimmt nicht. Was Sie erlebt haben, ist einfach zu viel gewesen. Sie werden wieder zu sich kommen und alles Dunkle wird einmal ein Ende haben.« Lügner! Das glaubst du doch selbst nicht. Sieh sie dir bloß einmal an.

Sie schenkte ihm einen dankbaren Blick. Die Menschen brauchen Lügen, dachte er. Ohne Lügen können sie nicht leben. Die Wirklichkeit ist unerträglich.

Irgendwo schellte ein Telefon. Es war laut, beharrlich, piepsig. Frau Meisen sprang auf und rannte in die Diele. Arved lehnte sich auf der Couch zurück und wollte nicht lauschen, doch es ließ sich kaum vermeiden.

»Ja ... ja, in Ordnung. Ich weiß nicht ... Können Sie denn jemanden empfehlen? Das Grab? Hier in Trier. Am liebsten auf dem Friedhof an Sankt Matthias, wenn das geht. Muss ich das wirklich? Geht das telefonisch? Nein? Aber unser

Auto ... mein Auto ist nicht hier. Ich weiß gar nichts mehr. Geben Sie mir die Adresse, bitte. Alte Chaussee 33, in Wittlich. Vielen Dank. Ja, heute noch.« Es wurde aufgelegt.

Die junge Frau kam wieder in das Wohnzimmer. Sie strich sich mit der rechten Hand eine imaginäre Locke aus dem Gesicht, rieb an Bluse und Jeans, als müsse sie darauf Flecken entfernen, die nur sie sehen konnte, und ließ sich schwer in den Sessel fallen. »Das Krankenhaus hat mir einen Bestattungsunternehmer in Wittlich vorgeschlagen. Und der Wagen steht noch in Himmerod. Wie soll ich das nur alles machen?« Ihre ängstlichen Blicke schweiften unstet in dem großen Wohnzimmer umher.

»Ich bringe Sie nach Himmerod zu Ihrem Wagen«, erbot sich Arved.

»Das wäre sehr lieb von Ihnen. Ich will Ihre Zeit nicht noch mehr beanspruchen, aber ich wäre Ihnen so dankbar, wenn Sie mich zu dem Beerdigungsunternehmen begleiten könnten. Ich fürchte, ich schaffe das allein nicht.« Sie schaute ihn flehend und bettelnd an. Selbst wenn Arved ihrem Wunsch nicht hätte entsprechen wollen, wäre es ihm jetzt unmöglich gewesen, ihn abzuschlagen. Er nickte.

Als sie das Wohnzimmer verließen, warf er einen letzten Blick zu dem knospenden Ahorn. Er wollte den Schatten nicht sehen, der zwischen den Zweigen lauerte.

* * *

Der VW Golf stand auf dem neuen Parkplatz auf der anderen Seite der Straße, die von Großlittgen aus durch das Salmtal führte. Arved lenkte den schwerfälligen Bentley neben den kleinen Wagen und ließ Magdalena Meisen aussteigen. Er wartete, bis sie ihr Auto aus der Parklücke gesetzt hatte, und fuhr dann hinter ihr her. Sie hatte die Adresse des

Bestattungsunternehmens an sich genommen, dessen Lage ihr der Anrufer aus dem Krankenhaus erklärt hatte. Als Arved ihrem Wagen folgte, bekam er Bedenken, ob es gut gewesen war, sie ans Steuer zu lassen. Sie fuhr so schnell, dass er Schwierigkeiten hatte, ihr zu folgen. Durch Großlittgen brauste sie, als sei es eine Autobahn und nicht ein kleines Dorf.

In Minderlittgen war es nicht anders. Der silberne Golf schlingerte durch die Kurven und Arved betete, dass nicht zufällig ein Mensch oder Tier gerade in diesem Augenblick die Straße überqueren wollte. Er war froh, als sie den Ort hinter sich gelassen hatten. Die danach folgenden Serpentinen hinunter ins Tal nach Wittlich wurden in beinahe unverminderter Geschwindigkeit genommen. Arved spürte, wie der große Bentley ausbrach und ins Schleudern geriet. Er ging vom Gas, was alles noch schlimmer machte. Bald stand er quer auf der Fahrbahn und die Böschung schoss heran. Er riss das Lenkrad herum und unwillig änderte das Auto die Richtung. Nun hatte er sich einmal um die eigene Achse gedreht und stand auf der Gegenfahrbahn. Rasch wechselte er die Seite. Dann lenkte er den Wagen an den Rand und holte erst einmal tief Luft.

Seine Handflächen waren glitschig vor Angstschweiß. Als er sich ein wenig erholt hatte, wendete er und fuhr langsamer weiter in Richtung Wittlich. Die Kurven umrundete er beinahe kriechend. Frau Meisen würde schon irgendwo auf ihn warten. Hoffentlich.

Der Wald, durch den er nun fuhr, leuchtete in einem hellen Grün, das wie ein Filter vor der Linse der Welt wirkte. Als er den Wald wieder verließ, erhielt die Welt ihre Farben zurück. Ganz hinten fuhr der silberfarbene Golf; er hatte Wittlich schon fast erreicht. Magdalena Meisen schien nicht bemerkt zu haben, dass sie Arved abgehängt hatte. Da die Straße nun schnurgerade verlief, gab er Gas. Der große Wagen machte einen Satz nach vorn und gewann beängstigend schnell an Geschwindigkeit. Bald hatte er den kleinen VW eingeholt.

Das Beerdigungsunternehmen lag in einem vornehmen Wohngebiet gegenüber dem Krankenhaus, von diesem nur durch eine Straße und ein Wäldchen getrennt. Wie passend, dachte Arved. Man lässt sich dort nieder, wo man die meiste Kundschaft erwartet. Sie fuhren auf den Parkplatz neben dem großen, neuen Bungalow, an dem in ruhiger Schrift die Profession des Bewohners angezeigt war. Hinter dem Haus gab es einen Anbau, daneben eine lange und hohe Garage.

Frau Meisen stieg aus – und knickte sofort ein. Arved sprang aus seinem Wagen und eilte ihr zu Hilfe. Mit einem raschen Griff fing er sie auf.

Er musste zweimal zupacken, denn beim ersten Mal hatte er den Eindruck, als greife er nicht in Kleidung und Fleisch, sondern in Watte. Verwundert sah er die junge Frau an, die ebenso verblüfft wie er selbst zu sein schien. Sie seufzte tief und klammerte sich an ihm fest, als wolle sie sich ihrer eigenen Körperlichkeit vergewissern.

Als sie sich wieder gefangen hatte, betraten sie das Haus. Sofort wurden sie von einem jungen, würdig wirkenden Mann in gedeckter Kleidung begrüßt. Er führte Magdalena Meisen und Arved in ein kleines Besprechungszimmer, an dessen Wänden ruhige Fotografien von Sonnenuntergängen sowie Diplome bestandener Thanatopraktiker-Lehrgänge hingen. Thanatopraktiker, Todespraktiker – was für ein Wort. Arved wusste nicht, ob er darüber schmunzeln oder sich davor erschrecken sollte.

Der Bestatter schaute Arved zwar neugierig an, unterließ aber jegliche Frage nach seiner Beziehung zu der jungen Frau. Er zeigte ihr Kataloge von Särgen sowie von Blumenschmuck und großen, schmiedeeisernen Kerzenleuchtern.

Frau Meisen wählte aus, indem sie einfach auf die betreffenden Bilder tippte. Sie schien kaum zu bemerken, was sie tat.

»Wie soll die Anzeige aussehen? Wünschen Sie eine im *Trierischen Volksfreund*? Wie viele Anzeigen sollen wir drucken?«, fragte der junge Mann mit betont leiser und einschmeichelnder Stimme. Er schaute sein Gegenüber eindringlich an. Ihm schien zu gefallen, was er da sah.

Frau Meisen schenkte ihm einen verständnislosen Blick. »Anzeigen?«

»Für Ihre Verwandten und Freunde.«

»Freunde?«

Es versetzte Arved einen Stich. Sollte das Ehepaar Meisen wirklich keine Freunde gehabt haben? Keine Verwandten? Welche Einsamkeit umwebte diese Frau?

Sie suchte eine Karte aus und gab davon zwanzig Exemplare in Auftrag. Als sie wieder auf der Straße standen, sagte Frau Meisen zu Arved: »Ich danke Ihnen für Ihre Hilfe. Jetzt muss ich allein zurechtkommen. Ich habe Sie schon zu sehr beansprucht.« Ohne ihm die Hand zu reichen, ging sie zu ihrem Golf.

Arved sah ihr nach. Für einen Augenblick hatte er den Eindruck, als verschwimme ihr Bild vor seinen Augen. Sie schwankte leicht, hatte sich sofort wieder gefangen, ging weiter wie in eine andere Welt hinein. Sie stieg in den Wagen und fuhr ab. Er seufzte und begab sich zu seinem Bentley, der wie eine große, müde Raubkatze auf dem für ihn beinahe zu kleinen Parkplatz wartete. Zurück nach Trier. Zurück in das große, zugige, dunkle und feuchte Haus mit den Rissen in den Wänden und dem abblätternden Stuck an den Decken.

Zurück zu Lilith und Salomé.

Das wollte er nicht. Als er im Wagen saß und das Aroma von Leder und Holz einatmete, dachte er über die merkwürdigen Geschehnisse der letzten zwei Tage nach. Was war mit Jürgen

Meisen passiert? Warum hatte seine Frau den Toten nicht mehr sehen dürfen? Arved schüttelte den Kopf und startete den Motor. Das alles ging ihn nichts an. Er setzte rückwärts aus der Parklücke und fuhr in Richtung Zentrum. Im Rückspiegel sah er das große Krankenhaus wie ein unförmiges Tier am Berg über der Stadt hocken. Was war dort geschehen? Das ist nicht deine Sache, sagte er sich immer wieder, doch die Rätsel, die in sein Leben eingebrochen waren, liefen ihm nun hartnäckig nach. Als er schon am Busbahnhof war, wendete er plötzlich den Wagen und fuhr zurück zum Krankenhaus.

Bald stand er vor dem Zimmer 211, in dem Magdalena Meisen gelegen hatte. Was tat er hier überhaupt? Warum war er zurückgekommen?

»Kann ich Ihnen helfen?«

Er zuckte zusammen und drehte sich um. Eine junge Schwester, klein, mit kecker Nase und Sommersprossen lächelte ihn an.

»Sie sehen so hilflos aus.«

Das hast du gut erkannt, dachte Arved. Du weißt gar nicht, wie sehr du damit Recht hast. »Ich bin der Seelsorger von Magdalena Meisen«, erklärte er nicht ganz der Wahrheit entsprechend.

»Wie geht es ihr?«, fragte die Schwester. »Die Ärmste. Sie war ja ganz durch den Wind.«

»Sie steht noch unter Schock«, sagte Arved und hielt den Kopf leicht schief. Ein Gemeindemitglied hatte ihm einmal spöttisch gesagt, dass er in dieser Haltung ganz besonders salbungsvoll aussehe. Er selbst kam sich eher wie ein sich schlängelnder Aal vor. »Vor allem macht sie sich viele Gedanken darüber, was mit ihrem Mann passiert ist.«

Das Lächeln verschwand aus dem Gesicht der Krankenschwester. »Das weiß ich auch nicht«, sagte sie, drehte sich rasch um, lief den Gang hinunter.

»Warten Sie«, rief Arved und eilte ihr nach.

»Keine Zeit«, tönte es von vorn.

Schon war die Schwester in einem Patientenzimmer verschwunden, über dessen Tür kein Licht aufleuchtete. Arved stand allein in dem langen, nach Desinfektionsmitteln riechenden Gang. Als er in Richtung des Treppenhauses ging, kam ihm ein junges Mädchen in einem nicht mehr ganz sauberen Schwesternkittel entgegen. Sie wirkte sehr blass und trug einen Nasenring. Ihr Blick war so entsetzlich jung und verletzlich. Sie wirkte, als wolle sie mit jemandem reden. Er glaubte, sie bereits gestern hier gesehen zu haben. Eine ältere Schwester hatte ihr dies und das erklärt: offenbar eine Schwesternschülerin. Er nickte ihr freundlich zu und erhielt dafür ein scheues Lächeln.

»Darf ich Sie etwas fragen?«, sprach er sie an.

Ihr Lächeln wurde etwas fester und plötzlich hielt sie den Kopf genauso erwartend schief wie er.

»Ich bin der Seelsorger von Frau Meisen«, stellte er sich vor. »Sie ist außer sich, weil sie nicht erfahren durfte, was mit ihrem Mann passiert ist, und weil man ihr nicht einmal erlaubt hat, von ihm Abschied zu nehmen. Sie möchte unbedingt erfahren, woran er eigentlich gestorben ist; sonst findet sie keine Ruhe.«

»Da müssen Sie den Arzt fragen«, meinte die Schwesternschülerin unsicher.

»Das wollte ich auch, aber im Augenblick ist er zu sehr beschäftigt.« Arved schaute den Gang hinunter und sah einen der kleinen Rollwagen mit den Patientenunterlagen vor einem der Zimmer stehen, über dem eine grüne Lampe brannte. »Visite, glaube ich. Können Sie mir nicht weiterhelfen? Ich muss Frau Meisen etwas sagen, das sie beruhigt. Ansonsten dreht sie noch durch, was ja nicht unverständlich ist.«

Die Schwesternschülerin nagte an ihrer Unterlippe. »Ich weiß nichts«, sagte sie zögerlich, und etwas fester: »Ich war nicht dabei.«

»Wo waren Sie nicht bei?«

»Bei ... als Herr Meisen gestorben ist.«

»Aber Sie haben davon gehört.« Es war einfach zu offenkundig, dass dieses junge Mädchen zumindest einiges darüber erfahren hatte, vielleicht durch eine Kollegin. Sie wirkte einfach zu verstört.

»Ja ... ja.« Das Mädchen schaute rasch in Richtung des Rollwagens. In dem Zimmer dahinter blieb alles still.

»Wenn Sie mir etwas sagen könnten, was Frau Meisens innere Unruhe dämpfen kann, wäre ich Ihnen sehr verbunden.«

»Ich ... das kann ich wohl nicht.«

»Warum nicht?«

»Ich habe nur kurz gehört, wie sich Doktor Schwarz und Doktor Fritzen darüber unterhalten haben. Ich habe das nicht so genau verstanden, ich bin ja noch am Anfang meiner Ausbildung.« Sie lächelte verschämt. »Aber sie waren sehr aufgeregt.« Sie senkte die Stimme. »Anneliese, meine Freundin, war dabei. Sie hat mir nichts Genaues gesagt. Es gab da wohl Veränderungen an seinem Körper.«

»Veränderungen?«

»So genau habe ich das nicht verstanden, aber es muss auch nach seinem Tod noch weitergegangen sein.« Sie zupfte am Kragen ihres Kittels. »Die Ärzte waren entsetzt. Eigentlich darf ich Ihnen das gar nicht sagen, aber seit Herrn Meisens Tod ist hier auf der Station ein unerträgliches Klima.«

»Ist der Leichnam noch hier?«, wollte Arved wissen.

Die Schwesternschülerin fuhr zusammen, als sich die Tür öffnete, vor der der Rollwagen stand. Eine weiß gekleidete Gruppe rauschte hinaus in den Gang.

»Schwester Monika!«, rief einer der Ärzte streng.

»Ich muss gehen«, flüsterte sie Arved zu. »Die Leiche ist schon fort. Abgeholt.«

Arved schaute sie verwundert an. »Schon beim Bestatter? Macht man keine Obduktion?«

Schwester Monika schüttelte den Kopf. »Geht nicht«, flüsterte sie und lief dem Arzt entgegen, der wie ein Herr auf sein Hundchen wartete.

Arved ging an ihm und den anderen Weißkitteln vorbei. Sie sprachen ihn nicht an. Zum Glück.

Als er wieder draußen stand, dachte er über die letzte Antwort der Schwesternschülerin nach. Geht nicht, hatte sie gesagt. Wieso konnte man keine Obduktion vornehmen? Der Fall wurde immer verwirrender. Offenbar herrschte unter jenen, die irgendwie mit der Angelegenheit in Berührung gekommen waren, große Unruhe. Vielleicht sollte Arved noch einmal den Bestatter besuchen. Er machte sich auf den Weg zu seinem Auto.

* * *

Der junge, würdige Mann erkannte Arved sofort und schaute ihn verwundert an. »Haben Sie etwas vergessen?«

»Nein.« Er überlegte kurz, was er dem Mann sagen konnte, denn er und Frau Meisen würden für die nächsten Tage ja in Verbindung stehen. Er entschied sich trotzdem für die Seelsorger-Variante.

Es war deutlich zu sehen, dass der Bestatter vorhin andere Gedanken gehabt hatte. Er bat Arved wieder in das Zimmer mit den Abendstimmungen und Diplomen. Nachdem Arved sein Sprüchlein von der Trauerbewältigung durch das Wissen um die Todesursache aufgesagt hatte, meinte der Bestatter: »Frau Meisen hat mir gegenüber nicht den Wunsch geäußert, ihren Mann noch einmal zu sehen.«

»Sie wusste nicht, dass er ... schon hier ist«, gab Arved zu bedenken und verlagerte sein nicht unbeträchtliches Gewicht in Richtung Stuhlkante. »Darf ich fragen, ob Sie eine Vermutung haben? Die Ärzte und Schwestern haben ein großes Geheimnis darum gemacht und weder Frau Meisen noch mir Informationen gegeben. Sie haben den Leichnam doch sicher schon gesehen.«

»Nein.«

Arved schaute den jungen Mann in dem blauen Hemd und der dunkelroten Krawatte erstaunt an. »Nicht?«

Dem Bestatter schien unwohl zu Mute zu sein. »Der Sarg wurde ... wie soll ich das sagen. Können Sie mir versprechen, darüber nicht mit Frau Meisen zu reden?«

»Ich werde ihr nichts sagen, was ihren Zustand verschlechtern könnte«, versprach Arved und beugte sich etwas vor.

Der Bestatter nestelte an seiner Krawatte herum. »Also ... der Sarg, das heißt, der Zinksarg, in dem wir unsere Kundschaft ... unsere ... der Zinksarg war verplombt und es wurde mir auf ärztliche Anordnung untersagt, ihn zu öffnen.«

Arved sah den jungen Mann verblüfft an. »Dann können sie ihn ja nicht einmal umbetten? Warum haben Sie Frau Meisen denn die verschiedenen Sargtypen gezeigt?«

»Der Zinksarg ist so geschnitten, dass er in die meisten gängigen Sargtypen passt.«

»Haben Sie so einen Fall schon einmal gehabt?«

»Nein, weder ich noch mein Vater, von dem ich das Geschäft übernommen habe.«

»Sind Sie nicht neugierig?«

»Meine Neugier hält sich in Grenzen. Ich vermute, es handelt sich um eine ansteckende Krankheit oder so etwas.«

Arved lehnte sich wieder zurück und faltete die Hände über dem schwarzen Jackett. »Gibt es Krankheiten, die auch zwei Tage nach dem Tod noch virulent sind?«, fragte er zweifelnd.

Der junge Mann zuckte die Achseln.

Arved sah, wie seine Entschlossenheit zu bröckeln begann. Er schlug die Beine übereinander und rieb sich das Kinn. »Sollten wir nicht gemeinsam nachschauen? Vielleicht wäre es ja doch möglich, dass Frau Meisen von ihrem Gatten Abschied nehmen kann.«

»Ich weiß nicht ... Schließlich ist es verboten.«

»Seit wann können Ärzte ein rechtlich bindendes Verbot aussprechen?«, gab Arved zu bedenken. Er kam sich reichlich keck vor, doch nun wollte er unbedingt Licht in das Dunkel bringen. Der Gedanke, dass Frau Meisen ihren Mann vielleicht doch noch einmal sehen konnte, spornte ihn an. Es würde ihr die Trauerbewältigung erleichtern. Und das war es wert. »Ich finde, wir sollten uns darüber hinwegsetzen. Was ist, wenn die Ärzte nur einen Kunstfehler vertuschen wollen? Haben wir nicht sogar die Pflicht, uns zu vergewissern?«

Der Bestatter massierte sich die Unterlippe. »Es kam mir gleich so komisch vor«, sagte er wie zu sich selbst. Dann stand er auf. »Kommen Sie.«

Arved erhob sich so rasch, als habe er auf einer Sprungfeder gesessen. Der Bestatter führte ihn in den hinteren Anbau, in dem sich offenbar die Kältekammern befanden. Er öffnete eine schwere Eisentür, die einen großen Riegel als Klinke hatte. Als die Tür aufschwang, trat kalte Luft heraus und bildete ziehenden Nebel. »Man hat mir dringend empfohlen, die Kühltemperatur noch weiter herabzusetzen«, sagte er. »Wir sollten uns schützen.«

Von einem Regal neben der Tür nahm er zwei Kittel, die wie die der Chirurgen aussahen, sowie zwei Einweghandschuhe und zwei Masken. Die beiden Männer streiften sich alles über und betraten die Kammer.

In der hinteren Wand waren acht Abteile, wie man sie aus der Pathologie in Kriminalfilmen kannte. Der Bestatter zog das unterste ganz rechts auf und rollte die Bahre heraus. Darauf lag nicht die Leiche, wie es üblich gewesen wäre, sondern ein recht schmaler und erstaunlich kurzer Zinksarg.

Arveds Erinnerung zufolge war Jürgen Meisen erheblich größer gewesen. Wie konnte sein Leichnam in diesen kleinen Sarg passen, der beinahe wie ein Kindersarg wirkte?

Der Bestatter untersuchte die Plomben und Schrauben, dann sagte er gedämpft: »Ich muss Werkzeug holen. Bitte warten Sie hier.« Schon war er verschwunden. Die Tür hatte er hinter sich geschlossen.

Arved versuchte, seine aufkommende Angst zu bekämpfen. Das tresorartige Klacken, als die Tür ins Schloss gefallen war, behagte ihm überhaupt nicht. Nun war er hier gefangen. War das alles ein Komplott? Steckte der Bestattungsunternehmer mit den Ärzten unter einer Decke? Sollte Arved als allzu Neugieriger einfach von der Bildfläche verschwinden? Arved versuchte unter seiner Maske zu lächeln. Das waren paranoide Gedanken. Nicht zu leugnen allerdings war, dass ihm immer kälter wurde.

Er ging zur Tür und rüttelte an ihr. Sie gab nicht nach. Er drehte sich wieder um. Was mochte sich in dem verschlossenen Sarg befinden? Würde er es je erfahren? Was wäre, wenn nun sein Tod nahte? Wäre es wirklich so schlimm? Doch. Es gab etwas, wofür er weiterleben wollte. Magdalena Meisen. Ihr Seelenheil. Ihr Friede. Das war nun seine Aufgabe. Eine, die sich ihm ungebeten gestellt hatte.

Die Tür klackte und öffnete sich leise. Der Bestatter, der in seiner Schutzkleidung wie ein Wissenschaftler wirkte, der kontaminiertes Gebiet betritt, stellte sich mit einem elektrischen Schraubenzieher und einem Seitenschneider neben den verplombten Sarg. Zuerst kniff er die Plomben durch, dann löste er die Schrauben.

»Helfen Sie mir bitte, den Deckel abzunehmen«, sagte er durch seine Maske. Es klang wie aus einer fremden Welt.

Arved packte am Fußende an. Sein Herz raste. Was würde er gleich zu sehen bekommen? Er hoffte inständig, dass es ein Anblick war, den man Frau Meisen zumuten konnte, damit sie endlich in der Lage war, von ihrem Gatten Abschied zu nehmen.

Nun schwebte der Deckel, gehalten von zwei Paar Händen, knapp über dem Zinksarg. Mit einer gleichmäßigen Bewegung setzten die beiden Männer ihn rechts neben dem Sarg auf dem Boden ab. Dann richteten sie sich wieder auf und warfen einen vorsichtigen Blick in das Innere.

Noch einen.

Und noch einen.

Arved wollte seinen Augen nicht trauen. Er sah hinüber zu dem erstaunten Bestatter, der am Kopfende stand. Da wusste er, dass er sich nicht getäuscht hatte.

Der Sarg war leer.

9. Kapitel

Eine so traurige Beerdigung hatte er noch nie gesehen. Eine einzige Freundin von Magdalena Meisen war anwesend; sie stützte die junge Witwe, die ganz in Schwarz gekleidet war und sogar einen Hut mit schwarzer Spitze trug. Als sie aus der gotischen Leichenhalle des Friedhofes von Sankt Matthias traten, schleuderte die Sonne Lichtpfeile gegen sie. Die beiden Frauen gingen dicht hinter dem Sarg. Ihnen folgten vier Männer, vermutlich Architektenkollegen des Verstorbenen. Ein Priester war nicht anwesend. Der kleine Leichenzug bog rechts vor der achteckigen Quirinuskapelle ab, die sich mit ihrem Gelb und Weiß wie eine frühe Blüte aus dem Feld der Gräber erhob. Dahinter klaffte ein Torbogen in der Bruchsteinmauer, durch den man einen Blick wie in einen Park hatte. Ein Vogelbeerbusch und eine kleine Zypresse rahmten eine gewaltige Linde in der Ferne ein und nur die kleinen Grabsteine zerstörten das Bild einer ruhigen, vom Dunkel gereinigten Parklandschaft.

Hinter dem Durchgang wandte sich der Zug nach rechts. Die Räder des Handwagens, auf dem der Sarg stand, knirschten über den Kies. Eine Amsel sang irgendwo hinter der Klostermauer, in einer anderen Welt, so nah, aber durch den Abgrund des Glaubens von Arved getrennt.

Der Wagen blieb vor einem ausgeschachteten Grab stehen, aus deren Kopfende unmittelbar an der Mauer sich eine Kreuzwegstation erhob. Es war die fünfte: *Simon von Cyrene hilft Jesus das Kreuz tragen,* stand in Fraktur unter dem erstaunlich modern wirkenden Bildstock. Es gab immer jemanden, der einem half, und jemanden, dem man helfen musste, egal wie mächtig oder klein man war. Was für ein tröstliches Bild. Plötzlich spürte Arved eine Welle der Zuversicht und Freude durch sich branden. Ja, er musste Magdalena Meisen helfen, wenn sie es zuließ, denn auch sie half ihm. Sie half ihm, seine eigene Dunkelheit zu überwinden.

Es hatte keine Leichenrede in der Trauerhalle gegeben, natürlich auch keine Exequien, und am Grab warteten nur die Friedhofsangestellten, die den Eichensarg an zwei dicken Seilen in das Erdreich hinabließen. Frau Meisen schien Arved nicht einmal wahrgenommen zu haben; sie wirkte wie in Trance. Nun schaute sie zu, wie der Sarg in die Erde gesenkt wurde.

Der leere Sarg.

Es war drei Tage her, seit Arved und der Bestatter diese unbegreifliche Entdeckung gemacht hatten. Sie hatten zuerst ihren Augen nicht trauen wollen und waren erschüttert nach draußen gegangen. In dem Besprechungszimmer hatten sie eine Weile schweigend gesessen und dann überlegt, was sie tun sollten. Zuerst hatte Arved mit dem Bestatter zum Krankenhaus gehen und die Ärzte mit der Wahrheit konfrontieren wollen, doch der junge Mann wehrte sich mit aller Kraft dagegen.

»Dann kommt heraus, dass ich gegen die Anweisung der Ärzte gehandelt habe, und das könnte meinem Geschäft großen Schaden zufügen. Ich bitte Sie, auch allein nichts zu unternehmen.«

»Wollen Sie denn nicht wissen, was da passiert ist?«, fragte Arved aufgebracht. »Hier ist etwas im Gange, das vor uns und vor der Witwe verheimlicht werden soll. Das ist eine Schweinerei!«

»Das mag schon sein, aber es ist nicht meine Sache. Wenn ich nicht auf Sie gehört und den Sarg verschlossen gelassen hätte, wäre ich jetzt nicht im Zwiespalt.«

»Wir sollten die Polizei rufen!«, brauste Arved auf und schlug sich auf den Schenkel. »Schließlich ist eine Leiche verschwunden.«

»Haben Sie den Geruch bemerkt?«, fragte der Bestatter.

»Welchen Geruch?«

»Es war beinahe wie im Sommer – wie nach süßen, gärenden Weintrauben ...«

Arved hatte sich umstimmen lassen. Er hatte weder die Polizei eingeschaltet, noch war er zum Krankenhaus zurückgekehrt. Der Hinweis auf die Weintrauben hatte ihn umgestimmt. Es war die Erinnerung an das, was Magdalena Meisen gesagt hatte – die Erwähnung des Rebstocks in der verfallenen Hütte mitten im Wald. Plötzlich hatte Arved nicht mehr an ein Komplott geglaubt. Da war etwas anderes im Gange – etwas, das er sich nicht erklären konnte, genauso wenig wie die Ärzte.

Was mochte mit dem Leichnam geschehen sein? Er würde es nie erfahren.

In den Tagen bis zur Beerdigung hatte er nichts mehr von Frau Meisen gehört. Er hatte einmal versucht, sie anzurufen, doch es war nur ihr Anrufbeantworter angesprungen. Er hatte seinen Namen und seine Telefonnummer auf das Band gesprochen, aber sie hatte nicht zurückgerufen. Also wollte sie seine Hilfe offenbar nicht.

Nun war der Sarg hinabgelassen. Wie eine Schlafwandlerin trat Magdalena Meisen vor und streckte die Hand nach der Schaufel mit Erde aus, die der Friedhofsangestellte ihr entgegenhielt. Es standen nur drei Kränze neben dem offenen Grab. Magdalena Meisen warf einen Blick auf sie, während sie die Hand in der Schwebe hielt. *Ein letzter Gruß – Deine Kollegen,* war auf der einen Schleife zu lesen. Sie hing an einem Kranz mit schon halb verblühten Nelken. An einem anderen, der ebenfalls aus Nelken bestand, wenn auch aus etwas frischeren, hing eine Schleife mit der Aufschrift *Ein stiller Gruß – Johanna*. Das war wohl Magdalenas Freundin. Sie selbst hatte einen Kranz aus feuerroten Rosen gewählt. *In ewiger Liebe – Deine Madalena.* Arved musste zweimal hinschauen, aber es blieb dabei. *Deine Madalena.* Ein Fehler; es hätte *Magdalena* heißen müssen. Die junge Witwe schien es ebenfalls gerade zu bemerken. Tränen traten ihr in die Augen. Sie wollte etwas sagen, brachte aber keinen Ton heraus. Stattdessen griff sie nach der kleinen Schaufel mit Erde – und ließ sie ins Grab fallen. Sie schaute verständnislos auf ihre Hand.

Auch Arved hatte gesehen, wie sie zugepackt hatte, wie sich ihre Finger um den Stiel der kleinen Schaufel geschlossen hatten – und wie sie ins Leere gegriffen hatten. Für einen Augenblick hatte es den Anschein, als sei Magdalena Meisen kein dreidimensionales Wesen mehr, sondern eine doppelt belichtete Fotografie. Die Schaufel hatte sich durch ihre geschlossenen Finger abgezeichnet, als sei sie wirklicher als die Hand, die sie zu halten versuchte.

Keiner der anderen Trauernden schien es bemerkt zu haben. Frau Meisen wurde rot und schaute den Friedhofsangestellten entschuldigend an. Er schenkte ihr ein verschämtes Lächeln und holte wie aus dem Nichts eine zweite Schaufel hervor. Sie zögerte zuerst, doch schließlich packte sie zu. Die Schaufel zitterte ein wenig, aber dann schwebte sie in der Luft. Die Erde regnete auf den Sarg herab; es klang schrecklich hohl.

Auch die übrigen Trauernden warfen Erde auf den Sarg. Dann zerstreuten sie sich. Magdalena Meisens Freundin schien noch einen wichtigen Termin zu haben und schließlich waren nur die junge Frau und Arved übrig. Er bot ihr den Arm und jetzt schien sie ihn zum ersten Mal wahrzunehmen. Sie brachte kein Lächeln mehr zustande, sondern nickte ihm nur noch zu.

Sicherlich hatte sie nirgendwo einen Leichenschmaus bestellt; also fragte er sie, ob er sie zu sich nach Hause einladen dürfe.

»Ja«, hauchte sie.

Schweigend fuhren sie in die Palmatiusstraße. Frau Meisen war erstaunt, als sie sah, was das für ein Haus war, vor dem Arved hielt. »Fühlen Sie sich nicht einsam in einem solchen Kasten?«, fragte sie.

»Es ist gewöhnungsbedürftig«, gab er zu, während er ausstieg, um das Garagentor zu öffnen.

Drinnen vertrieb auch das Licht der grünen Jugendstillampe nicht die Schatten, die zäh in den Ecken und vor den efeubewachsenen Fenstern klebten.

»Mögen Sie Katzen?«, fragte Arved vorsichtig.

Frau Meisen nickte schwach. Dann sah sie die Tiere.

Arved war erstaunt, dass sie kamen. Sie strichen der jungen Frau um die Beine und sahen sie mit grünen Augen an.

Frau Meisen stand stocksteif da. Sie schaute auf die Tiere hinunter und verzog die Mundwinkel. »Die mag ich nicht so gern«, sagte sie leise, während Arved sie in das Wohnzimmer geleitete. Sie schaute sich um. »Was ist das?«, fragte sie und deutete auf die Reliquiare. Sie schien vergessen zu haben, dass Arved einmal Pfarrer gewesen und immer noch Priester war. Arved erklärte es ihr. Es behagte ihm nicht, schon wieder vom Tod reden zu müssen. Magdalena Meisen ließ sich schwer in das englische Stoffsofa fallen. Sie sah müde und verhärmt aus. Er setzte sich in einen der Sessel vor sie.

»Darf ich Ihnen etwas anbieten?«, fragte Arved. »Vielleicht ein Glas Wein?«

Sie schüttelte den Kopf. »Es genügt, wenn ich ein wenig hier sitzen darf. In meiner Wohnung ist es schrecklich. Alles erinnert an Jürgen. Ich kann einfach nicht glauben, dass er nicht mehr da ist.« Sie verstummte und weinte still. Arved war versucht, sich neben sie zu setzen und den Arm um sie zu legen, aber er traute sich nicht. Dafür kamen Lilith und

Salomé und sprangen auf das Sofa neben die junge Frau. Sie hielten gebührenden Abstand und starrten Arved an. Frau Meisen rückte in die äußerste Ecke des Sofas.

»Es hat so seltsam geklungen«, sagte sie. Ihre Stimme war unendlich leise.

»Was meinen Sie damit?«, fragte Arved.

»Die Erde auf dem Sarg. So hohl. Als ob er ... leer wäre.«

Arved konnte nicht verhindern, dass ihm das Blut in den Kopf schoss. Sollte er es ihr sagen? Nein, er durfte sie nicht noch mehr entsetzen.

»Es klingt immer so«, sagte er nur.

»Was für eine Ungeschicklichkeit von mir, dass ich die kleine Schaufel fallen gelassen habe«, fuhr sie fort. »Ich dachte, ich hätte sie fest gepackt. Wissen Sie, vorhin am Grab kam ich mir so unwirklich vor.«

Er wagte es nicht einmal, die Beine übereinander zu schlagen, denn er befürchtete, es würde zu lässig aussehen. Er legte die Arme auf die Lehnen und strich über das verblassende Leder des Sessels. Plötzlich wandten sich die beiden Katzen der Frau zu. Salomé – oder war es Lilith? – fauchte leise.

Frau Meisen riss die Augen auf. »Da ... da«, stammelte sie. Sie schaute nicht die Katzen an, sondern hatte den Blick an Arved vorbei auf das Kopfreliquiar des heiligen Pamphilius gerichtet.

Arved drehte sich um und folgte ihrem Blick. Er sah nichts Außergewöhnliches.

Frau Meisen schloss die Augen und sagte wie aus weiter Ferne: »Es hat sich bewegt. Die Augen.«

Arved sah noch einmal hin. Er glaubte tatsächlich ein Glitzern in den Augen des Reliquiars zu erkennen. Zwei Farben. Gelb. Und grün.

Schon war es wieder verschwunden.

Offenbar hatte sich das Licht der Deckenlampe darin gespiegelt. »Ich verstehe nicht ...«

Frau Meisen schrie auf. Beide Katzen fauchten sie an und machten sich sprungbereit. Die junge Frau schnellte von dem Sofa hoch und lief wie von Dämonen gehetzt aus dem Zimmer. Arved brüllte die Katzen an. Er konnte ihren gelben Blick nicht mehr ertragen und folgte der Witwe.

Sie war verschwunden.

Er hatte nicht die Haustür schlagen gehört. War die junge Frau vielleicht ins obere Stockwerk geflüchtet? »Frau Meisen?«, rief er, als er in der Halle stand. Niemand antwortete ihm. Die beiden Katzen waren ebenfalls aus dem Wohnzimmer gelaufen und saßen nun rechts und links neben der Eingangstür. Sie schauten sich an und wirkten wie Skulpturen.

Wie Wächter.

Arved riss die Haustür auf. Grelles Licht, viel zu hell für einen Maimittag, flutete herein. Er eilte hinaus auf die Palmatiusstraße. Dort hinten war sie. Sie lief in Richtung Alkuinstraße und war schon nach links um die Ecke gebogen.

Arved lief hinter ihr her, vorbei an dem schönen, gepflegten, rosafarbenen Haus, das beinahe ein Zwilling seines eigenen war, aber keineswegs so düster, vorbei an dem verfallenden Stadtpalast, der Galerie und seinem früheren Zuhause, dem Pfarrhaus von Sankt Paulin. Hinten in der Alkuinstraße sah er sie. Er setzte ihr nach, doch bald ging ihm die Puste aus. Seitenstiche zwangen ihn, stehen zu bleiben. Sie entfernte sich immer weiter von ihm, schien wie in der Luft zu gleiten und war rasch in der Petrusstraße verschwunden.

Als Arved wieder Luft holen konnte, nahm er die Verfolgung noch einmal auf. Er hastete an dem kleinen

Lebensmittelladen vorbei in die Petrusstraße, doch Magdalena Meisen sah er nirgendwo mehr. Er wurde wieder langsamer, schlich bis zur Nordallee, aber die junge Frau war fort. Er hielt sich an einem Laternenpfahl fest. Rechts lag in einiger Entfernung die Porta Nigra wie eine schwarze Faust inmitten der Häuser. Touristen schoben sich hin und her. Falls die junge Witwe noch irgendwo hier steckte, war sie in den Menschenströmen untergegangen. Arved verfluchte sich. Er hatte ihr helfen wollen und sie dabei noch tiefer ins Elend gestürzt. Er hatte alles falsch gemacht.

Er seufzte. Es hatte keinen Sinn mehr, weiter nach ihr zu suchen. Sicherlich würde sie früher oder später nach Hause gehen. Dort wollte er sie abfangen. Also ging er zurück zu seinem Haus. Nachdem er die Katzen gefüttert hatte, die inzwischen nicht mehr vor ihm Reißaus nahmen, setzte er den Wagen aus der Garage und fuhr nach Sankt Matthias.

Krahnenufer, Johanniterufer, St.-Barbara-Ufer, Pacelliufer, immer an der Mosel entlang, die vierspurige Durchgangsstraße, bis er unter der Brückenauffahrt nach Trier-West links abbog. Je näher er seinem Ziel kam, desto nervöser wurde er. Der mächtige weiße Turm von Sankt Matthias war wie eine Warnung, auch wenn er weiß in den blauen Maihimmel ragte. Arved fuhr an der Klostermauer entlang und an dem *Durchfahrt verboten, Anlieger frei*-Schild vorbei, bis er in den Schammat und von dort aus in die Saarburger Straße einbog. Der silberne Golf von Frau Meisen stand einsam am Bordstein. Arved parkte seinen Bentley dahinter und rannte zum Hauseingang. Er schellte. Nichts tat sich. Hatte sie sich eingeschlossen? Hatte sie sich etwas angetan? War sie noch nicht zu Hause?

Arved trat einen Schritt von dem Haus zurück und schaute an der weißen und rosafarbenen Fassade hoch. Nach hinten raus musste das Schlafzimmer liegen. Nichts regte sich.

Er umrundete das Haus und spähte von unten an dem Ahorn vorbei. Die Gardinen bewegten sich nicht. Warum hatte er sie aus den Augen verloren? Er hätte sie nie aus dem Haus gehen lassen dürfen. Was mochte sie so erschreckt haben? Er hatte an dem Kopfreliquiar nichts Außergewöhnliches bemerkt. Wieder erinnerte er sich daran, dass sie auf dem Friedhof die Schaufel hatte fallen lassen. Dieses Durchscheinende, Ätherische. Als gehöre sie schon einer anderen Welt an.

Es gab keine andere Welt. Es gab nur Lügen darüber.

Er setzte sich in seinen Wagen und wartete. Wenn sie kein Taxi, sondern öffentliche Verkehrsmittel nahm, konnte sie noch nicht zu Hause sein. Und wenn sie gar nicht hierher zurückkehrte? Er konnte sie nicht in der ganzen Stadt suchen; es blieb ihm nichts anderes übrig, als hier zu warten.

Als er ein wenig zur Ruhe kam und die sanften Düfte von altem Leder und Holz ihn wieder in ihren Bann schlugen, war es ihm, als treibe er in seinen Empfindungen und Phantasien fort. Ein Toter, dessen Leichnam verschwunden war. Ein seltsamer Rebstock, der ihm zum Verhängnis geworden war – und der ebenfalls verschwunden war. Oder? Sollte Arved nicht noch einmal in die Eifel fahren und die verfallene Hütte im Wald untersuchen? Was würde es ihm bringen? Würde es all die Rätsel lösen? Nein, er musste hier warten, er musste auf Magdalena warten und versuchen, ihr zu helfen.

Er schaute die Straße hinauf und durch den Rückspiegel hinunter. Auf der Straße war es beinahe unheimlich ruhig. Manchmal kam ein Auto, manchmal stieg jemand aus, Magdalena war nie dabei.

Als die Sonne unterging, saß Arved noch immer hinter dem hölzernen Lenkrad seines Wagens und wartete. Inzwischen musste sie doch angekommen sein, selbst wenn sie zu Fuß gegangen war. Er machte sich große Sorgen. Wenn ihr etwas zugestoßen war – nicht auszudenken! Er wartete weiter.

Erst gegen Mitternacht machte er sich auf den Heimweg. Sollte er die Polizei verständigen? Was aber sollte er dort vorbringen? Nein, das war unmöglich. Es blieb ihm nichts anderes übrig, als es morgen nochmals zu versuchen.

Zu Hause schüttete er Trockenfutter in die Näpfe der Katzen, die sich wieder einmal nicht blicken ließen. Dann ging er zu Bett.

Er träumte von Magdalena Meisen. Arved stand wieder auf der Nordallee. Kein Auto befand sich auf der Straße, kein Passant war zu sehen – außer Magdalena. Sie saß in der Fußgängerzone vor dem gotischen Dreikönigenhaus. Als sie ihn bemerkte, schwebte sie zu ihm heran. Sie hatte sich nicht erhoben, sondern glitt in sitzender Position durch die Luft, als werde sie getragen. »Helfen Sie mir«, sagte sie ganz fern; es war kaum mehr als das Rauschen eines mächtigen Baumes. Aber dort stand kein Baum. Arved erwachte schlagartig. Er wälzte sich im Bett herum. Von draußen drang gedämpft der Schein einer Straßenlaterne durch das mit Efeu bewachsene Fenster und fiel auf seinen Wecker; es war vier Uhr in der Nacht.

Zwei Schatten regten sich auf der Fensterbank. Arved zuckte zusammen. Es waren Salomé und Lilith. Er warf einen Blick zur Tür. Sie war verschlossen. Wie waren die beiden Katzen hier hereingekommen? Arved drehte sich um, doch er konnte nicht mehr einschlafen. Das Gefühl, von den Tieren beobachtet zu werden, raubte ihm den Schlaf. Er stand auf, öffnete die Tür und versuchte die Katzen herauszulocken.

Sie bewegten sich nicht.

Er machte einen Schritt auf sie zu. Sie wurden durchsichtig. Nein, sie verschmolzen mit den Schatten. Er traute sich nicht, nach ihnen zu greifen. Noch hatten sie ihn nicht gekratzt, aber er fürchtete ihre scharfen Krallen. Er rieb sich die Augen. Sie waren tatsächlich weg. Wahrscheinlich hatte er nicht bemerkt, wie sie zwischen seinen Beinen nach draußen gehuscht waren. Er schloss die Tür wieder und legte sich erneut schlafen.

Nun träumte er von Trier – von einem seltsam verzerrten Trier, in dem es andauernd dunkel war. In dem es feucht glänzte. In dem es hallte wie in einer gewaltigen Höhle. Die römische Palastaula neben dem kurfürstlichen Palais war erhellt; gelbes Licht drang aus den großen Fenstern. Und in einem dieser Fenster steckte wie ein Bleiglasbild die Gestalt Magdalena Meisens. Sie verzog den Mund in unendlichen Schmerzen. Ein Lichtpfeil schoss aus ihren Augen und drang in Arved, der sich krümmte und zu Boden ging. Das Pflaster war weich und warm.

Zuckend und um sich schlagend erwachte er. Draußen war es immer noch dunkel. Er stand auf und ging hinunter ins Wohnzimmer. Dort saß er inmitten seiner Reliquien und wartete auf den Tag.

Als endlich die ersten Sonnenstrahlen zaghaft um das Efeu vor dem Fenster spielten, stand er seufzend auf, füllte die Näpfe, säuberte das Katzenklo und verließ das Haus.

* * *

Noch war es zu früh, um bei Frau Meisen zu schellen, doch er hielt die Ungewissheit um ihr Schicksal nicht mehr aus. Er fuhr zur Saarburger Straße, parkte vor der Häuserzeile, stieg aus und ging zur Tür. Obwohl es erst acht Uhr war, schellte er.

Niemand regte sich. Er schaute hoch zu den Fenstern, erst an der Rückseite des Hauses, dann vorn. Seit gestern schien sich nichts verändert zu haben. Sie war nicht nach Hause gekommen. Arved seufzte und ging die Straße auf und ab. Ihr Bild erschien ihm, als stehe sie vor ihm. Die kurzen schwarzen Haare, die braunen Augen, die hohen Wangenknochen, die kleine und gerade Nase, der zarte Mund, die zerbrechliche Statur, die doch wundervolle weibliche Konturen besaß.

Was waren das für Gedanken! Er war entsetzt von sich selbst. Du bist immer noch Priester, mein Freund, und sie ist erst vor wenigen Tagen zur Witwe geworden. Verbanne solche Gedanken in die Unterwelt, wohin sie gehören. Nein, als Frau interessierte sie ihn nicht.

Er wollte ihr nur helfen.

Er wartete bis zum Abend. Als sich schon die ersten Schatten über die Straße legten und der Himmel nach den hohen Linden hinter der Klostermauer griff, erschien plötzlich vom Schammat her eine Gestalt auf dem Bürgersteig. Sie ging sehr langsam, beinahe schlafwandlerisch. Oder als wäre sie nicht mehr nüchtern. Zuerst war sich Arved nicht sicher, ob es wirklich Magdalena war. Doch als die Person unter einer Straßenlaterne herschwankte, erkannte er sie. Ihr Gesicht war weiß wie Kalk.

Arved flog aus dem Wagen und lief ihr entgegen. Sie schien zuerst nicht zu begreifen, wer er war, doch schließlich verzog sie den Mund zu einem schwachen Lächeln.

»Wo sind Sie die ganze Zeit gewesen? Ich habe mir solche Sorgen um Sie gemacht«, platzte es aus Arved heraus.

Sie blieb stehen. Das Lächeln verschwand. »Ich ... ich weiß nicht ...«

Er ergriff ihre Hand. »Erinnern Sie sich nicht, wie sie aus meinem Haus weggelaufen sind?«, fragte er.

Sie kniff die Augen zusammen, als wolle sie sich etwas ungeheuer Fernes in die Erinnerung zurückrufen, dann schüttelte sie den Kopf. »Ich weiß gar nichts mehr. Ich weiß nur, dass ... mein Mann ... tot ist.« Sie brach in Tränen aus und legte den Kopf an Arveds Schulter. Was hätte er darum gegeben, wenn er ihr wirklich Trost hätte spenden können.

»Kommen Sie, ich lade Sie zum Essen ein. Sie sehen aus, als hätten Sie schon einige Zeit nichts Richtiges mehr zu sich genommen«, meinte er und strich ihr sanft mit der Hand über die Schulter. Als sie sich etwas versteifte, ließ er sie sofort los.

»Ja«, sagte sie nur.

»Wären Sie mit dem *Domstein* einverstanden? Man kann dort wunderbar römisch essen. Das wäre vielleicht eine Abwechslung für Sie und bringt sie auf andere Gedanken.« Magdalena Meisen sagte nichts dazu, sondern stieg nur wortlos in Arveds Wagen.

Sie stellten den Bentley im Parkhaus am Hauptmarkt ab und gingen die wenigen Meter zum Restaurant *Domstein* durch die Fußgängerzone. Dabei kamen sie an *McDonalds* vorbei. »Falls Ihnen das lieber wäre ...«, meinte Arved und versuchte ein Lächeln. Dafür erntete er ein schelmisches Grinsen, und einen Moment lang konnte er sich vorstellen, wie Magdalena war, wenn nicht Trauer und Leid auf ihr lasteten. Sie gingen rasch am alten Marktkreuz vorbei, quer über den nun verwaisten Markt, und betraten das Restaurant.

Die Tür schwang automatisch auf. Arved geleitete die Witwe hinunter in den römischen Weinkeller und bestellte für sie beide ein Menü aus lukanischen Würstchen mit Bohnen und einem Weinbrötchen als Vorspeise, danach Hirsch in Damaszenersoße für sich und Schinken in Feigensoße für

Magdalena, und als Nachtisch gab es einen Birnenauflauf mit grünem Pfeffer. Als Aperitif genossen sie ein Mulsum, einen römischen, mit Honig gesüßten Würzwein. Die geringe Menge Alkohol machte die junge Witwe etwas gesprächiger.

»Ich muss mich unbedingt am Riemen reißen«, sagte sie, während sie den letzten Tropfen leerte und die Vorspeise gebracht wurde. »Allmählich erinnere ich mich wieder an Ihr Haus und die beiden unheimlichen Katzen. Aber ich weiß nicht, wo ich die Zeit danach verbracht habe.«

»Waren Sie vielleicht bei Ihrer Freundin?«, fragte Arved, während er das Lorbeerblatt aus dem Weinbrötchen pulte.

»Nein. Anna hatte ja nicht einmal nach der Beerdigung Zeit für mich.« Sie schaute auf ihren Teller und begann endlich zu essen. Es schien ihr zu schmecken. »Und sonst habe ich keine Freunde oder Freundinnen in Trier. Ich komme aus Augsburg und bin aus Liebe zu meinem Mann hierher gezogen. Damals habe ich es als Wunder angesehen, dass ich die Stelle in der Stadtbibliothek bekommen habe, aber jetzt ist es ein Fluch.«

»Sie beide haben sehr zurückgezogen gelebt?«, fragte Arved, während er das Besteck beiseite legte und auf den Hauptgang wartete.

Frau Meisen tupfte sich mit der Stoffserviette den Mund ab. »Mein Mann wollte nicht, dass wir viele Freunde haben«, erklärte sie. »Er war immer der Meinung, wir sollten einander genug sein. Das war auch einer der Streitpunkte an jenem Abend im Wald, vor allem weil ich so gern zu meiner Schwester nach Italien wollte, denn das bin ich ihr schuldig. Er hat mich wie eine Gefangene behandelt.« Ihre Augen wurden feucht – ob aus Trauer über ihn oder über sich, war nicht zu erkennen.

Als das Hauptgericht in tiefen braunen Tontellern kam, machte sich Frau Meisen über ihren Schinken her, als habe sie seit Tagen nichts mehr gegessen. Wahrscheinlich stimmte das sogar. »Aber er war andererseits so zärtlich und lieb«, sagte sie. »Wenn man in seine tiefen blauen Augen geschaut hat, konnte man ihm nichts abschlagen. Ich war glücklich mit ihm. Ich war es wirklich«, sagte sie, als müsse sie es sich selbst versichern. In Windeseile verschlang sie den Schinken. Arved hatte kaum die Hälfte seines Hirschbratens gegessen, als Frau Meisen bereits auf den Nachtisch wartete. »Ausgezeichnet«, sagte sie und lächelte Arved an. Wenn er nicht gesessen hätte, wären ihm nun die Knie weich geworden. Doch dann wich das Lächeln aus ihrem Gesicht, als sei es ausgeschaltet worden. »Glauben Sie an die Hölle?«, fragte sie unvermittelt.

Arved kniff die Brauen zusammen, kaute auf seinem Braten herum und dachte nach. »Ich glaube nicht, dass es einen Ort gibt, an dem die Menschen auf ewig nach ihrem Tod gequält werden«, sagte er schließlich, nachdem er einen Schluck Wasser genommen hatte. »Das habe ich bereits im Studium nicht geglaubt. Viele Theologen sind der Ansicht, dass die Seele des Menschen nach dem Tod nur durch einen freiwilligen Akt in die Hölle, also in ewige Abwesenheit von Gott kommen kann«, dozierte er. »Dieser Meinung nach wird die Seele im Moment nach dem Tod mit den eigenen Unzulänglichkeiten konfrontiert und ihr die Möglichkeit eröffnet, sich in einem äußerst schmerzhaften Prozess zu reinigen, was die Theologen das Fegefeuer nennen. Je mehr der Mensch gesündigt hat, desto intensiver ist die Reinigung. All jene, die diese Reinigung ablehnen, fallen der Hölle anheim – in vollem Bewusstsein der Tatsache, dass sie sich auch für den Himmel hätten entscheiden können, denn Gott nimmt auch den größten Sünder an.«

»Glauben Sie das alles?«, fragte Magdalena Meisen, während sie den Birnenauflauf löffelte.

»Nein.«

»Warum nicht?«

»Weil ich nicht mehr an Gott glaube. Weil ich glaube, dass mit dem Tod alles zu Ende ist.«

»Dann halten Sie es nicht für möglich, dass ich in der vergangenen Nacht mit meinem Mann Kontakt hatte?«

Arved schaute sie verwundert an und vergaß zu essen. »Wie meinen Sie das?«

»Ich habe Ihnen gesagt, dass ich nicht weiß, wo ich in der letzten Nacht war«, flüsterte sie und beugte sich über den weiß gedeckten Tisch zu ihm vor. »Das stimmt nicht ganz. Ich weiß zwar nicht, wo ich in dieser Welt war, aber in der anderen Welt war ich bei meinem Mann. Er leidet entsetzliche Qualen.« Ihr Blick sprach von Angst und Mitleid, aber nicht von Wahnsinn.

»Es ist nur natürlich, dass es nach dem Tod zu Kontakten kommt«, erklärte Arved. »Die Psychologen nennen das ...«

»Die Psychologen wissen gar nichts!«, brauste Frau Meisen auf. Sie hielt sich die Hand vor den Mund und schaute sich um. Sie waren die einzigen Gäste hier unten. Leiser fuhr sie fort: »Es war Trier, aber gleichzeitig war es ein völlig anderer Ort. Ein Ort der Qualen. Ich kann nicht beschreiben, was ich da gesehen habe. Es war auch kein richtiges Sehen, eher ein Spüren. Außerdem war es wie durch eine Glaswand. Und da war auch Jürgen. Er war irgendwo hier, das wusste ich. Unter der Erde. Er lag auf einer Pritsche und wurde bewacht. Ich habe nicht gesehen, was ihn gequält hat, aber es muss schlimm gewesen sein. Er hat mich angefleht, ihm zu helfen.«

Arved stützte die Ellbogen auf dem Tisch ab und legte das Kinn auf die zum Dach gefalteten Hände. »Sie befinden sich in einer sehr schwierigen Situation«, meinte er. »Da kann es schon einmal sein, dass ...« Weiter kam er nicht.

Denn Frau Meisen, die soeben ihren Birnenauflauf verspeist und den kleinen Löffel in das Schälchen gelegt hatte, wurde vor Arveds Augen durchscheinend. Der Ausdruck auf ihrem Gesicht war eine Mischung aus Lächeln und Grauen. Und Wissen.

Arved schreckte zusammen, rieb sich die Augen, streckte die rechte Hand aus, als wolle er im Dunkeln etwas ertasten, doch vor ihm saß niemand mehr. Er sprang auf. Lief um den Tisch herum. Magdalenas Stoffserviette war zu Boden geglitten.

Magdalena Meisen war verschwunden.

10. Kapitel

Als der Kellner abräumte, wollte Arved ihn fragen, ob er gesehen habe, wie eine junge Frau nach oben gegangen sei. Er unterließ es, weil er sich nicht lächerlich machen wollte. Er zahlte rasch und schaute auf der Damentoilette nach, die sich im Untergeschoss neben dem römischen Weinkeller befand. Mit rasendem Herzen stürmte er hinein, doch Magdalena war nicht da.

Er schaute überall im Restaurant nach, denn er traute seinen Sinnen nicht. Es war unmöglich, dass sich ein Mensch einfach in Luft auflöste! Ihm kam ein Gedanke, der genauso schrecklich wie eine solche Durchbrechung der einfachsten Naturgesetze war: Was war, wenn er gar nicht mit Magdalena Meisen in dieses Lokal gegangen war? Wenn er sich nur eingebildet hatte, dass sie ihn begleitete? Wenn er selbst – langsam verrückt wurde? Er ging nach draußen in den lauen Maiabend.

War er vorhin allein am Marktkreuz vorbeigegangen? Hatte er Selbstgespräche geführt? War alles nur eine Wunschvorstellung gewesen?

Sein Wagen stand dort, wo er ihn abgestellt hatte; seine Erinnerung hatte ihn in diesem Punkt nicht getrogen. Er fuhr aus dem Parkhaus und fühlte sich, als fahre er durch Watte. Als lebe er in Watte. Als denke er in Watte. Er musste etwas unternehmen.

Zuerst fuhr er wieder in die Saarburger Straße. Natürlich war Magdalena Meisen nicht dort. Dann machte er sich auf den Weg nach Hause. Als er schon fast am Ziel war, sah er plötzlich in der Thebäerstraße, etwa in Höhe des Malteser-Hilfsdienstes, eine junge Frau schnell die Straße in Richtung Sankt Paulin hinuntergehen, die ihn stark an Frau Meisen erinnerte. Natürlich war es kaum möglich, dass sie so schnell hergekommen war, es sei denn, sie hatte ein Taxi genommen. Er fuhr an ihr vorbei, bremste am Straßenrand und hastete aus dem Wagen.

Sie war es.

Mit ausgebreiteten Armen lief er auf sie zu. Dann blieb er stehen. Sie war nur wenige Meter von ihm entfernt und hielt ebenfalls an.

Ihre Augen ...

Ihre schönen rehbraunen Augen waren fort. An ihrer Stelle klafften schwarze Löcher. Unschlüssig machte Arved einen Schritt auf sie zu. Er roch etwas Seltsames. Süßes. Verwesendes. Er kannte diesen Geruch, hatte ihn in seinem Wagen wahrgenommen, als sie Jürgen Meisen transportiert hatten. Er wollte die junge Frau an der Schulter packen. Der Blick in die toten Augenhöhlen war entsetzlich. Er griff wie in eine Wolke. Tausend Flocken stoben auf, wie schwarzer Schnee. Er verwehte in einem aufkommenden Wind, der an Arveds schwarzen Rockschößen spielte. Fort.

Mit zitternden Knien ging er zu seinem Wagen zurück und fuhr die wenigen Meter bis zu seinem Haus – in einem Zustand, der an Bewusstlosigkeit grenzte.

* * *

In der Nacht erhielt er Besuch von Magdalena Meisen. Zuerst betrat sie sein Schlafzimmer durch die geschlossene Tür. Sie flüsterte ihm süße Worte ins Ohr und lockte ihn aus dem Haus. Sie zeigte ihm die Stadt der Nacht. Sie lief mit ihm durch den Zaun, der die Thermen hinter dem Landesmuseum absperrte, zog ihn in die unterirdischen Wassergänge und verführte ihn. Sie zog ihre Bluse aus und hielt ihm ihre wunderschönen Brüste entgegen. Er saugte an ihnen. Dann führte sie seine Hand unter ihren Rock. Dabei blickte er in ihre schwarzen Augenhöhlen. Er drängte sich stehend zwischen ihre Beine.

Als sie sich beide verausgabt hatten, verzog sich ihr Mund plötzlich zu einem stummen Schrei. Ihr Mund wurde immer größer, größer als das Gesicht, schwärzer als die Augenhöhlen, und darin sah er das wahre Gesicht der Magdalena Meisen. Das Gesicht einer Gequälten, Verdammten, Gefolterten, Hilfe Suchenden. Ganz leise hörte er ihre Stimme. »Hilfe! Helfen Sie mir!« Die Gestalt vor ihm verwandelte sich in eine gewaltige Eule und schwebte durch eine Öffnung in der Decke des ehemaligen Wasserlaufs. Mit Traumschritten glitt Arved mühelos in wenigen Sekunden nach Hause.

Am nächsten Morgen erwachte er erschöpft und gerädert, als hätte er gar nicht geschlafen. Er wusch sich die Schrecken der Nacht vom Körper und ging nach unten in die Küche. Er machte sich ein Brot, gab den Katzen Futter, die sich gierig auf ihre Näpfe stürzten und ihn mit grünem Blitzen anschauten, und als er in seine Schuhe schlüpfen wollte, stellte er fest, dass sie über und über mir Schlamm und Grashalmen bedeckt waren. Benommen trug er sie ins Badezimmer und säuberte sie. Dann setzte er sich in das Wohnzimmer.

Er betrachtete lange das wundervolle, aus vergoldetem Messing und Silber geschmiedete Kopfreliquiar des heiligen Pamphilius, das Magdalena so entsetzt hatte. Es bildete die ebenmäßigen Züge eines überirdisch schönen Jünglings ab, in dessen Stirn ein riesiger geschliffener Beryll eingesetzt war, hinter dem sich ein großer Teil der Schädelplatte des Heiligen befand. Ein Schatten legte sich über den Kopf. Eine der Katzen war auf die Büste gesprungen und starrte ihn an. Im Schatten unter ihr veränderte sich das Antlitz des heiligen Pamphilius. Die ein wenig weibischen Züge wurden vollendet weiblich und der Mund bewegte sich. Arved blieb beinahe das Herz stehen, doch er konnte sich nicht widersetzen. Er musste aufstehen und das Ohr an den sich bewegenden Mund halten.

»Hilfe! Bring mich von hier fort! Rette uns! Nur du ...« Die Stimme war immer leiser geworden. Die Katze sprang von dem Kopf herunter und nun war es wieder der des Heiligen.

Arved wusste jetzt, was zu tun war. Es war wie eine Eingebung. Alles, was in den letzten Tagen vorgefallen war, ließ keinen anderen Schluss mehr zu.

Er musste sich an einen Psychiater wenden.

Seit seinen Studententagen hatte er Thomas Hieronimi nicht mehr gesehen, aber manchmal hatten sie miteinander telefoniert. Arved hatte seit etwa einem Jahr nichts mehr von ihm gehört, doch er wusste, dass Thomas die richtige Adresse für ihn war. Er hatte zusammen mit Arved das Theologiestudium in Trier begonnen, war aber früher als sein Studienkollege vom Glauben abgefallen und Psychiater geworden. Er hatte seine Praxis in dem Eifelstädtchen Daun eröffnet, wohnte aber in Manderscheid. Arved wollte nicht zu ihm in die Praxis gehen; lieber machte er einen privaten Besuch. Nach dem morgendlichen Breviergebet, das Arved in den letzten Tagen vernachlässigt hatte und das er unsinnigerweise immer noch als Pflicht empfand, machte er sich auf den Weg. Heute war Samstag; die Chance, Thomas in seinem Haus anzutreffen, war relativ groß, denn Arved wusste, dass sein alter Freund zumindest früher an Samstagen auszuschlafen und danach zusammen mit seiner Frau ein großes Essen zu kochen pflegte; es war das samstägliche Ritual. Hoffentlich war es noch so.

Also fuhr er wieder in die Eifel hinein. Es war zunächst derselbe Weg wie in der Walpurgisnacht, doch er verließ die Autobahn nicht bei Wittlich, sondern erst bei der übernächsten Abfahrt. Die Straße führte über den geschlossenen Bahnhof Manderscheid-Pantenburg, dann hinunter in das enge Tal der Lieser, vorbei an der mächtigen Niederburg, deren Ruinen sich den Fels hochzogen und wie steingewebte Spitze wirkten, und auf der anderen Seite des Flusses wieder hoch, nach Manderscheid hinein. Thomas Hieronimis Haus lag in einer Straße, die »In den Wiesen« hieß und tatsächlich noch mehr Wiesen und alte Obstbäume als Häuser hatte. Arved parkte den großen Bentley vor der Einfahrt zur angebauten Garage des modernen, schlichten Einfamilienhauses und kletterte wie ein alter Mann aus dem Wagen. Er hielt sich an dem hohen Dach fest und atmete durch. Kühle Luft umschmeichelte ihn, klärte Kopf und Gedanken, und plötzlich waren Trier und die unheimlichen und unverständlichen Erlebnisse der letzten Tage sehr weit entfernt.

Doch andererseits lag der Wald, in dem die Schrecken ihren Anfang genommen hatten, weniger als zehn Kilometer von hier entfernt.

Arved richtete sich auf, nahm das leicht zerknitterte schwarze Jackett aus dem Fond, zog es über, ging die wenigen Schritte zur schweren, messingfarbenen Tür und schellte.

Es öffnete ihm ein Mann, den er nicht kannte. Graue Barthaare wuchsen auf eingefallenen Wangen wie ein Stoppelfeld; die grünen Augen saßen tief in den Höhlen und waren von Schatten umgeben. Ganz tief in den Augen lag etwas, das eine Erinnerung in Arved wachrief. Er trat einen Schritt zurück.

»Thomas?«

»Arved! Was für eine Überraschung! Komm doch herein!« In den Augentiefen entzündete sich ein kleines Feuer, ein zartes Flämmchen. Der graue Mann machte eine einladende Handbewegung und deutete in das Innere des Hauses. Arved folgte der Geste. Die Tür schlug hinter ihm zu.

Das war nicht mehr der lustige, dynamische, vor Leben strotzende, rotbäckige Thomas Hieronimi, den er als Student gekannt hatte; es war ein Mann kurz vor seinem Tod.

Das Wohnzimmer, in das Thomas seinen Freund bat, war das überdachte Äquivalent einer Müllkippe. Die Möbel waren kaum mehr zu sehen; überall lagen Wäsche, Abfall, Plastiktüten, ungespültes Geschirr und undefinierbare Klumpen herum. Es roch dem entsprechend.

Thomas schien die Situation nicht peinlich zu sein. Er räumte einen Berg Unterwäsche von einem Ledersessel und hieß Arved, Platz zu nehmen. Er selbst setzte sich auf die Couch, deren Existenz Arved erst jetzt unter den vielen Pullovern und Tüten wahrnahm, die er für einen gewaltigen, amorphen Berg gehalten hatte. Er wusste nicht, wie er das Gespräch beginnen sollte. Da war er aus Trier mit großen Problemen hier angereist und kam zu jemandem, der offenbar noch größere Probleme hatte.

»Wie lange haben wir uns nicht gesehen?«, fragte Thomas und lächelte Arved an. Das Feuer in seinen Augen war zu einem Flächenbrand geworden und ließ etwas von dem alten Freund erkennen.

»Zwanzig Jahre, glaube ich.«

»Wie die Zeit vergeht ...«

»Aber wenigstens haben wir miteinander telefoniert.«

»Ich glaube, zum letzten Mal vor einem Jahr.«

»Stimmt.« Arved rutschte unbehaglich auf seinem glatten Sessel hin und her. Er sah fast unbenutzt aus; die Kleidungsstücke hatten wie eine Schutzschicht gewirkt. »Damals warst du sehr zufrieden mit deinem Leben ...«

»Du auch ...«

Arved fühlte sich durchschaut. Natürlich, warum sollte er seinen Freund nach so langer Zeit plötzlich und ohne Voranmeldung besuchen, wenn er nicht in Schwierigkeiten steckte? Er seufzte. »Also gut, ich hatte mir vorgenommen, dich um Hilfe zu bitten. Aber du scheinst eher derjenige zu sein, der Hilfe braucht.«

Thomas schaute sich um; es wirkte, als sehe er das Zimmer zum ersten Mal. Dann lachte er. Wie früher. »Ach, das meinst du?«, sagte er und machte eine Geste, als wolle er das ganze Zimmer umarmen. »Weißt du, das ist so, wenn man eine nicht so gute medizinische Diagnose bekommen hat und die Frau einen verlässt.«

Arved schwieg. Himmel! Was mochte Thomas haben? Krebs? Sein Äußeres deutete darauf hin. Und dann der Verlust seiner Frau – die Arved nie kennen gelernt hatte. Verglichen mit seinen eigenen Halluzinationen waren das wirkliche Probleme. Er rutschte immer weiter an die Kante des Sessels und wusste nicht, wie er sich verhalten sollte. Thomas' Blick ruhte auf ihm. Der Blick des Feuers.

»Reden wir nicht von mir. Was führt dich her?«

Arved atmete innerlich auf. Es brach aus ihm hervor, als sei eine Schleuse geöffnet worden. Er berichtete von seinen Glaubenszweifeln, von dem Erbe der Lydia Vonnegut, von Jürgen und Magdalena Meisen und davon, wie die junge Witwe gestern Abend vor seinen Augen verschwunden war und ihn danach im Traum heimgesucht hatte.

Thomas hörte aufmerksam zu und stützte das Kinn auf die Hände. Als Arved verstummte, meinte er: »Interessant. Höchst interessant. Wenn ich dich nicht aus vergangenen Tagen kennen würde, müsste ich sagen, dass du eine religiöse Psychose hast. Aber ich kenne dich. Und daher glaube ich dir – bis zu einem gewissen Punkt.«

»Bis zu welchem Punkt?«

»Nun«, meinte Thomas und kratzte sich den grauen Stoppelbart, »ich gebe zu, dass ich gewisse Schwierigkeiten habe, was deine Schilderung des Verschwindens dieser offensichtlich sehr attraktiven Person angeht.« Er schmunzelte, als Arved rot wurde.

Hatte er so viel verraten? »Sie ist attraktiv, aber ich habe nicht ...«, begann er und richtete sich im Sessel auf.

»... im Traum daran gedacht, sie ins Bett zu bekommen«, beendete Thomas den Satz lachend für ihn. Dann packte ihn ein Hustenanfall. Mit zitternden Fingern holte er ein Taschentuch aus der fleckigen Cordhose und hielt es sich vor den Mund. Arved konnte den Auswurf durch die hellen Fasern deutlich sehen.

Als der Anfall vorüber war, stand Thomas unbeholfen auf und taumelte aus dem Zimmer. Arved hörte kurz darauf irgendwo im Haus Wasser rauschen. Er wünschte, er wäre nicht hergekommen. Der arme Thomas konnte ihm keine Hilfe sein. Aber vielleicht konnte er Thomas helfen?

Als der Psychiater zurückkam, schaute er Arved mit erloschenem Blick an. Arved hatte plötzlich das Gefühl, als erwürge ihn der Kragen seines weißen Hemdes. Er versuchte den Knoten der dunklen Krawatte zu lösen, aber es gelang ihm nicht; er quetschte sich nur die Finger.

Thomas sah seinen Bemühungen mit matter Belustigung zu. »Manchmal bekommt man nicht das Erhoffte«, meinte er leise. »Und manchmal bekommt man dafür etwas ganz anderes.«

»Kann ich dir irgendwie helfen?«, fragte Arved mit belegter Stimme, nachdem er den Versuch aufgegeben hatte, sich mehr Luft zu verschaffen.

»Höchstens, indem du mich von mir selbst ablenkst.« Das trübe Lächeln schwappte wie Brackwasser auf Arved zu.

»Was hältst du von meiner Geschichte?«, fragte Arved schließlich. Er kam sich unsäglich egoistisch vor.

»Sie erinnert mich an die Erzählungen und Romane eines bestimmten Phantastik-Schriftstellers, die ich einmal in die

Finger bekommen habe – kaum nachvollziehbar, dabei aber visionär und ein interessantes Bild von seiner kranken Psyche abgebend. Offensichtlich hat es hier mehrere Personen mit sehr merkwürdigen Wahrnehmungen gegeben. Was du von dem leeren Sarg erzählst, klingt allerdings wirklich bedenklich. Bist du sicher, dass der Bestattungsunternehmer ihn ebenfalls gesehen hat?«

Arved nickte. Und zuckte zusammen. Irgendwo, vielleicht in diesem Zimmer, vielleicht im angrenzenden Flur, raschelte etwas. Thomas bekam einen gehetzten Blick. Es war vorüber; alles war wieder still. So unendlich still. Wie im Herzen eines schwarzen Loches, dachte Arved.

Der Psychiater fuhr fort: »Außerdem ist es bemerkenswert, dass Jürgen Meisen – so war doch sein Name? – in einem verplombten Sarg transportiert wurde. Das ist unüblich. Noch unüblicher ist es, dass man der Witwe selbst auf ihren ausdrücklichen Wunsch hin nicht erlaubt hat, ihren Mann noch einmal zu sehen. Das ist seelische Grausamkeit, für die ein sehr guter Grund vorgelegen haben muss. Ich kenne einige Ärzte aus dem Wittlicher Krankenhaus und es sind allesamt gute und verantwortungsbewusste Mediziner.« Er warf einen Blick aus dem Fenster. Draußen war das Blau des Himmels zu sehen, durchzogen von einigen Wolken, darunter eine Birke, die mit ihren blassen, kleinen Blättern den Äther zu berühren schien. Thomas schaute hinaus, versonnen, weit weg, außerhalb seiner selbst. Als er den Blick wieder auf das Wohnzimmer richtete, erhob er sich plötzlich und sagte mit fester, wie aus früheren Zeiten hergeholter Stimme: »Lass uns etwas essen gehen. Ich bin so hungrig.« Er verließ das Zimmer, ohne sich weiter um seinen Besuch zu kümmern.

Arved lief hinter ihm her, aus dem Haus, den Hang hinunter, bis sie zur Wittlicher Straße kamen, dann nach links bis zum Kreisverkehr, dem Ceresplatz, und hinein in das Herz des Örtchens, in dem Wandertouristen und Holländer mit Fotoapparaten den Anschein eines normalen, gewöhnlichen, unauffälligen Tages erweckten. Thomas lief an einem Restaurant mit dem Namen *Bauernstuben* vorbei, von dem Arved hoffte, es sei ihr Ziel, denn es wirkte überaus einladend, doch der Psychiater eilte mit weit ausladenden Schritten voran. Von dem einen oder anderen wurde er gegrüßt, aber er grüßte nicht zurück. Vorbei am *Schlecker,* am Blumenladen, rechts hinein in die so genannte Kurpassage. Dann standen sie vor dem Ziel der plötzlichen Reise.

Eifel-Döner hieß das Ziel.

Thomas stürmte hinein, wechselte mit dem jungen Türken hinter dem Tresen ein paar Worte und meinte zu Arved: »Das Lahmacun mit Döner-Fleisch ist hier einfach ausgezeichnet. Nimm es und trink ein Uludag dazu.«

»Ein – was?«, fragte Arved, der sich kurz in dem kleinen Imbiss umschaute. Links von der Theke standen zwei Tische, rechts davon drei, einer war besetzt – Touristen. Das Fleisch am Drehspieß sah in der Tat einladend aus und die Salattheke machte einen frischen Eindruck.

»Eine türkische Limonade. Sehr süß. Sie wird dir schmecken. Ich weiß doch, dass du so gern Süßes isst und trinkst.«

»Früher ...«

»Ach, jetzt nicht mehr? Schlechtes Zeichen. Zwei Lahmacun wie immer, Mehmet. Und zwei Uludag.«

Sie setzten sich an einen der freien Tische. Thomas schien aufzublühen. Plötzlich sah er nicht mehr so grau aus. »Zurück zu deiner Geschichte«, sagte er.

»Hier?«, fragte Arved leise und schaute hinüber zu dem anderen besetzten Tisch. Machten die beiden dort, das Mädchen und der pickelgesichtige Junge, nicht schon lange Ohren?

»Natürlich hier, im Leben, nicht in meinem Haus, im Tod«, sagte Thomas. »Deine Geschichte ist insoweit bemerkenswert, da es Zeugen gibt – nur nicht für deine letzte Behauptung.«

»Aber sie ist wirklich ...«, er wurde noch leiser, »verschwunden.«

»Es gibt viele derartige Berichte. Seltsame Ereignisse führen manchmal zu Halluzinationen. Ich will dich nicht mit Psychologenkram langweilen. So ganz einmalig ist dein Fall nicht.«

»Also glaubst du mir doch nicht!«, raunzte Arved lauter, als er beabsichtigt hatte. Das junge Pärchen schaute nun herüber. Der Mann in dem dunklen Anzug und der abgerissene, wie ein Penner wirkende Grauhaarige gaben ein wahrhaft seltsames Paar ab.

Die Lahmacun kamen. Sie waren in Alufolie eingerollt, aus der der Fladen, das Brot und das Fleisch herausschauten. Thomas biss hinein, als habe er seit Tagen nichts mehr gegessen. Auch Arved kostete vorsichtig.

Es schmeckte ausgezeichnet. Frisch, würzig, kräftig. Fremdartig. Er ging selten in ausländische Lokale, und in ein türkisches hatte er sich bisher noch nie getraut. Er aß immer schneller.

Wenn Thomas gerade einmal den Mund leer und mit der herrlich süßen Limonade nachgespült hatte, setzte er die Unterhaltung bruchstückhaft fort. Er schien immer mehr der alte zu werden.

»Es könnte eine ansteckende Krankheit gewesen sein, irgendetwas sehr Exotisches, oder vielleicht hatte man den Sarg vertauscht und statt des Leichnams von Jürgen Meisen einen leeren Sarg an den Bestatter geschickt. Wäre das absolut unmöglich?«

Arved schüttelte den Kopf. »Nein, unmöglich wäre es nicht ...«

»Na siehst du! Und in deinem Kopf hat sich die ganze Geschichte zu etwas wahrhaft Ungeheuerlichem ausgesponnen, zumal du in einer sehr schwierigen Lage warst, da du gerade deine Suspendierung bekommen hattest.«

Arved musste gestehen, dass an den Worten seines Freundes etwas Wahres war. Er schluckte den letzten Bissen herunter, war ziemlich traurig darüber, aber auch sehr satt, und spülte mit der Limonade nach. »Aber was ist mit dem Verschwinden Magdalena Meisens?«, fragte er und schielte hinüber zu dem jungen Pärchen. Sie taten so, als beschäftigten sie sich mit sich selbst, aber Arved bemerkte genau, wie angespannt sie lauschten.

»Da kommt mein früherer Beruf ins Spiel«, meinte Thomas grinsend.

»Dein ... früherer Beruf?«, fragte Arved verständnislos.

»Ich habe meine Praxis schon vor einigen Monaten aufgegeben – als ich die Diagnose bekommen habe.« Er schaute in eine Ferne, die niemand außer ihm selbst erreichen konnte. Endlich redete er weiter: »Es gibt nur eine Methode, dich von deiner fixen Idee zu befreien.«

»Und die wäre?«, fragte Arved und schaute sein Gegenüber eindringlich an.

»Wir beide besuchen gemeinsam die Stelle im Wald, wo angeblich das verfallene Haus steht.«

11. Kapitel

Thomas dirigierte Arved eine serpentinenreiche Straße hinunter in das Tal der kleinen Kyll und auf der anderen Seite wieder in steilen Biegungen hinauf, bis sie die Abzweigung nach Eisenschmitt erreichten.

»Geradeaus in den Kunowald«, befahl Thomas. »Auf der Straße gibt es nur einen einzigen ausgeschilderten Parkplatz, an dem auch ein Kinderspielplatz liegt.«

Arved folgte der Anweisung seines Freundes. Sie fuhren durch hohen Mischwald. War das die Straße, die Arved in jener Nacht nach Wittlich genommen hatte? Es musste sie sein; es gab keine andere. Aber er erkannte nichts wieder. Die Nacht veränderte alle Umrisse – und alle Inhalte. Zusammen mit den Farben verschwand die Identität der Dinge – und die der Menschen. Nun, im alles durchwebenden Sonnenschein, wirkte dieser Wald trotz seiner Dichte licht und auf fröhliche Weise lebendig. Damals, bei Dunkelheit und im Gewitter, hatte er wie eine abgestorbene Kulisse ausgesehen.

Der Parkplatz war rasch erreicht. Arved erkannte ihn wieder. Er stellte den Bentley hinter einen kleinen Land Rover, in dem niemand saß, und stieg aus.

Thomas reckte und streckte sich und sog die Luft ein, als könne sie ihm wieder mehr Substanz und Farbe verleihen. Tatsächlich schien es ihm nun besser zu gehen. »War es hier?«, fragte er.

Arved nickte.

»Kannst du dich noch an den Weg erinnern?«

Arved sah sich um. Es führte nur ein einziger breiter Weg mit einer Grasnabe in der Mitte von dem Parkplatz weg in den Wald hinein. Er ging los; Thomas lief schweigend neben ihm her.

Schon an der ersten Abzweigung wusste Arved nicht mehr, welchen Weg er nehmen sollte. Er sah Thomas ratlos an. Dieser zuckte die Achseln.

»Wie lange seid ihr denn von der Hütte bis zum Parkplatz gegangen?«, fragte der Psychiater.

»Keine Ahnung«, gab Arved zu und suchte noch immer die vier Richtungen mit den Augen ab. Vielleicht gab es irgendwo eine Landmarke, an die er sich erinnerte. Doch der Wald sah überall gleich aus. Kleine Schonungen wechselten mit hohem Mischwald und dunklen Fichtenhainen ab. Vogelgesang perlte herab wie Klang gewordenes Sonnenlicht; im Unterholz summte und schwirrte es vor aufgeregtem Leben. Der Wald atmete in tiefen, gleichmäßigen Zügen ein und aus.

Doch da war ein Fleck; etwas, das nicht hierher gehörte. Zuerst war es kaum mehr als eine Störung am Rande des Blickfeldes. Dann wurde es größer. Ein schwarzer Fleck, der das Frühlingsweben in seiner Nähe aufzusaugen schien. Arved rieb sich die Augen und schaute wieder hin.

»Was ist los?«, fragte Thomas.

»Da hinten, auf dem Weg«, antwortete Arved und deutete mit der Hand nach rechts. »Siehst du den schwarzen Punkt?«

Thomas kniff die Augen zusammen. »Ja. Vermutlich ein Wanderer. Er kommt näher.«

Arved schluckte und ließ die Hand sinken.

»Glaubst du etwa, es ist deine Magdalena?«, fragte Thomas mit einem spöttelnden Unterton.

Arved zuckte die Schultern.

»Seid wir beide zusammen sind, scheinst du keine Visionen mehr gehabt zu haben, oder?«, meinte Thomas und schaute weiterhin in dieselbe Richtung wie sein Freund. »Du siehst, dass du nur Gespenster gesehen hast.«

»Und wenn es wirklich Gespenster waren?«, flüsterte Arved.

»Wo bleibt dein Sinn für die Realitäten?«, wies Thomas ihn zurecht, ohne den Blick von dem größer werdenden schwarzen Fleck abzuwenden. »Ich gebe zu, dass du viel länger geblendet warst als ich, aber wie du mir vorhin berichtet hast, bist zu inzwischen ebenfalls zu der Einsicht gekommen, dass es keine Gespenster, keinen Teufel und auch keinen Gott gibt. Wir machen uns unsere Gespenster selbst – die guten und die bösen.«

Der schwarze Fleck stellte sich tatsächlich als wandernde Gestalt heraus – als kleine Gestalt in einem Umhang. Arved schluckte. Dort, wo der Kopf sein sollte, war nichts als Schwärze. »Und was ist das da?«, fragte er leise und zeigte auf die Gestalt.

Thomas schien einen Augenblick lang zu schwanken. Dann sagte er: »Jemand, der sich vor schlechtem Wetter geschützt hat.«

»An einem strahlenden Frühlingstag?«

Thomas schaute hoch und runzelte die Stirn. Keine Wolke fleckte mehr den Himmel, der wie ein Deckel aus blauem Stahl über dem Wald lag.

Nun war die Gestalt so nahe herangekommen, dass sie Einzelheiten erkennen konnten. Es war ein bis zu den Füßen reichender Umhang aus schwarzem Stoff und die Kapuze glich der an einer Mönchskutte. Ein Gesicht war nicht zu sehen. Die Gestalt hielt einen großen Ast in der Hand, der ihr als Wanderstab diente. Sie wirkte fast wie einem Comic-Heft entsprungen.

»Guten Tag«, sagte Thomas, als die Gestalt schon beinahe vor ihnen stand. Sie nahm die Kapuze nicht vom Kopf, sondern ging einfach weiter. Sie schritt so nahe an Arved vorbei, dass der Saum ihres Gewandes seine Hosenbeine streifte. Schon war sie vorüber.

»Wir suchen ein Haus, das hier irgendwo im Wald stehen soll«, rief Thomas ihr nach.

Eine hohe Stimme, alt wie die Welt, brüchig wie uraltes Papier, wehte auf dem Wind heran: »Geradeaus, nicht mehr weit, dann rechts in den Wald hinein. Seht euch vor.«

Arved hatte eine merkwürdige Empfindung, als er die Stimme hörte. Erinnerte sie ihn nicht an jemanden, auch wenn sie schrecklich verzerrt war? Er versuchte sich zu konzentrieren, aber es gelang ihm nicht. Er schüttelte den Kopf. Und drehte sich um.

Die schwarze Gestalt war verschwunden.

»Komm«, sagte Thomas und ging voran. »Wenigstens wissen wir jetzt, wo unser Ziel liegt.«

»Wer war das?«, murmelte Arved wie zu sich selbst. Der Kies knirschte unter seinen Schuhen, als er Thomas folgte. Der Gesang der Vögel schien gedämpft zu sein und selbst das Sonnenlicht wirkte, als fließe es durch einen dunklen Filter. Kleine Äste von Buchen und Linden bogen sich unter einem aufkommenden Wind. Dunkelgrünes Licht zitterte zwischen ihnen und machte den Waldboden auf beiden Seiten des Weges zu dem Grund eines tiefen Sees.

»Da hinten! Ich glaube, ich sehe etwas!«, rief Thomas und bahnte sich einen Weg an Sträuchern vorbei – vielleicht Brombeeren, vielleicht Himbeeren – in den Wald hinein. Arved folgte ihm. Tatsächlich bemerkte auch er in der Ferne etwas Großes, Massives. Er glaubte sich an einige Walddinge zu erinnern – an den großen, bemoosten Baumstumpf dort hinten, an die verdrehte Buche rechts von ihm, in deren Gabelgezweig ein gewaltiges Nest hing, an den umgefallenen Baumstamm mit dem Efeugerank, das wie Fesseln wirkte.

Wie ein riesiges Gewächs, ein Auswuchs, ein Geschwür stand das verfallene Haus da. Das eingefallene, an manchen Stellen noch in das Gezweig hineinragende Dach erinnerte

Arved an ein fauliges Gebiss, und die Löcher in den Wänden waren wie Wunden in krankem Fleisch.

Thomas blieb stehen und schaute an der Fassade hoch. »Ist es das?«, fragte er sehr leise, während er sich umdrehte und seinen Freund anschaute.

Arved nickte. Ihm saß ein Kloß im Hals. Damals – wie lange war es her? – hatte er das Haus kaum wahrgenommen; er hatte nur Augen für das Ehepaar Meisen gehabt und ihnen zu helfen versucht. Jetzt, in der Ruhe des Frühlingstages, nahm er das Haus erst richtig wahr. Fast schien es, als hinge ein ungreifbarer Schatten aus grüner Furcht über dem Gebäude. Arved bekam eine Gänsehaut. Schon wollte er Thomas warnen, doch dieser war bereits im Inneren verschwunden. Arved fasste sich ein Herz und folgte dem Psychiater.

Er stand gegen die Wand gelehnt. Sein bartstoppeliges Gesicht war noch grauer als zuvor. Er schien nur mit Mühe atmen zu können. Thomas kniff die Augen wie unter großen Schmerzen zusammen.

»Alles in Ordnung?«, fragte Arved und ärgerte sich sofort über die Lächerlichkeit seiner Worte. Thomas schlug die Augen auf. In seinem Blick lag eine Mischung aus Trauer und mildem Spott. Er hatte kaum die Kraft zu nicken.

Arved warf einen Blick auf den Boden. Dort, wo in jener Hexennacht die Reste der Kreidezeichnung gewesen waren, war nun nichts mehr zu sehen. Die Steinplatten wirkten aber wie frisch gescheuert. Kein Blatt lag auf ihnen, keine Nadeln, keine angewehte Erde, nichts.

Und natürlich gab es keine Spur eines Rebstocks.

Als sich Thomas ein wenig erholt hatte, drückte er sich von der rauen Wand ab, beschrieb mit dem Arm einen Halbkreis und sagte: »Keine Weintrauben, nichts Außergewöhnliches, nur eine Ruine. Oder siehst du das anders?«

Arved schüttelte den Kopf und nagte an seiner Unterlippe. »Den Rebstock habe ich ja auch bei meinem ersten Besuch nicht gesehen. Bestimmt hat Jürgen Meisen von den Sträuchern draußen am Weg gegessen. Vielleicht waren es gar keine Trauben, sondern Brombeeren.«

»Jetzt, im Frühling? Hast du etwa Beeren an ihnen gesehen? Deine Botanikkenntnisse waren noch nie hervorragend«, spöttelte Thomas, in dessen Gesicht ein wenig Farbe zurückgekehrt war. Er ging in dem großen Zimmer umher, von dem eine Ecke wohl als Kochstelle abgetrennt gewesen war. Nun zeugten davon nur noch angeschwärzte Mauerreste und ein Kamin in der zerfallenden Wand. »Wer mag hier gewohnt haben?«, fragte er die Zweige und Himmelsfetzen über sich.

Arved bückte sich und untersuchte den Boden. Nicht die leiseste Spur von Kreide oder Kohle zeigte an, dass sich eine Zeichnung auf dem Boden befunden hatte. Doch dafür entdeckte er etwas anderes.

»Hier!«, sagte er erregt, sprang auf und lief in die Ecke, in der Thomas stand und in die Wipfel schaute. »Da ist etwas im Boden!«

Der Psychiater sah ihn erstaunt an und folgte Arved zu einer Stelle, wo in der Tat eine Unregelmäßigkeit zwischen den Steinplatten hervortrat, die man erst beim zweiten oder dritten Blick bemerken konnte.

Thomas kniete nieder. Die Fugen waren um eine der Platten herum breiter als um die anderen, und es hatte den Anschein, als befinde sich in ihnen kein Mörtel.

Thomas erhob sich wieder und trat auf die Platte. Sie wackelte nicht, war so fest wie die anderen. Fragend schaute er Arved an.

»Vielleicht ist es eine Falltür«, mutmaßte Arved aufgeregt. »Wir müssen versuchen, sie zu öffnen.«

»Warum? Glaubst du, dass sich darunter dein Rebstock befindet?«, fragte Thomas leicht spöttisch und verschränkte die Hände hinter dem Rücken.

Arved gab ihm keine Antwort. Schon hockte er neben der Steinplatte und versuchte die Finger in die tiefen Fugen zu stecken. Es gelang ihm nicht. Er sprang auf, lief nach draußen in den Wald und suchte nach einem passenden Werkzeug. Er fand einen Zweig, hob ihn auf, eilte wieder in die verfallene Hütte und steckte ihn in die Fuge. Er passte zwar und ließ sich recht tief einführen, aber als Arved ihn wie einen Hebel benutzen wollte, brach er ab.

»Immerhin wissen wir jetzt, dass sich hier drunter ein Hohlraum befindet«, sagte er triumphierend.

»Vielleicht ein Erdloch oder eine kleine Grotte oder einfach nur der Keller«, meinte Thomas skeptisch. Er machte keine Anstalten, seinem Freund zu helfen.

Arved lief wieder nach draußen, aber er fand keinen geeigneteren Stock. Am besten wäre natürlich eine Eisenstange. Da kam ihm eine Idee. Er hastete zurück zum Eingang der Hütte und rief Thomas zu: »Bin gleich zurück. Ich hole nur etwas aus dem Wagen.«

Bevor der Psychiater etwas erwidern konnte, war Arved bereits auf dem Weg durch das Unterholz. Bestimmt lag ein Wagenheber im Kofferraum, den er als Hebel einsetzen konnte.

Er lief auf die helle Stelle zu, an der er den Wanderweg vermutete.

Als er sie erreicht hatte, musste er allerdings feststellen, dass er sich auf einer Lichtung mitten im Wald befand. Der Weg war nirgendwo zu sehen. Das Haus ebenfalls nicht. Sein Orientierungsvermögen war nie besonders gut gewesen, aber dass es ihn in der letzten Zeit derart im Stich ließ, beunruhigte ihn doch sehr.

Die Lichtung war wie ein Auge in den Himmel. Es ging kein Wind. Hier sang kein Vogel. Die Stille lastete wie eine Drohung über dem hohen Gras. Nichts regte sich.

Schwarze Klumpen hingen wie geronnene Träume in den Bäumen. Arved blinzelte. Was war das? Von der Stelle aus, wo er stand, erkannte er sechs dieser Klumpen. Einer regte sich plötzlich. Flügel schlugen und fachten Wind an.

Eulen.

Tagsüber?

Arved ging an eine der Eulen heran. Sie wich nicht, blieb einfach sitzen und glotzte ihn aus schwefeligen Augen an.

Ein leises Säuseln lag in der Luft. Die Sonne verdunkelte sich, obwohl über der Lichtung keine Wolke zu sehen war. Das Säuseln wurde stärker. Es schien seinen Ursprung in einem der Bäume zu haben. In einem der Bäume, in denen die Eulen saßen.

»... mir ...«

Arved stockte der Atem. Es war eine weibliche Stimme. Sie schien geradewegs aus dem Baum zu kommen, vor dem er stand. Die Eule oben in der Astgabel hielt den Kopf schräg, als lausche sie ebenfalls.

»... hilf mir ... bitte ...«

Was war das in dem Baumstamm? Es sah aus wie eine Unförmigkeit, ein Auswuchs. Arved rieb sich die Augen.

Es war ein Gesicht. Ein Gesicht aus Borke und Moos. Es verzog sich leicht, wenn es die Worte aussprach.

»... mich hier heraus ...«

Magdalena. Es gab keinen Zweifel. Die Stimme, die hohen Wangenknochen, selbst das kurze Haar war in dem Stamm angedeutet. Arved drückte sich gegen den Baum und fuhr mit den Händen an der Rinde auf und ab. Er glaubte sogar die Rundungen ihres Körper zu spüren und ließ das Holz sofort wieder los.

»... komm her und rette mich ...«

Ein Windhauch ging durch die Blätter in den Baumkronen.

»Ich ... ich werde alles tun, um dich zu retten«, stammelte Arved. Die Eule schaute ihn an. Funkelte ihn an. Er wich vor dem Baum zurück. Lief hinein in den Wald. Fand den Weg, ohne ihn gesucht zu haben. Fand den Parkplatz, ohne auch nur im Geringsten auf den Weg geachtet zu haben. Er öffnete den Kofferraum und die Bodenabdeckung und entdeckte sowohl einen Wagenheber als auch eine Verlängerungsstange, die kaum dicker als sein kleiner Finger war. Er packte beides, schlug den Deckel wieder zu und hastete zurück. Den Weg entlang, die rechte Abzweigung, hinter den Ranken nach rechts in den Wald. Er stürmte in die Hütte. »Ich habe sie gesehen. Das war keine Vision! Du musst ...«

Thomas war verschwunden.

Arved ließ sein Werkzeug fallen. Es polterte scheppernd auf die Steinfliesen. Sofort rannte er wieder hinaus. »Thomas! Thomas?«, rief er und rannte ziellos in dem stillen, nachmittäglichen Wald umher. Bildete er es sich ein, oder wurden die Schatten bereits erheblich länger? Lag schon die Dämmerung über den Bäumen?

»Thomas!«

Schweigen. Der Wald fraß sein Rufen. Arved umkreiste die Hütte in immer größerem Radius. Schließlich kehrte er in das verfallene Gebäude zurück. Es war immer noch leer. Er fühlte sich schrecklich verlassen. Noch einmal rief er aus vollem Hals nach seinem Freund. Blätterrauschen antwortete ihm.

Und ein leises Klopfen.

Verblüfft sprang Arved einige Schritte zurück. Er hatte den Eindruck gehabt, als wäre das Klopfen von direkt unter ihm gekommen. Von der Platte mit den breiten und tiefen Fugen. Er kniete sich hin. »Thomas?«

Erneutes Klopfen.

In fieberhafter Hast packte Arved die Stange und setzte sie in einer der Fugen an. Mit aller Kraft drückte er gegen sie. Die Platte bewegte sich keinen Millimeter. Inzwischen hatte das Klopfen aufgehört. War auch das nur wieder eine Vision gewesen, eine Halluzination? Er arbeitete weiter, aber es war umsonst. Wütend stampfte er auf den Boden.

Da öffnete sich die Fliese; wie eine Falltür oder ein hungriger Mund glitt sie hoch. Arved ging wieder auf die Knie und spähte hinunter. In der Finsternis sah er einen kaum mannshohen Raum, dessen Wände sich in der Schwärze auflösten.

Und unmittelbar unter der Falltür stand Thomas. In seinem Blick lag Angst.

12. Kapitel

»Leg die Eisenstange quer über die Öffnung, sonst fällt die Klappe wieder zu und schließt uns beide ein!«, warnte Thomas mit tonloser Stimme. Arved gehorchte sofort und stieg dann die steile Holzleiter hinunter in den Unterleib des Hauses. In der Tat schloss sich die Klappe wieder hinter ihm und schlug schwer gegen die Eisenstange. Durch den verbliebenen Spalt drang ein wenig Nachmittagslicht in den fensterlosen Raum.

»Was ist denn das?«, fragte Arved erstaunt, als sich seine Augen an das Zwielicht gewöhnt hatten.

Ein roh behauener Stein stand in der Mitte des Raumes, dessen Wände aus dem Fels geschlagen waren, über dem an dieser Stelle des Waldes offenbar nur eine sehr dünne Erdschicht lag. Auf dem Stein, der Arved sofort an einen Altar erinnerte, standen Leuchter mit schwarzen Kerzen. Zwischen ihnen lag ein geköpfter Hahn, dessen Blut den Stein dunkel gefärbt hatte. Arved drehte es den Magen um und er würgte. Neben dem Altar lehnten Dreifüße gegen die Wand und Räuchergefäße lagen auf dem Boden. Arved schnupperte an einem. Es duftete schwach nach Weihrauch. Er erinnerte sich daran, dass Magdalena Meisen etwas von Weihrauchgeruch gesagt hatte.

In einer Ecke stand eine Truhe. Thomas sah sie im selben Augenblick wie Arved. Zusammen gingen sie darauf zu und öffneten sie; sie hatte nicht einmal ein Schloss. Darin lagen weiße Gewänder, die seltsame, rostrote Flecken aufwiesen, überdies ein Stab, in den grobe, in der schlechten Beleuchtung nicht entzifferbare Zeichen eingraviert waren, sowie weitere Schalen, zwei Ziborien mit schwarzen Hostien und zwei Kelche mit dunklen Rückständen darin. Angeekelt legte Arved die Sachen rasch wieder zurück. »Was ist das?«, fragte er verständnislos.

»Schwarze Messen«, murmelte Thomas. »Ich fürchte, an der ganzen Sache ist doch etwas dran.«

»Ich hatte wieder eine Vision.«

»Was? Jetzt? In diesem Augenblick?«

»Nein, vorhin.« Arved erzählte seinem Freund von der Lichtung, den sechs Eulen und der im Stamm eines Baumes eingeschlossenen Magdalena. »Sie hat mich angefleht, ihr zu helfen«, schloss Arved. »Aber wie? Ich verstehe das Ganze nicht. Ich verstehe gar nichts mehr.«

In der hintersten Ecke des aus dem Fels gehauenen Raumes entdeckten sie schließlich vertrocknetes Weinlaub. Thomas hob es auf und hielt es sich unter die Nase. Er verzog die Lippen vor Abscheu und ließ das Laub wieder fallen. »Rühre es nicht an«, warnte er Arved. »Komm, lass uns gehen. Es reicht.« Er kletterte einige Stufen der Leiter hoch und drückte mit der Schulter gegen die einen Spaltbreit offen stehende Falltür. Sie gab nicht nach. »Versuch du es. Ich bin zu schwach dafür.«

Arved hatte mehr Glück. Er presste die Schulter gegen den Stein, und schließlich gelang es ihm, die Fliese ganz nach hinten zu schieben. Rasch schlüpfte er durch das Loch im Boden und zog seinen Freund nach. Er nahm die Eisenstange an sich und gab der Platte einen kleinen Schubs. Sie fiel mit einem lauten Knall und einem unterirdischen Hall zu. Schweigend gingen sie nach draußen in den Wald, den bereits die Schatten des herannahenden Abends durcheilten.

Arved wollte seinem Freund die Lichtung zeigen, doch Thomas weigerte sich, sie zu sehen. »Ich kann nicht mehr«, sagte er. »Bring mich nach Hause.«

Nach kurzer Suche fanden sie den Weg und gingen zurück zum Wagen. Schweigend fuhren sie die kurvenreiche

Strecke zurück nach Manderscheid. Als sie wieder im rumpeligen Wohnzimmer des Psychiaters saßen, ergriff für lange Zeit keiner von beiden das Wort. Sie sahen aneinander vorbei und waren in ihren Gedankenwelten gefangen. Arved hatte nun den Beweis erhalten, dass nicht alle unerklärlichen Umstände bloß seiner Phantasie oder etwelchen Schuldkomplexen entsprungen waren. Er dachte an die Gestalt im schwarzen Umhang. Thomas hatte sie ebenfalls gesehen, und sie beide hatten ihre Worte gehört; also konnte sie keine Einbildung gewesen sein. Und die im Stamm des Baumes verborgene und ihn anflehende Magdalena? Und die Eulen? Und die Geheimkammer unter der verfallenen Hütte? Und das Weinlaub?

Plötzlich stand Thomas auf. Er wankte ein wenig, hielt sich an dem Sessel fest, in dem Arved saß, richtete sich auf, atmete tief durch und verließ das Zimmer. Arved sah ihm nach. Sein Freund war nur noch ein Schatten seiner selbst. Was mochte es für eine Krankheit sein? Eine Krankheit zum Tode ... Er tat Arved unendlich Leid. Er hatte sich Thomas mit seinen Problemen aufgedrängt, wo es doch Thomas selbst war, der Hilfe brauchte.

Der Psychiater kam mit einem dicken Buch zurück. »Das Lexikon der magischen Künste von Horst Biedermann«, sagte er. »Ein ausgezeichnetes Werk. Hier, lies.« Er hatte das Stichwort *Beschwörung* aufgeschlagen und hielt es Arved unter die Nase:

Arved las laut vor: »Beschwörung, lat. Conjuratio, allg. ein Anreden der Dämonen bzw. des Satans, das den Zwang enthält, Antwort geben oder gehorchen zu müssen. Eine B. ist daher auch der Exorcismus, bei welchem Dämonen zum Ausfahren aus Besessenen gezwungen werden. Häufiger wird der Ausdruck B. im Sinne von Zitierung (citatio daemonum, eigentl. Vorladung der Dämonen) gebraucht, vor allem in den populären Zauberbüchern, wie z.B. den Höllenzwängen und Grimoires. Bevorzugte Orte für die B. sind einerseits verrufene Plätze (Ruinen, Galgenberge), andererseits Kreuzwege. Hier wird ein mag. Zirkel (Zauberkreis) auf den Boden gezeichnet, der ringsum mit Characteres und den Namen von Engeln und Dämonen beschriftet wird. Der Nigromant darf sich durch keine List der erscheinenden Dämonen verleiten lassen, diesen Kreis zu verlassen, da er ihnen sonst wehrlos ausgeliefert ist. Oft ist von Räucherungen die Rede, die dämon. Wesen herbeiziehen sollen.« Der Artikel war noch nicht zu Ende, aber Arved klappte das Buch zu. »Glaubst du an so etwas?«, fragte er, als er den Blick von dem erstaunlichen und beängstigenden Artikel hob.

Thomas hatte sich wieder auf eine halbwegs freie Stelle der Couch gesetzt und zuckte die Achseln. »Ich weiß, dass es satanistische Zirkel gibt, und ich weiß auch, dass sie ihren Riten eine große Macht beilegen. Diese Macht kann natürlich immer nur eine psychische sein; das wissen wir beide sehr wohl. Vielleicht spielen halluzinogene Substanzen dabei eine Rolle; vielleicht hat Jürgen Meisen unwissentlich etwas davon gekostet und ist daran gestorben.«

»Aber wieso war der Sarg leer?«, fragte Arved.

»Möglicherweise doch ein Versehen oder eine Verwechslung.«

»Und wieso ist Magdalena Meisen vor meinen Augen verschwunden?«

»Eine Halluzination, genau wie ihr Erscheinen in deinen Träumen oder in jenem Baum.«

»Und die schwarze Gestalt im Wald? Die hast du ebenfalls gesehen.«

»Ein Wanderer – oder eine Wanderin.«

»Man kann alles wegerklären.«

»Und man kann alles auf übernatürliche Weise erklären. Hast du mir nicht heute Morgen stolz berichtet, du glaubst nicht mehr an Gott und das Transzendente?«, gab Thomas müde zurück. Er lehnte sich auf dem zerschlissenen Sofa gegen einen Klumpen schmutziger Wäsche und legte die Beine übereinander, was ihn beträchtliche Anstrengung zu kosten schien. »Willst du dich etwa sofort wieder an die Krücke Gott klammern, sobald etwas geschieht, das du nicht verstehst?«

Arved seufzte. Thomas hatte Recht. Er beugte sich in seinem Sessel vor, stützte den Kopf in beide Hände und murmelte: »Sicher ist nur, dass hier etwas passiert ist, auf das weder Magdalena noch ich einen Einfluss haben.«

»Lass diese Magdalena aus dem Spiel. Es ist nur zu deutlich, dass du dich in sie verliebt hast. Erstens scheint sie zu jung für dich zu sein, und zweitens bist du als frisch suspendierter Priester, der zumindest mir gegenüber das Zölibat immer vehement verteidigt hat, noch nicht in der Lage, eine Beziehung einzugehen. Für mich hat es den Anschein, dass deine Hormone eine große Rolle in diesem Spiel haben.«

Stimmt das?, fragte sich Arved. Zugegeben, Magdalena war eine hübsche Frau, aber er kannte sie doch kaum. Nein, da war Thomas auf dem Holzweg. Das Zölibat galt für ihn immer noch, und aufgrund seiner Priesterweihe würde es auch bis zum Ende seines Lebens gelten.

Aber warum sollst du dich daran halten, durchfuhr es ihn, wo es doch nur von Menschen für Menschen eingerichtet wurde? Warum solltest du dich an Regeln halten, deren Fadenscheinigkeit und Willkürlichkeit du erkannt hast? Die ganze Welt steht dir offen – auch die Welt der Liebe.

Aber nicht mit Magdalena Meisen.

»Wir drehen uns im Kreis«, sagte Arved. »Was rätst du mir?«

Thomas räusperte sich. Dann kam ein Hustenanfall. Thomas quälte sich nach vorn und Auswurf tropfte ihm in den Schoß. Unter seinem grauen Stoppelbart wurde er rot. Er fischte ein schmutziges Taschentuch aus der Hosentasche und wischte sich damit den Schleim ab. Arved sah, dass er rötlich glänzte. Es zerriss ihm fast das Herz.

Als Thomas wieder Luft bekam und sich ein wenig erholt hatte, sagte er: »Es gibt zwei Möglichkeiten. Entweder du siehst ein, dass das meiste nur deiner Phantasie entsprungen ist ...«

»Aber da sind der Raum unter der Hütte und diese magischen Geräte«, warf Arved beinahe wütend ein.

»... nur deiner Phantasie entsprungen ist«, wiederholte Thomas ungerührt und faltete die Hände über dem, was früher einmal sein Bauch gewesen war, »auch wenn ich zugeben muss, dass gewisse Dinge zumindest auf ein magisches Ritual hindeuten. Ein magisches Ritual allerdings bedeutet natürlich noch lange nicht, dass tatsächlich etwas Übernatürliches im Spiel ist. Oder du glaubst allen Ernstes, dass es die Welt des Überwirklichen gibt und sowohl Jürgen Meisen als auch deine so verehrte Magdalena in sie hinübergegangen sind. Falls du zu deinen alten Glaubensvorstellungen zurückkehren solltest, würde das bedeuten, dass die beiden im Jenseits sind, wie immer man sich das vorstellen soll. Zwar hat Jesus angeblich einmal einen Toten zum Leben erweckt, aber soweit ich weiß, ist das ein Einzelfall geblieben, und du solltest nicht versuchen, es ihm gleichzutun. Lass die Toten ruhen, Arved.«

»Willst du damit sagen, dass auch Magdalena gestorben ist? Ich habe doch noch mit ihr geredet, habe sie zum Essen eingeladen, habe ...«

»Arved!« Ein neuer Hustenanfall. Schlimmer diesmal. Als sich Thomas wieder gefangen hatte, fuhr er fort: »Ich will nicht allzu tief in deine Psyche eindringen, aber es hat schon Fälle gegeben, in denen Patienten sich geweigert haben, den Tod eines geliebten Menschen zu akzeptieren.«

»Heißt das, du glaubst, ich bin verrückt?« Arved spürte, wie Wut in ihm hochstieg. Wut auf diesen sterbenskranken Mann, der ihn als Wahnsinnigen abstempeln wollte. War das Freundschaft?

Thomas streckte matt die Hände aus. »Nein, keineswegs. Ich will dir nur sagen, dass es viele Erklärungen für das geben kann, was du erlebt hast.«

»Gut. Nun hast du mir deine Meinung als rationaler Psychiater dargelegt. Am liebsten würde ich auch noch eine Meinung der Gegenseite hören.«

»Die Meinung eines Dämonologen? Da müsste es in deiner Kirche doch genügend Autoritäten geben.«

Arved verzog den Mund. »Ich bin aus meiner Kirche so gut wie ausgeschlossen. Ich bin jetzt ein Paria. Kennst du niemanden, der mir weiterhelfen könnte?«

Thomas ließ die Hände wieder sinken. »Ich kenne da zwar jemanden, aber ich bezweifle, dass sie dir helfen kann. Ich habe ihr einige meiner Kunden zu verdanken, allerdings befürchte ich, sie wird dich auf ihre Art in deinem Irrglauben bestärken. Der Umgang mit ihr ist nur psychisch gefestigten Personen zu empfehlen.«

»Und ich bin in deinen Augen keine solche!«, brauste Arved auf und erhob sich ruckartig. »Ich gehe jetzt. Es tut mir Leid, dass ich dich gestört habe. Ich werde mir meine Hilfe schon allein holen. Auf Wiedersehen – und alles Gute. Bemühe dich nicht, ich finde schon allein den Weg hinaus. Ich muss ja nur dem Geruch der frischen Luft folgen.«

Als er das Zimmer verließ, hörte er noch, wie Thomas leise hinter ihm hersagte: »Lioba Heiligmann. Sie wohnt in Trier.«

Im nächsten Augenblick stand Arved auf der Straße, lief zu seinem Bentley, stieg ein – und weinte. Wie hatte er sich so seinem sterbenden Freund gegenüber verhalten können? Es war ihm, als stehe er tatsächlich unter irgendeinem bösen Einfluss. Kurz überlegte er, ob er ins Haus zurückkehren sollte. Da sah er, wie von innen die Rollläden heruntergelassen wurden, wie zum Schutz gegen die Welt. Mit einem Seufzer startete er den Wagen und fuhr los.

Lioba Heiligmann. Was für ein seltsamer Name. Er nahm sich vor, diese Frau ausfindig zu machen.

13. Kapitel

Heute war es zu spät. Im Dunkeln kam er nach Hause, in Finsternis parkte er den Wagen, in Düsterkeit schlich er in sein Haus. Und es geschah etwas, das noch nie zuvor geschehen war.

Lilith und Salomé begrüßten ihn. Als er das grüne Licht in der Halle einschaltete, stoben sie nicht davon, sondern strichen ihm um die Beine. Sie schnüffelten unablässig am Saum seiner Hose, als ob dieser ungemein aufregend sei. Er versuchte die Tiere sanft fortzudrängen, doch es gelang ihm nicht. Er ging in die Küche und stellte ihnen zwei Näpfe mit Trockenfutter hin, das sie einfach verschmähten. Immer wieder rieben sie sich an seinen Hosenbeinen und miauten behaglich. So hatte er sie noch nie erlebt. Fast freute er sich. Es war gar nicht so unangenehm, wenn man in einem einsamen Haus begrüßt wurde. Dann fiel es ihm ein.

Die Gestalt in dem schwarzen Umhang hatte ihn vorhin im Wald gestreift. Vielleicht war es ihre Präsenz, die die Katzen rochen.

Arved huschte ins Wohnzimmer, konnte die Tiere jedoch nicht abschütteln. Er setzte sich auf seine behagliche Couch, in die er tief einsank, und die Katzen ließen nicht vom Schnüffeln an seiner Hose ab. Hin und wieder schauten sie ihn mit ihren grün schillernden Augen an; es war wie eine Aufforderung. Wozu?

Er stand wieder auf und schob eine CD mit Louis-Armstrong-Liedern ein. »What a wonderful world ...« Was für eine wunderbare Welt es sein könnte, wenn man ihr bloß eine Chance gäbe. Die Katzen blieben auch in seinem Schlepptau, als er aus dem kleinen Intarsienschränkchen in der Diele das Telefonbuch herauskramte. In dem grünen

Jugendstillicht musste er die Augen zusammenkneifen, um überhaupt etwas entziffern zu können, doch er war zu neugierig, um das Buch mit ins Wohnzimmer zu nehmen.

Es gab nur eine Person in Trier namens Lioba Heiligmann. Sie wohnte in der Krahnenstraße 37 b, unweit der Mosel und des alten Krans. Gleich morgen früh würde er sie aufsuchen.

Er schlich zurück ins Wohnzimmer. Plötzlich hatten die beiden Katzen genug gerochen. Sie sprangen rechts und links von ihm auf das Sofa und legten sich hin. Ganz vorsichtig hielt er ihnen die Hände vor die Schnauzen. Sie schnupperten daran und rieben die Köpfe an seiner Haut. Er wagte, sie zu streicheln. Sie schnurrten und ließen es geschehen. Es war ein erstaunlich angenehmes Gefühl. Arved hatte nie zuvor in seinem Leben eine Katze gestreichelt, nachdem er als Kind einmal von einem ausgewachsenen Kater gekratzt worden war, bevor er ihn hatte berühren können. Das Streicheln half seinen Gedanken, auf die Wanderschaft zu gehen. Er hörte kaum mehr die Musik – »High Society ...« – und dachte an Magdalena. An ihr Bild in dem Baum auf der Lichtung. Nur eine Vision? Er dachte an die seltsamen Gerätschaften im Keller unter der Hütte. Er dachte an seinen Freund Thomas und an dessen Weigerung, den Ereignissen eine übernatürliche Begründung zu geben. War er tatsächlich in diese junge Witwe verliebt? Das war absurd. Arved hatte noch nie geliebt und war noch nie geliebt worden. Er hätte dieses Gefühl gar nicht erkannt, sagte er sich.

Die Katzen schienen eingeschlafen zu sein. Vorsichtig stand Arved von dem Sofa auf, ohne sie zu stören, verließ das Zimmer und stieg nach oben. Er trat unter seine nur provisorisch aufgestellten Reliquiare, die von der Straßenlaterne hinter dem Efeu wie mit scheuen Lichtfingern umkost wurden. Und er tat etwas, das ihm noch vor ein par Tagen absurd erschienen wäre.

Er kniete sich auf den dichten chinesischen Teppich und betete.

Er betete für die Seelen von Magdalena und Jürgen Meisen und darum, dass er der jungen Frau helfen könne.

Seine Gebete blieben wie immer ohne Antwort.

Ächzend erhob er sich wieder und strich sich den Staub von den schwarzen Hosenbeinen. Was sollte das? Warum machte er sich vor sich selbst lächerlich? Hatte Gott schon einmal seine Gebete erhört? Hatte er seine Eltern gerettet, als sie diesen schrecklichen Autounfall hatten, verursacht von einem Betrunkenen, der bei der Verhandlung nur dumm grinsend dagesessen hatte? Er war nicht verurteilt worden. Schuldunfähig, hatten die Juristen gesagt.

Hatte er seinen Studienfreund Ansgar gerettet, der sich in Verzweiflung über Gottes Schweigen an einer Spielplatzschaukel erhängt hatte? Hatte er Ansgars Mutter gerettet, die darüber wahnsinnig geworden war?

Hatte er ein Ohr für all die unschuldigen Opfer von Gewalt und Terror?

Arved nahm eines der kleinen Reliquienkreuze in die Hand, deren Rückseite man aufklappen konnte. Nichts als Symbole.

Er legte das Kreuz zurück auf den Ausziehtisch, den er aus Platzmangel hierher gestellt hatte, und verließ die Ansammlung von Knochen und anderen Reliquien. Von unten drang Louis Armstrongs Stimme hoch: »And when the Saints ...« Er lief die steile Marmortreppe hinunter und schaltete den CD-Spieler aus. Die Katzen waren wieder verschwunden. Arved zog sich aus, duschte, stellte dabei fest, dass er in den letzten Tagen abgenommen hatte, und ging zu Bett, nachdem er sich einen dunkelblauen Seidenpyjama aus dem muffig riechenden Kleiderschrank genommen hatte. Er musste einmal richtig lüften, dachte er. Und er musste mit sich selbst ins Reine kommen. Dabei konnte ihm niemand helfen. Auf keinen Fall diese Lioba Heiligmann, dachte er. Und schlief ein.

Und begegnete Magdalena Meisen. Sie stand mitten im Trierer Dom, zwischen den Stühlen. Ein Lichtstrahl fiel auf sie und erleuchtete ihr Gesicht. Ihr wunderschönes, gleichmäßiges Gesicht. Doch die Augenhöhlen waren leer. Arved stand einige Meter von ihr entfernt. Sie schien ihm etwas zuzurufen, aber er hörte nichts. Dann wandte sie sich von ihm ab und lief in das südliche Seitenschiff, von dem der Kreuzgang abzweigte. Magdalena riss die Tür auf und war verschwunden. Arved setzte ihr nach. Er fand Magdalena zwischen den drei großen modernen Bronzeengeln auf dem Rasengeviert, das von dem Kreuzgang eingeschlossen wurde. Die Engel sagten zu Arved: »Es wird Zeit. Bald ist sie nicht mehr zu retten.«

»Warum rettet ihr sie nicht?«, fragte Arved leise und hielt sich in gebührendem Abstand von den himmlischen Wesen, auch wenn er genau wusste, dass sie aus Bronze und das Werk eines begnadeten Bildhauers waren.

»Es kann sie nur jemand retten, der aus der Welt kommt. Wir sind nicht aus der Welt und nicht in der Welt.«

»Warum rettet Gott sie nicht?«, wollte Arved wissen und machte einen Schritt an die Engel heran. »Kann er es etwa auch nicht? Ist er denn nicht allmächtig?«

»Er ist allmächtig, aber er wird nicht eingreifen. Seine Geschöpfe sind die Herren ihrer Handlungen. Jede Handlung wirkt sich auf andere Geschöpfe aus. Gott interveniert nicht.«

»Gott ist grausam.«

»Gott führt ein großes Experiment durch. Er kennt das Ergebnis, aber seine Geschöpfe müssen es aus eigener Kraft erreichen.«

»Warum?«

»Weil sie sich ansonsten nicht beweisen können. Weil ansonsten ihre Leistung nicht belohnt werden kann.« Die Engel redeten gleichzeitig; es klang beinahe wie ein Sprechgesang.

»Und wenn ich versage?«

»Dann wird sie für immer dort bleiben, wo sie jetzt ist.«

»Wo ist das?«

»Das weißt du.«

»Nein.«

»Du willst es nicht wissen. Du leugnest es. Du leugnest deine eigene spirituelle Existenz. Du bist zurückgefallen in die Zweidimensionalität.« Die Engel beugten sich zu Magdalena herab. Jetzt hörte Arved ihren Schrei. Die Engel waren zu Dämonen geworden, schrecklich anzusehen, unbeschreiblich, ein Gewimmel tiefster Bösartigkeit. Er fiel in den Schrei ein und erwachte.

Neben seinem Bett saßen Lilith und Salomé und starrten ihn an. Auffordernd, wie ihm schien. Er wischte sich mit dem klammen Betttuch den Schweiß aus dem Gesicht und hielt eine Hand nach unten. Sofort spürte er die raue Zunge einer der Katzen. Er wollte die Hand wieder wegnehmen, aber er traute sich nicht. Das Lecken wollte kein Ende nehmen. Die andere Katze schnurrte, als werde sie gestreichelt. Was hatte er da nur geträumt? Schuldgefühle, würde Thomas sagen. Thomas der Todgeweihte. Schuldgefühle, weil er seinen Gott verraten hatte. Weil er nicht mehr an das glaubte, was er mit seinen Sinnen nicht wahrnehmen konnte.

Lioba Heiligmann. Nomen est omen, hieß es. Er würde sie aufsuchen. Gleich morgen früh. Was konnte es schon schaden? Welchen Beruf hatte sie? Hoffentlich handelte es sich bei ihr nicht um eine dieser modernen Esoterikerinnen, die Versatzstücke aus allen möglich Religionen nahmen und daraus ihr eigenes Süppchen kochten – ein unverdauliches Süppchen. Oder war sie eine moderne Hexe? Ihm kamen wieder die seltsamen Gerätschaften im Keller des Waldhauses in Erinnerung. Sollte er sich darauf einlassen?

Die Katzen trollten sich; er war allein. Beinahe war er traurig darüber. Ob sie ihn doch mochten?

»Es wird Zeit. Bald ist sie nicht mehr zu retten.«

Arved fuhr im Bett zusammen. Hatte er diese Worte ausgesprochen? Er schaute sich um. Das Gewebe der Nacht schwebte raschelnd im Raum. Laternenlichtstäbe lagen über dem Boden, über dem Fußende des Bettes, über der Kommode. Reglos, wie aus weißem Holz. Nirgendwo der Ursprung einer Stimme. Arved stand auf, ging nach nebenan, in das Zimmer mit den Reliquien, und versuchte die wenigen Stunden bis zum Tagesanbruch im Gebet zu verbringen.

Vergeblich.

14. Kapitel

Die Krahnenstraße 37 b lag gegenüber einem Seitenflügel des großen Krankenhauses, das die Borromäerinnen in Trier führten und das gemeinhin nur als »Mutterhaus« bezeichnet wurde. Arved erinnerte sich, dass er schon einmal in dieser Straße gewesen war, vor einigen Jahren, als er einen Arbeitsbesuch im Annastift, dem Sozialdienst katholischer Frauen, gemacht hatte. Schon damals waren ihm die beiden Häuser in der ansonsten einheitlichen, alten Straße aufgefallen, deren Architektur deutlich auf das achtzehnte Jahrhundert verwies. Die beiden Nummern 37 a und b waren die einzigen Giebelhäuser in der Reihe; alle anderen standen mit der Traufe zur Straße. Einerseits glichen sie sich wie ein Ei dem anderen: Bei beiden führten vier Stufen hoch zur Haustür, neben der zwei Sprossenfenster auf die Straße blickten; darüber verengte sich die Fassade bereits und ließ im ersten Stock nur noch zwei Fenster zu, die etwas kleiner als die im Erdgeschoss waren, und darüber steckte knapp unter dem Dach ein winziges Bodenfenster. Während aber 37 a frisch renoviert war, fiel bei 37 b der Putz ab und Efeu hatte seine kleinen Arme überall in das Mauerwerk geschlagen. Der Kamin war schief und bröckelig, die Fenster starrten blind in die Welt, die Farbe an den Rahmen blätterte ab und die Haustür schien noch aus der Zeit des Erstbezugs zu stammen. Natürlich war es dieses Haus und nicht sein gepflegter Zwilling, in dem Lioba Heiligmann wohnte.

Arved drückte auf den Klingelknopf und im Inneren des Hauses ertönte ein helles Brummen, das an seinen Ohren kratzte. Etwas polterte kurz und regelmäßig und dann wurde die Tür geöffnet. Die Frau, die wie ein skurriles Bild im

Rahmen stand, beäugte ihn misstrauisch. Das Misstrauen war gegenseitig.

»Was wollen Sie?«, fragte die vielleicht knapp fünfzigjährige Frau mit einer dunklen, rauchigen Stimme, die eher zu einem Mann gepasst hätte. Zum Teil war dafür sicherlich das verantwortlich, was zwischen ihren schmalen, rot geschminkten Lippen klemmte: ein Zigarillo, der kleine Rauchwölkchen von sich gab. Sie nahm ihn nicht aus dem Mund, als sie sagte: »Ich habe jetzt keine Zeit. Bitte melden Sie sich telefonisch an.« Der Zigarillo tanzte dabei zwischen ihren Lippen hin und her und glühte auf.

Als sie schon die Tür vor Arved zuschlagen wollte, sagte dieser rasch: »Thomas Hieronimi schickt mich. Es ist sehr wichtig.«

Lioba Heiligmann kniff die beinahe schwarzen Augen zusammen und kratzte sich an Kopf. Die braunen, von breiten weißen Strähnen durchzogenen Haare brachte das nicht durcheinander, denn sie hatten schon vorher so ausgesehen, als sei Frau Heiligmann gerade erst dem Nachtlager entstiegen. Auch ihr Kleid passte dazu. Arved konnte nicht sagen, was Plisseefalten und was Knitterfalten waren. Das Blumenmuster war irgendwann in den Fünfzigern einmal modern gewesen, doch falls das Kleid wirklich ein Überbleibsel dieser Zeit sein sollte, war es erstaunlich gut erhalten.

»Thomas Hieronimi? Habe lange nichts mehr von ihm gehört. Er geht nicht ans Telefon, und ich habe keine Lust, hinaus in die Wildnis zu fahren, nur um ihn zu sehen. Wie geht es ihm?«

Schnell gewöhnte sich Arved an ihre dunkle Stimme, die fast angenehm weich war. »Sehr schlecht«, sagte er.

Besorgnis stahl sich in die dunklen Augen der Frau. Sie trat einen Schritt beiseite und rieb sich die spitze Nase. »Kommen Sie herein.« Sie wartete nicht ab, ob Arved ihrer Aufforderung folgte, sondern drehte sich sofort um und ging durch den schmalen Flur, an dessen linker Seite sich eine steile Treppe ins Obergeschoss hochzog. Frau Heiligmann trug schwere Wanderschuhe, die jeden Schritt zu einer kleinen Erschütterung machten.

Arved wurde in das Zimmer rechts neben dem Flur geführt. Er hatte schon erwartet, eine ähnliche Einrichtung wie die seiner psychiatrischen Freundes zu sehen, und war mehr als erstaunt, als er sich in einem großen, wenn auch niedrigen Raum wiederfand, dessen Wände mit einem eleganten, eingepassten Vitrinensystem verkleidet waren. In den Vitrinen standen Bücher.

Tausende alte Bücher in Pergament- und Ledereinbänden, die im Licht der kleinen, unaufdringlichen Deckenlampe warm glänzten. Die einzigen anderen Möbel waren zwei Ledersessel und ein kleiner Mahagonitisch dazwischen, auf dem eine offene Weinflasche, ein benutztes Glas und ein überquellender Aschenbecher standen. Eine halb volle Schachtel Zigarillos lehnte gegen den Ascher. Die seltsame Frau setzte sich in einen der Sessel und bot Arved den anderen an. Sie schlug die Beine übereinander; die Wanderschuhe wirkten wie orthopädische Stopfen an ihren ansonsten noch recht schönen Beinen, wie Arved nicht ohne einen Anflug von Scham feststellte.

»Was ist los mit Thomas? Warum meldet er sich nicht mehr?«, fragte Frau Heiligmann.

Arved erzählte ihr freimütig von seinem Besuch bei dem Psychiater, konnte aber kein Licht auf die Art der Erkrankung werfen.

»Hört sich an wie Krebs«, meinte Lioba Heiligmann ungerührt und mit fester Stimme, doch Arved bemerkte, dass ihre Augen kurz einen feuchten Glanz annahmen. »Armer Kerl. Er war zwar immer schon etwas merkwürdig, aber ein guter Psychiater.«

»Er hat gesagt, Sie könnten mir vielleicht helfen.«

»Was haben Sie denn für Probleme? Suchen Sie eine alte Ausgabe des legendären Necronomicon? Oder vielleicht die Erstausgabe des Hexenhammers?«

Arved schaute sie verständnislos an.

»Sind Sie nicht wegen Büchern hier?«

»Wegen Büchern?«

»Na, Sie wissen schon: diese Dinger aus Papier zwischen zwei Deckeln, mit denen man so schön rascheln kann.«

Arved wurde rot. Sie schaute ihn amüsiert an; seine Reaktion schien ihr zu gefallen. Er mochte es nicht, wie diese Frau mit ihm umging. Sie drückte ihren Zigarillo in dem Aschenbecher aus, griff zu der Weinflasche, die auf dem kleinen Tisch zwischen ihnen stand, und goss sich ein Glas ein. Arved bot sie nichts an. Sie schloss die Augen und konzentrierte sich ganz auf die gelbe Flüssigkeit. Arved beobachtete sie verstohlen. Was für ein Trampel, dachte er. Wieso sollte sie ihm helfen können? Würde er es überhaupt schaffen, ihr von seinen seltsamen Erlebnissen zu erzählen?

Lioba Heiligmann öffnete die Augen wieder und sah ihn fest an. Er hatte den Eindruck, als falle er in diese zwei kleinen schwarzen Abgründe, als werde er hineingesogen, als zerre etwas an seinem Innersten. »Also, was verschafft mir die Ehre Ihres Besuches, wer immer Sie sein mögen?«

Arved bemerkte, dass er sich noch nicht einmal vorgestellt hatte. Er schluckte, nannte seinen Namen und druckste herum, als er von Magdalena und ihrem Mann berichten wollte.

Lioba Heiligmann wandte den Blick nicht von ihm ab. Sie schien nicht zu blinzeln – wie eine Schlange, dachte er. Und ich bin das Kaninchen.

»Sie wirken wie ein Priester«, meinte sie schließlich, während sie sich ein weiteres Glas eingoss. »Stimmt´s?«

Arved zerrte ein wenig an seinem weißen Hemdkragen und antwortete: »Ja und nein.« Er fasste sich ein Herz und legte ihr in kurzen Worten seine Suspendierung sowie sein seltsames Erbe dar. Als er die Katzen und seine Schwierigkeiten mit ihnen erwähnte, lächelte Lioba Heiligmann und sagte: »Zwei schwarze Katzen? Genau wie damals. Hexengefährten. Geschöpfe des Teufels nannte man sie. Ich mag Katzen sehr. Ich hatte selbst einmal eine schwarze Katze. Seit sie gestorben ist, möchte ich keine neue mehr, denn ich habe zu sehr an Federlin gehangen. Und Sie werden auch noch dazu kommen, diese kleinen pelzige Wesen zu schätzen. Aber was hat das alles mit mir zu tun? Ich habe einige Priester als Kunden, aber keiner davon glaubt nicht an das, was er bei mir kauft.«

»Sie handeln mit Büchern?«, fragte Arved vorsichtig.

»Ich bin die bekannteste Antiquarin für Okkulta im ganzen Bundesgebiet«, sagte sie nicht ohne Stolz. »Viele Wissenschaftler sind unter meinen Kunden, aber auch viele abgedrehte Typen. Wozu gehören Sie?« Sie sah ihn an, wie ein Insektenforscher eine neue Mottenart betrachtet. Ihre Blicke waren wie kleine Nadeln.

»Bald ist sie nicht mehr zu retten«, hörte er die Stimme der Bronzeengel aus seinem Traum. Er war dabei, sich vor dieser Frau zum Narren zu machen. Aber Magdalena Meisen war es wert. Er musste jede Möglichkeit ergreifen. Er schluckte und berichtete dann von seinen Erlebnissen.

Lioba Heiligmann schloss die Augen, nachdem sie einen weiteren Schluck Wein genommen hatte. Sie öffnete sie erst wieder, als er seinen Bericht beendet hatte. »Interessant«, sagte sie nur.

»Glauben Sie mir?«, fragte Arved.

»Wie sollte ich das, wenn Sie nicht einmal sich selbst glauben?«, gab Lioba Heiligmann zurück und massierte sich die schmale, rot eingefärbte Unterlippe. Ein wenig von dem Lippenstift blieb an ihren Fingern kleben; sie bemerkte es nicht. »Immerhin ist Ihre Geschichte wirrer als alles, was ich bisher gehört habe, und das will schon etwas heißen«, meinte sie. »Ich frage mich aber immer noch, warum Sie hier sind.«

»Weil Thomas Sie mir empfohlen hat«, gab Arved ein wenig gereizt zurück und trommelte mit den Fingern auf den wulstigen ledernen Armlehnen.

»Was soll ich für Sie tun, wenn Sie nicht an das Jenseits, an Gott und den Teufel glauben?«, fragte Lioba Heiligmann.

»Glauben Sie denn an den Teufel, an die Hölle, die Dämonen, die Unterwelt, an Gespenster und Wiedergänger, an Vampire und Werwölfe?«

»Das ist ja eine ganz schöne Liste«, lachte Lioba Heiligmann. Ihre dunkle Stimme erfüllte den ganzen Raum und hallte ein wenig von den gläsernen Fronten der Büchervitrinen wider. »Wie kommen Sie darauf, dass ich an all das glaube?«

»Weil Sie offenbar Bücher darüber verkaufen.«

»Und Sie sind Priester und glauben nicht an Gott.«

»Ich habe deswegen meinen Beruf aufgegeben!«

»Eine dumme Entscheidung. Man ist inhaltlich nicht immer mit dem einverstanden, was man tut, aber wenn es den Mann oder die Frau ernährt, ist es in Ordnung.« Lioba Heiligmann nahm einen Zigarillo aus der Packung neben dem Aschenbecher, zündete ihn mit einem roten Einwegfeuerzeug an, das in der Schachtel gesteckt hatte, und blies kleine Rauchwolken in die Luft. »Ich lache über die Spinner, die bei mir Zauberbücher kaufen und dann zu Hause den kleinen Do-it-yourself-Magier spielen wollen. Und ich lebe gut von ihnen. Wenn allerdings Wissenschaftler bei mir solche Bücher oder Werke über die Hexenverfolgung kaufen, um die Geschichte des Okkulten aufzuarbeiten, bin ich ihnen immer gern behilflich. Sie sehen, dass meine Einstellung von dem abhängt, was man von mir will.« Sie zog an ihrem Zigarillo, als wolle sie den Tabak wie durch einen Strohhalm aus ihm heraussaugen.

»Aber wenn ein Spinner wie ich kommt, der eine Erfahrung gemacht hat, die er nicht versteht, dann verkaufen Sie ihm irgendein überteuertes Buch, das seinem Verständnis angeblich auf die Sprünge hilft, und machen sich insgeheim über ihn lustig! Sie glauben an gar nichts«, brauste Arved auf und erhob sich abrupt. »Es war wohl kein guter Vorschlag von Thomas, mich mit Ihnen in Verbindung zu setzen. Guten Tag!« Er wandte sich in Richtung der Zimmertür.

»Warten Sie!« Es war ein Befehl, dem Arved einfach nicht zuwider handeln konnte. Er hörte, wie die Antiquarin hinter ihm aufstand. Die Wanderschuhe polterten über das Parkett. Als Arved den Blick senkte, sah er, dass es an vielen Stellen Striemen hatte und abgeschabt war. »Sie sind wirklich niedlich, wenn Sie sich aufregen.« Sie lächelte ihn an. »Ich will Ihnen etwas zeigen. Kommen Sie mit.« Sie ging dicht an ihm vorbei und trat in den engen Flur. Er roch ein zartes Parfüm, das nach Veilchen duftete und so gar nicht zu dieser Frau zu passen schien. Mit schweren Schritten lief sie die steile Treppe hoch. Arved folgte ihr und keuchte bereits nach den ersten fünf Stufen.

Im ersten Stock öffnete Lioba Heiligmann ihr Schlafzimmer. Neben ihrem Messingbett, das tadellos gemacht war und leuchtend weiße Laken hatte, stand eine große alte Holzfigur, die die heilige Elisabeth darstellte, wie sie gerade einem kleinen Bettler vor ihr einen Brotlaib reichte. Es war eine wunderbare Arbeit, die Arved an die fließenden Linien eines Tilman Riemenschneider erinnerte. Vor der Figur stand ein alter Betschemel mit leicht zerschlissenem Stoff, auf dem sicher viele Knie herumgerutscht waren. Etwa auch die von Lioba Heiligmann?

Sie schien seine stumme Frage zu verstehen. »Ja, ich knie jeden Morgen und jeden Abend vor der heiligen Elisabeth. Mit Ihrem Gott kann ich nichts anfangen, auch nicht mit dem überstrapazierten Jesus, aber Elisabeth von Thüringen war eine wirklich starke Frau – eine, zu der man Zutrauen haben kann. Sie ist ein großes Vorbild für mich.«

»Das freut mich«, sagte Arved etwas linkisch. Er wusste nicht, wie er reagieren sollte. Diese Frau verblüffte ihn immer mehr. »Sie war eine große Wohltäterin.«

»Und Sie würden jetzt gern wissen, ob ich das auch bin oder ob meine Verehrung für die heilige Elisabeth nur theoretischer Natur ist. Haben Sie das Mutterhaus gegenüber gesehen?«

Arved nickte und schaute an Lioba vorbei aus dem Fenster. Der moderne Komplex des Krankenhauses streckte seine Betonwände in den Himmel, und rechts davon schlossen sich irgendwo, unsichtbar von diesem Zimmer aus, die alten Konventsgebäude an.

Die Antiquarin fuhr fort: »Ich brauche nicht viel zum Leben. Das Haus gehört mir, ich mache mir nicht viel aus gutem Essen und brauche eigentlich nur meinen Wein und meine Zigarillos. Und meine Kleider stammen, wie selbst Sie bestimmt schon vermutet haben, aus der Spendenkammer der Caritas. Was soll ich also mit all dem Geld machen, das ich den reichen Esoterikern aus der Tasche leiere?«

»Neue Bücher für Ihr Geschäft kaufen«, meinte Arved.

»Ja, das stimmt und das tue ich auch«, erwiderte sie. »Aber ich habe ein Händchen für Schnäppchen, und deshalb bleibt immer noch sehr viel übrig. Die Borromäerinnen bekommen es und einige andere sinnvolle Institutionen ebenfalls. Sie sehen, dass ich wirklich versuche, meiner Lieblingsheiligen nachzueifern. Und Sie sehen, dass ich nicht die atheistische Zynikerin bin, für die Sie mich halten.«

»Das habe ich keineswegs getan«, wehrte Arved nicht ganz wahrheitsgemäß ab. Er trat näher an die Holzskulptur heran und schaute sie sich an. »Eine hervorragende Arbeit.«

»Aus dem Müll gefischt, ob Sie es glauben oder nicht. In solchen Zeiten leben wir. Die Leute wissen nicht einmal mehr wahre Kunst zu erkennen. Aber sie laufen ihren Gurus hinterher, ihren tibetanischen Mönchen und singalesischen Urintrinkern und wem immer sonst noch. Nein, ich habe wirklich keine Skrupel, wenn ich diesen Leuten viel Geld abknöpfe. Je älter und unverständlicher das Buch, desto wirkungsmächtiger der Zauber. Ich vermute, dass Sie für solche Leute auch nicht viel übrig haben.«

Arved nickte eifrig. »Eigentlich würde ich jetzt gern auf mein eigenes Anliegen zurückkommen ...«

Lioba Heiligmann lächelte ihn wieder an. Alles Harte in ihrem Gesicht löste sich und die dunklen Augen wurden heller. »Sie sind hartnäckig. Das mag ich. Und Sie setzen sich für andere ein. Das mag ich noch mehr. Ihre Freundin Magdalena ist also vor Ihren Augen verschwunden, und Sie haben Visionen von ihr, in denen es ihr nicht gerade besonders gut geht.«

»Sie ist nicht ...«

»Glauben Sie an die Hölle, oder glauben Sie nicht daran?«

»Ich weiß nicht.«

»Sie sollten sich entscheiden, mein lieber Herr Winter. Wenn Sie nicht glauben, sind Sie ein Fall für den Psychiater. Ansonsten benötigen Sie geistlichen Beistand. Beides kann ich Ihnen allerdings nicht geben.«

»Aber Thomas hat doch gesagt ...«

»Ihr – das heißt unser – Freund Thomas Hieronimi war der Ansicht, ich könnte – rein theoretisch, versteht sich – erklären, was Ihnen widerfahren ist, und zwar aus meinem dämonologischen Wissen heraus. Vielleicht kann ich das sogar.«

Arved sah sie erwartungsvoll an. Sie lächelte immer noch. Er versuchte, sie sich in vorteilhafterer Kleidung und mit einem besseren Haarschnitt vorzustellen. Seit wann interessierst du dich für die Frauenwelt?, schalt er sich sofort. Außerdem gelang es ihm nicht, ihr Bild vor seinem inneren Auge zu verändern. Magdalena, zischte eine Stimme in ihm ...

»Kommen Sie wieder mit hinunter.« Lioba Heiligmann führte ihn zurück in die Bibliothek, fort von der Oberwelt, der Welt der heiligen Elisabeth, deren Präsenz er nun über sich spürte. Sie bedeutete ihm mit einer knappen Handbewegung, sich zu setzen, und schloss eine der Vitrinen auf, deren Schlüssel sie an einem kleinen Lederband um den Hals trug. Sie nahm ein kleines Buch heraus und legte es ihm wortlos vor.

Arved nahm es auf und schaute auf das Titelblatt:

Grimorium Nigrum,

welches ist das Schwartze Buch aller verborgenen Weisheyt.

»Was ist das?«, fragte er.

»Das ist in der Tat ein Zauberbuch. In ihm werden die Geräte beschrieben, die Sie in dem verfallenen Haus gefunden haben, und wenn ich mich richtig erinnere, geht es auch um einen Weinstock und um Reben. Vielleicht sollten Sie dieses Buch lesen.«

»Erwarten Sie vielleicht, dass ich dieses Zeug glaube?«, fragte Arved unsicher.

»Das sollten Sie entscheiden, wenn Sie es gelesen haben.«

Arved schlug das Büchlein zu und drehte es in der Hand. »Kann ich es mir von Ihnen ausleihen?«

»Bin ich eine Leihbibliothek, oder betreibe ich ein Antiquariat?«, konterte Lioba Heiligmann.

»Was soll es denn kosten?«

»Viertausendeinhundert Euro.«

Arved sperrte ungläubig den Mund auf. »So viel Geld für ein so kleines Buch?«, fragte er und betrachtete es plötzlich mit ganz anderen Augen.

»Es sollte Ihnen nicht schwer fallen, diese Summe aufzubringen. Außerdem leisten Sie damit indirekt eine Spende an das Mutterhaus.«

»Ich ... ich habe nicht so viel Geld bei mir.«

»Ich akzeptiere auch Kreditkarten.«

»Das ist Erpressung!«

»Warum?«, meinte die Antiquarin belustigt und zündete sich ein neues Zigarillo an. »Wenn Sie sowieso nicht an das glauben, was in diesem Buch steht, brauchen Sie es ja nicht zu kaufen.« Sie blies den Qualm in seine Richtung. »Und wenn Sie es doch glauben sollten, finden Sie darin vielleicht den Schlüssel zur Rettung Ihrer Magdalena. Aber wenn es keinen Himmel gibt, gibt es auch keine Hölle, und Magdalena kann nicht darin leiden. Sie haben Recht. Es gibt für Sie keinen Grund, das Buch zu kaufen.« Lioba Heiligmann beugte sich vor und wollte den in schrumpeliges Leder gebundenen Duodezband bereits wieder an sich nehmen.

»Halt. Ich kaufe es. Sie sind eine verdammt geschäftstüchtige Frau.«

»Das sagen die Borromäerinnen auch und freuen sich darüber«, grinste Lioba. »Also her mit dem Geld.«

15. Kapitel

Arved wünschte sich so sehr, er könnte mit jemandem über alles reden. Er saß auf der Couch in seinem Wohnzimmer, das kleine Buch lag neben ihm. Merkwürdig: Als die Katzen es gerochen hatten, waren sie wie in großer Angst geflohen und hatten sich den ganzen Abend über nicht mehr blicken lassen. Als ob sie die Natur dieses Buches kennen würden.

Früher hätte er ein solches Machwerk als blasphemisch bezeichnet. Es gab detaillierte Anweisungen zur Dämonenbeschwörung, die an Scheußlichkeit kaum zu überbieten waren. Auch von Blutopfern war die Rede. Eines der Kapitel handelte vom Öffnen eines Tores zur Hölle, durch das die Dämonen herausschlüpfen konnten, um dem Magier mit Rat und Tat zur Seite zu stehen. Seufzend nahm sich Arved das Buch noch einmal vor. Auf das Titelblatt war mit alter, krakeliger Hand ein Besitzvermerk eingetragen: *Diß Buoch gehöret Ludw. Boh.n.* Weitere Anmerkungen befanden sich an verschiedenen Stellen des Textes und besonders in den magischen Diagrammen und Zirkeln – als ob jemand bereits mit diesem Buch gearbeitet und aufgrund seiner Erfahrungen Verbesserungen angebracht habe. Er schlug die Stelle auf, wo die Errichtung des Tores beschrieben wurde.

Das achte Capitul, worinnen beschriben wirdt, auff welche Weis das Thor zu eröffnen sey. Zeichne den magischen Kreiß auf den Boden in der oben beschribenen Weis und stelle eyne Kertzen an jede Spitze deß Pentagrams. Wenn du in der Erden wirkest, beschreibe den Kreiß auch über dir auff der Erden, so keine Gefahr von oben zu kommen vermag. Dann kleide dich in das linnene Gewandt und nehme den Zauber-Stab. Bestreyche mit ihme die Lufft unnd sprich: Komm herbei, mächtger Geist Azrael, Herrscher der Winde, Höllenfürst, und sey mir zu Willen. Lege dann den

Stab in die Mitten des Kreises und nimb das Lamm, schlachtte es mit dem geheyligten Messer und lasse das Blut in den Kelch tropffen. Wie ich oben schrib, ist es besser, eyn Kinde zu nehmen, wenn du solchens habhafft werden kannst. Sprich dann die großen unnd mächtigen Worte des Tetragrammatons und vollführe die Räucherungen. Im Rauche wirsst du sehen das schreckliche Antlitz Azraels, doch außerhalb des Kreises. Unnd es wird sich ein Spalth aufthun vor dem Kreise mit den Spitzen des Pentagrammes. Nicht das Antlitz isst das Thor, sondern jener Spalth. Arzale wird jedem gebiethen, welch selbiger durch den Spalt dringen mag. Sieh dich vor, den Kreis nicht zu verlassen, ansonsten du der Höll verfallen seyest. Jede Seel, die durch den Spalt gezogen wird, ist verlohrn. Und glaube nicht, dass es etwas Gutes sey, was den Spalt durchdringet. Und sey es auch das Antlitz unseres Erlösers Jesum Christum oder eine Taube oder ein Weinstock. Alles ist Ausgeburth der Höll unnt trachtet darnach, dich hineinzuziehn in die Abgründ des Ertzfeindes. Bedenke, daß du für Arzale ein Opffer bereithen must, am besten eine menschliche Seel.

Arved schüttelte den Kopf. Was ihn stutzig machte, war die Erwähnung des Weinstocks. Es war jedoch so unglaubhaft, so ungeheuerlich, dass etwas wie in dem *Grimorium Nigrum* Beschriebenes geschehen sein sollte, dass Arved versuchte, den wirren Worten des alten Buches keine weitere Bedeutung zu schenken. Er stellte das Buch in seinen Mahagoni-Sekretär und ging nach draußen.

Im Restaurant *Teerdisch* in der Maximinstraße aß er einen Spießbraten mit Kroketten und Gemüse und fühlte sich danach ein wenig besser. Ihm fehlte einfach das Frühstück. Er vermisste die morgendlichen Brötchen, die Marmelade, das Ei, die Wurst und die anderen guten Dinge, aber er war zu bequem, um sich morgens auf den Weg zu machen und alles für ein vernünftiges Frühstück einzukaufen. Ein Gutes schien es zu haben: Seine Hose wurde weiter.

Nach dem Essen ging er in Richtung Innenstadt. Etwas zog ihn zum Dom, in den Kreuzgang, zu den Bronzeengeln. Auf dem Weg dorthin, etwa in Höhe des Dreikönigenhauses, des einzigen erhaltenen gotischen Wohnhauses in Trier, sah er plötzlich Magdalena Meisen.

Sie stand mitten in der Fußgängerzone und war von sechs Eulen umgeben, die kreisförmig um sie herum saßen. Magdalena erkannte Arved eindeutig. Als sie ihn sah, riss sie die Augen auf. Ihr Mund formte sich zu einem O, doch kein Laut drang daraus hervor. Eine der Eulen hüpfte mit grotesken Bewegungen auf sie zu und flatterte an ihr hoch. Mit dem kräftigen Schnabel hieb sie Magdalena in den Bauch. Die junge Frau krümmte sich vor Schmerzen. Die Eule hüpfte zurück in den Kreis, die nächste war an der Reihe. Wieder zuckte Magdalena in Qualen zusammen. Arved lief auf sie zu – und war schon durch sie hindurchgeeilt. Er holte tief Luft. Ihm war schwindlig. Er schwankte und hielt sich an einem Bücherstand fest. Eine holländische Touristenfamilie schaute ihn an und parlierte lauthals über Trunkenbolde und Schmutzfinken, wenn er sie richtig verstand. Es war ihm gleichgültig. Er öffnete den obersten Knopf seines Hemdes und lockerte den Knoten der dunkelroten Krawatte. Und rang noch immer nach Luft.

Als er an der Stelle vorbeigelaufen war, wo er Magdalena gesehen hatte, war ein unbeschreibliches Gefühl durch ihn geströmt – ein Gefühl vollkommener Verzweiflung, unendlicher Pein, äußerster Hoffnungslosigkeit. Es war, als sei er durch eine Seele in der Hölle geschritten.

Über ihm krachte es. Er zuckte zusammen. Schaute hoch. Schwärze hatte sich über die Stadt gelegt. Ein Blitz machte sie mehr als taghell, danach herrschte wieder Dunkelheit. Hagelkörner gingen nieder, neue Blitze spalteten den Himmel, Donner rumpelte. Arved suchte im Innern des Buchladens Unterschlupf.

Er atmete auf. Draußen flohen Touristen und Einheimische vor dem Hagel und nach wenigen Augenblicken war die Simeonstraße menschenleer. Ein seltsamer Anblick. Noch immer erhellten die Blitze unregelmäßig die Straße, doch dazwischen herrschte eine Finsternis wie unter der Erde. Kein Geschäft war beleuchtet, keine Straßenlaterne brannte.

Der Buchladen war ebenfalls leer. Nicht einmal ein Verkäufer oder Kassierer war zu sehen. Arved hielt wieder den Atem an. Ein Nachhall des schrecklichen Gefühls tastete an ihm herum, vermochte ihn aber nicht mehr so zu durchdringen wie zuvor.

Dann sah er, dass das gesamte Personal des Buchladens damit beschäftigt war, die Bücherstände vor dem Geschäft mit dicken Plastikplanen vor dem Unwetter zu schützen. Arved wich in den hintersten Winkel des Ladens zurück. Sein Blick flog über die ausgestellten Titel. *Reich werden mit Methode. Yoga für Fortgeschrittene. Der zweite Weltkrieg in Bildern. Mein Hund und ich.*

Die geheime Macht des Jenseits.

Es durchfuhr Arved wie ein elektrischer Schlag – als habe ihn einer der Blitze durchstoßen, die dort draußen immer noch tobten. Er griff mit zitternden Fingern nach dem Buch, riss die Folie davon ab und blätterte es durch. Es beschrieb auf reißerische Art das Leben nach dem Tod aufgrund angeblich wahrer Erfahrungen von Personen, die ins Leben zurückgekehrt waren. Natürlich fanden sich auch Höllenbeschreibungen darunter:

Frauke W., 43, die nach einem Autounfall für tot erklärt worden war, berichtete nach ihrer Rückkehr ins Leben von grauenhaften Torturen in der Hölle, in die sie geworfen worden war. Die Unglücklichen wurden mit glühenden Zangen gezwickt und allen Arten von Qualen unterworfen, und über sich habe sie wie hinter einer Panzerglasscheibe das Paradies der Seligen sehen können.

Das Schlimmste sei gewesen, diesen Ort morgens, mittags und abends zu sehen und zu wissen, dass man niemals dorthin gelangen könne.

Arved klappte das Buch wieder zu und stellte es zurück ins Regal. Immerhin ergab sich daraus, dass es auch in der Hölle Tageszeiten gab, dachte Arved und musste grinsen.

Ein Lichtstrahl fiel bis in den hinteren Winkel des Ladens, in dem Arved stand. Es war beinahe wie ein kleines Zeichen. Draußen hatte sich das Gewitter rasch verzogen und die Sonne drängte sich zwischen den Lücken der schwarzen Wolken hindurch. Er verließ den Buchladen und setzte seinen Weg zum Dom fort.

Es war ein seltsames Gefühl, das kleine südliche Tor zu durchschreiten und sich von der Kühle der großen Kirche einhüllen zu lassen. In der Ferne schwebte die Kapelle des Heiligen Rocks wie eine Wolke in der Apsis über dem Hochaltar. Arved erinnerte sich an seine Priesterweihe in diesem Dom und an seinen Tatendrang, seine Freude und Gotteserfülltheit, als er mit dem Gesicht nach unten vor dem Altar gelegen und sich seinem Gott dargeboten hatte. Wehmut überkam ihn, während er das südliche Seitenschiff entlangging. Er zog die schwere Glastür auf, die hinaus zum Kreuzgang führte, und öffnete die Holztür dahinter. Er schritt unter dem hohen Kreuzrippengewölbe her, bis er die drei Engel im Hof sah. Mit ihren schlanken Körpern und kleinen, kugeligen Köpfen wirkten sie wie Figuren aus einem Mensch-ärgere-dich-nicht-Spiel. Arved setzte sich in eine der gotischen Nischen und starrte die Skulpturen versonnen an. Die Erinnerungen an seinen Traum sowie an sein Erlebnis vorhin in der Simeonstraße kamen zurück. Wurde er langsam wahnsinnig?

Eine Hand legte sich ihm auf die Schulter. Er fuhr zusammen; sofort wurde die Hand wieder weggezogen.

»Entschuldigung.«

Arved drehte sich langsam um und hatte schon erwartet, eine Gestalt in einem weiten Umhang und mit Kapuze zu sehen, doch stattdessen stand hinter ihm ein kleiner, schmächtiger Geistlicher. Die Haare waren ihm ausgefallen; Reste von Blond, das ins Grau spielte, hingen ihm wie ein Heiligenschein um den scharf gezeichneten Kopf.

Arved atmete auf und erhob sich ruckartig. »Ulrich!«, rief er freudig. »Schön, dich zu sehen. Seit wann bist du wieder in Trier?«

Ulrich Schwarz hatte damals zusammen mit ihm die Priesterweihe erhalten, und im Priesterseminar waren sie zwar keine dicken Freunde, aber einander stets hilfsbereite Kollegen gewesen. Sie hatten sich aus den Augen verloren, als Ulrich nach Italien gegangen war – sein großer Traum hatte sich erfüllt. Umso erstaunter war Arved, dass er offenbar wieder hier war.

»Schon seit einem halben Jahr. Es war eine schöne Zeit in Rom, aber jetzt werde ich hier gebraucht. Wie geht es dir?«, fragte Ulrich mit sanfter Stimme und legte den Kopf leicht schief. Er wusste es.

»Du hast es gehört?«

»Wir wissen es alle.« Ulrich war einen Kopf kleiner als Arved und unglaublich schlank. Er wirkte wie ein Asket, konnte aber Unmengen von guten Speisen und Getränken vertilgen, was er einer Schilddrüsenüberfunktion zu verdanken hatte. »Wir haben für dich gebetet.«

Es hat wohl nichts genützt, was meine These von der Nichtexistenz Gottes stützt, hätte er beinahe geantwortet, doch er wollte nicht so schroff sein. »Vielen Dank«, sagte er stattdessen nur.

»Kommst du über die Runden?« Die Frage wirkte ernst gemeint.

»Ja. Ich habe eine Erbschaft gemacht«, antwortete Arved vage. Die ganze Geschichte wollte er nicht vor Ulrich ausbreiten.

»Ich wünschte, ich könnte dir helfen«, meinte Ulrich. Sie setzten sich gemeinsam in die Nische des Kreuzgangs und schauten die Engel an. »Es gibt immer einen Weg zurück.«

Arved sagte nichts darauf. Er fühlte sich zerrissen. Ein Teil von ihm hielt an seinen Überzeugungen fest, die er durch die Jahre als Priester gewonnen hatte, doch der andere Teil erging sich in wilden Spekulationen über das Schicksal von Magdalena und Jürgen Meisen. Bin ich wahnsinnig? Am liebsten hätte er Ulrich diese Frage gestellt. Er deutete auf die Engel. »Glaubst du an sie?«

Ulrich lachte. »Was für eine Frage. Das sind Bronzeskulpturen.« Er sah Arved beinahe mitleidig von der Seite an.

»Nein, ich meine Engel im Allgemeinen.«

»Natürlich. Sie sind die Boten Gottes. Sie ...«

»Und auch an Dämonen?«

»Ja.«

»Woher kommen sie?«

»Oft aus uns selbst. Sie sind unsere bösen Begierden und die Gründe, warum wir unser Glück so oft nicht erreichen.«

»Weich mir nicht aus; schließlich sind wir vom selben Stand«, wandte Arved ein und stützte sich mit den Händen auf dem rauen Stein ab. »Glaubst du an Dämonen, die aus der Hölle kommen? Glaubst du an die Hölle? Wo ist die Hölle und wie kommt man deiner Meinung nach hinein?«

Ulrich Schwarz biss sich auf die Unterlippe. Gleichzeitig zog er eine Augenbraue hoch. Sein Blick wurde für Arved allmählich unerträglich. Es war deutlich zu sehen, dass Ulrich dieses Gespräch am liebsten sogleich abgebrochen hätte. »Durch einen schlechten Lebenswandel«, sagte er langsam. »Durch die Begehung einer Todsünde, meinte man früher.«

»Das weiß ich. Aber wie kommt man in lebendigem Zustand hinein?« Es war ein Fehler gewesen, Ulrich in dieses Gespräch zu verwickeln. Was hatte Arved da bloß geritten?

Ulrich sah ihn mit großen Augen an. »Gar nicht. Außerdem kann man wohl nicht von einem ›hinein‹ sprechen, denn wie du weißt, sind die Theologen inzwischen der Ansicht, dass es die Hölle eigentlich gar nicht gibt. Man könnte sie höchstens als ewige Abwesenheit von Gott bezeichnen, und überdies entspringt diese Trennung der freiwilligen Entscheidung des Toten, der im Augenblick seines Todes mit der Möglichkeit konfrontiert wird, entweder seine eigenen Sünden einzusehen und sich in einem schmerzhaften Prozess zu läutern oder sich gegen diese Läuterung zu entscheiden.«

»Nicht einmal die Theologen glauben noch an die Hölle. Warum dann ich?«, sagte er wie zu sich selbst, stand auf und ließ Ulrich einfach sitzen.

Erst als er sich wieder im südlichen Seitenschiff befand, ging ihm auf, welche Unhöflichkeit er begangen hatte. Er eilte zurück in den Kreuzgang, aber Ulrich war verschwunden. Nur die Engel waren immer noch in ihrem ewigen Gespräch befangen.

* * *

Auf dem Rückweg warf Arved einen Blick in das Schaufenster des Antiquariats am Dom, das sich in Sichtweite der Kirche in der Sternstraße befand. Zuerst glaubte er seinen Augen nicht zu trauen. Dort lag ein Exemplar des *Grimorium Nigrum* und daneben ein kleiner Zettel mit der Beschreibung des Buches sowie der Bemerkung: *Sehr selten.* Der Preis betrug 1500 Euro. Wutschnaubend machte sich Arved auf in die Krahnenstraße.

Fleischstraße, Johannisstraße – er achtete kaum auf den Weg, so verärgert war er. Er hatte nicht nur ein völlig sinnloses Buch erworben, sondern dafür auch noch einen völlig überhöhten Preis bezahlt! Lioba Heiligmann musste es zurücknehmen und ihm sein Geld wiedergeben.

Als er vor ihrem Haus stand, war er müde und trotz des kühlen Wetters verschwitzt. Der Himmel hatte sich aufgeklart; die letzten Spuren des Hagelschauers und Gewitters waren verflogen. Er schellte.

Polternde Schritte, die Tür schwang auf. Die Antiquarin konnte sich ein kleines Lächeln nicht verkneifen, als sie ihn sah. Sie bat ihn wortlos herein.

Noch im Flur begann er mit seiner Tirade. Das Buch sei überteuert, der Inhalt sei hanebüchen, und überhaupt habe sie ihn hintergangen und seine Unerfahrenheit schamlos ausgenutzt.

Lioba Heiligmann setzte sich gelassen in einen der Sessel. Sie hatte wieder einen Zigarillo im Mund; er hing herab, als sei er traurig, und stand damit in starkem Kontrast zu ihrem grinsenden Mund. »Nun mal langsam«, meinte sie. »Sie wussten, dass ich teuer bin, und außerdem kommt der größte Teil Ihres Geldes einem guten Zweck zu, was eigentlich ganz in Ihrem Sinne sein müsste. Und was den Inhalt des Buches angeht, so bin ich nicht für ihn verantwortlich.«

»Sie haben doch gesagt, es könne mir Aufschlüsse über meine ... Erlebnisse geben«, wandte er ein.

»War es etwa nicht so?« Ihr Schmunzeln wurde noch dichter.

»Wie sollte man einen solchen Unsinn wie den in dem kleinen, wertlosen Buch ernst nehmen können!«, erboste er sich.

»Ein Glas Wein gefällig?«

Erst jetzt bemerkte Arved, dass zwei Gläser auf dem Tisch standen – als habe Lioba jemanden erwartet. Er seufzte und nickte. Sie goss ihm ein. Er roch an dem bernsteinfarbenen Wein und kostete vorsichtig.

»Keine Angst, ich will Sie nicht vergiften«, meinte die Antiquarin.

Der Geschmack legte sich wie ein Schleier über Arveds Wut. Er atmete tief ein und fühlte sich ein wenig besser.

»Das Buch hat Ihnen also nicht weitergeholfen?«

»Nein.«

»Haben Sie denn versucht, einen Dämon zu beschwören, damit er das Tor zur Hölle aufstößt und Sie hineingleiten können?«, fragte die Antiquarin unschuldig.

Arved sah sie mit großen Augen an. »Meinen Sie das ernst? Sie glauben doch an so etwas gar nicht.«

»Heißt das, dass es so etwas nicht geben kann?«, konterte die Antiquarin. »Ich habe gesagt, dass ich mit dem Gott der Theologen nichts anzufangen weiß. Aber sie können mir glauben, dass es vieles gibt, was sich mit unserer Wissenschaft nicht erklären lässt. Auch ich habe meine Erlebnisse gehabt, und ich weiß, dass es keine allgemein gültigen Wahrheiten gibt. Was für den einen das Om ist, ist für den anderen das bewusste Atmen nachts auf der grünen Wiese und für den dritten die Bewusstseinserweiterung durch Feng Shui. Ich finde das alles lächerlich, vor allem dann, wenn man sich aus reiner Modetorheit mit diesen Dingen abgibt, aber wer nur fest daran glaubt, dessen Leben kann es verändern. Wichtig ist, dass man weiß, was man will. Und ich habe den Eindruck, dass Sie das nicht wissen.«

»Ich weiß nichts, und ich glaube nichts«, gab der verwirrte Arved zurück.

»Dann kann ich Ihnen nicht helfen – dann kann Ihnen niemand helfen«, sagte Lioba Heiligmann und drückte ihren Zigarillo im Ascher aus.

16. Kapitel

Zum ersten Mal ließ er die Tür zu seinem Schlafzimmer offen. Er sehnte sich nach Gesellschaft. Und die Katzen kamen. Sie legten sich rechts und links neben ihn auf das breite Bett und schnurrten. Geistesabwesend kraulte er ihnen das Fell.

Eine Dämonenbeschwörung! Während des ganzen Heimwegs, den er zu Fuß zurückgelegt hatte, war ihm der Gedanke nicht aus dem Kopf gegangen. Wie sollte er etwas beschwören, an das er nicht glaubte? Als er sein Haus erreichte, war die Entscheidung in ihm gereift.

Niemals!

Auf keinen Fall wollte er sich vollends zum Narren machen und in einem Ritualhemd mit einem Zauberstab in der Hand Hokuspokus betreiben. Er hörte eine CD von Ella Fitzgerald und versuchte sich zu entspannen, nachdem er die Katzen gefüttert hatte. Inzwischen wurden sie immer zutraulicher. Wenn er ihnen die Hand entgegenstreckte, kamen sie herbei und schnupperten daran. Er hatte immer noch Angst davor, dass sie ihn schlagen und kratzen könnten, aber sie taten es nicht. Sie ließen sich kurz kraulen, fraßen und gingen wieder.

Eine Kur wäre gut. Eine Luftveränderung. Nur weg von all diesen verstörenden Erlebnissen.

Am liebsten weg aus seinem eigenen Leben mit all seinem Scheitern, mit all den Enttäuschungen und Zweifeln. Ja, das wäre vielleicht eine Lösung. Wenn keine Kur, dann wenigstens ein Urlaub. Er konnte es sich leisten. Er hatte Geld und keine Termine. Gleich morgen früh würde er aufbrechen. Wohin? Vielleicht in den Süden, nein, nach Frankreich. Ins Elsaß. Er hatte noch nie den Isenheimer Altar zu Colmar gesehen, und auch Straßburg war eine Reise wert. Zunge und Magen stimmten dieser Idee zu. Alles hinter sich lassen. Schlemmen. Schöne Dinge sehen.

Und die Katzen? Verdammt, daran hatte er nicht gedacht. Er könnte sie in eine Katzenpension bringen. Ja, das war die Lösung. Er atmete auf. Seiner Reise stand nichts im Wege.

Mit diesem beruhigenden Gedanken war er zu Bett gegangen. Und hatte sich in dem großen, alten, dunklen Haus plötzlich schrecklich einsam gefühlt.

Die Katzen schnurrten ihn in den Schlaf.

Und sie weckten ihn wieder.

Es schien mitten in der Nacht zu sein und er lag in seinem Bett. Aber etwas war anders. Von der Straße drang nicht der geringste Lichtschein durch den Efeu, und doch konnte Arved die Einzelheiten des Schlafzimmers erkennen. Es war, als strahle jeder Gegenstand einen gewissen Glanz aus. Auch er selbst. Er sah sich um. Die Katzen waren verschwunden, aber er hörte sie draußen an der Tür kratzen, die offensichtlich zugefallen war. Mühsam erhob sich Arved. Schlaftrunken tastete er nach seinen Pantoffeln und schlurfte zur Tür. Sie stand einen Spaltweit auf. Dahinter kratzte eine der Katzen am Rahmen. Als er sie verscheuchen wollte, fauchte sie ihn an. Dann drehte sie sich um, lief einige Schritte zur Treppe, blieb wieder stehen und schaute zurück, als wolle sie sich vergewissern, dass Arved ihr folgte. Als sie sah, dass er hinter ihr herkam, lief sie die Treppe hinunter. Auch die Stufen glühten in kaltem, unirdischem Licht.

Die Katze führte ihn in den Keller. Hier war er erst einmal gewesen, als er einige alte Möbel und Koffer in den weitläufigen Gewölben untergebracht hatte. In dem kleinen Keller, in dem sich die Therme für das warme Wasser und die Heizung befand, wartete die andere Katze. Arved hörte, wie die Therme klackend ansprang und zischte.

In das Zischen mischten sich andere Laute. Jammernde, weinende, klagende Laute. Menschliche Stimmen. Arved prallte zurück. Eine der vielen Stimmen war deutlicher zu hören als die übrigen.

»... ich kann nicht mehr ... nicht gefunden ... Jürgen ... Schmerzen ...«

Die Stimme schien wie die anderen auch aus der Therme zu kommen. Nach anfänglichem Zögern hielt Arved das Ohr gegen die Emailleschicht. Tatsächlich hörte er nun einen Chor, der ihm ans Herz griff. Es war, als sei alles Elend der vergangenen, gegenwärtigen und zukünftigen Welt in diesem fauchenden Behälter gefangen.

Eine der Katzen miaute und die Geräusche verstummten. Leise Pfoten huschten fort und ließen Arved allein. Er verließ den Keller im verdämmernden Glühen, und als er auf der Treppe war, drang wieder das Licht der Straßenlaternen durch die Fenster. Er huschte ins Bett, schloss mit heftigen Bewegungen die Tür hinter sich, als wolle er alle Schrecken der Nacht und der Unterwelt aussperren, und versuchte zu schlafen.

Am Morgen richtete er sich benommen im Bett auf und schaute sich im matten Weiß eines trüben Tages um. War alles ein Traum gewesen? Wo waren die Katzen, die ihm gestern Abend Gesellschaft geleistet hatten? Da fiel sein Blick auf die geschlossene Schlafzimmertür. Er war sich sicher, dass er sie aufgelassen hatte, als er zu Bett gegangen war.

Er wusch sich, kleidete sich an – in unvermeidliches Schwarz, Weiß und Dunkelrot – und schüttete Trockenfutter in die Näpfe der Katzen. Sie kamen nicht.

Arved erinnerte sich an seinen Traum von der Therme im Keller und fasste sich ein Herz. Er stieg hinunter. Und fand die beiden Katzen vor der großen, weißen, zischenden Therme. Sie schauten ihn an und fauchten. Er ging wieder nach oben. Alle Gedanken an eine Reise waren verdrängt. Stattdessen holte er das unheimliche Buch aus dem Sekretär und las darin.

Es war so vieles zu bedenken. Er brauchte zum Beispiel ein nahtloses Hemd aus weißem Leinen. Wo sollte er es herbekommen? Er brauchte einen Zauberstab. Er brauchte geweihte Kreide, einen schwarzen Hahn oder ein Lamm – an die andere Möglichkeit wollte er erst gar nicht denken – und einen Dolch, in den magische Zeichen einzugravieren waren. Er musste vierzehn Tage lang fasten und angeblich zu Gott beten, damit dieser sein Werk gutheiße. Er musste Planetenkonstellationen beachten und die richtige Nacht herausfinden. Und er musste, wenn es wirklich funktionieren sollte, den Weg zurück finden.

Einige der benötigten Gerätschaften hatten im Keller der Hütte gelegen, aber er konnte nicht darauf vertrauen, dass sie noch dort waren. Er musste sich seine eigenen magischen Utensilien besorgen.

Gab es nicht eine Esoterik-Handlung, in der man all das kaufen konnte? Er zog die gelben Seiten zu Rate und fand tatsächlich eine entsprechende Eintragung. In der Brückenstraße, pikanterweise unmittelbar neben dem Karl-Marx-Haus, befand sich das *Shangri-la*, in dem es angeblich Bücher, Hilfsmittel und Accessoires gab.

Arved machte sich auf den Weg.

* * *

Ein ganzes Glockenspiel kündigte sein Eintreten an. Das Erste, was er wahrnahm, war der Geruch.

Oder besser der Gestank.

Es schien, als brenne in jeder Ecke des Ladens ein Räucherstäbchen mit einer anderen Duftnote. Auch Weihrauch war darunter. Beinahe drehte es ihm den Magen um. Hilfe suchend schaute er sich um. An den Wänden standen Regale mit bunten Büchern, bunten Tarot-Karten, bunten Steinen und Traumfängern, und hinter der Kasse saß eine bunte Frau. Ihre Haare waren rot und hatten blaue Strähnen. Diese Farben setzten sich um die Augen herum fort, wurden von ihrem weiten, wallenden Gewand aufgenommen und fanden ihren Höhepunkt in den violetten Fingernägeln. Die Frau nickte ihm zu und lächelte ihn freundlich an, ließ ihn aber in Ruhe.

Arved ging an den Regalen vorbei und versuchte, den Gestank zu ignorieren. Er entdeckte Bücher über Traumdeutung, schamanistische Magie, I-Ging, was immer das sein mochte, Orakel, keltische Weisheiten und neue Hexen. Auch Zauberbücher waren zahlreich vertreten, doch nirgendwo fand er eines, das seinem überteuerten Schätzchen gleich kam. Es schienen allesamt gereinigte Fassungen für zahme Magie-Aspiranten zu sein. Er hielt Ausschau nach magischen Dolchen und Zauberstäben – umsonst.

Lange rang er mit sich, aber schließlich beschloss er, danach zu fragen. Warum sonst war er schließlich hier?

Die Frau hinter der Kasse sah ihn mit großen Augen an, als er seine Wünsche dargelegt hatte. »Was haben Sie denn damit vor?«, fragte sie und sah ihn mit einer Mischung aus Neugier und Abscheu an.

»Na, Dämonen beschwören natürlich«, meinte Arved so flott, dass es nur ein Scherz sein konnte. Tatsächlich lachte die Frau kurz auf. Rasch fügte Arved hinzu: »Nein, ich brauche die Sachen für eine private Theateraufführung, und da die städtischen Bühnen mir nicht weiterhelfen konnten, habe ich mir gedacht, es einmal bei Ihnen zu versuchen.«

Die Frau wirkte ratlos. »Ich weiß nicht ...«, sagte sie. »Aber wir verleihen nichts.«

»Das ist mir klar. Ich möchte die Sachen kaufen.« Arved sah sie fest an.

»Aber ... also, mir gehört der Laden hier nicht. Ich bin nur die Verkäuferin. Und Arno hat gesagt, dass er solche Sachen nur an ... also, wie soll ich mich ausdrücken?«

»Sie brauchen keine Angst zu haben, dass ich mit diesen Sachen dumme Dinge anstelle«, versicherte Arved ihr. »Ich bin Priester. Es geht mir darum, die Gefahren des Okkultismus anhand einer Theateraufführung für unsere Pfarrjugend aufzuzeigen.«

»Na, wenn das so ist ...« Die Verkäuferin schien erleichtert zu sein. Während sie aufstand, meinte sie: »Ich hatte mir ja eigentlich so etwas auch schon gedacht. Ich finde diese Sachen selbst nicht gut. Kommen Sie mit.« Sie ging mit wiegenden Hüften vor ihm her und schloss eine Tür im hinteren Teil des Ladens auf. Nachdem sie in dem fensterlosen Raum Licht gemacht hatte, erlaubte sie Arved einzutreten.

Er traute seinen Augen nicht. An den Wänden hingen Roben in allen Größen und Formen, sogar spitz zulaufende Zauberhüte, wie man sie aus Disney-Filmen kannte. In Regalen lagen zahllose Zauberstäbe, magische Kreiden in allen Farben, Dolche mit Runen auf den Klingen und andere Gegenstände, deren Funktion Arved nicht kannte. »Genau das, was ich brauche«, murmelte er. »Sind diese Dolche geweiht?«

»Nein, ein bisschen muss der Magier schließlich auch selbst noch tun. Es macht doch auch mehr Spaß, ein Modellauto selber zusammenzubauen, anstatt es fertig zu kaufen, oder?« Sie lächelte ihn aufmunternd an.

Was für ein passender Vergleich, fand Arved. Er kaufte einen Dolch, einen Zauberstab, ein nahtloses weißes Hemd und Kreide. Nun blieb vor allem noch eine Zutat übrig, von der er nicht die geringste Ahnung hatte, woher er sie bekommen sollte.

Das schwarze Huhn, oder besser gesagt: dessen Blut. »Als Ersatz für Hühnerblut kann ich ja Rotwein oder Ketchup nehmen«, murmelte er so laut, dass die Verkäuferin ihn verstehen musste.

»Natürlich, aber wenn es so richtig echt wirken soll, kann ich Ihnen auch in diesem Punkt weiterhelfen«, meinte sie und machte ein beinahe schelmisches Gesicht. Sie ging hinüber zu einem der Regale und holte eine kleine, verkorkte und versiegelte Flasche hervor, an der ein Zettel aus falschem Pergament hing. »Das hier ist Hühnerblut.«

»Von einem schwarzen Hahn?«, fragte Arved.

»Na, Sie wollen es aber genau wissen. Mal sehen, was auf dem Zettel steht. *Blut des schwarzen Hahns. Zaubermächtig*. Da haben Sie aber Glück.«

»Woher haben Sie das?«, wollte Arved wissen. Er kam sich immer mehr wie in einer absurden Komödie vor. »Schlachten Sie selbst?«

»Nein, das verbietet das Gesetz. Wir kennen aber jemanden ganz in der Nähe, der uns schon mal Sonderwünsche erfüllt.«

»Was stellt er denn außer schwarzem Hühnerblut sonst noch her?«

»Das sage ich Ihnen lieber nicht ...« Die Verkäuferin hielt die Flasche gegen die Neonröhre unter der Decke. Die Flüssigkeit war zäh und schwarzbraun. »Wenn es schon geronnen sein sollte, können Sie es mit ein wenig Wasser verdünnen. Die magische Wirkung nimmt dadurch nicht ab.«

»Gut zu wissen«, murmelte Arved. »Nun fehlt nur noch Räucherwerk.«

Die Verkäuferin lud ihm vier kleine Schachteln auf, von denen sie behauptete, mehr brauche man nicht für eine zünftige Vorführung.

Er zahlte alles mit schwerem Herzen. Wie gut, dass ich eine Kreditkarte habe, dachte er. Nicht nur Zauberbücher sind teuer, auch die Zutaten für den Zauber. So macht man also aus Dreck Geld.

Als er den Laden verließ, warf ihm die Verkäuferin eine verschämte Kusshand zu und setzte sich wieder hinter ihre Theke.

Draußen wischte sich Arved erst einmal den Schweiß von der Stirn. Er zwang sich, einfach nicht an das zu denken, was er vorhatte.

Es gelang ihm für etwa fünf Sekunden.

Willst du wirklich mit diesem Tand und Schund versuchen, einen Dämon zu beschwören?, fragte er sich, als er die Stresemannstraße überquerte und bei dem chinesischen Schnellimbiss in die Fleischstraße einbog. Er warf einen kurzen Blick auf die rechts und links neben dem Laden abgebildeten Speisen und konnte sich nicht vorstellen, je wieder etwas zu essen. Hühnerblut! Vielleicht kam es ja von hier? Arved wandte den Blick ab und schluckte.

»Hilf ihr. Hilf mir. Hilf ihr. Hilf mir. Hilf ihr. Hilf mir.«

Was waren das für Stimmen in seinem Kopf? Verwundert sah er sich um. Fast war er sicher gewesen, wieder irgendwo Magdalena zu sehen, doch sie blieb verschwunden. Die Stimmen hingegen waren so deutlich, so unleugbar und so fest mit ihm verwoben wie seine eigene Seele.

»Hilf ihr. Hilf mir. Hilf ihr. Hilf mir. Hilf ihr. Hilf mir.«

Ja, er würde es tun. Er musste es tun. Er würde alle Vorbereitungen treffen und so schnell wie möglich mit der Beschwörung beginnen. Dazu mussten aber die Sterne in der richtigen Konstellation stehen.

Verdammt. Das hatte er vergessen. Sollte er noch einmal zurückgehen? Aber dann würde sich die Verkäuferin ernsthaft fragen, was er mit den ganzen Sachen wirklich wollte. Für eine Theateraufführung oder eine warnende Demonstration war es doch völlig egal, wie die Sterne standen. Nein, diese Information musste er sich anderswoher besorgen.

Am Kornmarkt residierte in einem neuen Glasbau mit Blick auf den jüngst restaurierten Brunnen die größte Trierer Buchhandlung *Interbook*. Bestimmt fand er hier, was er suchte. Er folgte den Wegweisern in die Esoterik-Abteilung und war entsetzt über das große Angebot, das in vieler Hinsicht dem des *Shangri-la* entsprach – natürlich mit Ausnahme der Utensilien zur praktischen Zauberei. Rasch hatte er ein Astrologie-Buch gefunden und kaufte es. Nun war er komplett, hoffte er.

Als er durch die Simeonstraße in Richtung Porta Nigra ging, fragte er sich, wie viele der Passanten um ihn herum von dem okkulten Abgrund wussten, der ganz in ihrer Nähe klaffte. Ob man ihm ansah, was er vorhatte? Manche Leute schauten ihn neugierig an, manche mit einem seltsamen Ausdruck, als sei er ihnen nicht ganz geheuer. Und es konnte ihm nicht lange verborgen bleiben, dass jedermann bemüht war, ihm nicht zu nahe zu kommen. Alle machten einen großen Bogen um ihn, auch die Touristen.

Ausgestoßen.

Zuerst aus der Kirche und jetzt aus der Gemeinschaft der Menschen. Wollte er denn nicht die Welt der Menschen verlassen und in die Unterwelt eingehen, wie damals Orpheus, um seine Eurydike zu retten? Dieser Gedanke gab ihm wieder Kraft.

Hinter der Porta Nigra wurde es ruhiger. Arved lief mit seinen Tüten und Beuteln die Paulinstraße hoch bis zur Maximinstraße, kam am *Teerdisch* vorbei, aber sein Appetit war noch nicht zurückgekehrt. Statt hier einzukehren, ging er auf direktem Weg zu seinem Haus in der Palmatiusstraße.

Als er am Pfarrhaus von Sankt Paulin vorbeilief, warf er einen wehmütigen Blick auf das hinter der hohen Mauer verborgene palaisähnliche Pfarrhaus. Dort hatte er sich so wohl gefühlt, durch die Mauer und die alten Wände abgeschirmt von der Welt, wenn auch immer nur für kurze Zeit, bis ihn sein Dienst wieder hinausprügelte. Wie gern wäre er in dieses Haus zurückgekehrt. Doch etwas anderes wartete auf ihn.

Er lief an der Galerie und dem verfallenden Nachbarhaus vorbei, dessen einstige Größe und Pracht nur noch ein Schatten war, und eilte in die Kühle und Dunkelheit seines Erbes. Er packte seine Sachen aus, schloss die Wohnzimmertür, nachdem er sich vergewissert hatte, dass keine Katze im Raum war, und legte alles nebeneinander auf den Boden. Lange stand er vor den magischen Werkzeugen und betrachtete sie, ohne einen klaren Gedanken zu fassen. Dann hob er das Astrologie-Buch auf und versuchte herausfinden, wann der richtige Zeitpunkt für die magische Operation war, den das Zauberbuch empfahl.

War es Glück oder Pech? Die Planetenkonstellation, die als besonders wirkungsmächtig beschrieben worden war, würde am folgenden Tag eintreten.

Morgen Nacht würde er die Beschwörung durchführen.

17. Kapitel

Es blieb noch viel zu tun. Er hatte keine Zeit mehr, die geforderten vierzehn Tage zu fasten und zu beten, doch er nahm sich vor, bis morgen Abend nur noch Mineralwasser zu sich zu nehmen. Die unbedingt notwendige sexuelle Enthaltsamkeit hingegen fiel ihm nicht gerade schwer. Problematisch war jedoch die Weihe der Gegenstände. Er sprach kraft seines Priesteramtes einen Segen über Dolch, Stab, Kreide und Gewand und kam sich dabei sehr seltsam vor. Einerseits war ihm, als spiele er eine schlechte Komödie, andererseits hatte er das Gefühl, etwas Verbotenes und Blasphemisches zu tun. Er steckte alles in einen kleinen Koffer. Nun musste er warten. Immer wieder las er die Beschwörung in dem Zauberbuch. Weiter hinten gab es eine Art Gegenzauber, mit dem man angeblich das Tor zur Hölle schließen konnte. Nirgends hingegen fand er eine Anweisung, wie man aus der Hölle fliehen konnte, falls man mit Körper und Seele in sie eingefahren war. Er würde es einfach mit dem Gegenzauber versuchen.

Arved fuhr sich mit der Hand über die Augen und versuchte sich klarzumachen, was er zu tun beabsichtigte. Es war Wahnsinn. Thomas hatte ihn dazu gebracht. Thomas, der Sterbenskranke mit seinem unüberwindlichen, gesunden Skeptizismus. Arved stand auf und lief unruhig im Zimmer auf und ab. Er konnte es nicht ertragen, still zu sitzen; er konnte es nicht ertragen, Musik zu hören; er konnte es nicht ertragen nachzudenken. Erst jetzt kam ihm allzu deutlich ins Bewusstsein, wie allein er auf dieser Welt war. Er musste mit jemandem reden. Aber mit wem? Seine kirchlichen Brücken hatte er hinter sich abgebrochen, und eigentlich hatte er nie enge Freunde in der Priesterschaft gehabt.

Thomas war zu krank und hatte selbst zu viele Probleme, als dass Arved ihn wieder belästigen konnte. Und Lioba Heiligmann? Er wurde aus dieser Frau nicht schlau. Versonnen ging er zum Fenster, das auf die Thebäerstraße hinausblickte, und schaute dem Spiel des im Wind schwankenden Efeus zu, der sich selbst zu jagen schien. Er erinnerte sich an das angenehme Lächeln der Antiquarin, unter dem sie nicht mehr so verschroben wirkte. Doch sie hatte ihn übervorteilt und seine Notlage ausgenutzt. Sie hatte ihn nicht ernst genommen und doch behauptet, der Glaube versetze Berge. Nein, an sie wollte er sich nicht wenden. Es blieb also niemand, mit dem er reden konnte.

Da schellte es an der Tür. Er erwartete keinen Besuch. Sein Blick fiel auf die magischen Gegenstände, die über den Boden verstreut lagen. Hastig sammelte er sie auf und stopfte sie in eine der Schubladen seines Sekretärs. Es schellte wieder. Er wollte einfach so tun, als sei er nicht zu Hause. Aber hatte er sich vorhin nicht sehnlich gewünscht, mit einem Menschen zu sprechen? War das vielleicht die Erfüllung seines Wunsches? Er schlich zur Tür und lauschte. Wie ärgerlich, dass kein Spion in der alten Tür steckte.

Draußen war nichts zu hören. Dann aber schellte es zum dritten Mal. Arved riss die Tür auf.

Ulrich Schwarz stand davor. Wie immer hatte er den Kopf leicht geneigt und lächelte sein pastorales Lächeln. Als er Arveds erstaunten Blick sah, sagte er: »Ich war gerade in der Gegend, und da habe ich gedacht, ich besuche dich einmal.«

»Freundlich von dir. Komm herein.« Arved geleitete Ulrich ins Wohnzimmer und war heilfroh, dass er die magischen Gerätschaften vorher weggeräumt hatte. Aber er hatte das Zauberbuch vergessen. Es lag noch auf dem Sofa.

Bevor er handeln konnte, hatte sich Ulrich bereits neben den kleinen Band gesetzt und ihn in die Hand genommen. Er blätterte darin herum und sah dann Arved mit großen Augen an. »Seit wann interessierst du dich für so etwas?«

Arved nahm ihm das Buch aus der Hand und stellte es zurück in den Sekretär. »Es ist ein Kuriosum, mehr nicht.«

Ulrich schlug die Beine übereinander und schaute Arved fragend an. Es war wie der Blick eines gütigen, aber harten Inquisitors.

»Warum bist du wirklich hier?«, fragte Arved und stellte sich hinter einen der Sessel. Er war zu nervös, um sich zu setzen. »Wir haben uns seit Jahren nicht gesehen, und jetzt besuchst du mich aus heiterem Himmel.«

»Ich kann gern wieder gehen, wenn es dir nicht passt«, gab Ulrich zurück. Nun hielt er den Kopf nicht mehr schief.

»Nein, nein, bleib bitte.« Arved wusste selbst nicht, was er wollte.

»Wenn ich ehrlich sein soll, hatte ich gestern im Dom den Eindruck, als brauchtest du Hilfe«, sagte Ulrich und faltete die Hände über dem nicht vorhandenen Bauch.

»Sieht man das so deutlich?«, wunderte sich Arved.

»Deutlicher, als du dir vorstellen kannst. Willst du mit mir darüber reden?«

Arved nickte. »Das Problem ist, dass ich genau weiß, dass du mir kein Wort glauben wirst.«

»Das werden wir noch sehen. Ich kann dir jedenfalls versprechen, dass ich offen für alles bin.«

»Also gut.« Er gab sich einen Ruck und erzählte die ganze Geschichte, während er im Zimmer auf und ab ging. Schließlich zog er sogar die Schublade des Sekretärs auf und zeigte Ulrich seinen Einkauf. Seltsam; nun fühlte er sich besser.

Ulrich hatte die ganze Zeit über schweigend zugehört. Er betrachtete nun den Dolch und den Zauberstab und schüttelte den Kopf. Schließlich sagte er: »Ich kann dich verstehen, Arved. Was du in der letzten Zeit durchgemacht hast, muss sehr schlimm gewesen sein. Ich glaube, es ist wichtig, dass du etwas tust, was diese Situation beendet, sogar wenn das bedeutet, dass du in die Hölle hinabsteigst.«

»Aber du hast mir doch gesagt, dass es keine Hölle gibt«, warf Arved ein, während er die magischen Gegenstände wieder wegräumte.

»Man kann es auch im übertragenen Sinn sehen: Du musst in deine eigene Hölle hinabsteigen, um dich zu reinigen. Es ist eine Art Exorzismus.«

»Aber es geht nicht um mich! Es geht um Magdalena Meisen!«, wehrte sich Arved.

Ulrich Schwarz hob die feingliedrige Hand. »Natürlich, natürlich. Beruhige dich doch. Tu, was du für richtig hältst, aber tu es nicht allein.«

Arved sah ihn mit großen Augen an. »Heißt das, dass du mir bei der Beschwörung helfen willst?«

Ulrich zwang sich zu einem gequälten Lächeln und seufzte. »Nein, ich werde dir bei der Beschwörung nicht helfen. Aber ich möchte dabei sein, damit ich eingreifen kann, wenn es nötig wird.«

»Eingreifen?« Arveds Gesicht war eine einzige Frage.

»Es könnte ja sein, dass du hyperventilierst und in Ohnmacht fällst, während Kerzen brennen, oder dass du an Räucherungen zu ersticken drohst. So etwas hat es schon oft gegeben. Im achtzehnten Jahrhundert zum Beispiel. Da gab es die so genannte Jenaische Christnachtstragödie. Auch da ging es um die Beschwörung eines Dämons, die in einer engen Hütte in einem Weinberg bei Jena durchgeführt wurde. Einige der Beschwörer starben an den Folgen der Räucherungen. Wo willst du deine Operation durchführen?«

»In der Waldhütte, in der ich Jürgen Meisen gefunden habe.«

»Das ist eine gute Idee. Du sagtest, sie sei verfallen und habe kein Dach mehr. Also besteht nicht die Gefahr des

Erstickens. Trotzdem wäre ich gern in der Nähe, falls doch etwas ... außer Kontrolle gerät.«

»Ich kann einfach nicht glauben, dass du mir dabei helfen willst.«

»Der Zweck heiligt manchmal vielleicht doch die Mittel. Als ich dich gestern gesehen habe, war ich entsetzt. Wenn dein ganzes Denken nur um diese magische Operation kreist, ist die einzige Möglichkeit, dich von deinen Qualen zu befreien, die Durchführung ebendieser Operation. Das heißt keinesfalls, dass ich so etwas grundsätzlich gutheiße. Ich will nur einem alten Freund helfen. Und ich will zur Stelle sein und eingreifen können, falls es notwendig werden sollte.«

Arved trat vor ihn und streckte die Hände aus. Ulrich ergriff sie. In Arveds Augen standen Tränen.

Gemeinsam studierten sie stundenlang das alte Zauberbuch. Sie brüteten über den Formeln bis in den Abend hinein. Plötzlich klappte Ulrich das Buch zu, sprang auf und sagte: »Ich muss die Messe zelebrieren. Ich werde auch für dich beten. Morgen Abend treffen wir uns hier.« Er lief hinaus; die Straße schluckte ihn.

Arved schloss die Haustür hinter ihm und ging zurück ins Wohnzimmer, wo noch Ulrichs feines Parfüm in der Luft lag. Er rieb sich die Augen. Noch vor wenigen Stunden war er verzweifelt gewesen und hatte sich sehnlichst gewünscht, mit jemandem über die ganze Sache zu reden. Da hatte plötzlich Ulrich Schwarz vor seiner Tür gestanden und ihm angeboten, die Beschwörung zu begleiten. Das alles konnte nur ein Wink des Himmels sein.

Oder der Hölle?

18. Kapitel

Die Nacht war erstaunlich ruhig und erholsam. Als Arved erwachte, fühlte er sich wie neu geboren. Heute Nacht würde es soweit sein. Arved schaute neben sich und stellte erstaunt fest, dass die beiden Katzen rechts und links neben ihm auf dem Kopfkissen lagen. Als sie bemerkten, dass er wach war, begannen sie zu schnurren. Er streichelte sie zärtlich.

»Es dauert nicht mehr lange, Magdalena«, flüsterte er. »Gedulde dich. Ich werde dich retten.« Er stand auf und betete sein Brevier.

Er betete und fastete den ganzen Tag. Er vergaß sogar, sich zu waschen und zu kämmen. Als es bereits dunkel wurde, schellte es wieder an der Haustür. Das konnte nur Ulrich sein.

Arved öffnete und Ulrich kniff die Augen zusammen. »Vielleicht solltest du dir etwas überziehen«, meinte er, »auch wenn dieser Schlafanzug recht kleidsam ist.«

Erst jetzt bemerkte Arved seine Nachlässigkeit. Er wurde rot und stammelte eine Entschuldigung, die Ulrich zum Schmunzeln brachte. Er führte seinen Gast ins Wohnzimmer und zog sich rasch zurück. Eine Viertelstunde später erschien er frisch gewaschen, rasiert und gekämmt, und er trug eine zweckmäßige schwarze Cordhose sowie einen weiten grauen Pullover.

»So erkennt man dich ja gar nicht wieder«, meinte Ulrich und grinste. »Recht schick.«

Sie packten alle Utensilien zusammen und wollten gerade das Haus verlassen, als Arved plötzlich den Koffer wieder abstellte. »Ich habe vergessen, die Katzen zu füttern.« Er machte kehrt und lief in die Küche. Ulrich folgte ihm. Die

Katzen warteten bereits. Als sie Ulrich sahen, machten beide einen Buckel und ihr Fells sträubte sich. Sie rannten zwischen Arveds Beinen hindurch aus der Küche und waren nicht mehr zu sehen.

Arved öffnete erstaunt einen neuen Sack mit Trockenfutter und schüttete je eine Portion in die Näpfchen. »Komm, wir gehen«, sagte Arved und warf Ulrich einen fragenden Blick zu.

»Ich war bei Katzen noch nie sehr beliebt, obwohl ich sie gern mag«, meinte dieser und zuckte die Achseln. Als sie zur Tür gingen, fauchte es aus einer dunklen Ecke der Diele.

Arved schloss die Tür hinter ihnen ab. Es klang schrecklich endgültig. Arved kam der Gedanke, dass er möglicherweise nie wieder hierher zurückkommen würde, falls etwas schief ging. Was sollte schief gehen? Was erwartete er überhaupt? Er drehte sich zu Ulrich um, der ihn aufmunternd anlächelte. Dann gingen sie in die Garage.

Ulrich war von dem alten Bentley sehr beeindruckt. »Da bist du ja weich gefallen«, meinte er. »Das Haus, das Auto – wenigstens brauchst du dir keine Sorgen um deine finanzielle Zukunft zu machen. Du solltest stärker an die göttliche Vorsehung glauben«, meinte er, als sie den Verteilerkreis verließen und auf die Autobahn fuhren.

»Die göttliche Vorsehung hat dafür gesorgt, dass ich das Erbe nur dann bekomme, wenn ich dem Glauben abschwöre«, brummte Arved.

Den Rest der Fahrt brachten sie schweigend hinter sich.

Die Nacht war stürmisch. Der Himmel war ein rasch sich ändernder Flickenteppich aus Dunkelgrau, Dunkelblau und Schwarz, aber wenigstens regnete es nicht. Als Arved den Bentley bei Manderscheid von der Autobahn auf die Landstraße lenkte, trieben Zweige über die Fahrbahn und der Wagen schwankte immer wieder, wenn er von einer heftigen

Windböe erfasst wurde. Dennoch fuhr Arved nicht langsamer. Er hatte die Zähne zusammengebissen; sein Mund war nur noch eine schmale Linie. Allmählich verspürte er trotz seiner Aufregung doch Hunger. Aber er musste sich rein halten.

Die kurvenreiche Straße hinunter ins Tal der Lieser nahm er mit größtmöglicher Geschwindigkeit. Ulrich hielt sich an dem ledernen Haltegriff über der Tür fest; Arved sah ihn nur als Schatten in der Schwärze des Wageninneren. Kein Mond, keine Sterne waren zu sehen; Schleier aus Finsternis wurden vom Wind in das enge Tal geworfen. Die Niederburg war angestrahlt und ragte wie ein schlafendes Tier über den schroffen Bergrücken. Kurz dahinter ging es hoch nach Manderscheid.

Arved nahm die Kurven mit quietschenden Reifen. Niemand war auf der Straße zu sehen; der Ort lag im Banne des Schlafs. Oben am Kreisel fuhr Arved nach links, vor dem Maarmuseum wieder nach links, vorbei an einem kleinen Neubaugebiet zur Linken und einer ehemaligen Tankstelle zur Rechten, und schon lag der Ort hinter ihnen. Er brauste in den Kunowald hinein und wurde erst langsamer, als er jeden Augenblick hinter der nächsten Biegung den Parkplatz erwartete. Die Lichtfinger der Scheinwerfer tasteten die Bäume und Sträucher zu beiden Seiten der schmalen Straße ab, rissen sie aus dem Dunkel und stießen sie sofort darauf wieder hinein. Endlich kam das kleine blaue Parkplatzschild in Sicht. Arved lenkte den Wagen auf den schlammigen Platz und bremste abrupt.

Ulrich zuckte nach vorn. Arved hielt sich am hölzernen Lenkrad fest. Er holte tief Luft, während er die Scheinwerfer ausstellte und der Wald vor ihnen mitsamt des kleinen, vernachlässigten Spielplatzes mit der Finsternis verschmolz. Der Wind heulte um den Wagen. Arved stieß entschlossen die Tür auf. Ein Luftstoß drang in das Innere und zerwirbelte ihm die blonden Haare. Ulrich hielt erstaunt die Luft an. Es war wie der Atem eines gewaltigen Tieres. Und es schwang sogar ein unbestimmter Geruch darin mit.

Arved schnüffelte in die Nacht hinein. Er schloss die Augen. Nicht ablenken lassen. Sich ganz auf das Ziel konzentrieren. Er ging um den Wagen herum, entriegelte den Kofferraum und holte den Koffer mit den magischen Gerätschaften heraus. Inzwischen war auch Ulrich ausgestiegen. Es war in der Dunkelheit kaum zu erkennen, ob er Arved anschaute, aber dieser glaubte ein Glitzern in Augenhöhe zu erkennen. Er erinnerte sich an die Reaktion der Katzen auf Ulrich Schwarz. Seine Hand schloss sich fest um den Griff des Koffers, während er mit der anderen den Kofferraum zuwarf und den Wagen abschloss.

»Bist du schon einmal hier gewesen?«, fragte Arved laut in den Wind hinein.

Zuerst antwortete ihm nur das Rauschen der jungen Blätter. Dann hörte er wie aus weiter, windumtoster Ferne: »Nein.« Es klang kaum wie Ulrichs Stimme. Der Priester war zu einer schwarzen Gestalt geworden; der Wind zerrte an seinem dunklen Mantel und bauschte ihn auf, sodass er beinahe wie gewaltige Fledermausflügel wirkte.

Oder wie ein mönchischer Umhang.

Obwohl Arved kaum etwas von seiner Umgebung erkennen konnte, ging er zielstrebig in den Wald hinein. Er hatte an eine Taschenlampe gedacht, die er nun aus seinem Jackett zog. Der Lichtfinger liebkoste fahlweiße Stämme und farbloses Gebüsch, das wie eine verblichene Fotografie wirkte. Es dauerte nicht lange, bis die beiden die Beerenhecke erreicht hatten, neben der inzwischen bereits ein kleiner Trampelpfad ins Unterholz führte. Schweigend bahnten sie sich einen Weg durch den peitschenden Wind, der erst nachließ, als sie zwischen den hohen Fichten und Buchen standen. Oben in den Kronen rauschte und raschelte es, doch hier unten war es wie im Auge eines Wirbelsturms. Es herrschte absolute Windstille.

Der Lichtfinger der Lampe holte die bleichen Umrisse der verfallenen Hütte aus dem Walddunkel. Arved schauderte, als er an den ersten Besuch in dieser Hütte dachte. Und ihn schauderte noch mehr, als er daran dachte, was er gleich hier tun wollte. Er seufzte schwer, leuchtete Ulrich an und richtete den Blick auf ihn. Der Priester nickte. Niemand wollte ein Wort sagen; es war, als traue man sich nicht, das Raunen des Sturmes hoch oben zu stören.

Sie betraten die Ruine. Nichts hatte sich seit Arveds letztem Besuch hier verändert. Er kniete nieder und tastete nach dem Mechanismus, der die Falltür hob. Tatsächlich fand er ihn rasch. Er leuchtete in die Schwärze.

Ulrich kletterte die wenigen Stufen hinunter und rief mit gedämpfter Stimme: »Hier ist nichts mehr.«

Arved hatte nichts anderes erwartet. Vielleicht war er sogar beobachtet worden, als er mit Thomas den Keller erforscht hatte. Vielleicht gehörte die geisterhafte Person im schwarzen Umhang zu der Magierbande.

Nachdem Ulrich Schwarz wieder hochgeklettert war, suchten die beiden die Umgebung der Hütte ab. Außer einigen Mäusen, einem Reh und anderen Waldtieren, die sie nicht sahen, aber hörten, stöberten sie nichts auf.

Sie sahen sich an und nickten gleichzeitig.

Nachdem sich Arved das weiße Leinenhemd übergestreift hatte, stellte er die Leuchter auf den grob behauenen Altar in der Mitte des Kellers. Zwischen sie stellte er ein Kreuz mit dem Balken nach unten. Auch zwei Räucherpfannen und die Phiole mit dem Hühnerblut fanden noch Platz auf dem rauen Stein. Dann zeichnete Arved unbeholfen den magischen Kreis um den Altar und fügte ein Pentagramm ein, dessen fünf Spitzen den Kreis durchbohrten. Auf den Steinboden der Hütte hatte er bereits den gleichen Schutzkreis gezeichnet, wie es in dem *Grimorium Nigrum* empfohlen worden war. Er öffnete das kleine Zauberbuch erneut und schrieb daraus die gleichen hebräischen und lateinischen Buchstaben wie oben in den Kreis. Dabei murmelte er die vorgeschriebene Einleitung, wobei er auch die handgeschriebenen Zusätze berücksichtigte und die altertümlich geschriebenen Worte in moderne Sprache umwandelte: »Ich beschwöre dich, Herrscher Luzifer, als der Mittler des großen und starken Gottes, seines geliebten Sohnes und des Heiligen Geistes und bei der Macht der großen Adonai, Eloim, Ariel und Jehovah, diesen Kreis als heilig anzusehen und dich außerhalb desselben zu manifestieren.«

Als er fertig war, richtete er sich wieder auf und fuhr fort, indem er die Augen zusammenkniff und versuchte, keinen Fehler zu machen:

»Aglon, Tetragrammaton, Vaycheon, Stimulamaton, Ezphares Retragrammaton Olyaram Irion Esytion Existion Eryona Onera Orasym Mozm Messias Soter Emanuel Sabaoth Adonay te adoro, et te invoco.«

Er schüttete die Räuchermischungen in die beiden Pfannen und entzündete die Kohlen. Bald stiegen dünne Rauchfäden in die Luft. Es roch wie in der Esoterik-Handlung. Arved kam sich höchst lächerlich vor, als er in der linken Hand den Dolch und in der rechten den Zauberstab hielt und den Beginn der eigentlichen Beschwörung rezitierte.

»Herrscher Luzifer, Meister aller gefallenen Engel, ich flehe dich an, dich mir gnädig zu zeigen, wenn ich deinen Diener Azrael anrufe und einen Pakt mit ihm eingehen will. Ich flehe auch dich, o Prinz Beelzebub an, mein Begehren zu schützen. O Graf Astaroth, sei mir gnädig und gewähre mir in dieser Nacht, dass mir der große Azrael erscheine, auf dass ich einen Pakt mit ihm eingehen kann. Er erscheine mir nicht in erschrecklicher Gestalt und frei von bösen Gerüchen. O großer Azrael, ich bete dich an. Steige aus deinem Reich herauf zu mir und rede mit mir.«

Ulrich stand in der hintesten Ecke des Kellers und betrachtete das Schauspiel mit gerunzelter Stirn. Er hatte die Hände vor dem Körper gefaltet und bewegte bisweilen die Lippen; zumindest erschien es im ungewissen Kerzengeflacker so. Betete er? Arved konzentrierte sich wieder auf seine Beschwörung.

Plötzlich fuhr ein Windstoß in den Keller, zerrte an Arveds Hemd und löschte die Kerzen. Da er schon zu Beginn der magischen Riten die Taschenlampe ausgeschaltet hatte, stand er nun in völliger Dunkelheit da. Von draußen drang das Rauschen und Heulen des Windes hinab in das Verlies. Er zerbiss einen Fluch zwischen den Zähnen und tastete nach den Streichhölzern, die er auf dem Altar abgelegt hatte. »Ulrich?«, rief er dabei.

Es kam keine Antwort.

Er fasste in etwas Weiches, Pulsierendes. Sofort zog er die Finger zurück. Was war das? Auf dem Altar standen nur die Räucherpfannen, die Phiole mit dem Hühnerblut, die beiden Leuchter und das umgekehrte Kreuz. Nichts davon fühlte sich im entferntesten so an wie das, was er gerade unabsichtlich berührt hatte! »Ulrich!«

Ein feiner Gestank durchwob den Keller. Allmählich gewöhnten sich Arveds Augen an die Finsternis und er sah über sich die Öffnung und die aufgeklappte Falltür dahinter. Der Sturm schien die Wolken zerfetzt zu haben; Streifen silbernen Mondlichts lagen auf den Wänden der Hütte. Doch hier unten herrschte Finsternis. »Ulrich!«

Dort, wo sein Freund gestanden hatte, regte sich etwas. Es gab ein seltsames, schleimiges Geräusch von sich, als wälze sich ein riesiger Wurm durch einen See von Auswurf. Arved machte einen Schritt vom Altar weg auf die Leiter zu. »Was ist los? So sag doch etwas, Ulrich!«

Das schmatzende Geräusch kam auf ihn zu. Langsam, gleichmäßig, unausweichlich. Er ertastete die Sprossen in seinem Rücken, wirbelte herum und hastete die Leiter hoch. Kurz überlegte er, ob er die Falltür zuwerfen sollte, doch dann säße Ulrich in der Falle.

Oder war es gerade Ulrich, vor dem er sich schützen musste?

Er schlich bis zum verfallenen Eingang der Hütte zurück und ließ dabei das Loch im Boden nicht aus den Augen.

Etwas kam daraus hervor. Ein schwarzer Umriss. Mondblicke erfassten ihn. Spiegelten sich in ihm wider. Das Schwarze wuchtete sich aus dem Loch. Arved rannte aus der Hütte, hinein in den Wald, dessen Gezweig im noch immer brausenden Sturm tanzte.

Hexentanz. Dämonentanz. Tanz der Teufel.

Die schwarze Gestalt kam lautlos aus der Hütte hervor, blieb stehen, schien die Umgebung abzusuchen und mit ihren silbernen Blicken zu durchdringen.

Nun hatte die Gestalt ihn erspäht und schwebte geradewegs auf ihn zu. Der Gestank folgte ihr. Arved kannte ihn. Es war derselbe Geruch wie damals bei Jürgen Meisen. Süßlich, beinahe wie Verwesungsgeruch. Ihm schlug das Herz bis zum Hals. Kalter Schweiß stand ihm auf der Stirn und seine Handflächen waren nass. Er konnte sich nicht mehr bewegen. War gebannt. War gefesselt. Wie in einem Albtraum. Dann hatte es ihn erreicht.

»Warum bist du weggelaufen?«

Die Stimme klang nicht wie die von Ulrich. Sie war tiefer und eine ungeheure Dunkelheit schwang in ihr mit. »Wir sollten weitermachen.«

Mondlicht goss bleiche Tropfen über die Gestalt und löste ihre Schwärze auf. Zu ihren Füßen glimmerte es. Ulrich Schwarz stand inmitten eines Hexenkreises – eines Kreises von Pilzen, die im Nachtsilber hell glänzten. Es wirkte, als sei er soeben aus diesem Kreis hervorgewachsen. Er bemerkte, dass Arved auf seine Füße schaute und zertrat angewidert die blassen Pilze. »Pilze? Zu dieser Jahreszeit?«, murmelte er; es klang beinahe verärgert. Dann drehte er sich um und ging zurück zu der Hütte. Arved folgte ihm mit unsicheren Schritten.

Als sie wieder im Keller standen, fragte Arved: »Hast du das auch gerochen?«

»Was?« Noch immer diese dunkle Stimme, wie durch eine Höhle gepresst.

»Diesen Verwesungsgeruch.«

»Vielleicht ein totes Tier. Willst du weitermachen?«

»Ja.« Arved schaltete die Taschenlampe ein, die auf den Boden gefallen war, und entzündete wieder die Kerzen und die Räucherpfannen. Er untersuchte den Altar genau, doch nichts Organisches, Weiches war darauf zu sehen. Er schlug sein Buch auf, nahm den Dolch in die linke Hand und den Zauberstab in die rechte und setzte mit der Beschwörung neu an.

»Herrscher Luzifer, Meister aller gefallenen Engel, ich flehe dich an, dich mir gnädig zu zeigen ...«

Diesmal ereignete sich keine Störung. Der Sturm draußen hatte sich gelegt und die Äste knirschten nur noch selten. Der Rauch aus den Räucherpfannen ballte sich zusammen und das Mondlicht durchstach ihn. Er wirbelte umher, zog zur Falltür, machte kehrt, als scheue er die frische Nachtluft, und breitete sich in dem Kellerverlies aus.

Ulrich hatte sich wieder in seine Ecke zurückgezogen und schaute aufmerksam zu. Als die letzten Worte der beängstigenden Beschwörung verweht waren, hielt Arved den Atem an. Er schaute in den Rauch. Gestalten schienen in ihm zu spielen, auseinander zu treiben und sich wieder neu zusammenzusetzen. Arved drehte sich hinter dem Altar einmal um die eigene Achse und achtete darauf, dass er dabei immer im Schutz des magischen Kreises blieb. Er warf Ulrich einen kurzen Blick zu. Der kleine Priester hatte die Augen geschlossen. Seine Wangen wirkten im Mondschein fahl und eingefallen. Er hatte die Hände wieder wie zum Gebet ineinander verkrallt; sogar aus der Entfernung erkannte Arved, dass die Knöchel rot hervorstanden.

Bald hüllte der Rauch den gesamten Raum ein. Arved hatte das Gefühl, als braue sich etwas zusammen, als steige die Spannung in der Luft, wie bei einem Gewitter. Und da war wieder dieser Gestank. Kam er vielleicht nur von dem Räucherwerk? Angestrengt spähte er in die rauchgeschwängerte Luft. Immer neue Formen bildeten sich darin, doch sie hatten keinen Bestand. Sollte er die Beschwörung wiederholen? Hatte er etwas falsch gemacht? Einen der Namen falsch ausgesprochen? Eine Ingredienz vergessen? Er hatte sehr deutlich das Gefühl, dass etwas unmittelbar bevorstand. Arved wurde immer nervöser. Als draußen, irgendwo im Wald, ein Zweig knackte, fuhr er zusammen und stieß einen Schrei aus. Ulrich öffnete die Augen und sah ihn an. Sein Gesicht schien vor Anspannung zu brennen.

Plötzlich ballte sich der Rauch zu einer einzigen Wolke zusammen und stürzte sich auf Arved. Ihm wurde schwarz vor Augen. Seine letzte Empfindung war die einer schrecklichen Gegenwart, die alle Ängste und Qualen, welche er je erlitten hatte, ins Unermessliche steigerte. Dann sickerte das Bewusstsein aus ihm.

19. Kapitel

Arved lag in seinem Bett. Natürlich. Wo sonst? Die Sonne war schon aufgegangen; das grüne Efeulicht durchflirrte den Raum und legte die Risse in den Wänden und den abbröckelnden Stuck an der Decke frei. Arved rieb sich die Augen. Was für ein Traum! Er hatte tatsächlich in seiner Nachtphantasie versucht, einen Dämon zu beschwören – irgendeinen, damit das Tor zur Hölle geöffnet wird. Wie lächerlich. Er schaute an sich herunter. Schwarze Cordhose und grauer Pullover.

Seit wann schlief er angezogen?

Wie vom Blitz gerührt sprang er aus dem Bett und lief hinunter ins Wohnzimmer. Wo war das Zauberbuch? Wo waren die Utensilien, die er gekauft hatte? Als er die Tür aufstieß, sah er Ulrich Schwarz auf dem Sofa sitzen, das Kopfreliquiar des heiligen Pamphilius in der Hand.

»Schön, dass du wach bist«, sagte er. »Ich hoffe, es geht dir gut. Du hast sehr lange geschlafen. Ich habe inzwischen deine Katzen gefüttert.«

Arved fuhr sich mit der Hand an die Stirn. Plötzlich hatte er rasende Kopfschmerzen. »Was ist passiert?«, fragte er leise.

Ulrich setzte das Reliquiar auf den Knien ab und sagte: »Weißt du es nicht mehr? Du bist nach der Beschwörung ohnmächtig geworden. Du hast etwas von einem Wesen gerufen, das sich im Rauch bilde, dann war es vorbei. Wahrscheinlich war das Räucherwerk zu viel für dich. Mir ist auch etwas übel geworden. Ich weiß gar nicht mehr, wie ich es geschafft haben, dich bis zu deinem Wagen zu schleppen.«

»Es war also alles umsonst«, murmelte Arved und kniff die Augen vor Schmerzen zusammen.

»So würde ich das nicht sagen«, meinte Ulrich Schwarz. Er stand auf und stellte das Reliquiar zurück an seinen Platz auf der alten englischen Anrichte. »Hast du in der letzten Nacht noch einmal Visionen der Hölle gehabt oder diese Frau gesehen?«

»Nein ...«

»Na bitte. Du hast dich selbst exorziert. Das hatte ich gehofft. Ab jetzt brauchst du keine Angst mehr vor der Hölle zu haben. Es ist dir gelungen, dich durch diese objektiv betrachtet unsinnige Handlung von all deinen Schuldgefühlen zu reinigen. Du hast erkannt, dass deine Visionen keine reale Grundlage hatten.«

Arved seufzte auf. Es war ihm so peinlich. Ulrich hatte Recht. Zwar waren da diese schlimmen Kopfschmerzen, trotzdem aber fühlte er sich viel besser. Das Gefühl der inneren Zerrissenheit war verschwunden. Er hatte das Unmögliche versucht und konnte es nun als unmöglich akzeptieren. Er atmete auf. Gleichzeitig verflogen die Kopfschmerzen. Er lächelte Ulrich an. »Du musst mich als großen Narren ansehen«, sagte er beinahe flüsternd.

Ulrich erwiderte das Lächeln und legte Arved eine leichte Hand auf die Schulter. »Keineswegs. Du hast in einer psychischen Zwangssituation gesteckt und dir einen Ausweg zurechtgebastelt, der keine Verankerung in der Wirklichkeit hatte. Du bist den Weg bis zum Ende gegangen und hast begriffen, dass er nirgendwohin führt. Das ist keine Narrheit, sondern eine große Einsicht. Du kannst dich glücklich schätzen.«

»Ich danke dir so sehr für deine Hilfe«, murmelte Arved, der immer röter im Gesicht wurde. Er verspürte eine Hitze wie im Hochsommer. »Wie gut, dass du da warst. Wer weiß, was geschehen wäre, wenn du mir in dieser Hütte nicht geholfen hättest.«

»Weiß Gott, vielleicht wärest du erstickt wie diese jenaischen Dämonenbeschwörer im achtzehnten Jahrhundert. In diesem Keller ist es sehr schnell stickig geworden. Es hat sich alles gefügt. Du solltest nicht Gott verwerfen und an die Hölle glauben, sondern es umgekehrt tun. Jetzt muss ich aber gehen. Ich habe meine Pflichten schon sträflich vernachlässigt. Vielleicht fängst du erst einmal einfach wieder an, dein Brevier zu beten. Der Weg zurück steht dir jederzeit offen.«

Er gab Arved die Hand. Sie war kalt und feucht. »Ich finde schon den Weg«, sagte er. »Nach draußen«, fügte er rasch hinzu. Und war gegangen.

Arved hörte, wie die schwere Haustür ins Schloss fiel. Dann zog er sich um; er fühlte sich in schwarzem Anzug, weißem Hemd und dunkler Krawatte immer noch am wohlsten. Außerdem verströmte der Pullover einen seltsamen Geruch. Er ging hinunter ins Wohnzimmer.

Lilith und Salomé kamen zu ihm. Er setzte sich dorthin, wo Ulrich gesessen hatte, aber die Katzen weigerten sich, neben ihn zu kommen. Stattdessen blieben sie vor dem Sofa sitzen und schauten Arved mit einem Blick an, den er beinahe als vorwurfsvoll empfand. Er stand wieder auf und öffnete die Haustür. Er wollte frische Luft schnappen.

Aber da draußen war keine frische Luft.

Da war nur die Schwärze einer gewaltigen, feucht glitzernden Höhle, aus deren Tiefen schrecklich heulende Geräusche drangen.

Arved schlug die Tür wieder zu und atmete tief durch. Nachwehen seiner vergangenen Träume und krankhaften Visionen ... Er öffnete die Tür erneut.

Und schaute in die Hölle.

Mitten aus dem Gewürm, dem Gewimmel, den Tentakeln, den verzerrten, leidenden Gesichtern erhob sich ein Antlitz, das zu strahlen, das nicht hierher zu gehören schien. Magdalenas Antlitz. Es schwebte auf ihn zu, während er immer noch auf der Schwelle seines Hauses stand.

»Du hast es versucht«, flüsterte es. »Aber du hast es nicht geschafft. Komm zu mir und suche mit mir zusammen. Und führe uns fort von hier. Nur du kannst es. Du bist unsere letzte Hoffnung. Steige hinab in das Reich der Toten und auferstehe mit uns.« Das Gesicht zerplatzte und Tausende Motten flatterten aus dem Schädel hervor. Sie griffen Arved an, der sich endlich wieder rühren konnte und die Haustür zuwarf.

Es verursachte einen gewaltigen Hall. Hinter ihm.

Er wirbelte herum. Und starrte in die feucht glänzende, unermessliche Höhle, in der sich Gestalten auf ihn zu bewegten, die jeder Beschreibung spotteten. Ruinen menschlicher Körper. Durchsetzt mit anderem organischem Material. Durchsetzt mit Drähten, Leitungen, Mauerteilen, Blechen. Er riss die Tür wieder auf und rannte hinaus.

Und geradewegs in ein Pärchen hinein, das ihn belustigt und erstaunt anstarrte. Er murmelte eine Entschuldigung, ließ sie ziehen, sie warfen einen Blick zurück auf ihn, tuschelten, lachten. Er schaute an der Fassade seines Hauses hoch. Nichts deutete darauf hin, was sich nun darin befand. Oder war es nur Einbildung gewesen? Um nichts in der Welt wollte er nachschauen.

Unschlüssig stand er auf der Straße. Er zupfte an seinem Jackett und nestelte an seiner dunkelroten Krawatte. Ulrich hatte Unrecht gehabt. Es war noch nicht vorbei. Er hatte sich nicht selbst exorziert. Er war nicht ans Ziel gelangt. Er musste den Versuch wiederholen. Aber wie? Was hatte er falsch gemacht? Wie sollte er nun vorgehen?

Das Einzige, was ihm auf all diese Fragen einfiel, während er orientierungslos in der Palmatiusstraße stand, war ein Name.

Lioba Heiligmann.

Sie hatte ihn schon öfters enttäuscht, aber mit wem sollte er sonst darüber reden? Thomas Hieronimi war derselben Auffassung wie Ulrich Schwarz, wenn auch aus einer anderen Geisteshaltung heraus. Beide konnten oder wollten ihn nicht verstehen. Aber Lioba Heiligmann betete wenigstens zur heiligen Elisabeth von Thüringen. Sie kannte sich im okkulten Sumpf bestens aus. Vielleicht hatte sie ja noch eine Idee. Er fasste sich ein Herz und ging zu ihr.

* * *

Nachdem Lioba Heiligmann ihm ein Glas Weißwein eingeschenkt hatte – *Trittenheimer Altärchen;* aus dem Geburtsort des großen Theologen und angeblichen Magiers Johannes Trithemius« –, hörte sie sich Arveds Geschichte an, ohne ihn ein einziges Mal zu unterbrechen. Sie zog an ihrem Zigarillo, hatte die Beine übereinander geschlagen, sodass ihr geblümtes Kleid, diesmal ein anderes mit Rot als Grundfarbe, recht hoch gerutscht war und erstaunlich wohl geformte Schenkel freilegte, und schaute den Rauchkringeln nach, die zur niedrigen, vergilbten Zimmerdecke aufstiegen. Als er fertig war, sagte sie lange Zeit nichts. Sie sah ihn an, sah fort, runzelte die Stirn, kaute auf der Unterlippe herum.

»Hmm«, meinte sie schließlich. »Es gibt halt doch mehr Dinge zwischen Himmel und Erde, als sich unsere Schulweisheit träumen lässt, wie der Barde sagt. Ich bin der Meinung, Sie sollten es noch einmal versuchen.«

»Aber wie?«, fragte Arved verzweifelt und hielt beschwörend die Hände auseinander wie beim Hochgebet.

»Beim letzten Mal habe ich mich an etwas erinnert, kurz nachdem Sie gegangen waren«, sagte Lioba Heiligmann und hielt den Zigarillo damenhaft zwischen den Fingern. Voller Erstaunen sah Arved, dass die Nägel diesmal blassrot lackiert waren. Es stand ihr gar nicht schlecht. »Ich behalte auch die neue Literatur zum Hexenwesen und der Magie im Auge – zumindest die seriöse«, erklärte sie. »Vor ein paar Monaten kam das Buch eines Journalisten heraus, der Feldforschungen zu neuen Hexen- und Satansanbetern im Trierer und Eifeler Raum betrieben hat. Was er alles ans Tageslicht gebracht hat, ist mehr als erstaunlich. Warten Sie.« Sie legte den Zigarillo mit einer eleganten Geste auf dem Aschenbecher ab, sah ihn dabei kurz an, stand auf und ging aus dem Zimmer. Irrte er sich, oder trug sie diesmal den Anflug eines Lidschattens? Überhaupt schien sie um Jahre verjüngt zu sein. Zuerst hatte er sie gar nicht wahrgenommen, hatte nur seine Geschichte erzählen wollen, doch nun stellte er kleine, angenehme Veränderungen an ihr fest. Die Wanderstiefel allerdings trug sie immer noch.

Kurze Zeit später kam sie mit einem kleinen, in gelben Karton gebundenen Taschenbuch zurück und gab es Arved. Dabei berührten sich ihre Hände den Flügelschlag eines Schmetterlings lang. Arved sah erstaunt zu ihr auf. Sie schien es nicht bemerkt zu haben. Rasch warf er einen Blick auf das Buch. *Magie und Satanismus in Eifel und Trierer Land*, lautete der Titel. Der Verfasser war ein gewisser Achim Lang-Wege. Arved blätterte ziellos in dem Buch herum.

»Schlagen Sie mal die Seite 141 auf«, riet Frau Heiligmann.

Hexerei im Kunowald, stand da. Es folgte ein Bericht des Reporters über die Kontaktaufnahme mit einer Satanistengruppe, die jedes Jahr zur Walpurgisnacht im Kunowald oberhalb vom Kloster Himmerod, wie er schrieb – es kam eben nur auf den Blickwinkel an, in räumlicher wie in gedanklicher Hinsicht –, eine schwarze Messe in einem verrufenen Haus zelebrierte.

Es ist die verfallene Kate einer im siebzehnten Jahrhundert hingerichteten Hexe. Ihr Prozess ist nach den im Trierer Stadtarchiv erhaltenen Akten sehr spektakulär gewesen, weil er von den gewöhnlichen Paradigmen der Hexenverfolgung stark abwich. Ludwiga Bohnum verriet auf der Folter keine andere Hexe, und der Richter stellte erstaunt und enttäuscht fest, dass sie offensichtlich eine Einzeltäterin war und nie an den Sabbatorgien auf der Hahnerfläche nahe Manderscheid teilgenommen hatte. Sie leugnete hingegen nicht, den Teufel beschworen und mit ihm Unzucht getrieben zu haben. Sie habe ein Tor zur Hölle errichtet, durch das sie nach Belieben geschritten sei.

Arved schaute erstaunt zu Lioba Heiligmann auf. »Ein Tor«, murmelte er.

»Als ich das gelesen habe, ist mir Ihre Geschichte in einem anderen Licht erschienen«, gab Lioba zu und schenkte ihm ein Lächeln, in dem ganz deutlich die Bitte um Verzeihung lag. Er las weiter.

Als man Ludwiga Bohnum in ihrer Hütte gefangen nehmen wollte, bedurfte es insgesamt sieben Bütteln mit starker Bewaffnung: mit Speeren, Dolchen und Messern. Den ersten beiden schüttete sie eine Flüssigkeit ins Gesicht, worauf sie ihr Augenlicht verloren. Die nächsten ängstigten sich buchstäblich zu Tode, als sie das Innere der Hütte sahen. Leider gibt es keine Beschreibung davon; die betreffenden Seiten sind im Protokoll herausgerissen. Erst als die verbliebenen Büttel die Hütte von außen in Brand setzten und Ludwiga Bohnum ins Freie lief, konnte sie überwältigt werden. Das Feuer wurde sofort gelöscht, um wichtiges Beweismaterial zu sichern. In den Akten befinden sich Beschreibungen von Kinderleichen, die zu Zaubereien benutzt worden waren, sowie von magischen Gerätschaften und Zauberbüchern.

Arved riss die Augen auf. Der Name der Hexe hatte ihn sofort an etwas erinnert, aber er hatte es nicht fassen können. Jetzt wusste er es. Eine Abkürzung dieses Namens war ihm schon einmal begegnet: Ludw. Boh.n. Sie stand in seinem Exemplar des *Grimorium Nigrum*!

»Sie haben mir Ludwiga Bohnums Zauberbuch verkauft!« Er starrte Frau Heiligmann an. »Es sind sogar ihre Anmerkungen drin!«

Sie zuckte die Achseln. »Es scheint so. Da sieht man wieder, dass man als Antiquarin immer auf dem neuesten Stand sein sollte. Vor der Lektüre von Lang-Weges Buch hatte ich keine Ahnung davon. Wenn ich um diese Provenienz gewusst hätte, wären Sie nicht so billig an Ihr Büchlein gekommen.«

Arved musste unwillkürlich grinsen. Frau Heiligmann schien sich tatsächlich zu ärgern. Sie zündete sich einen neuen Zigarillo an. »Offenbar hat man die beschlagnahmten Bücher nicht verbrannt, wie es sonst üblich war, sondern irgendwann verkauft – bestimmt für horrende Summen, denn die Zauberbücher eines Magiers galten schon immer als besonders wirkungsmächtig.«

»Na, bei mir hat es aber versagt«, meinte Arved und las weiter. Lang-Wege beschrieb im nächsten Abschnitt die Satanistengruppe, die sich regelmäßig bei dieser Hütte zur Walpurgisnacht traf und eine Dämonenbeschwörung durchführte. Lang-Wege war nicht in den Zirkel eingedrungen, hatte das Ritual aber in gebührender Entfernung belauscht und Tonbandaufzeichnungen sowie Notizen gemacht. Von einem etwaigen Erfolg der Beschwörung schrieb er nichts; aus dem Tenor seines Werkes sprach deutlich, dass er an solche Dinge sowieso nicht glaubte. Arved schlug das Buch zu und schaute in eine imaginäre Ferne. Er dachte an Magdalena und Jürgen Meisen und daran, wie sie in der letzten Walpurgisnacht, der Hexennacht, zu dieser Hütte gekommen waren. Sicherlich hatten die Satanisten ihr Nahen bemerkt und rasch die Falltür geschlossen. Nur das Pentagramm auf dem Steinfußboden hätte sie noch verraten können.

Und der Rebstock, dessen Wurzeln offenbar unten im Keller gelegen hatten, vielleicht sogar ihren Ursprung in dem unheiligen Altar hatten. Die Trauben hatten eine zu große Versuchung für Jürgen Meisen dargestellt und waren ihm und seiner Frau zum Verhängnis geworden. Nun ergab sich ein stimmiges Bild – wenn man die Prämisse einer gelungenen Öffnung des Höllentores als gegeben hinnahm. Eine in sich irrsinnige Prämisse.

Lioba Heiligmanns Stimme drang wie aus weiter Ferne an seine Ohren: »Lang-Weges Buch ist erst wenige Tage nach der Walpurgisnacht dieses Jahres erschienen, sodass sich die Gruppe weiterhin unentdeckt wähnte. Nun aber wird sie auf der Hut sein. Schade, denn diese Leute sind diejenigen, die Ihnen am besten helfen könnten.«

Arved schaute sie erstaunt an.

»Nun ja«, fuhr die Antiquarin fort, »Sie, Herr Winter, haben nicht genug an den Erfolg Ihres Unternehmens geglaubt. Das war Ihr Fehler.«

»Sie haben doch selbst gesagt, dass dieser ganze Okkultismus Spinnerei ist«, verteidigte sich Arved.

»Das stimmt nicht ganz. Es gibt so viele spirituelle Wirklichkeiten, wie es Menschen gibt. Was für den einen Hokuspokus ist, ist für den anderen eine tiefe Weisheit, die sein Leben verändern kann. Wichtig ist nur, das für sich zu finden, an das man glauben kann, sei es positiv oder negativ. Diese Satanisten haben es offenbar gefunden, wenn man Lang-Weges Bericht Glauben schenken kann. Sie haben etwas erschaffen, das zumindest für sie eine wie auch immer geartete Wirklichkeit errungen hat. Und genau durch diese Wirklichkeit ist das Leben des Ehepaars Meisen zerstört worden. Wenn ich Ihnen etwas raten darf, dann das: Versuchen Sie Kontakt zu dieser Gruppe aufzunehmen und lassen Sie sich das Tor von ihnen öffnen – falls Ihrer Meinung nach noch genug Zeit dazu verbleibt.«

Arved schaute Lioba Heiligmann eingehend an. »Meinen Sie das ernst?«, fragte er offen.

Sie kratzte sich am Knie, was den flüchtigen Eindruck eleganter Weiblichkeit nachhaltig störte. »Durchaus. Offenbar gibt es für Sie keinen anderen Weg, sich von Ihren Höllenvisionen zu befreien. Jemand muss Ihnen dabei helfen. Jemand, für den dieselbe spirituelle Wirklichkeit gilt wie für Sie.«

»Für mich gilt nicht ...«, wehrte sich Arved, doch Lioba Heiligmann unterbrach ihn rasch.

»Doch. Ob Sie wollen oder nicht, Sie befinden sich immer noch im Dunstkreis Ihres Glaubens. Ich meine das keineswegs abwertend. Für Sie gibt es daher nur den Weg durch diesen Glauben hindurch – den Weg in die Hölle. Sie befänden sich nicht mehr im gedanklichen Umkreis dieser Glaubensartikel, wenn Sie sie ganz verworfen hätten. Schließlich drehen sich Ihre Phantasien und Visionen nicht um die Scheol des jüdischen Glaubens oder das Nirwana der Buddhisten, sondern um die Hölle christlicher Prägung. Also können Sie auch nur in diese Hölle eintreten – ob subjektiv oder objektiv, spielt dabei keine Rolle –, um eine Seele zu retten. Oder zwei, wenn Sie den Mann mitrechnen, auf den es Ihnen nicht so sehr anzukommen scheint.«

Arved schluckte. Das waren harte Worte, doch er musste sich eingestehen, dass sie stimmten. Es ging ihm um Magdalena. Nur um sie. Nicht gerade christlich. Aber sie und nicht ihr Mann war es gewesen, die sich in seinen Visionen an ihn gewandt hatte. Visionen? Oder Wirklichkeit? Was war Wirklichkeit? Er hatte nie für möglich gehalten, dass die Wirklichkeit rein subjektiv war. Es gab so viele Wirklichkeiten wie Menschen; da hatte Frau Heiligmann wohl Recht. Eine seltsame Vorstellung, denn gleichzeitig bedeutete das, dass für jeden Menschen seine eigene Wirklichkeit eine unüberwindliche Mauer war, die ihn von den anderen trennte. Arved fühlte sich, als sei die Welt, die früher für ihn ein eng umgrenzter, klarer Ort gewesen war, plötzlich so weit geworden, dass er sich nirgendwo mehr festhalten konnte. Ihm wurde schwindlig. Wenn er nicht in dem Ledersessel gesessen hätte, wäre er umgefallen. Er klammerte sich an die Lehnen und atmete schwer. »Was soll ich tun?«, fragte er.

»Ich kenne Magie und Zauberei in ihrer theoretischen Ausformung«, sagte Lioba Heiligmann. »Aber ich habe keinerlei praktische Erfahrung. Am besten wenden Sie sich an den Verfasser dieses Buches. Ich kenne Achim Lang-Wege noch aus Köln. Er ist ein sehr guter Journalist und jemand, der das Herz auf dem rechten Fleck trägt. Außerdem hat er intime Kenntnisse von der Satanisten-Szene, ohne selbst auch nur im Entferntesten dazuzugehören. Er ist der Richtige für Sie – jedenfalls wenn es darum geht, Kontakt zu den Leuten herzustellen, die Sie brauchen. Warten Sie, ich habe irgendwo seine Karte.« Sie sprang auf, was mit gehörigem Poltern ihrer Wanderstiefel einherging, und kramte in einer Schublade unter einer der Vitrinen herum.

Arved sah einen ungeordneten Wust von Zetteln und Stiften darin. Rasch hatte sie eine kleine weiße Visitenkarte herausgefischt und drückte sie Arved in die Hand. Sie zog ihre Hand erst zurück, als Arved aufstand. Sie sahen sich an. Ihr Blick verwirrte Arved.

»Passen Sie auf sich auf, Arved Winter«, sagte sie sanft. »Sie bewegen sich in sehr gefährlichen Gewässern. Ich möchte Sie lebend und bei guter Gesundheit wiedersehen. Und ohne Höllenvisionen. Sie gehören ins Leben, nicht ins Jenseits.«

20. Kapitel

Auf dem Klingelschild des letzten Hauses von Houverath bei Bad Münstereifel, eines grünen, modernen Holzhauses mit einem Carport davor, befand sich kein Hinweis auf einen Achim Lang-Wege. Stattdessen stand da: *J. W. Martin.* Arved trat einen Schritt zurück und warf noch einen Blick auf die Hausnummer. 12 a. Wie auf der Karte angegeben. Er schellte.

Ein Mann Ende vierzig öffnete. Dicke Brille, ein wenig beleibt, was Arved gleich sympathisch war, lange schwarze Haare mit Mittelscheitel, wie ein Nachhall der Siebziger. »Ja bitte?« Ein deutlicher kölscher Akzent.

»Verzeihen Sie bitte die Störung. Ich suche Achim Lang-Wege.«

»Der wohnt hier nicht.« Schon wollte der Mann die Tür wieder schließen, doch Arved ließ nicht locker. Er hielt ihm die Visitenkarte unter die Nase. Der Mann hielt in seiner Bewegung inne und lächelte. »Was wollen Sie denn von ihm?«

»Es geht um ein Buch, das er vor kurzem herausgebracht hat. Es ist sehr wichtig für mich.« Arved gab sich einen Ruck. Sein Beruf half meistens, wenn es um den Anschein von Seriosität ging. »Ich bin Priester.«

Das Lächeln war fort. »Schön für Sie. Guten Tag noch.« Hier hatte er offenbar das Gegenteil erreicht. Die Tür fiel harsch zu.

Arved machte einige Schritte zurück zu seinem Bentley und schaute noch einmal an dem Haus hoch. Es wirkte so frisch und freundlich; hinter ihm lugte der Wald hervor.

Und in einer Birke klebte wie ein großes Vogelnest der aufgeblähte Kopf Magdalena Meisens. Der Mund verzerrte sich zu einem Schrei, der Arved in den Ohren gellte. Das musste doch auch der Mann mit den langen Haaren gehört haben! Arved hielt sich die Ohren zu und lief zurück zum Haus. Von hier aus konnte er die Birke nicht mehr sehen. Vorsichtig nahm er die Hände von den Ohren.

Alles war still. In der Ferne tuckerte ein Traktor und irgendwo schrie eine Kuh. Er schellte erneut.

Und erneut wurde geöffnet. »Sie sind aber hartnäckig. Wollen Sie mich wegen des Buches exkommunizieren oder was?«

»Sie sind also Achim Lang-Wege?«

»Immerhin sind Sie ein Schnellmerker.« Achim Lang-Wege alias J. W. Martin blieb ungerührt in der Tür stehen.

»Sie brauchen nicht zu befürchten, dass ich Ihnen wegen des Buches etwas anhängen will«, beeilte sich Arved zu sagen. »Ganz im Gegenteil. Es geht um etwas anderes – um etwas, das für mich persönlich sehr wichtig ist. Es steht im Zusammenhang mit den Walpurgisfeiern im Kunowald.«

Martin zog die Brauen hoch. Er schien kurz zu überlegen, ob er diesen seltsamen Kauz hereinbitten sollte; dann trat er zur Seite und machte eine einladende Handbewegung. Er führte Arved durch einen schmalen Flur in ein kleines, nach hinten hinaus gelegenes Arbeitszimmer, das mit Regalen vollgestopft war. Dort, wo keine Bücher die Wände bedeckten, hingen Karikaturen, von denen einige den Hausherrn darstellten.Daneben hingen Originalzeichnungen mit Widmungen verschiedener Künstler. J. W. Martin schien eine bekannte Persönlichkeit zu sein. Hoffentlich beging Arved hier keinen gewaltigen Fehler.

Der Journalist wies Arved einen kleinen, aber bequemen Sessel zu und setzte sich selbst hinter den schräg im Zimmer stehenden schwarzen Schreibtisch. Er sah seinen Besucher mit unverhohlener Neugier an.

Wie sollte Arved beginnen? Er konnte nicht gleich mit der Tür ins Haus fallen und von seinen Visionen sowie seinem Wunsch anfangen, wie Orpheus in die Hölle hinabzusteigen, um dort seine Eurydike zu retten. Schließlich wollte er nicht sofort als Irrer abgestempelt und wieder hinausgeworfen werden.

»Die Walpurgisfeiern im Kunowald also«, meinte Martin und zündete sich eine Zigarette an. »Jecke Sache. Ich hatte gehofft, an die Gruppe heranzukommen, sie also zu infiltrieren und so weiter, aber die halten dicht, da kommt man nicht rein. Ein Bekannter von mir hatte mir den Tipp gegeben. War eine ganz schön unheimliche Sache, damals im Kunowald. Schon mehr als ein Jahr her. Wie die Zeit vergeht ... Was interessiert Sie denn daran?«

Arved krampfte die Hände ineinander. »Ebendiese Gruppe. Haben Sie weitere Informationen darüber?«

»Will die Kirche zum Kreuzzug blasen?« Martin blies einen Rauchkringel in die Luft. Irgendwo draußen bellte ein Hund; Motorengeräusch, versickernd; Normalität.

Arved zwang sich zu einem Lächeln. »Keineswegs. Ich bin nicht in offizieller Mission hier. Eigentlich bin ich sogar kein richtiger Priester mehr. Zumindest kein Pfarrer. Man hat mich suspendiert.«

»Mein Beileid.« Es klang nicht sehr ernst gemeint.

»Man hat mich des Pfarramtes enthoben, weil ich meine starken Glaubenszweifel öffentlich geäußert habe.«

Martins Gesicht hellte sich auf. Er grinste verschmitzt. »Na, jetzt werden Sie mir gleich viel sympathischer. Verstehen Sie mich nicht falsch. Ich glaube an Gott, aber mit seinem Bodenpersonal habe ich noch nie sehr viel anfangen können. Ich habe aber immer noch keine Ahnung, weshalb Sie hier sind.«

»Lioba Heiligmann dachte, Sie ...« Weiter kam er nicht.

Martin klatschte in die Hände. »Lioba! Sie kennen Sie? Mann, das hätten Sie eher sagen sollen. Sind Sie ein Freund von ihr?«

Ein Freund? Er dachte an sie: an ihre unmöglichen Kleider, an die klobigen Wanderstiefel, an die von Silber durchzogenen Haare, an das leichte Make-up beim letzten Treffen, an ihr Lächeln ... »Ja, das kann man so sagen. Sie hat mir bei meiner Suche bisher sehr geholfen.«

»Lioba ist die tollste Frau, die mir bisher begegnet ist«, schwärmte Martin. »Außer meiner eigenen natürlich, aber das ist etwas ganz anderes. Mit Lioba kann man eine Menge seltsamer Dinge erleben. Ich habe sie auch für mein Buch kontaktiert und sie hat mir viele Hinweise gegeben. Wenn Lioba Sie schickt, können Sie kein schlechter Kerl sein – nichts für ungut. Also, was kann ich für Sie tun?«

»Ich möchte Kontakt mit dem Satanistenzirkel aufnehmen, den Sie im letzten Jahr im Kunowald belauscht haben.«

»Warum? Warum wollen Sie sich die Finger an solchen Leuten schmutzig machen?«, fragte Martin verächtlich.

»Das ist schwierig zu erklären ...« Das ist gar nicht zu erklären, dachte Arved. »Am besten versuche ich es gar nicht. Ich kann Ihnen nur versichern, dass ich nichts Ungesetzliches vorhabe und mich auch auf keinem Rachefeldzug oder etwas in der Art befinde.«

Martin drückte die Zigarette im Aschenbecher aus und sah seinen Gast zweifelnd an. »Sie sollten etwas offener zu mir sein.«

»Ich bin kein Okkultist. Es geht mir darum, dass sich diese Leute offensichtlich in der letzten Walpurgisnacht vor einigen Tagen wieder in der Hütte im Kunowald getroffen haben. Zufällig sind ... ist eine Bekannte von mir in die Veranstaltung geplatzt, ohne zu bemerken, was da vor sich ging. Das hat gewisse ... Konsequenzen nach sich gezogen, die vermutlich nur diese Leute wieder rückgängig machen können. Ich weiß, dass ich mich sehr seltsam anhöre, aber anders kann ich es Ihnen nicht erklären.«

Es war ein regelrechter Eiertanz. Sollte er doch die ganze Wahrheit sagen? Auch auf die Gefahr hin, dass J. W. Martin ihm dann gar nichts mehr mitteilen würde, weil er ihn für einen gefährlichen Spinner hielt?

Der Journalist stand auf. »Ich habe ein Faible für Seltsamkeiten«, meinte er und durchstöberte das Regal hinter seinem Schreibtisch. »Schließlich bin ich nicht nur Journalist beim *Kölner Rundblick,* sondern auch Dichter und als solcher sozusagen von Haus aus auf der Suche nach dem außergewöhnlichen Blick auf das Gewöhnliche.« Er zog eine schmale Broschüre heraus und reichte sie Arved.

Die Welt des Jenseits, dargestellt von einem Eingeweihten, stand auf dem papiernen Umschlag.

»Die hat einer der Teufelsbündler geschrieben. Sie können sie mitnehmen. Wirres Zeug über den Teufel und so weiter. Habe versucht, an die Identität des Kerls heranzukommen, bin aber gescheitert.«

Arved drehte die Broschüre in der Hand und wagte nicht, sie aufzuschlagen. »Und die anderen?«, fragte er. »Gibt es keine Hinweise auf deren Identität?«

Martin setzte sich wieder und stützte den Kopf in die Hände. »Nein. Ich bin mir nicht einmal sicher, ob die sich untereinander kennen. Insgesamt sind es sechs. Diese Typen legen großen Wert auf Geheimhaltung. Es gäbe da vielleicht aber noch eine Möglichkeit. Dazu müsste ich allerdings in die Redaktion gehen. Übermorgen fahre ich wieder nach Köln. Rufen Sie mich da an, unter der folgenden Nummer.« Er riss ein Stück Papier von einem Notizblock und reichte es Arved. »Muss dafür ein paar Telefonate machen und ein paar Leute fragen und so weiter. Grüßen Sie Lioba ganz herzlich von ihrem Jochen. Das tun Sie, ja?« Er stand auf und reichte Arved die Hand.

Nach einem festen Händedruck war er entlassen.

* * *

Zu Hause wagte er es endlich, die Broschüre durchzublättern. Es war die Beschreibung einer Kontaktaufnahme mit den Toten durch die Hilfe der Dämonen. Man hätte es als wirres Zeug abtun können, doch dem Text haftete die Aura des wirklich Geschehenen, des Authentischen an. In groben Zügen wurde sogar eine solche Beschwörung mitgeteilt, ohne hingegen Einzelheiten zu verraten. Es war in Grundzügen die Beschwörung, die auch im *Grimorium Nigrum* beschrieben wurde. Es fand sich jedoch eine interessante Bemerkung in dem Pamphlet. Der Verfasser behauptete, nicht alle Geheimnisse seien dem Druck anvertraut worden, weswegen gedruckte Zauberbücher immer fehlerhaft seien und selten die gewünschten Resultate brächten. Besser sei es, auf die Aufzeichnungen von Hexen und Zauberern zurückzugreifen. So sei das oben erwähnte Ritual zwar sehr mächtig, führe aber nicht zu den letzten Offenbarungen.

Was mochten diese Teufelsanbeter beabsichtigen? Was hatten sie in jener Nacht zu beschwören versucht, als die Meisens ihr Ritual gestört hatten? Was immer es sein mochte, möglicherweise hatte Arved den Schlüssel dazu in der Hand. Auch bei ihm hatte es nicht funktioniert, was Lioba Heiligmann auf seinen mangelnden Glauben geschoben hatte. Das hieß, dass sein Buch in den richtigen Händen – oder waren es gerade die falschen Hände? – möglicherweise ganz andere Resultate zeitigte.

Damit besaß er eine Eintrittskarte zu diesem Zirkel! Wenn er ihnen das Originalbuch der Ludwiga Bohnum anbot, würden sie ihn nicht abweisen können. Nun musste er nur noch Kontakt mit ihnen aufnehmen.

Nirgendwo fand sich ein konkreter Hinweis auf den Verfasser oder ein Impressum. Das Heft war in irgendeinem Copy-Shop billigst hergestellt worden; hier würde sich nichts zurückverfolgen lassen. Hoffentlich fand Jochen Martin in Köln etwas heraus.

»Halte durch, Magdalena«, flüsterte er immer wieder. »Ich werde es schaffen. Halte durch. Es dauert nicht mehr lange.« Es war wie eine Beschwörung – eine Beschwörung seiner selbst.

In der folgenden Nacht träumte er nicht von Magdalena. Der Tag verging unendlich zäh. Arved hörte ein wenig Musik, holte sich zum Mittag im Lebensmittelladen *Ewerhart* eine Frikadelle und ein Brötchen und brühte sich dazu einen Kaffee. Danach spielte er ein wenig mit Lilith und Salomé, die immer zutraulicher wurden. Manchmal jedoch hielten sie abrupt inne, liefen in eine Ecke des Zimmers oder zum Fenster und miauten kläglich. Bestimmt vermissten sie noch ihre Herrin. Sie taten Arved Leid. Inzwischen hatte er sich ein wenig an sie gewöhnt und stellte dankbar fest, dass es zwei sehr friedfertige Tiere waren, die ihn nie anfauchten oder gar kratzten, auch wenn er einmal eine Ungeschicklichkeit beging.

»Ich mache weiter«, sagte er zu niemand besonderem. Die beiden Katzen saßen neben ihm und schauten ihn mit ihren grünen Augen an. Sie bewegten leicht die Köpfe, als ob sie ihm zunickten.

Eine weitere ruhige Nacht. Jeder erholsame Schlaf brachte ihn weiter weg von den seltsamen Erlebnissen und ließ sie zu unwirklicher Vergangenheit gerinnen. Er zog sich an, fieberte den Informationen des Journalisten entgegen und fragte sich gleichzeitig, ob er sie überhaupt noch benötige.

»Ja«, sagte einer der Katzen, die sich hinter ihm ins Badezimmer geschlichen hatte. Arved wirbelte herum.

Die Katze schaute ihn mit Magdalenas Augen an. Sie blinzelte kurz und war wieder draußen im Flur verschwunden.

Ja.

Es war die einzige Möglichkeit, sich selbst zu beweisen, dass er nicht geisteskrank war. Geisteskrank ... eine solche Krankheit lag nicht in seiner Familie. Weder seine Eltern, die schon seit vielen Jahren tot waren, noch deren Eltern oder Geschwister hatten psychische Auffälligkeiten gezeigt. Bis auf einen Onkel Arveds ... doch das war ein ganz anderer Fall gewesen. Er putzte sich die Zähne, rasierte sich und ging hinunter in die große, dunkle Diele.

In allen Schatten schien es zu wispern. Heute war ein dunkler Tag voller Regen und schwarzer Wolken. Eine der Katzen kratzte an der Eingangstür. Es musste Lilith sein; er erkannte sie daran, dass sie drei oder vier winzige silberne Härchen am Hals hatte, wohingegen Salomé in der Tat völlig schwarz war.

»Willst du hinaus?«, fragte er sie. Das Tier drehte den Kopf und schaute ihn an. Es sah so aus, als nicke es, aber vielleicht hatte es nur nach einer Fliege geschnappt. »Es geht nicht«, sagte Arved und bemühte sich, seine Stimme bedauernd klingen zu lassen. »Du würdest auf Nimmerwiedersehen verschwinden und ich wäre mein Erbe los.« Er schaute das Tier lange an. Ihre Blicke trafen sich. »Außerdem wäre es doch schade um dich«, murmelte er. Dann nahm er den Hörer des altmodischen Telefons ab und drehte die Wählscheibe.

Jochen Martins Nummer.

Zuerst war andauernd besetzt, und als er endlich das Freizeichen hörte, nahm lange niemand ab. Schließlich meldete sich eine weibliche Stimme und nannte einen unverständlichen Namen.

»Ich möchte gern Jochen Martin sprechen«, sagte Arved mit trockenem Mund.

»Martin?« Arved hörte Rauschen und Knistern in der Leitung. Die Frau hatte den Hörer offenbar irgendwo gegen gedrückt, denn nun rief sie aus vollen Hals, was gedämpft zu Arved durchdrang: »He, Jungs, hat jemand den Indianer gesehen?« Gemurmel antwortete ihr. Es raschelte wieder und sie sprach in die Muschel: »Tut mir Leid, der musste schnell mal weg. Kann ich was ausrichten?«

»Wann wird er zurück sein?«

»Weiß nicht.«

»Dann rufe ich später noch mal an.« Am anderen Ende wurde rascher aufgelegt, als Arved Luft holen konnte. Vorsichtig drückte er den Hörer auf die Gabel.

Indianer! Dieser Martin schien eine schillernde Persönlichkeit zu sein. Unter anderen Umständen wäre Arved gern noch einmal mit ihm zusammengekommen.

Nach einer halben Stunde versuchte er es erneut. Wieder war die Frau von vorhin am Apparat. »Ja, der ist jetzt hier. He, Indianer, komm endlich her. Hier will jemand was von dir.«

Arved hörte Martins Stimme im Hintergrund; ein Kommentar von ihm wurde mit schallendem Gelächter quittiert, dann wechselte der Hörer die Hand.

»Ja bitte?«

Arved stellte sich vor.

Martin wusste sofort, worum es ging. »War den ganzen Morgen deswegen unterwegs, Sportsfreund. Habe alle Kontakte heißlaufen lassen und so weiter.« Es folgte eine bedeutungsschwere Stille.

»Haben Sie etwas erreicht?«, fragte Arved ungeduldig und zwirbelte die Schnur seines Hörers.

»Unmöglich, die Adresse auch nur von einem von denen herauszufinden«, meinte Martin. »Aber ich habe so etwas wie eine Kontaktadresse. Sie müssen aber einen verdammt guten Grund haben, um sich an die zu wenden, glauben Sie mir. Ich warne Sie noch einmal. Das ist ein Spiel mit dem Feuer.«

»Was ist das für eine Adresse?«

»Eine Web-Adresse.«

»Eine – was?«

»Eine Internet-Adresse. Computer und so weiter. Kennen Sie so etwas?«

»Natürlich«, brummte Arved in die Muschel.

»Dann schreiben Sie mit. Die Mail-Adresse lautet: Ludwiga.Bohnum@freenet.de. Genau wie die Hexe. Sehr witzig, nicht wahr? Mehr kann ich leider nicht für Sie tun. Ich hoffe, das reicht. Grüßen Sie Lioba.« Er hatte aufgelegt.

Arved seufzte. Er hatte zwar schon einmal einen Computer bedient, aber E-Mails waren für ihn ein Buch mit sieben Siegeln. Vor allem besaß er keinen eigenen Computer.

Aber er würde Himmel und Hölle in Bewegung setzen, um mit dieser Adresse in Kontakt zu treten.

21. Kapitel

Arved erinnerte sich, in der Thalia-Buchhandlung öffentliche Computer gesehen zu haben, vor denen meistens ziemlich junge Benutzer saßen und durch das Internet surften. Er hatte zwar keine Ahnung, wie man mit einem solchen Gerät umging, aber vielleicht fand er jemanden, der so freundlich war, es ihm zu erklären.

Als er gerade gehen wollte, klingelte es an der Haustür. Salomé gesellte sich zu Lilith; beide strichen um Arveds Beine herum. Er öffnete die Tür einen Spaltbreit, damit die Katzen nicht entwischen konnten. Als sie allerdings sahen, wer vor der Tür stand, huschten sie ohnehin weg und wurden eins mit den Schatten der Diele.

»Ich wollte sehen, wie es dir geht«, sagte Ulrich Schwarz.

»Ganz gut, vielen Dank. Ich bin gerade auf dem Weg in die Stadt.«

»Wenn du nichts dagegen hast, begleite ich dich ein Stück.«

Arved hatte nichts dagegen.

Gemeinsam gingen sie zur Paulinstraße und auf die Porta Nigra zu. Das riesige römische Stadttor war Arved schon immer wie ein Fremdkörper inmitten der neben ihm modern wirkenden Häuser erschienen. Selbst das mittelalterliche Simeonstift dahinter war wie aus einer anderen, näheren Welt. Seit eintausendachthundert Jahren schauten die schwarz gewordenen Steine auf die Straßen der Stadt hinunter. Andere Zeit, andere Welt. Doch so vieles war gleich geblieben. Auch in römischer Zeit glaubte man an das Übernatürliche, an Götter und Dämonen. Arved lief schweigend neben Ulrich her, der immer wieder an seinem engen Priesterkragen nestelte. Heute war es zum ersten Mal in diesem Jahr recht warm.

»Was hast du in der Stadt vor?«, fragte er und schaute Arved von der Seite an.

Arved überlegte, ob er ihm sagen sollte, was er vorhatte. Ulrich würde es bestimmt nicht gutheißen. Er hatte Arved zwar bei der erfolglosen Beschwörung geholfen, aber es war nicht vorherzusehen, wie er reagieren würde, wenn er erführe, dass Arved mit Satanisten und Dämonenbeschwörern Kontakt aufnehmen wollte. Andererseits könnte er ihm vielleicht bei dem schwierigen Weg ins Internet helfen. Warum nicht? Ulrich musste ja nicht wissen, wem er schrieb.

»Ich möchte eine E-Mail schreiben, aber ich habe keine Ahnung, wie das funktioniert. Kennst du dich damit aus?«

Es stellte sich heraus, dass Ulrich oft im Internet surfte. Während sie an der Porta Nigra vorbeigingen, warf Arved einen Blick hoch zu der Apsis, die aus der Zeit übrig geblieben war, als das monumentale Tor zu einer Kirche umgebaut worden war. Das Christentum hatte schon immer die Angewohnheit gehabt, auf den Ruinen des Heidentums zu siedeln. Seltsam: Neben Ulrich hatte Arved das Gefühl, als könnten ihn Magdalenas Visionen nicht mehr erreichen.

Keiner von beiden erwähnte mehr die Beschwörung. Erst als sie den Hauptmarkt schon hinter sich gelassen hatten und an den Buden neben Sankt Gangolf vorbeischritten, meinte Ulrich: »Sind die Geister vertrieben?«

Zuerst begriff Arved nicht, was er damit meinte. Dann nickte er. Zögernd.

Im ersten Stock der Buchhandlung war ein Computer frei. Ulrich erklärte ihm, dass er erst einmal Geld einwerfen müsse. Arved fischte eine Zwei-Euro-Münze aus seinem Portemonnaie und steckte sie in den Schlitz. Mit einem entsetzlich lauten Klappern landete das Geldstück im Innern der Maschine. Das Poltern erinnerte ihn an die hallenden Schreckensschreie aus seinen Visionen, und ganz kurz sah er wieder Magdalenas entsetztes Gesicht und ihren verzerrten Körper in dieser gewaltigen, nass schimmernden Höhle vor sich. Doch es war nur eine Erinnerung – blass, verschwommen, Vergangenheit.

Ulrich setzte sich vor den Computer und tippte mit beachtlicher Geschwindigkeit auf der Tastatur herum. »Wem willst du schreiben?«, fragte er schließlich und sah Arved mit dunklen Augen an.

Er nannte Ulrich Schwarz die Adresse.

Der Priester gab sie ein. Dann räumte er den Platz für Arved. »Stell dir einfach vor, du sitzt an einer Schreibmaschine.«

Arved schrieb:

Habe Buch anzubieten. Vorbesitzerin: Ludwiga Bohnum. Preiswert. Bitte um Kontaktaufnahme.

Er fügte seine Telefonnummer hinzu und bat Ulrich, den Text abzuschicken.

Nachdem Ulrich einen Blick auf die kurze Nachricht geworfen und die Worte auf den elektronischen Weg geschickt hatte, sah er Arved fragend an. »Seit wann verkaufst du Bücher?«

»Nur dieses eine Mal. Ich glaube, es ist für diese Adresse von besonderer Bedeutung.«

»Hat es etwas mit deinem Beschwörungsversuch zu tun?«

»Nein, nein, natürlich nicht.«

»Ich hoffe, ich kann dir glauben.«

»Aber selbstverständlich. Es handelt sich um das Buch, das Lioba Heiligmann mir verkauft hat – das Buch, aus dem wir ...«

»Du möchtest es nicht mehr haben?«

»Nein.«

»Warum verkaufst du es nicht mir?« Ulrich lächelte Arved aufmunternd an.

»Wärest du bereit, dafür viertausendeinhundert Euro zu bezahlen?«, fragte Arved. Sein Tonfall machte klar, dass er eine Ablehnung erwartete.

»Warum nicht?«, antwortete Ulrich jedoch und schaltete den Computer aus. »Es handelt sich schließlich um ein sehr außergewöhnliches Stück, oder etwa nicht?«

»Ja ... nein ... das heißt ...«

»Das heißt, dass du es mir nicht verkaufen willst«, unterbrach Ulrich ihn und stand von dem Hocker auf. »Warum nicht?«

»Ich dachte, jemand anderes ... außerdem wusste ich ja gar nicht, dass du auch ...«

»Dass ich auch ... was?«

»Na ja, dass du an solchen Büchern interessiert bist.«

»Solche Bücher, wie du sie nennst, sollten nicht allzu weit verbreitet werden. Sie könnten in die falschen Hände geraten. Das möchte ich verhindern.«

»Was kann das *Grimorium Nigrum* schon anrichten?«, gab Arved zu bedenken. »Ich hab´s ja versucht.« Er zuckte die Achseln.

»Und was ist, wenn irgendein verrückter Okkultist es in die Hände bekommt, der die Anweisungen genau befolgt und wie der Verfasser der Meinung ist, dass man am besten ein kleines Kind bei der Zeremonie schlachtet?«

»Wer kann denn schon so verrückt sein?«

»Wer kann so verrückt sein, dieses Buch überhaupt ernst zu nehmen?«, konterte Ulrich und sah Arved scharf an.

»Ich muss jetzt gehen«, meinte Arved. »Ich denke über dein Angebot nach und vielleicht komme ich ja auf dich zurück.«

»Das will ich hoffen.«

Arved ließ Ulrich bei den Computern zurück und ging in Richtung Rolltreppe. Er spürte die Blicke des Priesters in seinem Rücken. Rasch verließ er die Buchhandlung und lief nach Hause. Bestimmt würde es nicht lange dauern, bis der Anruf kam.

Er kam nach einer Stunde. Die Stimme am Telefon war seltsam unkörperlich, zugleich rauchig – und weiblich und unglaublich verführerisch. »Wir bedanken uns für Ihre Mail und freuen uns, dass Sie uns etwas verkaufen möchten«, sagte sie. »Worum handelt es sich?«

Arved hatte sich vorgenommen, so weit wie möglich mit offenen Karten zu spielen. »Um das *Grimorium Nigrum*. Es hat einen Besitzvermerk von Ludwiga Bohnum und dazu ihre handschriftlichen Anmerkungen zu einigen der beschriebenen Rituale.«

»Woher haben Sie unsere E-Mail-Adresse?«

»Von einem gemeinsamen Freund. Mehr kann ich hier und jetzt nicht sagen.« Arved kam sich sehr professionell vor. Hoffentlich hörte die Frau nicht das Zittern in seiner Stimme.

»Was soll das Buch kosten?«

»Viertausendeinhundert Euro.«

Kurzes Schweigen am anderen Ende. Arved hörte, wie eine der Katzen im Streu ihrer Toilette scharrte. Es war ein beharrliches, unangenehmes Geräusch, das ihn in seiner Konzentration störte. Das Scharren ekelte ihn.

Er hörte nur undeutlich, wie die Frau sagte: »In Ordnung. Soll ich das Buch abholen kommen?«

»Nein, nein«, beeilte sich Arved zu sagen. Er wollte keinen dieser Teufelsanbeter in seinem Haus haben, auch nicht, wenn er beziehungsweise sie eine so verführerische Stimme hatte. »Schlagen Sie einen Treffpunkt vor.«

Wieder kurzes Schweigen. Dann: »Kennen Sie das Weinfelder Maar bei Daun?«

Wieder scharrte es unüberhörbar. Arved erinnerte sich, einmal dort gewesen zu sein. Nicht weit von der Straße nach Gillenfeld und Manderscheid entfernt lag eine einsame Kapelle oberhalb eines wunderbaren Maares. Ein noch immer benutzter Friedhof umgab das winzige Gotteshaus;

Arved hatte diesen Ort wie aus der wirklichen Welt herausgehoben empfunden. »Ja.«

»Morgen Abend um acht Uhr.« Am anderen Ende wurde aufgelegt.

Arved atmete tief durch. Er spürte, wie seine Knie zitterten. Lilith und Salomé kamen zu ihm und strichen ihm um die Beine, als wollten sie ihm Mut zusprechen. Er bückte sich und streichelte beide. Sie schnurrten und ließen es gern geschehen, bevor sie wie auf Kommando beide umdrehten und wieder verschwanden – wohin, wussten nur sie. Manchmal sah Arved sie stundenlang nicht. Er verstand diese Tiere nicht.

Er ging zurück ins Wohnzimmer und holte das *Grimorium Nigrum* aus dem Vitrinenaufsatz des Sekretärs. Er war froh, das Buch loszuwerden, doch er wollte es gegen etwas viel Schrecklicheres eintauschen.

Wirklich?

Magdalena hatte sich nicht mehr gezeigt. Vielleicht hatte Thomas Recht und es war alles psychologisch zu erklären. Vielleicht befand er sich auf dem Weg der Besserung. Sollte er wirklich dieses Risiko eingehen und sich Teufelsanbetern anvertrauen?

»Ja.«

Er fuhr zusammen. Wer hatte da gesprochen?

Eine der Katzen kam aus den Schatten wie aus dem Nichts. An den winzigen silbernen Härchen sah er, dass es Lilith war. Sie hob den Kopf und sagte mit Magdalenas Stimme: »Geh den Weg weiter. Er ist noch lang. Ich vertraue auf dich. Du musst mir helfen.« Während Lilith das Maul bewegte, quoll etwas daraus hervor. Es war ein fetter, glänzender Wurm. Er fiel mit einem schmatzenden Geräusch zu Boden und schlängelte sich unter den Sekretär.

Arved stand wie angewurzelt da. Er wagte kaum mehr zu atmen. Er hatte gehört, dass man im Delirium solche Dinge sah. Sich solche Dinge einbildete. Er fühlte sich, als stehe er nicht mehr in der Welt, die er gekannt hatte. Als sei er – verrückt geworden. Verrückt ...

Er atmete tief durch, machte einen Schritt nach vorn, dann zwei, erreichte die Kommode, hielt sich an ihr fest, bückte sich und schaute im ungewissen Licht der Deckenlampe unter dem Möbelstück nach.

Nichts außer Schatten – und Lilith. Sie fraß etwas. Jetzt hörte er sie schmatzen. Vielleicht war es nur eine Fliege.

Er hob wieder das Buch auf und dachte nach. Wenn er es mitnahm und überwältigt wurde, hatte er kein Druckmittel mehr. Aber er musste beweisen, dass es in seinem Besitz war. Da halfen nur ein paar Fotokopien.

Er steckte das Buch ein und ging wieder nach draußen. In der Alkuinstraße gab es eine Druckerei. Bestimmt würde er dort die Kopien machen können.

Tatsächlich half man ihm bereitwillig und berechnete ihm nicht einmal die drei Kopien, die er auf dem Bürokopierer machte. Nun besaß er eine Ablichtung des Titelblattes mit Ludwiga Bohnums Eintrag und zwei Textseiten mit ihren Anmerkungen – genug, um die Authentizität des Buches zu beweisen, aber zu wenig, um für einen Teufelsbeschwörer von Nutzen zu sein. Er faltete die Kopien und steckte sie in die Innentasche seines schwarzen Jacketts.

Bevor er gegen sieben Uhr losfuhr, betete er sein Brevier und fand in der alten Gewohnheit Stärkung.

* * *

Die Fahrt war ereignislos. Er wusste kaum mehr, wie oft er in der vergangenen Zeit diese Strecke zurückgelegt hatte. Wieder lenkte er den schweren Bentley bei Manderscheid von der Autobahn herunter, nachdem er an der Autobahnraststätte fünf Kilometer vor der Abfahrt getankt und dafür ein kleines Vermögen ausgegeben hatte. Er fuhr nicht nach links in den Ort, sondern blieb auf der Straße, die über Hochflächen und durch Wald in Richtung Daun führte. Er brauste an dem Örtchen Eckfeld vorbei, wo die Straße eine enge Rechtskurve machte, in der der Bentley ein wenig ins Schleudern geriet; er sauste an Feldern vorbei, auf denen sich die Schatten des Abends versammelten, und tauchte wieder in Wald ein, der schon den Mantel der kommenden Nacht trug. Die Lichtfinger des Wagens klammerten sich an blasse Stämme und weißes Gezweig.

Hinter einer Biegung sah er die Weite des Landes vor Daun. Links von ihm fiel es zum Weinfelder Maar ab, das auch Totenmaar hieß und wie ein riesiges Auge tief in der Höhle lag, die aus Hängen mit Buschwerk und Bäumen gebildet wurde. Der Mond hing rot und schwer über dem Wasser – der einzige Farbpunkt in dieser Abendwelt.

Arved fuhr an dem Maar vorbei und folgte der Straße, bis sich rechts von ihr ein Parkplatz wie eine Blase aus Asphalt öffnete. Er stellte den Bentley darauf ab, schaltete Licht und Motor aus und verließ den Wagen.

Die Ruhe war vollkommen. Kein anderer Wagen parkte hier; kein Wagen ließ sich auf der Straße blicken. Es war windstill.

Auf der anderen Seite der Straße führte ein Schotterweg zur kleinen Kapelle, dem Treffpunkt. Arved schaute unsinnigerweise nach rechts und links, als er die Straße überquerte. Als er drüben stand und einen Blick zurück auf den Parkplatz warf, war ihm, als sei er nicht allein. Natürlich. Irgendwo würde sie lauern, die Trägerin der unkörperlichen Stimme, und vielleicht auch ihre Gesellen. Jochen Martin hatte gesagt, es seien sechs. Vielleicht würden sie alle da sein. Angst stieg in ihm auf. Wilde, unbezähmbare Angst, die ihm einen bitteren Geschmack auf die Zunge legte. Nein, sie würden ihm nichts tun, denn er hatte das Buch ja nicht dabei.

Er ging in den Wald hinein. Auf den ersten Meterr erhellte der Mond noch den Weg, doch dann schlossen sich die Schatten um ihn.

Im Unterholz raschelte und wisperte es. Der Weg war kaum mehr als eine dunkelgraue Schlange in einer schwarzen Grube, und Arved war froh, in einiger Entfernung vor sich das Ende des Waldes zu sehen. Der silbrige Mond tauchte den Friedhof und die uralte Umfassungsmauer in seltsames, spielerisches Licht. Die kleine, gedrungene Kirche mit dem massigen Turm erhob sich inmitten der Gräber wie ein gewichtiger, stummer Gedanke. Alles war mehr als unheimlich. Warum musste das Treffen ausgerechnet hier stattfinden? Arved kannte den Ort doch! Warum hatte er am Telefon nicht auf einem anderen Treffpunkt bestanden? Mit bangen Schritten näherte er sich dem Friedhofstor. Es war unverschlossen und quietschte nicht einmal.

Arveds Schritte knirschten auf dem Kies und Sand. Einige Grablaternen durchstachen den silbernen Schleier des Mondlichts mit ihren roten Flämmchen. Er sah sich immer wieder um und versuchte herauszufinden, ob er allein war. Nichts rührte sich. Er ging links an der Kirche vorbei – das Maar lag zu seiner Linken hinter den Bäumen und trank das Silber des Mondes – und schlich die wenigen Stufen hoch zum Portal im Turm. Es war ebenfalls unverschlossen. Arved zog es auf und spähte vorsichtig in das Innere.

Kein einziges Licht brannte in der kleinen Kapelle. Ein Glockenseil hing von der niedrigen Decke herab, über welcher der Turm sich erhob, und schwankte leicht im Luftzug von der geöffneten Tür. Dahinter war nur Schwärze; das Mondlicht beleuchtete kaum den kleinen Vorraum unter dem Turm. Nur einige Votivtafeln aus hellem Marmor blitzten kurz auf.

Maria hat geholfen. Maria sei Dank.

Arved ging in das Kirchlein hinein. In Höhe der letzten Bänke blieb er stehen, bis sich seine Augen an die Dunkelheit gewöhnt hatten.

Da sah er etwas. In den ersten beiden Kirchenbänken.

Es waren sechs schwarze Umrisse. Einer davon drehte sich zu ihm um und sagte: »Willkommen, Arved Winter.«

22. Kapitel

Es war die tiefe weibliche Stimme, die am Telefon mit ihm gesprochen hatte. Aber nun klang sie nicht mehr verführerisch, sondern hart und kalt. Die übrigen Schatten regten sich. Arved hörte leises Rascheln von Stoff, als ob die Satanisten etwas unter ihren Kutten hervorzögen. Sie sahen aus wie die Gestalt, die Arved schon mehrfach gesehen hatte, zuletzt im Kunowald unweit der Hexenhütte.

Die Stimme, die in der Schwärze ihres Kapuzenmantels körperlos blieb, fuhr fort: »Wir haben den unangenehmen Eindruck, dass du uns betrügen willst. Du hast das Buch nämlich nicht bei dir. Warum nicht?«

Arved räusperte sich. Er versuchte, gelassen zu klingen, obwohl es in ihm brodelte und er am liebsten einfach weggelaufen wäre. Offenbar war jeder seiner Schritte beobachtet worden. »Es stimmt, ich habe Kopien von einigen Seiten gemacht. Das Buch befindet sich an einem sicheren Ort. Es ist meine Rückversicherung.« Er kam sich vor wie in einem schlechten Film. Die gewölbte Decke der kleinen Kirche warf seine Worte zurück.

»Gib uns die Kopien«, forderte die Stimme. Für einen Augenblick war es in der Kapelle totenstill. Dann trat Arved einige Schritte vor und zog die Blätter aus der Innentasche seines schwarzen Jacketts. Er streckte sie weit von sich; sie waren wie weiße Inseln in der Nacht.

Eine feingliedrige Hand schoss hervor und nahm ihm das Papier ab. Die Kopien wanderten zwischen den verhüllten Gestalten umher wie gewaltige Glühwürmchen. Lange Zeit sagte niemand etwas.

Dann drehte sich die Frau wieder zu Arved um. »Wir wollen nicht die Kopien haben, sondern das Buch. Wir haben uns mit dem Preis einverstanden erklärt. Was soll das?«

»Der Preis hat sich geändert«, sagte Arved mit fester Stimme. Er war erstaunt darüber, dass er in dieser bizarren Situation allmählich immer ruhiger wurde.

»Noch mehr bezahlen wir nicht.«

»Das ist auch nicht nötig.«

»Was willst du dann haben?«, fragte die Stimme ungeduldig.

»Ich möchte dabei sein, wenn Sie das Ritual vollziehen.«

Die nun einsetzende Stille war so tief, als seien von einer Sekunde auf die andere alle Laute aus der Welt verbannt worden. Nicht einmal Atmen war zu hören. Arved spürte, wie seine Handflächen schweißnass wurden. Endlich setzte ein Tuscheln ein und die verhüllten Gestalten neigten sich einander zu. Nach schier endlosem Gemurmel drehte sich ein anderer der Satanisten um und sagte mit einer lächerlich hohen, brüchigen Stimme, in der eine gewisse Hysterie mitschwang: »Wir wissen, dass du Priester bist. Du bist zwar suspendiert, aber deine Weihe ist immer noch gültig. Deine Gegenwart würde dem Ritual zusätzliche Kraft verleihen. Aber warum willst du das tun?«

Sie wissen doch nicht alles über mich, dachte Arved beinahe belustigt und faltete die Hände vor dem Bauch. Er fühlte sich wieder ein wenig stärker. »Es ist richtig, dass ich suspendiert bin«, sagte er langsam und suchte nach einer angeblichen Erklärung für seinen Wunsch. Sie drängte sich ihm regelrecht auf; es war, als werde er von fremden Gedanken gelenkt. »Ich kann nicht mehr an Gott glauben. Er zeigt sich nie, doch sein Widersacher ist bereit, Umgang mit den Menschen zu haben und seine Existenz unter Beweis zu stellen. Vielleicht kann ich meine Glaubenszweifel beseitigen, wenn ich den Teufel oder einen Dämon sehe. Dann beweist der Schatten die Existenz des Lichtes.« Sein darauf folgendes Schweigen hing wie eine Frage im Raum.

Die hohe Stimme lachte kurz auf. »Das ist die dämlichste Erklärung, die ich je gehört habe«, kicherte sie. »Und daher die glaubwürdigste. Bilde dir aber nicht ein, dass wir dich einfach so in unseren Kreis lassen. Was hast du denn schon vorzuweisen? Du glaubst an gar nichts mehr, hast dem Satan keine Ehre erwiesen, hast keine praktische Erfahrung mit Beschwörungen ...«

»Doch, die habe ich«, warf Arved ein. Gemurmel erhob sich zum niedrigen Deckengewölbe. Ihr Erstaunen machte ihn nur noch stärker. Offensichtlich war er heute überwacht worden; seine Adresse hatten sie durch einen kurzen Blick ins Telefonbuch herausfinden können, aber sie besaßen keine Kenntnisse von seinem wirklichen Leben. Das beruhigte ihn. Auch hier wurde nur mit Wasser gekocht.

»Du hast einen Dämon beschworen?«

»Ich habe es versucht. Ich habe die Anweisungen im *Grimorium Nigrum* befolgt und hatte auch den Eindruck, dass etwas kurz davor war, unsere Sphäre zu betreten.« Je dicker er auftrug, desto besser. »Ich habe die dämonische Präsenz deutlich gespürt, aber ich habe irgendeinen Fehler gemacht, denn es kam nicht zu einer Manifestation. Vielleicht haben mich meine Gefühle ja getrogen. Ich will Gewissheit haben. Ich will das Ritual mit einer mächtigen Gruppe wiederholen. Ich will die Anweisungen der Ludwiga Bohnum befolgen. Sie fühlen sich als rechtmäßige Erben dieser großen Zauberin, sonst würden Sie nicht ihren Namen als E-Mail-Adresse benutzen. Ich kann Ihnen das geben, was Ihnen das Heiligste ist: Ludwigas persönliches Zauberbuch. Und dafür verlange ich nichts als die Teilnahme am Ritual.«

»Komm näher. Stell dich vor den Altar.«

Arved gehorchte und trat die wenigen Stufen hoch – beinahe wie früher.

»Dreh dich um.«

Er schaute die Gestalten an. Der magere Schimmer, der durch das Turmportal drang, machte sie nur noch mehr zu Schemen im Gegenlicht. Sie hockten da wie Eulen auf einem verkrüppelten Ast.

Nun ertönte eine neue Stimme. Sie war bedrohlich wie das Herannahen einer turmhohen Welle. »Wir glauben dir nicht. Deine Erklärung ist widersprüchlich. Wenn du Gott durch den Satan finden willst, wirst du zum Gegner unseres Gottes werden, sobald er sich zeigt. Wir würden ein Kuckucksei in unserer Mitte haben. Aber nun hast du uns gesehen. Was sollen wir mit dir machen?«

Arved schlug das Herz bis zum Hals. Da hatte er geglaubt, so dicht vor dem Ziel zu sein, und nun schwebte er in Gefahr. Er atmete rasch und unregelmäßig; alle Zuversicht und Stärke drohte ihn wieder zu verlassen. Er schaute über die Gestalten hinweg auf das Glockenseil, das in einem leichten Luftzug schwankte. Er holte tief Luft und sagte: »Ich habe nicht gelogen. Das ist meine Erklärung. Ich will das Unsichtbare sehen. Ich werde nichts unternehmen, nicht aktiv an der Beschwörung teilnehmen, sondern nur Zuschauer sein. Ich werde mit niemandem darüber sprechen.«

»Und das sollen wir dir glauben?«, fragte die brüchige Stimme.

»Sie müssen mir vertrauen. Dafür erhalten Sie das Buch, das Sie haben wollen. Das ist das Geschäft, das sind die Konditionen. Andere gibt es nicht.« Arved war erstaunt über seine eigenen Worte. Er konnte sich nicht erinnern, wann er das letzte Mal so bestimmend gewesen war.

Erneut setzte Getuschel ein, bis schließlich die weibliche Stimme sagte: »Wir fordern von dir einen Beweis dafür, dass du es ernst meinst. Hinter dir auf dem Altar steht ein Holzkreuz. Zerbrich es.«

Arved drehte sich um. Das weiße Altartuch war wie frisch gefallener Schnee. Darauf erhob sich ein nicht sehr altes, schmuckloses Kruzifix wie ein Baum aus der Wintererde. Arved ging darauf zu, wäre aus Gewohnheit beinahe niedergekniet und streckte die Hand nach dem Kreuz aus. Er ergriff es und wandte sich wieder an die Vermummten.

Es war nur ein Symbol. Es würde dem Holz keine Schmerzen zufügen. Trotzdem zögerte Arved. Dann kam der Schrei.

Er hatte seinen Ursprung nicht in der Kirche, nicht auf dem Friedhof, nicht in der Welt. Er kam direkt aus Arved selbst, quoll in ihm hoch, zerplatzte in seinem Gehirn wie eine Blase und durchdrang alle Fasern seines Bewusstseins. Auch wenn der Schrei körperlos war, hatte er doch eine deutlich erkennbare Stimme.

Die Stimme Magdalenas.

Arved winkelte das rechte Bein an, packte das Kreuz an beiden Enden und zerbrach es über seinem Schenkel. Als er das Splittern hörte, war er erstaunt, wie leicht es gewesen war. Er warf die beiden Bruchstücke den verhüllten Gestalten vor die Füße. »Reicht das?«, fragte er herausfordernd.

»Wir werden dich aufnehmen«, sagte die Stimme wie Weltenbrausen. »Bleib dort stehen.« Alle sechs erhoben sich und gingen in einer schweigenden Prozession nach draußen.

Wie der Auszug der Mönche nach der Vesper, dachte Arved. Bilder waren doch nichts als Täuschungen.

Lange stand er reglos da. War das eine weitere Prüfung? Er fühlte sich so hilflos. Noch immer hallte der verwehende Schrei in ihm wider. Er wusste, dass er alles für Magdalena tun würde. Ihr Bild erstand vor seinen Augen: die dunkelbraunen Augen, die glatten, schwarzen Haare, die hohen Wangenknochen, der schmale Mund, die zarte Gestalt, ihre Verzweiflung, ihre Qualen, ihre Angst. Eine Stimme, leise erst, doch immer beharrlicher werdend, wand sich wie ein

Wurm durch seine Erinnerungen: »Was ist, wenn du hinter einer Chimäre herläufst? Was ist, wenn sie gar nicht verschwunden ist? Was ist, wenn du dich hast täuschen lassen? Wenn das römische Essen mit ihr nur ein Wunschtraum von dir war? Wenn sie einfach nichts mehr mit dir zu tun haben will? Wenn du – einfach nur sehr krank bist?« Er fühlte sich wie jemand, der aus einem Schiff geworfen wurde und nun im unbekannten Ozean herumtrieb, ohne das geringste Wissen, in welcher Richtung möglicherweise Rettung lag.

Sie kamen zurück, zogen schweigend ein und blieben in einer Reihe vor ihm an den Stufen des Altares stehen. Jeder von ihnen hatte etwas in der Hand. Weiß der Teufel, wo sie die Sachen so schnell hergeholt haben, dachte Arved, denn nirgendwo in der Nähe hatte er ein Auto gesehen. Seine inzwischen an die Dunkelheit gewöhnten Augen erkannten einen Messkelch, ein dickes Buch, eine Schere, eine Kohlenpfanne, ein Weihrauchfass und einen langen Stab.

»Wenn es wirklich dein Wille ist, wirst du sehen, was du zu sehen begehrst«, donnerte die mächtige Stimme, die von allen Wänden der kleinen Kirche auf Arved einzudringen schien. »Aber dazu musst du dich dem Satan, unserem Herrn und Meister verschreiben. Bist du bereit, die Zeremonie auf dich zu nehmen?«

Arved biss sich auf die Unterlippe. Für ihn gab es kein Zurück mehr. Es war so weit gekommen, dass ein Aufgeben nicht mehr möglich war. Er atmete tief durch und sagte mit sehr lauter, fester Stimme: »Ich bin bereit.« Seine Worte hallten nicht minder wie die des dunklen Satanisten.

Einer der sechs – unmöglich zu sagen, wer es war – trat die Stufen zum Altar hoch und setzte die Kohlenpfanne, die drei kleine, bocksähnliche Füße hatte, auf das schneeweiße Tuch. Als er nahe an Arved vorbeiging, kroch diesem ein süßlicher Gestank in die Nase, der ihm nicht unbekannt war. Aber seine Erinnerung war blockiert. Er existierte nur noch im Hier und Jetzt. Die Kohlen links hinter ihm glühten und fügten ihren Geruch dazu.

Der Mann mit der mächtigen Stimme leitete das Ritual. Er sagte zu Arved: »Sprich mir nach: Ich widersage dem Schöpfer des Himmels und der Erde. Ich widerrufe meine Taufe. Ich widerrufe die Anbetungen, die ich Gott gewährte. Ich hänge dir an, Satan, und glaube an dich.«

Arved sprach die Worte ohne Zögern und ohne innere Beteiligung nach. Sie wollten eine Farce haben, also gut, dann bekamen sie sie.

Nun trat der Satanist mit dem Kelch hervor und reichte ihn Arved. Die Hände, die ihn hielten, steckten in hautengen schwarzen Handschuhen und wirkten wie Vogelkrallen. In dem Kelch schwamm eine dunkle Flüssigkeit, die entsetzlich stank. Arved starrte in sie hinein und hob dann den Blick zu der schwarzen Gestalt vor ihm. Die Kapuze war so groß, dass er nicht das Mindeste darunter erkennen konnte.

Die mächtige Stimme raunte: »Trink das Opfer des Fürsten der Finsternis.«

Arved ergriff den Kelch und führte ihn an den Mund. Es zog ihm die Kehle zu und drehte ihm den Magen um. Nein, das konnte er nicht. Er bohrte den Blick in die Schwärze unter der Kapuze vor sich und glaubte, in den Tiefen etwas blitzen zu sehen. Es wirkte nicht wie ein Augenpaar – eher wie zwei Sterne, unendlich fern und völlig unbeteiligt.

»Trink!«

Wenn er es nicht tat, war alles umsonst gewesen. Arved atmete tief ein und hielt die Luft an. Dann setzte er den goldenen Messkelch an die Lippen und schluckte den widerlichen Inhalt hinunter. Er musste würgen. Sein Inneres schien in Flammen aufzugehen. Gift!, schrie es in ihm. Aber sie hatten keinen Grund, ihn zu töten. Sie hatten das Buch noch nicht. Der Kelch fiel ihm aus den Händen und klapperte über den Steinboden der Kapelle.

In der Krallenhand befand sich plötzlich eine moderne *Sigg*-Flasche. Der Satanist hielt sie ihm entgegen. »Spül damit nach«, ertönte eine brüchige, hohe Stimme.

Arved ließ sich nicht zweimal bitten. In der Flasche befand sich lauwarmer Eistee. Nicht gerade köstlich, aber unter den gegebenen Umständen reinster Nektar. Arved leerte die ganze Flasche und gab sie zurück. Nun fühlte er sich besser, aber er hatte den Eindruck, als habe etwas in seinen Körper Eingang gefunden, das dort ganz und gar nicht hingehörte.

Bevor er weiter darüber nachsinnen konnte, donnerte die gewaltige Stimme: »Wir alle haben dieselbe Zeremonie durchlaufen. Wir alle haben andere Namen bekommen – unseren wahren Namen vom Fürsten der Hölle. Dein wahrer Name lautet Arcador. Merke ihn dir gut.«

Beinahe hätte Arved gelächelt. Nun fühlte er sich wieder wie bei der Aufführung eines Schülertheaters.

Die Schere in der Hand des Satanisten neben der gewaltigen Stimme blitzte auf und schoss durch die Luft, scheinbar schwerelos. Es gab ein reißendes Geräusch und aus Arveds Jackett fehlte ein kleines Stück. »Was soll das?«, beschwerte er sich.

»Stell dich nicht so an«, höhnte die dunkle weibliche Stimme. »Der Rock ist doch wohl nicht von *Armani*, oder?«

»Aber ...«

»Es ist nur ein Fetzen Stoff, aber er ist von dir, und er ist ein Unterpfand für deinen Herrn.«

Arved atmete auf. Wenn's weiter nichts war ...

Die Gestalt, die das große, in altes Leder gebundene Buch trug, stellte sich vor den Mann mit der mächtigen Stimme und hielt ihm das Buch vor wie ein Messdiener dem Priester. Der Zelebrant holte einen recht schäbig wirkenden, weißen Kugelschreiber aus seiner Kutte und blätterte die Seiten um. Arved sah das Logo einer großen Hotelkette auf dem Plastik des Stiftes.

»Nun wirst du in das Buch des Todes eingetragen.« Er schrieb etwas auf die brüchigen Seiten.

Arved erstaunte sich immer mehr über sich selbst. Allmählich wurde die Veranstaltung langweilig. Gut, dass er standhaft geblieben war. Jetzt konnte nicht mehr viel kommen.

»Zieh dich aus«, schmeichelte die weibliche Stimme, nachdem die Eintragung in dem alten Buch vollendet und der Satanist in die Reihe zurückgetreten war.

Nun reichte es aber langsam! Arved hatte eine stinkende Brühe getrunken, sich das Jackett ruinieren lassen und allerlei Unsinn ertragen. Das aber ging entschieden zu weit. »Nein«, sagte er.

»Lange her, dass du dich vor einer Frau ausgezogen hast, nicht wahr?«

Da hatte sie Recht. Arved hatte sich als Priester strengstens an das Zölibat gehalten und irgendwann vergessen, dass es so etwas wie Sex gab. Zu seinen Studienzeiten war das allerdings etwas anders gewesen. Sonja hatte ihn in die körperliche Liebe eingeweiht, als er im ersten Semester war. Danach kam die erste Glaubenskrise, die endete, als Greta ihn verließ. Marion war die dritte und letzte gewesen. Er war erstaunt, wie vollständig er die drei aus seinem Gedächtnis verdrängt hatte. »Was ist, wenn ich mich nicht ausziehe?«

»Dann machen wir es für dich.« Einerseits klang es wie ein sündiges Versprechen, andererseits wie eine schreckliche Drohung.

Er zog das Jackett aus, dann das weiße Hemd, die Krawatte, die schwarze Hose, das alte Doppel-Feinripp-Unterhemd und stand schließlich nur noch in der glücklicherweise frischen Unterhose und nicht mehr ganz so frischen schwarzen Socken da. »Reicht das?«

»Mir nicht, aber für unsere Zwecke schon«, schnurrte die weibliche Stimme. Einer der Satanisten schwang nun das Weihrauchfass in Arveds Richtung, als ob er derjenige sei, dem man huldige. Wie schmeichelhaft, dachte er. Doch dann ging alles sehr schnell.

Ein Schatten raschelte an ihm vorbei, etwas zischte hinter ihm auf, und er verspürte ein entsetzliches, brennendes Gefühl am linken Oberschenkel. Der Gestank von verbranntem Fleisch stieg ihm in die Nase. Verdutzt schaute er an sich herunter. Ein Zeichen steckte in seinem blond behaarten Fleisch. Er konnte es nicht deutlich erkennen, dazu fehlte es an Licht, aber es schien ein fünfzackiger Stern zu sein.

Die Satanistin kam auf ihn zu und hielt ein Salbfläschchen in der Hand. »Hier, zur Linderung.« Sie kniete sich vor ihn und betupfte die Wunde mit der angenehm kühlenden Salbe.

Dabei verrutschte ihre Kapuze leicht und Arved sah schwarze, glatte Haare. Magdalena, dachte er für einen Augenblick. Doch ihre Stimme war ganz anders. Rasch zog sich die Frau die Kapuze wieder ganz über den Kopf und trat zurück in die Reihe.

Der Mann mit der gebieterischen Stimme verkündete: »Nun gehörst du uns und unserem Herrn an. Du darfst mit uns eine Dämonenbeschwörung vornehmen. Wir wollen sie so rasch wie möglich halten, denn unsere letzte wurde gestört, und es kam zu unerwünschten Ereignissen.«

»Das soll mir recht sein«, sagte Arved mit einer Kaltblütigkeit, die ihm allmählich gefiel. »Wann und wo?«

»Du wirst einen Anruf erhalten«, dröhnte die Stimme. »Halte dich schon morgen bereit. Falls du versuchen solltest, jemanden auf uns aufmerksam zu machen, wirst du sterben.«

Klar, hätte Arved beinahe gesagt. So etwas sagen die Bösewichte immer, wenn's spannend werden soll. Aber irgendwie nahm er dieser Stimme ab, dass sie Ernst machen würde, wenn es darauf ankam.

Die sechs schwarzen Gestalten zogen sich wieder – je zu zweit – aus der Kirche zurück, nachdem sie ihre Utensilien samt der Räucherpfanne und dem Brenneisen mitgenommen hatten. Kurz bevor sich die letzten beiden durch das Turmportal entfernten, drehte sich einer der Schatten um. Es war wieder die Frau.

»Noch etwas«, sagte sie. »Fast hätte ich es vergessen. Wir nehmen für die Beschwörung kein Kind, aber auch keinen Hahn. Wir brauchen zwei andere schwarze Tiere. Ich weiß, dass du zwei Katzen hast. Bring sie mit.«

»Das geht nicht!«, wehrte sich Arved spontan und streckte beschwörend die Hände aus.

»Es muss gehen. Sonst war für dich alles umsonst.«

23. Kapitel

Die ganze Nacht hielt ihn die Brandwunde wach. Trotz der Salbe pochte und schmerzte das Bein höllisch. Er drehte sich immer wieder um, überlegte kurz, ob er damit ins Krankenhaus gehen sollte, aber die unvermeidlichen Fragen wären ihm zu lästig gewesen. Jede Stunde schlich er nach nebenan ins Badezimmer und kühlte den Schenkel. Dabei untersuchte er das Zeichen immer wieder. Es war tatsächlich ein Pentagramm mit einer kleinen 666 darin. Wie einfallsreich, dachte Arved. Und wie peinlich. Sein Jackett hatte er bereits weggeworfen.

Am frühen Morgen wäre er beinahe über Lilith und Salomé gestolpert, als er aus dem Bad kam. Er streichelte die beiden kurz, humpelte hinunter und gab ihnen zu fressen. Er beobachtete sie, wie sie nebeneinander vor ihren Näpfchen hockten, die Schweife überkreuzt, und laut knurpselnd und schnurrend ihr Frühstück einnahmen. Ihn wunderte immer wieder, dass sie zugleich fressen und schnurren konnten. Sollte er sie wirklich für die Beschwörung opfern? Die ganze Nacht hatte er darüber nachgedacht. Er wäre nicht nur sein Erbe los, wenn er die Katzen dem Tierarzt nicht mehr vorweisen konnte, er ertrug auch den Gedanken nicht, dass sie seinetwegen sterben mussten. Nicht seinetwegen, berichtigte er sich. Wegen Magdalena Meisen.

Als ob die Tiere seine Gedanken gelesen hätten, wandten sie sich gleichzeitig zu ihm um und schauten ihn vorwurfsvoll an. Er ließ sie in der Küche allein und ging wieder nach oben. Als grün gefiltertes Sonnenlicht zaghaft durch das Zimmer schlich, schlief er endlich ein.

Kurz vor Mittag erwachte er. Das Bein schmerzte nicht mehr; die Brandwunde verheilte bereits. Er reckte und streckte sich und rieb sich die Augen. Sein kurzer Schlaf war erholsam gewesen.

Den Anruf der Satanisten erwartete er nicht vor dem Abend, denn wer hätte je von einer Teufelsbeschwörung im hellen Tageslicht gehört? Arved musste lächeln. Diese Leute waren so theatralisch und so einfallslos. Während er sich frische Wäsche aus dem Schrank holte, dachte er darüber nach, ob sie wirklich gefährlich waren. Zumindest für Katzen und andere unglückliche Tiere, die im Ruf standen, dem Satan anzugehören. Er konnte sich einfach nicht vorstellen, dass sie tatsächlich die Tür zur Anderswelt aufzustoßen vermochten. Keuchend zog er frische Strümpfe an. Als er ein Bein über das andere schlug, zog es noch einmal in der Wunde.

Sie war für alle Zeiten gut erkennbar. Wenigstens hatte Arved nicht die Angewohnheit, ins Schwimmbad zu gehen oder kurze Hosen zu tragen. Er schlüpfte in ein reines, blütenweißes Hemd und eine schwarze Hose, doch als er sein letztes schwarzes Jackett aus dem Schrank nehmen wollte, hielt er kurz inne, überlegte es sich anders und zog stattdessen die leichte, cremefarbene Windjacke an. Statt der schwarzen Schuhe entschied er sich für Sandalen, denn draußen schien es schon recht warm und frühlingshaft zu sein. Als er an einem überladenen Rokokospiegel im Korridor vorbeikam, erkannte er sich kaum wieder. Aber es gefiel ihm, was er da sah. Er verließ das Haus, holte den Bentley aus der Garage und fuhr zu Lioba Heiligmann.

Auf dem Weg bemerkte er zum ersten Mal bewundernde Blicke. Allmählich fügte er sich in sein neues Leben, auch wenn ein gewisses Gefühl der Hochstapelei und Fremdheit geblieben war. Er musste einen Bogen um die Fußgängerzone der Innenstadt fahren, bis er endlich von der Metzelstraße aus in die Johannisstraße einbiegen konnte, deren Verlängerung die Krahnenstraße war. Unmittelbar gegenüber vom Haus der Antiquarin war ein Platz frei. Er parkte den großen Wagen vorsichtig ein, stieg rasch aus und lief auf das ein wenig verwahrlost wirkende Haus zu. Als er schellen wollte, öffnete sich die Tür bereits.

»Ich habe gesehen, wie Sie gegenüber geparkt haben«, sagte Lioba Heiligmann amüsiert. »Gar nicht so leicht mit einem so dicken, protzigen Wagen, was?«

Bevor Arved etwas entgegnen wollte, war sie schon wieder im Inneren des Hauses verschwunden. Er folgte ihren polternden Schritten und schloss die Haustür leise hinter sich.

Arved sah den Sessel in der Bibliothek schon fast als den seinen an. Auf dem Tischchen standen die obligatorische Flasche Wein und zwei Gläser, beide voll. »Erwarten Sie Besuch?«, fragte Arved ein wenig enttäuscht.

»Nur Sie«, antwortete Lioba und setze sich.

»Wieso ...« Weiter kam er nicht.

»Setzen Sie sich doch erst einmal.«

Arved gehorchte wie ein Schuljunge. Dieser Frau gegenüber fühlte er sich unsicherer als vor den Satanisten, die einer gewissen Lächerlichkeit nicht entbehrt hatten. Lioba war seltsam, aber liebenswert und zugleich Respekt einflößend.

»Jochen Martin hat mich angerufen und von seinen Recherchen erzählt. Ich nehme an, Sie haben die Internet-Adresse inzwischen ausprobiert.« Sie sah Arved mit einem mehr als nur fragenden Blick an. Sie wirkte, als hätte sie ihm die Informationen am liebsten sofort aus dem Gehirn gesaugt.

Arved erzählte ihr, was gestern Nacht geschehen war. Sie hörte interessiert zu und meinte, als er geendet hatte: »Dieses Zeichen auf Ihrer Haut würde ich gern einmal sehen.«

Arved war es peinlich. Um nichts in der Welt wollte er sich vor dieser Frau entkleiden. Was ihm gestern Nacht in der Kirche gar nicht so schwer gefallen war, stellte nun ein Ding der Unmöglichkeit dar.

»Na egal, vielleicht ergibt sich ja noch mal die Gelegenheit«, sagte sie, als er sich zierte, und prostete ihm zu.

Er erhob das Glas und nahm einen Schluck. Der samtige, schwere, süße Weißwein rann ihm wohltuend die Kehle hinunter.

»*Zeller Schwarze Katz;* eine Auslese«, erklärte sie. »Und jetzt wollen Sie von mir wieder einmal wissen, was Sie tun sollen.«

Arved nickte. »Das Ganze kommt mir wie eine Schmierenkomödie vor. Ich fürchte, ich habe mich völlig verrannt. Wie können diese Leute eine Verbindung mit ... mit was auch immer aufnehmen?«

Lioba Heiligmann stellte das Glas vorsichtig auf dem kleinen Tischchen ab, zog ein Zigarillo aus der Schachtel, die neben dem Aschenbecher lag, und entzündete sie mit leichter Hand. »Wissen Sie, an Ihrer Stelle würde ich jetzt auf alle Fälle weitermachen. Sie haben so viel über sich ergehen lassen und bekommen dafür nun einen Logenplatz bei einer bestimmt filmreifen Aufführung. So etwas wird einem nicht oft geboten. Ich glaube, Jochen Martin würde dafür sogar seine Haarpracht opfern.« Als sie lachte, klang es glockenhell.

»Ja, Sie haben Recht«, meinte Arved, nachdem er ein weiteres Glas Wein genossen hatte und sein jüngst erworbener Mut zurückkehrte. »Ich werde alles auf mich zukommen lassen. Wenn wirklich ein Tor geöffnet wird, weiß ich, was zu tun ist, und wenn alles nur Humbug ist, muss ich auch daraus die Konsequenzen ziehen.«

Lioba Heiligmann nickte. »Ich werde die heilige Elisabeth um Hilfe bitten. Meistens bringt das etwas. Sehen Sie mich nicht so skeptisch an! Ihnen bleibt sowieso nichts anderes übrig, als zu akzeptieren, was geschieht. Bestimmt sind Sie nach der ganzen Sache klüger.«

Arved fuhr viel zu schnell durch die Stadt. Über dem Gespräch mit Lioba hatte er ganz vergessen, dass sich die Teufelsanbeter telefonisch bei ihm melden wollten. Als er das Haus betrat, schellte das Telefon. Arved schlug die Tür zu, damit die Katzen nicht entkommen konnten, und hastete zu dem kleinen Tisch, auf dem der Apparat stand.

»Du hast dich mit jemandem getroffen, den wir gar nicht schätzen, Arcador«, donnerte die Stimme am anderen Ende. »Die Sache ist erledigt.«

»Halt, halt«, beeilte sich Arved zu sagen. »Die Sache ist keinesfalls erledigt. Lioba ist eine alte Freundin von mir. Es stimmt, dass wir auch über Dämonologisches geredet haben, aber ich weiß doch weder, wer Sie sind, noch wann und wo wir uns heute Abend treffen werden. Also konnte ich gar nichts über Sie preisgeben. Sind Sie denn nicht mehr an dem *Grimorium Nigrum* interessiert?«

Schweigen am anderen Ende. Schließlich brummte die Stimme, die nicht nur den Hörer, sondern auch Arveds Kopf ganz auszufüllen schien: »Wenn du jemandem sagst, wohin du fährst, hast du dein Leben verwirkt.« Es klang wieder einmal schrecklich dramatisch, doch auch diesmal hatte Arved das ungute Gefühl, dass der Mann am anderen Ende es sehr, sehr ernst meinte.

»Ich werde niemandem etwas sagen. Da Sie mich ja doch beobachten und vielleicht auch mein Telefon verwanzt haben, werden Sie rasch bemerken, dass ich mich an Ihre Anweisungen halte. Wohin soll ich kommen?«

»Zur Oberburg bei Manderscheid. Im Burgfried unter der Treppe werden Sie erwartet. Um elf Uhr nachts. Und vergessen Sie die Katzen nicht.« Es wurde aufgelegt.

Die Katzen! Arved hatte die armen Tiere beim Gespräch mit Lioba erst gar nicht erwähnt, weil er ihre Reaktion vorausgeahnt hatte. Sie hätte ihm niemals geraten, an der

Beschwörung teilzunehmen, wenn sie gewusst hätte, dass zwei Katzen dabei getötet werden sollten. Er hatte den ganzen Nachmittag an diese merkwürdige Frau gedacht, in deren Gegenwart er sich eigentlich sehr wohl gefühlt hatte. Sie ging ihm einfach nicht mehr aus dem Kopf. Und darüber hatte er Salomé und Lilith ganz einfach vergessen. Als er sich umdrehte, saßen sie hinter ihm.

Er ging in den Keller und suchte nach einem Katzenkorb. Wenn er keinen fand, würde er es aufgeben. Aber er fand einen unter alten, moderig riechenden Sitzkissen und Bettdecken. Er nahm ihn mit nach oben, öffnete die Klappe, die wie die Tür einer Gefängniszelle aussah, und stellte ihn in der Diele auf den Boden. Die Katzen umschnupperten den Korb, betraten ihn aber nicht. Stattdessen strichen sie Arved um die Beine und schnurrten.

Er würde es nicht zulassen, dass sie getötet wurden. Er würde dazwischentreten. Er würde sie beschützen. Aber er musste sie mitnehmen. Und das *Grimorium Nigrum*. Er ging ins Wohnzimmer und holte es aus dem Aufsatz des Sekretärs. Mit geradezu verstohlenen Bewegungen ließ er es in die Innentasche seiner Windjacke gleiten. Dann setzte er sich auf das Sofa, hörte Jacques Brel und wartete auf den Abend.

Kurz vor neun Uhr ging er mit unsicheren Schritten hoch ins Schlafzimmer und holte eine Taschenlampe für alle Fälle. Danach füllte er in der Küche die beiden Näpfchen mit Trockenfutter und stellte sie in den Transportkorb. Lilith und Salomé eilten sofort hinein. Arved schloss das kleine Türchen hinter ihnen. Zuerst schienen sie gar nicht zu bemerken, was mit ihnen geschah, doch als er den Korb aufhob und damit zur Tür ging, begannen sie zu klagen.

Er stellte den Korb auf die Hintersitze des Bentley und fuhr aus der engen Einfahrt in die Palmatiusstraße.

Nach einer dreiviertel Stunde hatte er Niedermanderscheid und die Niederburg erreicht, die rötlich angestrahlt unter dem sternendurchsetzten Nachthimmel lag. Weiter oben, in scheinbarer Wildnis, erhob sich ein zweiter Bergfried – die ältere Oberburg, einst Herrschaftssitz der Trierer Bischöfe. Arved stieg aus. Stille hüllte ihn ein. Nur von oben, aus dem Ort Manderscheid, drang das Geräusch eines Autos, das Bellen eines Hundes – Klangtropfen, die zerperlt herabgeweht wurden.

Er hatte keine Ahnung, wie er zur Oberburg kam. Niemand war zu sehen, den er hätte fragen können. Die massige Ruine der Niederburg thronte über ihm wie ein halb vollendeter Gedanke. Ob es hinter ihr einen Weg hinauf gab? Mit einem Seufzer nahm er den Katzenkorb aus dem Wagen und lief den asphaltierten Weg rechts neben der Burg entlang; links gab es nur Fels und Gebüsch. Die Tiere kauerten in der hintersten Ecke ihres kleinen Gefängnisses. Tatsächlich kam er, nachdem er ein idyllisch gelegenes Haus hinter sich gelassen hatte, an eine Brücke, die über die Lieser und zu einer großen Wiese führte. Arved schaltete die Taschenlampe ein und tastete mit ihrem Lichtfinger die Umgebung ab. Weit hinten glaubte er, einen Weg sich den Berg hinaufschlängeln zu sehen.

Der Korb in seiner Hand wurde immer schwerer. Zum Glück hatten die Katzen inzwischen Ruhe gegeben. Er redete leise mit ihnen und versuchte sie auf diese Weise weiterhin ruhig zu halten.

Tatsächlich verengte sich die Wiese bald zu einem schmalen, steil nach oben führenden Pfad, der von knorrigen Wurzeln durchsetzt war. Ohne Taschenlampe wäre ich hier verloren gewesen, dachte Arved, während er vorsichtig voranschritt und trotz der kühlen Nachtluft ins Schwitzen geriet.

Immer weiter hinauf wand sich der Weg. Der Strahl der Lampe zerrte Strünke, Büsche, umgestürztes, faulendes Holz und scharfkantige Felsen aus der Finsternis, und raunendes Blättergetuschel lag wie ein Helm über dem nächtlichen Wanderer und den erstaunlich stillen Katzen.

Arved wunderte sich beinahe, dass er nichts mehr von Magdalena gesehen und gehört hatte. Er weigerte sich, weiter über den Ursprung seiner Visionen nachzudenken. Morgen war noch genug Zeit dazu. Morgen war er klüger. Doch erst einmal musste er das Morgen erleben.

An einer Weggabelung führte ihn ein Holzschild nach rechts, weiter bergan. Bald kam er unter einem Bruchsteinbogen hindurch, der früher wohl einmal ein hölzernes Tor getragen hatte und nun halb von Efeu zugewuchert war. Arved keuchte die letzten Meter an der inneren Burgmauer entlang und gelangte endlich zum Bergfried. Erschöpft setzte er den Katzenkorb in das taufeuchte Gras und wischte sich den Schweiß von der Stirn.

Niemand zu sehen, niemand zu hören.

Er ließ den Korb stehen und betrat den Bergfried durch die schmale Tür. Die Taschenlampe zeigte ihm ein dunkles Bündel unter der Treppe.

Plötzlich piepte es aus dem Bündel.

Es waren die unverkennbaren Klingeltöne eines Handys. Irgendwie kam ein solches Gerät an diesem Ort Arved sehr anachronistisch vor. Er ging auf den dunklen Haufen zu und durchwühlte ihn. Es handelte sich um ein Paar schwarzer Lederhandschuhe sowie einen schwarzen Umhang mit Kapuze, unter dem das Handy lag und aufgeregt elektronische Musik spielte. Arved nahm das kleine blaue Telefon auf und drückte auf den grünen Knopf.

»Herzlichen Glückwunsch«, ertönte blechern die einst so verführerische Stimme der Frau, von der Arved nur wusste, dass sie schwarze Haare hatte. »Du hast unsere Anweisungen befolgt und auch die Katzen sowie das Buch nicht vergessen. Dann steht unserem kleinen Experiment nichts mehr im Wege.«

»Wo sind Sie?«

»Überall und nirgends. Lass das Handy eingeschaltet, damit wir dich immer hören können. Komm also nicht auf die Idee, irgendjemandem mitzuteilen, wohin wir dich jetzt schicken. Nimm den Umhang und geh zurück zu deinem Wagen.«

»Was!«, rief Arved wütend in das kleine Gerät. »Ich bin doch nicht den ganzen Weg hier hinaufgeklettert, nur um jetzt ...«

»Geh zu deinem Wagen«, unterbrach ihn die Frau ungeduldig. »Wenn du hinter dem Lenkrad sitzt, wirst du weitere Anweisungen erhalten.« Am anderen Ende wurde es still. Arved seufzte, steckte das Handy in die Außentasche seiner Windjacke, warf sich den schwarzen Umhang über den Arm und hob den Katzenkorb auf. Dann machte er sich auf den mühsamen Rückweg. Trotz der Taschenlampe, die er ungelenk in der linken Hand hielt und über die immer wieder der lächerliche Umhang rutschte, stolperte er mehrfach über tückische Wurzeln und stieß gegen spitze Steine. Inzwischen tat es ihm Leid, sich auf dieses irrwitzige Abenteuer eingelassen zu haben. Mit jedem neuen Schmerz in seinen Zehen wich die Angst vor den bevorstehenden Ereignissen weiter zurück und machte einer nicht unbeträchtlichen Verärgerung Platz.

Als er endlich seinen Wagen erreicht und den Katzenkorb sowie den Umhang auf die Rücksitze geworfen hatte – die Katzen hatten heftig gegen diese rüde Behandlung protestiert –, nahm er das Handy aus der Jackentasche und brummte hinein: »Bin da. Und jetzt?«

Fast hatte er den Eindruck, als werde am anderen Ende gelacht. Eine ferne Stimme – nicht die der Frau – sagte: »Fahr zurück in Richtung Autobahn. Nimm die erste Abzweigung nach links Richtung Buchholz. Fahr bis zur Kirche, aber stell den Wagen nicht neben ihr ab. Am besten parkst du einige Meter weiter links, wo ein Wanderweg zwischen Obstwiesen hindurchgeht. Dann gehst du zur Kirche. Pass auf, dass dich niemand sieht. Normalerweise ist hier oben nie etwas los, aber sei trotzdem vorsichtig.« Ende der Durchsage.

Arved startete den Wagen, wendete und fuhr bergan, bis er das gelbe Hinweisschild vor sich sah. Er bog nach links in einen dichten Wald ein. Die Straße machte eine so scharfe Kehre nach rechts, dass ein Hinterrad plötzlich durchdrehte. Dann kroch die Straße aus dem Wald hervor und führte an Wiesen vorbei auf eine Kirche zu, deren spitzer Turm den hinter den fernen Bäumen hervorgekommenen Mond aufspießte. Arved fuhr wie befohlen an der Kirche vorbei. Auf der anderen Seite der Straße lagen zwei Häuser, doch aus keinem von beiden drang ein Lichtschimmer. Arved parkte den Wagen auf dem kleinen, nach links in die Wiesen führenden Weg und lud wieder einmal alles aus. Er streifte sich den Umhang über, zog die Handschuhe an – sie passten perfekt – und packte den Katzenkorb. Er wunderte sich, wie ruhig und gefasst die Tiere waren – beinahe als wären sie betäubt.

Arved ging über einen Kiesplatz, an dessen Ende eine Lourdes-Grotte im Mondlicht badete; alle Kerzen vor der Madonna waren erloschen. Er ging auf die Kirche zu. Sie war weitaus größer als die in Weinfeld, doch auch sie hatte das Portal im Turm. Es war eine moderne, schwere Tür aus Eisen, das in der Höhe des Schlosses nach außen gebogen war. Arved konnte sich eines Grinsens nicht erwehren. Offenbar hatte nicht die schwarze Magie, sondern eine gewöhnliche Brechstange den Satanisten Zutritt zu diesem Gotteshaus verschafft. Er zog die nur angelehnte Tür auf und betrat die dunkle Kirche.

Die fast dunkle Kirche.

Vorn, am Altar, brannte eine einsame Kerze. Dahinter standen sie. Alle sechs. Im Kreis. In einem Kreis. Im magischen Kreis, den sie bereits auf den Boden gezeichnet hatten. Zwei Räucherpfannen standen bereit, und eine der Gestalten hielt einen Zauberstab ähnlich dem, den Arved in dem Trierer Esoterikladen erstanden hatte. Hinter ihnen erhob sich schattenhaft ein kleiner neugotischer Hochaltar.

»Komm näher und bring das Buch!« Wieder diese Stimme, die so sehr im Gegensatz zu dem Schmierentheater stand, aus dem sie hervorging. Sie wirkte hypnotisch.

Arved stellte den Katzenkorb außerhalb des magischen Kreises ab und holte das Zauberbuch hervor. Eine behandschuhte Hand zuckte vor. Es konnten kaum mehr als dürre Stöckchen in den Fingern stecken.

Oder Knochen.

Arved bemerkte kaum, wie ihm das Buch entwunden wurde. Der majestätische Mann mit der unheimlichen Stimme hielt sich das Buch dicht vor die Augen – oder vor die Stelle, wo wohl tief im Innern der Kapuze die Augen stecken mochten. Dann bückte er sich, hob ein Stück Kreide auf, das neben einem der Zacken des über den Kreis hinausragenden Pentagramms lag, und zeichnete weitere Buchstaben und Symbole ein. Dann blätterte er weiter. Besonders eine Stelle zeigte er allen Versammelten außer Arved. Gemurmel setzte ein. Schließlich winkte er Arved in den Kreis. Er roch die aromatischen Substanzen; es waren dieselben, die er in der Waldhütte der Ludwiga Bohnum verbrannt hatte.

»Lasset uns beginnen. Lies diesen Abschnitt kraft deines Priesteramtes«, wirbelte die Stimme durch die hohe Kirche.

Arved räusperte sich, dann las er dieselben Worte wie neulich im Wald. Es war die Beschwörung des Dämons Azrael, die mit blasphemischen Nennungen Gottes und der Trinität einherging. Arved fühlte nichts, als er diese Worte zum zweiten Mal las.

Als er zum Ende gekommen war, riss ihm der Anführer – denn um diesen musste es sich bei dem Mann mit der seltsamen Stimme handeln – das Buch aus der Hand und las selbst die mit Anmerkungen Ludwiga Bohnums gespickten weiteren Stellen. Es schien ihm nicht die geringste Mühe zu bereiten, die alten Buchstaben zu entziffern; er las so flüssig, als lese er einen Zeitungsartikel.

In seiner Stimme bildete sich etwas. Arved hatte plötzlich den Eindruck, als webe sich die Stimme um einen bestimmten Mittelpunkt, als fransten die Worte an den Rändern aus und verdickten sich um eine imaginäre Mitte. Fast erwartete er, etwas zu sehen, einen Gegenstand, vielleicht einen Weinstock, aber alles blieb, wie es war. Und doch schuf die ungeheuerliche, immer noch anschwellende Stimme eine feste Mitte, die unsichtbar wirbelnd vor dem magischen Kreis hing.

Die anderen schienen es auch zu bemerken. Plötzlich aber ertönte die brüchige, hohe Stimme: »Die Katzen! Wir brauchen die Katzen! Der Korb steht noch vor dem Kreis!«

Die Stimme brach ab; alles Feste zerwirbelte. Als eine dürre Hand nach dem Korb greifen wollte, fuhr Arved dazwischen. »Das mache ich selbst!« Er trat aus dem Kreis und holte die Katzen, die inzwischen leise miauten, als ob sie unsägliche Angst hätten. Er stellte den kleinen Plastikkäfig im Schutz des magischen Kreises ab. Die majestätische Stimme brummte etwas, dann begann sie von neuem.

Und wieder war Arveds Eindruck der gleiche. Es formte sich etwas in der Mitte. Eindeutig. Die Worte erschufen etwas, oder sie holten es hervor. Da war sie wieder, die Verdickung in der Atmosphäre. Nun wurden die Tiere unruhig. Sie stießen gegen die Wand des Korbes und miauten immer lauter.

Die Worte wurden lauter, heftiger, brachten einen Wind herbei, der seinen Ursprung mitten in der Kirche zu haben schien. Eine kleine Windhose, die in der Mitte immer fester wurde. Sie drehte sich, bis sie wagerecht lag und in Richtung des Turms und des Portals wies.

»O großer Herr, nun opfern wir dir das Blut dieser Katzen, der dir geweihten Tiere.«

Eine Hand – wem sie gehörte, konnte Arved unmöglich sagen – öffnete mit einer raschen, geübten Bewegung den Katzenkorb. Die Tiere sprangen heraus. Und liefen aus dem magischen Kreis.

»Nein!«, rief die weibliche Stimme.

Arved setzte den Tieren nach. Eine Hand griff nach seinem Umhang, ließ ihn wieder los. Nun war Arved jenseits des magischen Kreises. Einen Augenblick lang schien die waagerechte Windhose auf ihn zuzuschweben, dann war sie verschwunden. Alles wurde schwarz. Und etwas schlug mit großer Macht gegen ihn.

24. Kapitel

Für einen Augenblick war Arved so benommen, dass er gar nichts mehr begriff. Die Luft war ihm aus der Lunge geprügelt worden und er rang nach Atem. Dann erst erkannte er, dass er gegen das geschlossene Kirchenportal gerannt war. Er drehte sich kurz um, denn hinter ihm hörte er Geräusche. Eine Gestalt in einem schwarzen Umhang kam auf ihn zu. Die anderen standen wie angewurzelt im magischen Kreis.

Die anderen sechs.

Ein siebter Teufelsanbeter näherte sich ihm. Arved zwang sich, nicht zu überlegen, wer – oder was – das sein mochte. Er wollte nur fort, weg von diesem Zauber. Er presste sich gegen die schwere Eisentür. Sie gab nach. Rasch schlüpfte er durch den entstehenden Spalt. Draußen badete der Mond die Welt in krankem Silber. Arved lief über den Kiesplatz, an der Lourdes-Grotte vorbei auf die Straße und in Richtung seines Wagens.

Sein Verfolger war ihm dicht auf den Fersen.

Arved kramte hektisch in den Taschen seiner Hose und seiner Jacke nach den Autoschlüsseln, fand sie aber nicht. Die Schritte hinter ihm kamen immer näher. Er hörte schon das Rascheln des Umhangs – oder war es sein eigener?

Er rannte an dem Bentley vorbei, der wie ein geducktes Tier am Straßenrand hockte, lief immer weiter, bis Seitenstiche ihm die Atemluft nahmen. Weiter! Weiter! Die Straße führte in einem Bogen in eine kleine Senke; rechts und links standen alte Obstbäume an der Böschung und wirkten wie winkende Gestalten. Sie zitterten, obwohl nicht der geringste Luftzug zu spüren war. Alle Farbe war aus Wiese und Wald gewichen, doch es war beinahe so hell wie am Tag. Mondtag. Die Straße war ein graues Band, eine schlafende Schlange. Die Schritte hinter ihm wurden blasser. Er wagte es nicht, sich umzudrehen. Arved nahm alle Kraft zusammen, ignorierte die Schmerzen in der Seite und hastete mit schweren, langen Schritten weiter.

Links vor ihm tauchte zwischen Bäumen ein Haus auf. Ein neonhelles Schild mit schwarzer Schrift hing über der eichenen Eingangstür. *Gasthof Hellenthal.* Arved rannte mit letzter Kraft auf die Tür zu und schnappte nach Luft wie ein Fisch am Strand. Er klopfte heftig und schaute sich kurz um.

Niemand war ihm gefolgt. Alles war ruhig in dieser Mondnacht. Kein Geräusch drang zu ihm; die Bäume regten sich zwar, aber kein einziges Blatt raschelte. Nichts regte sich im Gras der Wiesen, keine lebende Seele war auf der Straße zu sehen. Kurz überlegte Arved, ob er es wagen sollte, zurück zu seinem Wagen zu gehen. Er kramte erneut in seinen Taschen herum und fand tatsächlich den Schlüssel. Doch da wurde die Tür bereits geöffnet.

»Guten Abend. Späte Gäste sind mir am liebsten.«

Arved schaute den breitschultrigen Mann fragend an. Er trug ein kariertes Baumwollhemd und eine Jeans. Seine Haare hätten eher zu einem Löwen gepasst; sie bildeten eine braune, verfilzte Mähne, die so aussah, als sei sie aus alten, gewaltsam gelösten Rasta-Löckchen hervorgegangen. Als er lächelte, zeigte er große Zähne, die aus einer Fernsehreklame für Zahnweiß stammen konnten. Er streckte eine Pranke aus. Arved ergriff sie zögernd. Der Mann packte schraubstockartig zu und zog Arved über die Schwelle. »Sie wollen ein Zimmer haben? Nur für diese Nacht?«

Arved nickte und warf noch einen Blick hinter sich auf die Silberwelt, bevor der Mann die Tür mit einem heftigen Knall zuschlug. Im Flur ging die Deckenlampe an und enthüllte ein Interieur aus Eiche, Raufaser, grauer Auslegeware und messingfarbenen Lampen. Unter der Treppe war eine kleine, längliche Rezeption eingebaut.

Der Mann nahm den einzigen Schlüssel, der noch am Bord hing, ab und legte ihn auf die Theke. »Sie können frühstücken, wann Sie wollen. Ihr Zimmer liegt im Erdgeschoss, den Gang entlang, letzte Tür rechts. Angenehme Nachtruhe.« Er grinste und verschwand durch eine Tür links neben der Rezeption, die Arved zuerst gar nicht bemerkt hatte – als sei sie jetzt erst entstanden. Arved schüttelte den Kopf.

Der Mann kehrte zur Tür zurück. Das Grinsen lag immer noch auf seinem Gesicht, wie angeklebt. »Ist noch etwas?«

»Nein, vielen Dank. Gute Nacht.« Arved ging langsam und vorsichtig den Gang entlang, bis er zu der letzten Tür kam. 13. Die gleiche Nummer wie auf dem Schlüssel. Er öffnete die Tür – sie war nicht verriegelt – und schaltete das Licht ein.

Ein Bett, ein Schrank, ein Sessel, in einer Ecke eine abgetrennte Nasszelle. Sauber, zweckmäßig, austauschbar. Arved stieß pfeifend die Luft aus. Er genoss die Normalität dieser Umgebung. Er sah sich selbst vor dem schwarzen Loch des Fensters stehen, in dem sich sein Zimmer widerspiegelte.

Und er bemerkte, dass er noch seinen schwarzen Umhang trug; nur die Kapuze war ihm beim Laufen in den Nacken gerutscht. Er machte eine unsagbar lächerliche Figur – wie der schwarze Rächer aus einem drittklassigen Film. Sicherlich hatte der Wirt deshalb so gegrinst. Angewidert zerrte Arved sich den Umhang vom Leib und warf ihn zusammen mit den hautengen Handschuhen in den Schrank. Er hängte seine Windjacke dazu und betrachtete sich wieder im Fenster. Schon besser. Er öffnete einen Flügel und schaute hinaus.

Der Mond schien hinter Bäumen oder einer Hügelkuppe verschwunden zu sein, denn draußen herrschte tiefste Finsternis. Arved konnte nicht einmal die nächste Umgebung des Gasthofes erkennen. Bestimmt hatte der Wirt inzwischen das Neonschild über der Tür ausgeschaltet. Arved dachte kurz nach. Er war von der Rezeption aus rechts in einen Korridor eingebogen, und sein Zimmer lag wiederum an der rechten Seite; also musste er auf die Straße hinausschauen. Er kniff die Augen zusammen.

Da war aber keine Straße. Da war nur etwas Schwankendes, das er als Bäume ansah, aber nicht deutlich als solche erkennen konnte. Er schloss das Fenster wieder und zog den dichten Vorhang aus braunem Samt vor. Dabei hörte er von draußen ein Geräusch wie das Krächzen eines Raben. Er hatte keine großen Kenntnisse von Fauna und Flora, doch immerhin wusste er, dass Vögel nachts nicht fliegen und auch nicht singen oder krächzen. Kurz überlegte Arved, ob er den Vorhang noch einmal zurückziehen sollte, aber er entschied sich dagegen. Er wollte gar nicht wissen, was dort draußen war. Er zog sich bis auf die Unterwäsche aus und legte sich zwischen die frischen, duftenden Laken.

Es war der erste erfrischende Schlaf seit langer Zeit.

* * *

Am Morgen weckte ihn ein Klopfen. Zuerst glaubte er, es komme von der Tür, und noch ein wenig benommen rief er: »Herein!« Aber niemand leistete seiner Aufforderung Folge. Das Klopfen indes hielt an. Es war sehr verhalten und sanft, aber beharrlich. Arved versuchte den Schlaf aus seinem Kopf zu vertreiben und öffnete die Augen. Er richtete sich in seinem Bett auf. Kaum etwas war zu sehen. Nur ein ganz schwacher Schimmer drang durch die Vorhänge. Er stand auf und zog sie zurück.

Zwei kleine schwarze Umrisse saßen draußen auf der Fensterbank und tappten unaufhörlich gegen das Glas. Lilith und Salomé! Er hatte sie auf seiner Flucht völlig vergessen. Ganz erstaunliche Tiere, dachte Arved. Wo auch immer sie in der Nacht gesteckt haben mochten, sie waren wenigstens den Satanisten entkommen und hatten ihn irgendwie hier gefunden. Arved riss sofort das Fenster auf. Die beiden Katzen sprangen rasch in das Zimmer und strichen ihm um die Beine. Arved schloss das Fenster sofort wieder. Er sah kaum den Nebel, das wirbelnde, graue Nichts; er hatte nur Augen für die beiden Tiere. Mit großer Freude streichelte er sie. Sie leckten ihm die Hand, dann legten sie sich auf sein Bett und schauten ihn an.

Er hatte nicht einmal Futter für sie. Ein Blick auf die Armbanduhr: Sieben Uhr. Sie können frühstücken, wann Sie wollen, hatte der Mann gesagt. Also gut. »Ich bringe euch etwas Leckeres mit, vielleicht etwas Wurst oder Schinken. Mal sehen, was ich finde.« Er wusch sich, zog sich an und ging nach draußen in den Korridor. Seine Tür schloss er ab.

Niemand begegnete ihm, als er den Gang hinunter zur Rezeption ging. Hinter keiner der vielen Türen hörte er ein Geräusch. Ihn erstaunte, wie lang der Gang war. Von draußen hatte das Haus keinen so großen Eindruck gemacht.

An der Rezeption hing in der Tat kein einziger Schlüssel mehr; der Gasthof schien ausgebucht zu sein. Links neben der Theke entdeckte Arved nun zwei Türen. Er hätte schwören können, dass er am vergangenen Abend den Wirt durch die einzige Tür in dieser Wand hatte gehen sehen. Aber er war so aufgeregt gewesen, dass er zu seinen eigenen Wahrnehmungen kein großes Vertrauen hatte.

Die Tür, durch die der Wirt verschwunden war, war geschlossen, aber die andere, näher am Eingang befindliche stand offen. Dahinter befand sich der Speisesaal.

Es war wirklich ein Saal. Arved schätzte die Anzahl der Tische auf mindestens dreißig. Der gewaltige Raum wurde von einer Kuppeldecke getragen, die ihn an das Innere einer Barockkirche erinnerte. Hier befanden sich in der Kuppel natürlich keine religiösen Gemälde. Allerdings war sie tatsächlich geschmückt. Arved hatte jedoch keine Augen für sie, sondern nur für das großartige Büffet, das zwischen zwei Fenstern aufgebaut war. Es gab Brötchen, Brot, Wurst, Schinken, Eier, Käse, Marmelade, Honig, Kaffee in Thermoskannen, Milch, Tee, Butter, kleine Würstchen auf Stövchen sowie Orangensaft. Das muss reichen, dachte Arved, der erst jetzt bemerkte, wie hungrig er war. Er füllte sich einen Teller mit den lecker duftenden Sachen und begab sich an einen Zweiertisch vor einem der beiden großen Fenster. Er butterte ein Brötchen und belegte es dick mit Fleischwurst und Schnittkäse. Während er hineinbiss, schaute er aus dem Fenster.

Es war derselbe Anblick wie vorhin. Nebel floss draußen vorbei; nicht einmal die Straße war zu sehen. Er bemerkte beiläufig, dass das Brötchen ein wenig fad war. Auch der Aufschnitt hatte besser gerochen, als er schmeckte. Aber das tat Arveds Hunger keinen Abbruch. Er lenkte den Blick auf die Kuppeldecke.

In der Tat war sie mit sehr stark verblassten Fresken bemalt. Arved konnte keine der Darstellungen deutlich erkennen. Die Fresken wirkten sehr alt – viel älter als das Gebäude. Er zuckte die Achseln und aß weiter.

Als er satt war, nahm er eine frische Tasse für Wasser, wickelte zwei der Würstchen sowie mehrere Scheiben Schinken in eine Serviette mit der Aufschrift *Gasthof Hellenthal. Wer zu uns kommt, bleibt* und trug alles zu seinem Zimmer.

Die Katzen hatten brav und ruhig gewartet. Arved legte ihnen die Serviette auf den Boden. Die beiden Tiere beschnüffelten den Inhalt und schauten ihn dann mit großen Augen an. Sie nahmen keinen Bissen. Arved schüttelte den

Kopf und warf das Essen in die Toilette. Er füllte die große Tasse mit Wasser und stellte sich unter dem Waschbecken auf den Boden. Sofort stürzten sich die Katzen darauf und tranken gierig.

»Ihr beiden bleibt erst einmal hier«, sagte er zu Lilith und Salomé, die ihn nicht mehr beachteten. »Ich hole den Wagen, und dann fahren wir nach Hause. Ich weiß zwar nicht, was in der letzten Nacht passiert ist, aber ich habe auch nicht mehr den Wunsch, es zu erfahren. Das alles kann nur ein schlechter Traum oder eine Halluzination gewesen sein.« Er betrachtete nachdenklich die beiden Tiere, die sich nun gegenseitig putzten. »Es kann nicht sein, dass ich diesen Albtraum in der Kirche wirklich erlebt habe. Und daher will ich erst gar nicht nachsehen gehen. Die Kirche ist bestimmt abgeschlossen. Das Ganze war ein Irrweg. Wie dumm von mir ...« Ich laufe vor der Wahrheit und vor mir selbst weg, hätte er noch hinzufügen sollen. Doch dazu war er nicht stark genug. »Was eine Nacht voll gutem Schlaf doch ausmacht!«

Er zog sich die Windjacke über, tastete nach dem Autoschlüssel und stellte beruhigt fest, dass er in der rechten Außentasche steckte. Dann verließ er sein Zimmer und schloss hinter sich ab. Er ging den Korridor entlang zur Rezeption. Ihm war, als sei der Gang noch länger geworden. Als er an der Tür zum Speisesaal vorbeikam, warf er einen Blick hinein.

Und stellte fest, dass ein anderer Gast hier gegessen haben musste, als er selbst versucht hatte, in seinem Zimmer die Katzen zu füttern. Er schlich sich an den Tisch heran, auf dem noch die Reste standen. Die Person hatte ein Ei genommen; ein angebissenes Brötchen mit Marmelade lag noch auf dem Teller, und weder Kaffee noch Orangensaft waren ausgetrunken. Arved hielt den Kopf schief und lauschte. Nichts war aus den Tiefen des großen Hauses zu hören. Er verließ den Kuppelsaal wieder und zog die Eingangstür auf.

Der Nebel verschlang alles. Arved zog den Kragen der Windjacke enger und machte einen Schritt hinaus in das Grau. Es war empfindlich kalt geworden und winzige Nebeltröpfchen drangen unter seine Kleidung. Seine Füße froren in den luftigen Sandalen. Rasch klebten ihm die blonden Haare am Schädel und er rieb sich das Wasser aus den Augen. Angestrengt spähte er in alle Richtungen, doch nachdem er einige Schritte gemacht hatte, sah er nicht einmal mehr das Gasthaus. Es hatte keinen Zweck, in diesem Nebel nach seinem Wagen zu suchen; er wusste ja nicht einmal, wohin er gehen musste.

Aber er wusste auch nicht mehr, wie er in die Sicherheit seines Zimmers zurückkehren konnte.

»Hallo?«, rief er, dann noch einmal, lauter: »Hallo!« Er hatte das Gefühl, als rufe er in Watte hinein. Und als atme er Watte. Er fragte sich, wie oft er sich um die eigene Achse gedreht hatte. Er ging einfach in die Richtung, die er für die richtige hielt.

Und stand kurz darauf vor einer Mauer.

Er konnte sich nicht erinnern, bei seiner Ankunft gestern Abend eine Mauer vor dem Gasthaus gesehen zu haben. Er befühlte sie. Sie bestand aus Ziegelsteinen und war höher als er selbst. Auch nach rechts oder links nahm sie kein Ende. Er tastete sich in beide Richtungen an ihr entlang. Der Boden unter seinen Füßen änderte sich dabei. Zuerst war es Asphalt gewesen; das spürte er genau. Nun war es Kies oder Schotter. Er ging zurück bis zu der Stelle, wo der Asphalt wieder anfing, und drehte sich um, sodass er die Mauer im Rücken hatte. Dann ging er los. Er hielt die Hände vor sich ausgestreckt, aber kein Hindernis stellte sich ihm in den Weg. Wenn er sich nun noch einmal drehte, würde er wieder jede Orientierung verlieren, also ging er weiter.

Es schien eine Ewigkeit zu dauern, bis es allmählich vor ihm heller wurde. Über im leuchtete etwas. Vielleicht war es die Sonne, die langsam den Nebel vertrieb. Er ging noch einige Schritte weiter.

Es war nicht die Sonne, aber es war etwas, das er beinahe genauso sehr willkommen hieß. Es war die Leuchtreklame des Gasthofes *Hellenthal*. Mit einem Seufzer der Erleichterung trat Arved an die Tür und wollte sie öffnen.

Sie war verschlossen.

Er kramte den Schlüssel hervor, den ihm der Wirt gegeben hatte, und versuchte ihn in das Schloss zu stecken. Er passte nicht. Es war offenbar nur der Zimmerschlüssel. Arved klopfte verzweifelt gegen die schwere Tür. Er verursachte nicht das geringste Geräusch. Auch seine Rufe richteten nichts aus. Er lief an der Front des Hauses nach rechts entlang; am Ende musste ja sein Zimmer liegen. Er lief und lief; das Haus wollte kein Ende nehmen. Und der Nebel drohte ihn wieder zu umschlingen und von dem Gasthof fortzulocken. Da endlich bemerkte er hinter einem der Fenster, die er nur undeutlich wahrnahm, eine Bewegung. Erst jetzt erkannte Arved, wie weit er sich schon wieder von dem Gebäude entfernt hatte. Er eilte auf das Fenster zu. Es war mitten in der Front; das Ende des Gasthofes hatte er noch lange nicht erreicht.

Aber hinter dem Fenster, auf der breiten Marmorbank, saßen zwei Katzen. Lilith und Salomé. Sie tappten gegen das Glas und lockten Arved zu sich. Er war überglücklich, als er die beiden kleinen pelzigen Wesen sah. Und noch glücklicher war er, als er sah, dass das Fenster nur angelehnt war. Er hatte es vorhin offenbar nicht richtig verriegelt, als er die Katzen hereingelassen hatte. Rasch drückte er es auf und sprang über die niedrige Brüstung. Er atmete auf, als er wieder in seinem Zimmer stand.

Die Katzen liefen zur Tür und trommelten mit eingefahrenen Krallen dagegen. »Was ist denn los?«, fragte er sie, als ob sie Antwort geben könnten, und öffnete die Tür. Bevor er es verhindern konnten, waren die Tiere in den Korridor entwischt. Er sprang ihnen nach. Sie liefen nach rechts – dorthin, wo noch gestern Abend nichts als das Ende des Hauses gewesen war. Nun erstreckte sich der Korridor etliche Zimmer weiter. Er las die Nummern 14, 15, 16 an den Türen.

Als hätten sich die Katzen geirrt, liefen sie zurück, vorbei an seinem eigenen Zimmer, bis sie vor der Nummer 9 stehen blieben. Sie miauten, schnüffelten an der Tür, versuchten sie aufzudrücken. Und sahen ihn immer wieder an.

»Was habt ihr denn?«, fragte er. Endlich fasste er sich ein Herz und klopfte. Niemand antwortete ihm. Die Katzen versuchten immer noch, in das Zimmer hineinzukommen. Arved drückte die Klinke herunter. Die Tür war nicht verschlossen. Er öffnete sie leise ein wenig und rief in den Spalt: »Hallo? Bitte entschuldigen Sie ...« Als keine Reaktion erfolgte, stieß er die Tür ganz auf.

Was er dort im grauen Licht sah, verschlug ihm den Atem.

In einem Sessel, der genau wie sein eigener aussah, saß eine Frau. Sie hatte den Mund so weit geöffnet, wie er es nie für möglich gehalten hätte. Es war ein stummer Schrei, der alles andere überlagerte. Unendliche Qual. Die Augen schienen nichts mehr zu sehen, die Hände hingen schlaff an den Lehnen herunter, die Füße waren leicht nach innen gedreht. Nebelarme griffen durch das offen stehende Fenster und umschlangen die Gestalt im Sessel. Drangen in ihren Mund, in die Augen und die Nase. Wickelten sich um die Hände. Pressten, drückten, erwürgten sie.

Arved kannte die Frau.

Es war Magdalena Meisen.

25. Kapitel

Er stürzte zu Magdalena hin, streckte die Hände nach ihr aus, wollte sie wach rütteln, sie in die Wirklichkeit zurückbringen. Doch er griff ins Leere. Griff durch sie hindurch. Dann wurden ihm plötzlich die Arme nach hinten gerissen.

»Magdalena!«, rief er verzweifelt.

Sie reagierte nicht. Immer noch stand ihr Mund offen und ihre Augen blickten ins Nichts. Eine unwiderstehliche Kraft zerrte ihn aus dem Zimmer. Es gelang ihm nicht einmal, sich umzudrehen und seinen Gegner anzusehen. Die Katzen waren verschwunden. Sie hatten ihn in diese Falle geführt! Verdammte Viecher. Arved keuchte auf, als er einen Rippenstoß erhielt.

Draußen auf dem Flur drehten sie ihn um. Es waren zwei. Zwillinge. Oder sie trugen Masken. Sie glichen einander wie ein Ei dem anderen. Die blauen Augen, das blonde Haar, die feine, gerade Nase, die schmalen Wangen und das Grübchen am Kinn. Sie waren gleich groß, vollführten die gleichen Bewegungen und hatten das gleiche schmierige Grinsen. Und sie redeten gleichzeitig.

»Was sollte denn das, Kerlchen?«, tönte es synchron aus ihren Kehlen. »Hat man dir nicht gesagt, dass du dich bereit halten sollst? Allein!« Und wieder packten sie ihn an den Armen. »Komm mit. Widerstand ist zwecklos.«

Sie brachten ihn den Korridor hinunter in den Speisesaal. Einige der Tische waren fortgeräumt worden, sodass ein breiter Mittelgang entstanden war. Andere Tische hatte man unter dem Mittelpunkt der Kuppel zusammengeschoben. An ihnen saßen sechs Gestalten. Sie alle trugen Kutten, wie Mönche. Wie Zisterzienser. Weiße Kutten mit weißen Kapuzen. Trotzdem erinnerten sie Arved an etwas. Aber sein Denken glich dem Nebel draußen, der noch immer vor den Fenstern wallte.

Die Zwillinge stellten ihn vor die Tischreihe, ließen ihn los und traten einen Schritt zurück – bereit, sofort einzugreifen, falls es nötig werden sollte.

»Du hast dich nicht an das gehalten, wozu du verpflichtet bist«, sagte die Gestalt rechts außen mit einer seltsam unkörperlichen, weder männlichen noch weiblichen Stimme.

»Wozu bin ich denn verpflichtet?«, fragte Arved.

»Dein Zimmer nicht zu verlassen, bis du dazu aufgefordert wirst«, sagte eine andere Gestalt mit derselben Stimme.

»Niemand hat mich dazu aufgefordert«, verteidigte sich Arved.

Eine andere Stimme, wieder dieselbe: »Es versteht sich ja wohl von selbst.«

»Ich begreife das nicht. Was soll das? Ich bin ein Gast dieses Hotels«, wandte Arved ein, der sich wie in einem Traum vorkam.

»Natürlich bist du das. Du bist gestern Abend hier angekommen, und du wurdest freundlich empfangen wie ein gern gesehener Gast.«

Wer der sechs hatte das gesagt? Arved gab auf, herausfinden zu wollen, wer gerade sprach.

»Dir wurde dein Zimmer zugewiesen, und man hat dir erklärt, wann du frühstücken kannst – nämlich immer. Das ist ein großes Privileg.« Eine der Kutten raschelte, gab jedoch nichts von dem preis, was unter ihr steckte.

»Aber mir wurde nicht gesagt, dass ich das Zimmer nicht verlassen soll. Wie hätte ich denn den Speisesaal erreichen sollen, wenn ich nicht hinausgehen darf?«, wollte Arved wissen und verschränkte die Hände vor dem Bauch, als wolle er beten.

»Das ist dein Problem. Es hätte zu deiner Verurteilung schon ausgereicht, dass du in den Frühstücksraum gegangen bist. Aber du hast noch Schlimmeres getan. Du hast das Haus verlassen und bist im Draußen herumgegangen. Es wäre dir beinahe nicht gut bekommen. Und dann hast du an die Tür eines anderen Gastes geklopft. Schlimmer noch: Du hast diese Tür geöffnet und bist ungebeten eingetreten.«

»Ich kenne die Frau, die in diesem Zimmer wohnt. Sie hat mich gerufen.«

»Es mag sein, dass du sie kennst. Du könntest noch vielen Menschen begegnen, die du kennst. Und vielleicht hat sie dich sogar gerufen. Aber das ist noch lange kein Grund, die Privatsphäre des Einzelnen nicht zu respektieren. Es ist doch nicht anders als bei euch: Das Private ist – heilig. Niemand soll den anderen stören. Niemand soll sich so einfach um den anderen kümmern. Niemand geht so einfach auf einen anderen zu. Gerade du hättest das wissen müssen, Arved Winter. Du hast die elementarsten Regeln verletzt. Daher wirst du dem gerechten Richterspruch nicht entgehen.«

Arved schaute hoch in die Kuppel. Nun konnte er die alten Fresken genauer erkennen. Es waren Dämonen und Teufel – die ganzen Heerscharen der Hölle. Aber zwischen ihnen entdeckte er ein kleines gemaltes Auto, einen Fernseher, ein Hochhaus und ganz oben, zwischen zwei ausgebreiteten Schwingen, ein Flugzeug. Plötzlich wurde ihm klar, dass er nichts mehr zu verlieren hatte. Er senkte den Blick wieder. »Wo ist mein Verteidiger?«, fragte er selbstbewusst.

»Du selbst bist dein Verteidiger. Es könnte keinen besseren geben«, sagte einer der sechs – oder alle sechs gleichzeitig. »Hast du noch etwas einzuwenden?«

»Ich möchte von hier abreisen. Sofort. Und Magdalena Meisen kommt mit mir.«

Beinahe hatte er Gelächter erwartet, doch nur Schweigen antwortete ihm. Dann, nach einer halben Ewigkeit: »War es das, was du vorzubringen hast?«

»Ich bin unschuldig, denn ich habe nicht gewusst, dass ich etwas Falsches tue.«

»Unwissenheit schützt vor Strafe nicht.«

»Wie soll man sich denn richtig verhalten, wenn man nicht weiß, was richtig und was falsch ist?«

»Das ist dein Problem; das ist das Problem eines jeden Einzelnen.« Die sechs weißen Gestalten erhoben sich und sprachen das Urteil mit einer Stimme: »Der Angeklagte ist des Verbrechens, dessen er angeklagt wurde, für schuldig befunden worden. Das Urteil wird sofort vollstreckt. Führt ihn ab.«

Arved traute seinen Ohren nicht. »Aber wie lautet denn nun das Urteil?«, fragte er verdutzt, während die Schergen ihn wieder gefangen nahmen.

Er erhielt keine Antwort mehr. Die Zwillinge schleppten ihn aus dem Speisesaal in den Korridor. Arved versuchte erst gar nicht, sich zu wehren. Stattdessen sagte er: »Könnt ihr nicht mal ein Auge zudrücken? Was habe ich denn schon getan? Was ist das überhaupt für eine Art, Feriengäste zu behandeln. Wenn ich das dem Ortsbürgermeister erzähle, bekommt ihr Ärger. Nicht gerade dem Tourismus förderlich, was ihr hier macht. Was soll das? Ihr habt hier keine Rechtsgewalt. Ich werde euch alle verklagen!« Er redete sich wütend und strampelte nun doch wieder. Aber er konnte gegen die beiden starken Männer nichts ausrichten.

Als sie sein Zimmer beinahe erreicht hatten, schoss aus der Dunkelheit des hinteren Korridors etwas Schwarzes heran. Etwas Fauchendes. Etwas sprang an den Schergen hoch. Zwei pelzige Klumpen, die sich in die Gesichter der Männer verkrallten. Lilith und Salomé! Arved spürte, wie der Druck um seine Arme nachließ. Sofort kämpfte er sich frei. Die beiden Männer lagen am Boden. Die Katzen ließen ihre Opfer nicht los. Sie zerkratzten ihnen die Gesichter, bis die Männer um Gnade winselten. Arved überlegte kurz, wohin er laufen sollte. In seinem Zimmer war nichts mehr, was er brauchte. Seine Schlüssel befanden sich in der Windjacke, die er seit seinem Ausflug in den Nebel immer noch trug. Es gab nur eines, das hier noch wichtig war: Magdalena Meisen. Er rannte zum Zimmer mit der Nummer neun, öffnete die Tür.

Das Zimmer war leer. Ein feiner, süßlicher Geruch lag in der Luft.

Es war sinnlos. Arved hastete den Korridor entlang zur Eingangstür. Als er an dem Speisesaal vorbeilief, warf er einen raschen Blick hinein.

Die sechs Gestalten standen immer noch hinter ihren Tischen, wie abgeschaltet. Sie schienen Arved nicht zu sehen, denn sie versuchten nicht, ihn aufzuhalten. Er lief auf die Eingangstür zu.

Auf die Stelle, wo die Eingangstür gewesen war.

Nun war dort nur noch eine rote Ziegelmauer, unverputzt, wie eine Außenwand. Arved blieb stehen und schaute verblüfft hinter sich. In einiger Entfernung kämpften die Schergen noch immer mit den Katzen, die den Männern ganze Hautfetzen aus Gesicht und Armen gerissen hatten. Dorthin konnte er nicht mehr zurück. Auch nicht in den Speisesaal. Es blieb nur die Tür, durch die der Wirt verschwunden war. Arved lief auf sie zu, drückte die Klinke herunter, trat ein und schloss die Tür hinter sich.

Er stand in vollkommener Finsternis.

»Hallo?«, flüsterte er vorsichtig.

Der Hall erschlug ihn beinahe. Es war, als stehe er in einem gewaltigen Dom oder in einer Höhle von unvorstellbaren Ausmaßen. Er trat von einem Bein auf das andere, das Resultat war ein vertausendfachtes Poltern wie von einem

Erdrutsch. Er wagte nicht mehr, sich zu rühren. Allein sein Atmen war das Ächzen und Jaulen von Tausenden gequälter Seelen. Was gäbe er um Licht! Er tastete hinter sich und suchte nach der Tür, von der er sich kaum einen halben Meter entfernt haben konnte. Aber da war keine Tür mehr. Es war wie draußen im Nebel: Alle Richtungen und Entfernungen hatten sich verrückt. Waren verrückt. Verrückt. Er ging einfach los.

Schritt für Schritt polterte und donnerte es von den unsichtbaren Wänden herunter. Es dauerte lange, bis er weit vor sich einen rötlichen Schimmer sah. Als er ihm näher kam, bemerkte Arved, dass es eine brennende Pechfackel war, die jemand auf einem Ständer befestigt hatte. Arved stellte sich vor sie, schaute in das rote Licht wie ein Ertrinkender auf den rettenden Strand und nahm die Fackel aus der Halterung. Er schwenkte sie, lief hierhin, dorthin, aber überall bot sich ihm nur das Bild von Schwärze. Immerhin konnte er jetzt den Boden unter seinen Sandalen erkennen. Es war glatter, schwarzer, feucht glitzernder Felsboden. Keine Spur von Teppich, von Zimmerboden, von menschlicher Bearbeitung. Er ging weiter.

Recht schnell, überraschend schnell kamen von rechts und links Wände auf ihn zu, und auch die Decke wurde sichtbar und senkte sich. Es war, als laufe er in einen waagerecht liegenden Trichter hinein, bei dem nur der Boden gerade blieb. Am Ende des Trichters führte eine Treppe nach unten.

Arved leuchtete mit der Fackel hinunter. Er sah nichts als Stufen, die einen Schacht hinunterliefen. Es gab keinen anderen Weg, keine Umkehr, das wusste er. Also machte er sich an den Abstieg.

Er wusste nicht, wie lange er Stufe nach Stufe die Treppe hinuntergestiegen war, die unbekannte Hände in den nackten Fels geschlagen hatten, doch irgendwann kam er in einen schmalen Gang, nicht breiter als die Treppe. Dieser Gang war mit Tannennadeln bedeckt. Arved rieb sich die Augen, dann bückte er sich. Er hatte sich nicht geirrt, es waren Tannennadeln. Weich federten seine Schritte über den Boden, so weich, als hätte es nie eine Härte etwelcher Art gegeben. Auch dieser Weg verengte sich, sodass Arved sich bald zwischen den Wänden hindurchquetschen musste. Sie wirkten warm und weich.

Seine Fackel erlosch. Doch sie war nicht mehr nötig. Silbernes, kaltes Mondlicht spielte durch einen Spalt, der das Ende des Tunnels markierte. Arved zwängte sich hindurch und stand inmitten hoher Bäume, deren Kronen in leisem Winde raunten und die vom Mondlicht umkost wurden. Er rieb sich die Augen und starrte auf die erloschene Fackel in seiner Hand. Sie glomm nicht mehr, war nichts anderes als ein abgestorbener Ast, den einmal Feuer versengt hatte, vielleicht von einem Blitz. Er warf den Ast fort und schaute sich um. Nirgendwo sah er eine Höhle, eine Grotte oder etwas Ähnliches. Er hatte nicht die geringste Vorstellung davon, woher er gekommen war.

Über ihm raschelte es. Er schaute hoch in das Geäst einer Kiefer. In den Zweigen saßen große Schemen. Eulen. Das Mondlicht spielte in ihren großen, gelben Pupillen. Arved wich vor ihnen zurück wie vor einer dunklen Bedrohung. Er schlang die Arme um sich, denn es war empfindlich kalt. Wenigstens herrschte kein Nebel mehr. Benommen stolperte er durch den Wald.

Er hörte etwas hinter sich. Etwas raschelte durch das Unterholz. Arved wirbelte herum. Sah nichts. Lief los. Etwas kam auf ihn zu. Eine unsichtbare Gefahr. Es schoss an ihm vorbei. Zwei Schatten. Augen, ähnlich denen der Eulen, grün jedoch, blitzten ihn an. Arved atmete auf und hätte beinahe laut gelacht.

Es waren seine beiden Katzen. Sie sahen ihn an, miauten und liefen weiter. Kein Zweifel, sie wollten ihn führen. Er folgte ihnen durch das Unterholz. Bäume griffen mit ihrem Gezweig nach ihm, Ranken schlangen sich ihm um Beine und Füße, doch nicht ein einziges Mal stürzte er. Immer wieder hielten Lilith und Salomé an und schauten, ob er ihnen folgte. Dann huschten sie weiter, bis sie auf einen Wanderweg kamen, auf dem sie den Wald bald verließen. Es ging zwischen Obstwiesen hindurch, die mit Stacheldraht vom Weg abgesperrt waren. Bald sah Arved in der Ferne etwas Massiges, Dunkles im Mondschein aufleuchten. Es war sein Auto. Im Laufen seufzte er auf. Die letzten Meter nahm er alle Kraft zusammen und rannte so schnell er konnte. Als er vor dem Bentley stand, fischte er den Schlüssel aus seiner Jackentasche, öffnete die Fahrertür, klappte den Sitz zurück und ließ die beiden Katzen einsteigen. Sie hüpften freudig auf die lederne Rückbank.

Arved ließ sich in das Polster fallen und drehte den Schlüssel im Zündschloss. Der alte Achtzylinder brummte sofort auf. Mit quietschenden Reifen setzte Arved zurück auf die Straße, mit quietschenden Reifen fuhr er davon. Der Autobahn und der Sicherheit entgegen.

Glaubte er.

26. Kapitel

Auf der Fahrt nach Trier war Arved so benommen, dass er nicht einmal über die vergangenen Ereignisse nachdenken konnte. Nur das Gefühl, versagt zu haben, begleitete ihn hartnäckig.

Die Autobahn lag verlassen vor ihm. Hasborn, Wittlich, Salmtal, Schweich – es war, als sei er der einzige Mensch auf der Welt. Die Scheinwerfer bestrichen den Asphalt mit weißem Licht und der Mond verschwamm immer wieder hinter Nebelschleiern.

Bald hatte er das Kreuz Moseltal erreicht, bog auf die 602 ab, und immer noch war kein weiteres Auto auf der Bahn zu sehen. Allmählich wurde Arved unruhig. Er kaute auf seiner Unterlippe herum und fragte sich, was geschehen war. Erst als er am Verteilerkreis abfuhr, sah er einen anderen Wagen, der ihm mit aufgeblendeten Scheinwerfern entgegenkam. Er kniff die Augen zusammen und schaute auf den Bordstein. Als der Wagen vorbeifuhr, hob Arved den Blick wieder. Es war eine große Limousine mit völlig schwarzen Fenstern. Schon war sie verschwunden; im Rückspiegel sah er nur noch eine schwarze Masse mit zwei glühenden Rücklichtern.

Arved bog in die Herzogenbuscher Straße ein und war froh, bald zu Hause zu sein. Die Katzen schliefen friedlich auf dem Rücksitz.

Auf der Höhe des Friedhofes überholte ihn ein Wagen. Es war die schwarze Limousine von vorhin; nun hatte sie die Scheinwerfer ausgestellt. Sie bremste vor ihm, rot flackerte es auf wie Feuerschein, und eine Kelle schob sich aus einem geöffneten Seitenfenster. Arved überlegte kurz, ob er fliehen sollte, doch der Wagen versperrte ihm den Weg; er hätte zurücksetzen und wenden müssen.

Jemand stieg aus. Jemand in Uniform. Ein Polizist.

Arved schüttelte den Kopf. Das war unmöglich. Die Polizei fuhr keine solchen Limousinen, und vor allem fuhr sie nachts nicht ohne Licht herum. Auch die Fahrertür wurde geöffnet. Ein zweiter Polizist setzte sich die Mütze auf den Kopf und kam langsam auf Arveds Bentley zu. Während der andere Mann in einer Entfernung von einem Meter vor dem Wagen stehen blieb und mit der Hand über seinen Revolvergürtel streichelte, klopfte der andere gegen die Scheibe der Fahrertür. Arved ließ sie herunter und sah den Polizisten fragend an.

»Allgemeine Verkehrskontrolle«, sagte dieser. »Bitte Führerschein und Kraftfahrzeugschein.«

Arved holte beides aus seiner Brieftasche und der Polizist beäugte die Dokumente argwöhnisch. »Ihr Wagen?«, fragte er, obwohl sich das eindeutig aus den Papieren ergab.

»Ja«, sagte Arved nur.

»Stellen Sie bitte den Motor ab und steigen Sie aus.« Etwas in der Stimme des Polizisten ließ keine Widerrede zu. Er war groß und breitschultrig und trug einen schwarzen Schnauzbart, der einem Seehund zur Ehre gereicht hätte. Arved drehte den Zündschlüssel und stieg aus, nachdem er einen Blick zurück auf die noch immer schlafenden Katzen geworfen hatte.

Rechts neben ihm warfen gusseiserne Engel und mannshohe Kreuze einen verzerrten Mondschatten über die backsteinerne Friedhofsmauer. Noch immer ließ sich kein anderes Auto auf der Straße blicken. Kein Fußgänger war unterwegs. Niemand, der ihm hätte helfen können. Arved schaute hinüber zu dem anderen Polizisten, der noch vor dem Bentley stand. Inzwischen war er an den alten Wagen herangeschritten und streichelte den Kühler und das geflügelte *B* darauf. »Schöner Wagen«, sagte er mit einer sanften Stimme, die nicht zu seinem Äußeren passte. Er hatte die

Ärmel seines braunen Uniformhemdes hochgekrempelt, als ob Hochsommer sei, und auf seinen Armen liefen unzählige Tätowierungen entlang. Sein Blick war stechend, und etwas Grausames lag um das eckige Kinn, das makellos glatt rasiert war. Mondlicht machte aus seinem Gesicht ein hartes Gebirge aus Tälern und Höhen, scharf gegen die Schatten abgesetzt. »Bestimmt teuer, was?«

»Ein Erbe«, meinte Arved nur.

»Sie Glückspilz«, sagte der andere Polizist, der soeben die Papiere in die Brusttasche seines Hemdes steckte.

»Aber ... mein Führerschein und ...«

»Ich muss Sie leider bitten, mit uns zu kommen«, sagte der Schnauzbart mit übertriebener Höflichkeit.

»Warum? Ist mit dem Wagen etwas nicht in Ordnung?«, fragte Arved besorgt.

»Oh, doch, doch, aber leider liegt etwas gegen Sie vor.«

»Gegen mich? Das ist unmöglich«, wandte Arved ein. Ihm brummte der Kopf. Er musste sich an dem warmen Blech seines Wagens festhalten.

»Wir haben Ihren Wagen bereits am Verteilerkreis bemerkt«, sagte der andere Polizist, der inzwischen seine Hand von dem Bentley weggenommen und in den Pistolengürtel gehakt hatte. »Wir haben ihn durch unseren Computer sofort überprüfen lassen und festgestellt, dass Sie ein flüchtiger Straftäter sind.«

Arved versuchte zu lächeln. »Das stimmt nicht. Ihr Computer muss sich irren. Ich bin Priester.«

Die beiden Polizisten lachten gleichzeitig. »Natürlich. Ein Priester mit einem Bentley und einem Vorstrafenregister.«

»Vorstrafenregister?« Arved wurde immer verdutzter. »Hier muss eine Verwechslung vorliegen.«

»Das können wir am besten auf dem Revier klären«, sagte der Schnauzbart. »Kommen Sie mit.«

»Aber meine Katzen ...«

Der Tätowierte öffnete die Beinfahrertür. Lilith und Salomé schossen aus dem Wagen. Kurz hatte Arved gehofft, sie würden wie in dem unheimlichen Gasthaus eingreifen, doch sie rannten in Richtung Friedhofsmauer und waren bald verschwunden. Arved riss es fast das Herz aus dem Leib.

»Sehen Sie, so löst sich alles«, sagte der Tätowierte beinahe freundlich. »Wenn Sie bitte einsteigen wollen ...«

Arved ließ die Schultern sinken. Auf der Wache würde sich alles klären. Der Schnauzbart hielt ihm die hintere Türe der Limousine auf und bat ihn mit einer übertriebenen Geste, Platz zu nehmen. Der Tätowierte setzte sich neben ihn, während sein Kollege hinter dem Lenkrad Platz nahm und den Wagen startete. Der Motor brüllte auf. Eine schwarze Trennscheibe wurde hochgefahren.

»Einen interessanten Einsatzwagen haben Sie da«, wagte Arved zu bemerken und sah den Tätowierten an, der ihm gegenüber auf einem ausklappbaren Notsitz saß.

»Ein zweiundsechziger Cadillac«, antwortete er und grinste.

»Schwimmt die Polizei jetzt auf der Oldtimerwelle mit?«, gab Arved zurück und freute sich still über seinen Mut.

»Konfisziert, von einem Drogendealer aus Konz. Eignet sich wunderbar für unsere Zwecke.«

Arved versuchte nach draußen zu schauen, doch er sah nichts als Schwärze. Sanft glitt der Wagen um die Kurven und nichts außer dem Wummern des gewaltigen Motors war zu hören. Arved dachte an seine Katzen und fragte sich, ob er sie je wiedersehen würde. Was für eine Frechheit von den Polizisten, sie einfach auszusetzen. Bestimmt würden sie auf dem Friedhof überleben. Sie würden Mäuse fangen und sich mit anderen Katzen um die Beute balgen. Vielleicht würde es ihnen dort sogar besser gehen als in dem alten, dunklen Haus in der Palmatiusstraße. Doch der Gedanke, dass sie nun aus seinem Leben verschwunden waren, bedrückte Arved mehr, als er es für möglich gehalten hätte. Sie waren in der letzten Zeit zu einem Teil seines Lebens geworden. Er seufzte.

Der Polizist deutete dieses Seufzen falsch und sagte, während er die Beine übereinander schlug: »Wir sind bald da, und dann wird sich bestimmt alles aufklären, wenn es so ist, wie Sie sagen.« Er grinste Arved an. Es sollte wohl aufmunternd wirken, doch tatsächlich wirkte es bedrohlich.

Der Wagen hielt. Der Tätowierte schaute aus dem Fenster. Er schien mehr zu sehen als Arved, denn er drückte die schwere Tür auf, stieg vor Arved aus und reichte ihm die Hand. Arved ergriff sie. Sie war eiskalt. Arved blickte sich um. Er stand in einem Innenhof, der aus vier großen, völlig unterschiedlichen Gebäuden gebildet wurde. Vor ihm erhob sich die Rückseite eines Jugendstilhauses mit floralen Elementen um die Fenster und Stuck, der von grünlichen Strahlern beleuchtet wurde. Aus schlanken Frauenkörpern, die Strebepfeiler hielten, wuchsen Blumen und Ranken heraus. Rechts neben ihm befand sich ein Backsteinbau aus dem neunzehnten Jahrhundert mit vergitterten Fenstern, die ebenfalls angestrahlt waren. Sie wirkten wie Zellenfenster eines Gefängnisses. Links stand ein Haus aus den Fünfziger Jahren, mit glatter, nichts sagender Fassade und großen Fenstern, die wie erloschene Augen in den Innenhof starrten.

Der Teil, durch den sie gekommen waren, schien nur aus Glas zu bestehen – aus dunkel getöntem Glas. Arved lauschte. Nicht der geringste Laut drang in diesen Innenhof, in dem sich außer dem Cadillac nichts befand. Nicht einmal Staub oder Laub schien sich hier ansammeln zu wollen.

Die beiden Polizisten führten Arved in den Backsteinbau. Sobald sie ihn betreten hatten, flammten überall Neonleuchten auf: an der Decke, an den Wänden und sogar unter einer dicken Glasplatte im Boden. Das Gebäude schien verlassen zu sein. Die Korridore waren leer und das ungefilterte Licht war schmerzhaft. Die Polizisten hatten Arved nun wie einen Verbrecher zwischen sich genommen. Sie liefen Gänge entlang, stiegen über Treppen, bogen um Ecken, betraten neue Korridore. Überall herrschte das grelle Licht; nirgendwo war eine der Neonröhren defekt oder gar ausgefallen. Perfekt.

Endlich blieben sie vor einer Tür stehen. Der Schnauzbart klopfte, während der Tätowierte plötzlich Arveds Arme packte und sie hinter seinem Rücken zusammenhielt.

»Herein«, donnerte es hinter der Tür. Der Schnauzbart schien plötzlich großen Respekt zu verspüren – oder vielleicht sogar Angst zu haben. Er öffnete die Tür behutsam so weit, dass er hindurchschlüpfen konnte, während der Tätowierte mit Arved in dem lichtdurchfluteten Korridor wartete. Nach einigen Minuten wurde die Tür endlich ganz geöffnet und der Tätowierte drückte Arved unsanft in den Raum.

Es war ein sehr modern und kalt eingerichtetes Zimmer. Thonetstühle standen um einen Glastisch in einer Ecke des Zimmers, und an den unverputzten Backsteinwänden hing moderne abstrakte Kunst. Ein weißer Teppich bedeckte den Boden, in den hier keine Neonröhren eingelassen waren. Vor einem hohen Fenster, das nur den Raum widerspiegelte, stand ein riesiger gläserner Schreibtisch mit einem barocken Stuhl dahinter. Und auf diesem Stuhl saß jemand, den Arved kannte.

Es war ein Mann in einem karierten Baumwollhemd und mit Sandalen an den bloßen Füßen. Er fuhr sich mit der Hand durch die braune Löwenmähne und lächelte Arved an. »Da haben wir ja unseren Flüchtigen«, sagte er und fügte gütig hinzu: »Da draußen wäre es Ihnen nicht gut ergangen, glauben Sie mir. Er wies Arved keine Sitzgelegenheit an. Die beiden Polizisten blieben neben ihm stehen.

Der Löwe fuhr fort: »Hier ist Ihre Akte. Ich habe sie natürlich sorgfältig gelesen.« Dabei klopfte er auf einen dicken roten Aktendeckel, aus dem viele, teils sehr stark gebräunte Papiere herausschauten. »Ich sehe leider keine andere Möglichkeit, als Sie für diese Nacht bei uns zu behalten. Es besteht Flucht- und Verdunkelungsgefahr. Der Haftrichter war einer Meinung mit mir; hier ist der Haftbefehl.« Er zog blind einen rosafarbenen Zettel aus dem Aktenhaufen, schwenkte ihn kurz in der Luft und steckte ihn wieder zurück.

»Aber Sie können mich doch nicht einfach einsperren«, wehrte sich Arved. »Was habe ich denn getan?«

»Was Sie getan haben?«, meinte der Löwe. »Wenn Sie das nicht wissen, ist es sehr schlimm. Ich habe den Eindruck, dass Sie oft nicht wissen, was Sie tun. Die Welt ist für Sie ein undurchdringliches Labyrinth, nicht wahr?«

Das stimmt nicht, wollte Arved antworten, das stimmt schon lange nicht mehr. Ich habe meinen Platz gefunden, auch wenn früher ... Aber er sagte kein Wort.

»Glauben Sie nicht, dass ich Ihr Feind bin«, sagte der Löwe gütig. »Am liebsten würde ich diese ganze Akte verbrennen und Sie nach Hause schicken.« Er warf einen Blick auf die vielen Zettel und seufzte. »Aber das kann ich nicht. Ich kann Ihnen nur versprechen, dass wir alles tun werden, um den Fall zu klären. Wissen Sie, ich bin von Ihrer Unschuld überzeugt.«

Arved dachte an sein Erlebnis in dem Gasthaus und fragte sich, ob der Löwe unter den Richtern gewesen war. Zumindest standen seine Worte im Widerspruch zu dem Verfahren in jener Nacht. Arved schüttelte den Kopf. Er begriff gar nichts mehr.

»Sie schütteln den Kopf?«, fragte der Löwe. »Sie wollen mir damit sagen, dass Sie selbst nicht von Ihrer Unschuld überzeugt sind? Das ist schade, denn das ist ja beinahe ein

Schuldeingeständnis. Das muss ich protokollieren.« Er zog aus der Akte einen nur halb beschriebenen Zettel hervor, der so verknittert und gebräunt war, dass er schon sehr alt sein musste, und schrieb mit einem dicken Füllfederhalter rasch etwas auf.

»Nein«, warf Arved ein. »Ich wollte keine Schuld eingestehen. Ich habe aus einem ganz anderen Grund den Kopf geschüttelt.«

Der Löwe hörte auf zu schreiben. »Zu spät. Ich habe den Vermerk schon gemacht. Was in den Akten ist, ist in der Welt, sagen die Verwaltungsfachleute. Recht haben sie. Jetzt kann ich natürlich nicht mehr viel für Sie tun. Schade. Ich war mir sicher gewesen, dass ich doch noch einen Freispruch oder wenigstens eine sehr milde Strafe für Sie herausschlagen kann. Aber durch Ihr Geständnis ... Lopoz und Karagaz! Kommt her und unterschreibt als Zeugen.«

Die beiden Polizisten umrundeten den gläsernen Schreibtisch im Gleichschritt und unterzeichneten das Dokument, das der Löwe gerade aufgesetzt hatte.

Jetzt war die beste Gelegenheit! Ohne lange nachzudenken, drehte sich Arved um und rannte zur Tür. Sie war nicht verschlossen. Er riss sie auf, huschte in den Korridor und lief los. »Halt!«, hörte er hinter sich die Stimme des Löwen. Rasende Schritte kündeten davon, dass die Verfolgung aufgenommen wurde.

Arved lief über die Neonröhren und erkannte, dass sie Pfeile trugen. Pfeile, die in die Richtung wiesen, in die er lief. Er dankte den modernen Bauvorschriften, die einen gut gekennzeichneten Fluchtweg zwingend vorschrieben.

Er wunderte sich, wie schnell er laufen konnte. Die beiden Polizisten waren bereits abgeschlagen. Nicht einmal Seitenstechen verspürte er. Ein nie gekanntes Hochgefühl durchströmte ihn. Der Korridor machte eine Biegung. Hinter ihr waren dieselben gleichförmigen Türen, dieselben gleichförmigen Neonlampen, dieselben gleichförmigen Wände und glasdurchsetzten Böden. Bald blieb er stehen. Er hörte seine Verfolger nicht mehr. Rasch schaute er den Korridor hinauf und hinunter. Kein Ausgang in Sicht. Arved ging weiter voran, bis zur nächsten Biegung. Auch hier bot sich ihm wieder das gleiche Bild. Er lief den Gang entlang – bis zur nächsten Biegung.

Hinter ihr standen die beiden Polizisten; sie hatten die Hände lässig in den Pistolengürtel gesteckt.

Arved hielt die Luft an und blieb stehen. Er drehte sich um und rannte los. Die Polizisten folgten ihm – langsam, siegessicher. Das Hochgefühl zerstob wie eine Wolke aus Fliegen auf verwesendem Fleisch. Er machte vor einer der Türen Halt, rüttelte an der Klinke, sie war abgeschlossen. Die Polizisten bogen um die Ecke. Der Schnauzbart schwitzte, der Tätowierte tänzelte beinahe; er schien über den Boden zu schweben.

Die nächste Tür. Abgeschlossen. Weiter.

Die nächste Biegung. Wieder ein Gang. Arved wusste nicht mehr, um wie viele Ecken er inzwischen gebogen waren. Eigentlich hätte er schon längst wieder am Beginn seiner Flucht angekommen sein müssen. Das Herz klopfte ihm bis zum Hals.

Da stand eine Tür offen. Er lief einfach in den Raum hinein. Die Tür fiel hinter ihm zu, ohne dass er jemanden gesehen hätte. Er stand im Dunkeln. In vollkommener Dunkelheit. Er konnte die Hand vor Augen nicht sehen; es war, als sei er plötzlich erblindet. Wieder einmal von grellem Licht in die Dunkelheit. Wieder einmal ohne jede Orientierung und an einem Ort, von dem er nicht die geringste räumliche Vorstellung hatte.

»Ich grüße dich«, sagte eine Stimme ganz dicht neben ihm.

27. Kapitel

Wer bist du?«, fragte Arved verdutzt. »Wo bin ich?«

»Immer der Reihe nach«, antwortete die Stimme. Sie war wohl männlich, klang aber sehr jung – oder es war eine Frau mit einer sehr tiefen Stimme. Arved rieb sich die Augen, aber auch danach konnte er nicht mehr erkennen.

»Zwei Fragen schon nach so kurzer Zeit«, sagte die Stimme, die inzwischen lautlos näher gekommen war. So nahe, dass Arved zusammenzuckte. Der Sprecher – oder die Sprecherin – musste unmittelbar neben ihm stehen. »Fangen wir mit der letzten an. Du bist in Untersuchungshaft – genau wie ich. Wir sind Zwillinge, wir beide.« Die Stimme kicherte und fuhr fort: »Diese Zellen sind ein wahrer Fluch. Manche von uns sitzen schon sehr lange ohne Prozess hier.«

»Manche?«, entfuhr es Arved. »Sind denn noch mehr hier?«

»Oh, sehr viele. Wenn du nur einen Schritt machst, wird du über einen von uns stolpern. Bleib also dort, wo du bist. Nicht alle sind dir so wohlgesonnen wie ich.«

»Wird es nie hell?«

»Nie.«

»Und wie soll man sich orientieren?«

»Das ist jedem selbst überlassen.«

»Aber das geht doch nicht! Das ist unerträglich.«

»Für dich: ja.«

»Für die anderen nicht?«, fragte Arved und kratzte sich am Kinn. Er fragte sich, wie weit er von seinen Mitgefangenen entfernt war. Er hörte kein Atmen, keine Bewegung, nichts.

»Warum kommst du auf den Gedanken, dass es bei allen gleich sein sollte?«, fragte die Stimme mit ehrlichem Interesse.

»Weil eine solche Situation für jedermann unerträglich ist«, entgegnete Arved.

»Für dich ist sie es, das stimmt. Wenn du keine Begrenzungen mehr siehst, bekommst du Angst. Schreckliche Angst. Wenn du in eine Lage wie diese gerätst, die du nicht verstehst, fehlt dir plötzlich jeder Halt.«

Wie damals.

Arved wusste nicht, ob die letzten Worte von der Stimme oder aus ihm selbst kamen.

Wie damals.

So viele Erinnerungen stürzten plötzlich auf ihn ein, so viel vergessen Geglaubtes. Verschwommene Erinnerungen an seine Eltern und daran, wie es war, als sie plötzlich nicht mehr da waren. Als er zu seiner Tante gebracht wurde, als man ihm sagte, seine Eltern kämen nie wieder, sie hätten einen Autounfall gehabt und seien jetzt beim lieben Gott. Er wusste nicht mehr, wie alt er damals gewesen war. Drei Jahre, vielleicht vier oder fünf, aber nicht älter. Noch nicht in der Schule.

Die Tante hatte kaum gewusst, was sie mit ihm anfangen sollte. Er musste Mama zu ihr sagen. Tante Adeltraut wohnte allein in einer riesigen Wohnung im Kölner Stadtteil Lindenthal. Arved bekam sein eigenes Zimmer, in dem es muffig roch – ein Geruch, den er erst aus der Nase bekam, als er zum Studium nach Trier zog. Tante Adeltraut war nie verheiratet gewesen und bezog ihre Vorstellungen über Kindererziehung aus der Regenbogenpresse sowie aus Liebesromanen. Übertriebene Fürsorge wechselte mit drakonischen Strafen, deren Grund Arved nie einsehen konnte. Wenn er einmal ein Handtuch nicht gerade aufgehängt hatte, setzte es Prügel, aber wenn er aus Verzweiflung in seinem Zimmer Dinge umwarf und gegen die Wand schleuderte, bekam er Streicheleinheiten und Schokolade. Doch es war nicht immer dasselbe. Manchmal konnte es auch vorkommen, dass er mit Nichtachtung gestraft oder ein schiefes Handtuch mit einem Lächeln bedacht wurde. Und geschlagen wurde, wenn er gerechten Zorn fühlte. Nie wusste er, was er wirklich tun sollte, um seine Tante zufrieden zu stellen.

In der Dunkelheit der Untersuchungszelle erinnerte sich Arved daran, dass er einmal, als er schon in die Grundschule ging, mit zerrissener Kleidung zu seiner Tante gekommen war. Er hatte es nie über sich bringen können, ihre Wohnung als sein Zuhause zu bezeichnen. Er schellte, und als Tante Adeltraut ihm öffnete und wie immer auf dem Treppenabsatz stand und ihn mit ausgebreiteten Armen erwartete, wechselte ihr Gesichtsausdruck von Erstaunen über Bestürzung, Mitleid und Sorge zu Wut und Zorn. »Komm herein, kleines Lämmlein«, sagte sie mit erstickter Stimme, und als er kaum im Flur stand, schlug sie ihn schon mit ihren harten, knochigen Händen windelweich. Er kam erst gar nicht dazu, zu erzählen, wie die Klassenkameraden nach der vierten Stunde über ihn hergefallen waren und ihn verdroschen hatten. Schon immer hatten seine Klassenkameraden ihm Streiche gespielt, doch so schlimm wie an jenem Tag war es noch nie gewesen. Zwei Jungen hatten ihn festgehalten und drei andere hatten auf ihn eingeschlagen. Und dafür erhielt er nun auch noch Prügel von seiner Tante. Er verstand die Welt nicht mehr.

Dieses Erlebnis hatte dazu geführt, dass er sich noch mehr in sich zurückzog. Die Handlungen seiner Tante blieben für ihn weiter unverständlich.

»Siehst du den Weg?«, fragte die Stimme sanft. Nun schien sie schon fast in seinem Kopf zu stecken. »Dort hinten. Sieh genau hin. Jeder von uns hat seinen Weg.«

Ganz fern durchstach plötzlich ein gleißend heller Punkt die Finsternis, ohne indes Arveds Umgebung zu erhellen.

»Geh hin.«

Er ging auf den Punkt zu, der rasch größer wurde. Obwohl er befürchtet hatte, dass er gegen Mitgefangene stoßen würde, berührte er doch niemanden. Vielleicht hatte die Stimme gelogen; vielleicht waren sie und Arved die einzigen Insassen.

Der Punkt flog auf ihn zu, vergrößerte sich und wurde zu einem Raum, den er nur zu gut kannte. Er saß wieder im Wohnzimmer seiner Tante auf dem Sessel mit der Kuhle und dem abgeschabten Brokatbezug, und ihm gegenüber aß Tante Adeltraut ein Stück Schwarzwälder Kirschtorte. Wegen irgendeiner Verfehlung, von der die Tante nur in Andeutungen gesprochen hatte, war Arved vom Genuss des Kuchens ausgeschlossen worden.

»Nun, mein Sohn«, sagte Tante Adeltraut, immer nannte sie ihn ihren Sohn, »nun, mein Sohn, ich glaube, du hast mir etwas zu erklären.«

»Was, Mama?« Das letzte Wort ging ihm kaum über die Lippen, aber es war die Voraussetzung für die tägliche Fütterung.

»Ich habe gehört, du willst nach Trier gehen. Du willst studieren. Theologie.« Das Wort kam wie Auswurf aus ihrem Mund.

»Ja.« Arved saß auf der Kante des Sessels, wie immer, und war höchst angespannt, wie immer.

»Glaubst du, das ist richtig?«

Leise: »Ja.«

»Dann glaubst du also, es ist richtig, deine arme, alte Mutter allein hier zurückzulassen, um etwas zu studieren, das es gar nicht gibt.«

»Es gibt es, Mama.« Er kam sich vor wie ein kleiner Junge. Es reichte. Er musste fort von hier. Er musste endlich an etwas glauben. Er brauchte ein klares Korsett. Das Theologiestudium war genau das Richtige, das wusste er.

»Dann geh deinen Weg und lass mich ruhig hier zurück. Lass mich hier in Einsamkeit sterben. Ich will deinem Glück nicht im Wege stehen.«

»So darfst du das nicht sagen, Mama ...«

»Ach, nicht?« Tante Adeltraut schaute ihn über ihren Teller hinweg an. »Ist es etwa nicht die Wahrheit? Oder kannst du die Wahrheit nur nicht ertragen? Nein, geh ruhig. Aber glaube nicht, dass ich deine Verrücktheiten unterstütze. Keinen Pfennig wirst du von mir bekommen.«

»Ja, Mama.« Was für eine Gemeinheit! Bloß weg. Immerhin gab es Fördermittel von öffentlicher Stelle und er konnte für seinen Lebensunterhalt arbeiten. Bestimmt würde er etwas finden. Er hatte diese alte Vettel nicht nötig.

»Hier war für dich alles geregelt. Aber jetzt gehst du in eine Welt hinaus, für die du nicht gemacht bist. Du bist ein viel zu guter Junge.« Sie schob sich ein großes, weißliches Stück Kuchen in den faltigen Mund. »Du verstehst die Welt doch gar nicht.«

Woran du schuld bist, wollte er gerade sagen, doch er bezwang sich und seine Wut.

Während sie kaute, redete sie schmatzend und nuschelnd weiter. »Du bist der Welt doch gar nicht gewachsen. Wenn ich nicht alles für dich regele, gehst du unter. Du kennst die einfachsten Regeln nicht. Für dich ist alles ein Labyrinth. Sei froh, dass es mich gibt, die dich hindurchführt.«

»Ich muss den Weg jetzt allein gehen«, sagte Arved gefasst und schlug die Hände um die Knie.

Seine Tante schaute ihn groß an. Dann schnappte sie nach Luft. Sie hustete. Sie schüttelte den Kopf. Sie schluckte. Sie brummte. Der Teller fiel ihr aus den klauenartigen Händen. Die pappige Sahnecreme platschte auf den Teppich; die Gabel fiel hinein und blieb in der Masse stecken. Tante Adeltrauts Kopf sackte nach hinten. Sie hörte auf zu röcheln; die glasigen Augen starrten blind zur Stuckdecke hoch.

Sie war der einzige Mensch, den er bisher hatte sterben sehen. Zuerst hatte er nicht geglaubt, dass sie tot war. Und dann kamen die Gefühle wie eine Sturmflut. Schrecken wechselte mit Erleichterung ab, Trauer mit Freude. Er schämte sich für seine widerstreitenden Gefühle. Als Priester hatte er viele Messen für seine Tante gelesen, um dieses Gefühl allmählich zu ersticken. Er war ihm nie ganz gelungen.

Tante Adeltraut hatte einen Schlaganfall erlitten und war daran gestorben. Arved hatte nie Gewissheit darüber erlangt, ob sie sich über seine letzte Bemerkung so aufgeregt hatte oder ob ihr plötzlicher Tod zu diesem Zeitpunkt ein Zufall gewesen war. Sie hatte ihr bescheidenes Vermögen einem Waisenhaus vermacht und Arved ausdrücklich enterbt. Genau das hatte Arved aber von seiner Tante und etwaigen Gefühlen der Abhängigkeit von ihr noch über den Tod hinaus befreit. Er beantragte Waisengeld, erhielt Bafög und studierte. Erklärungen für ihr Verhalten, ihre Härte und doch auch ihre Sehnsucht nach seiner Nähe suchte er nicht mehr. Doch stets blieb in ihm das Gefühl, er würde die Menschen und ihre Handlungen nicht durchschauen, wohl aber Gottes Wort, Gottes Gesetze. Das war sein Halt, bis er mehr über die Machenschaften seiner geistlichen Kollegen erfuhr und bis er Lydia Vonnegut traf.

Das Zimmer der Tante zog sich in den Lichtfleck zurück; dieser verdämmerte und ließ Arved in der Finsternis allein zurück.

Nicht ganz allein.

»Hat es dir gefallen?«

Er sagte nichts darauf.

»Wer kann schon sagen, welche Handlung welche Auswirkung herbeiruft?«, säuselte die Stimme.

Alles, was ich tue, ruft irgendwelche Reaktionen hervor, dachte Arved. Aber ich kann nie wissen, welche Reaktionen das sind. Ich habe versucht, mir Sicherheit zu verschaffen. Ich habe sie mir selbst wieder genommen – ein Akt der

Befreiung. Aber er hat mich in die völlige Verwirrung gestürzt – und hierher gebracht.

»Was willst du jetzt tun?«, fragte die Stimme. Sie war eindeutig in seinem Kopf.

»Abwarten.«

»Worauf willst du warten?«

»Darauf, dass ich hier herauskomme.«

»Hast du es denn immer noch nicht begriffen? Es gibt zwar ein Ziel, aber keinen Weg. Für dich nicht.«

»Man wird mir den Prozess machen.«

»Dein Prozess ist schon zu Ende.«

»Aber ich habe doch noch gar nicht ...«

»Dein Prozess ist schon zu Ende!« Dann lachte die Stimme. Jetzt war sie einige Schritte von ihm entfernt. »Er ist vor einer Minute zu Ende gegangen.«

»Hatte ich eine echte Chance?«, fragte Arved.

»Natürlich. Aber du hast sie vertan.«

»Was hätte ich denn tun sollen?«

»Das kannst nur du wissen. Ich glaube, du hättest aufstehen und Tante Adeltrauts Zimmer verlassen sollen. Dann wärest du frei gewesen.«

»Aber das ist doch schon vor so langer Zeit passiert«, wehrte sich Arved.

»Nein. Es ist vor einer Minute passiert.«

Arved wünschte sich den Lichtpunkt zurück, aber alles blieb schwarz. Es war zum Verzweifeln. Er musste weg von hier. Er war nicht rechtmäßig hier. Er hatte eine Aufgabe, aber er konnte sich nicht mehr an sie erinnern.

»Wenn man lange hier ist, verschwimmt alles«, sagte die Stimme. »Man weiß nicht mehr, was man tun kann und soll.«

Arved machte ein paar Schritte auf die Stimme zu. Sie schien sich zurückzuziehen. »Mach's gut«, sagte sie. Dann setzte vollkommene Stille ein.

Arved rief noch einige Male nach der Stimme. Sie meldete sich nicht mehr. Er machte tastend weitere Schritte, hierhin, dorthin, nirgendwo traf er auf jemanden. Er war allein. Allein mit sich.

Er steckte mitten im Labyrinth und wusste, dass es kein Ziel darin gab, sondern nur mäandernde Gänge, die entweder ins Nichts oder in sich selbst zurückführten.

Magdalenas Bild erschien vor seinem inneren Auge. Nicht so, wie er sie in dem unheimlichen Gasthof gesehen hatte, sondern so, wie sie am Tag der Beerdigung gewesen war. Blass und schön. Voller Trauer und so zart, dass man am liebsten eine gläserne Glocke über sie gestülpt hätte. Doch ein anderes Bild lagerte sich über das ihre.

Das Bild der Lioba Heiligmann mit ihren von Silber durchzogenen Haaren, ihren altmodischen Kleidern, ihrem schönen Lächeln, ihrem sanften Duft und ihren klobigen Wanderstiefeln. Er musste ihr doch berichten, was geschehen war. Er musste ihr erzählen von den ... von den ...

Arved setzte sich auf den kalten Steinboden und rieb sich die Schläfen.

Lioba.

Er musste ... mit ihr reden ...

Eine bleierne Müdigkeit überkam ihn. Er wusste nicht, ob er ihr nachgeben oder gegen sie ankämpfen sollte. Wieder eine Entscheidung, und wer konnte schon sagen, welche Auswirkungen sie hatte? Er entschloss sich zu kämpfen. Er wünschte sich den Lichtpunkt zurück, ohne zu wissen, was er tun sollte, wenn er wirklich kam.

Und er kam.

Ganz hinten, in unmöglicher Entfernung, weit jenseits jedes vorstellbaren Raumes begann das Glimmen. Er stand rasch auf und machte einige Schritte darauf zu. Bald rannte er. Er hatte keine Angst mehr, gegen jemanden oder etwas zu stoßen. Es gab niemanden, es gab nichts. Das Licht flog abermals auf ihn zu. Schon erwartete er, wieder seine Tante zu sehen.

Aber er sah etwas anderes.

Er sah sein eigenes Haus. Das Schlafzimmer der Lydia Vonnegut, in dem nun ein Teil seiner Reliquiensammlung untergebracht war. Er sah sich vor dem Bett der Sterbenden sitzen und mit ihr reden. Und er hörte sich Dinge sagen, die er nicht mehr verstand. Er bemerkte, wie sie ihn in ihren Bann zog. Und diesmal ließ er es nicht zu.

»Ja, ich bin eine Hexe«, kicherte die alte Frau. »Jeder in Trier hält mich für eine, wussten Sie das nicht? Und wo Rauch ist, da ist auch Feuer.«

Er stand auf, reichte ihr die Hand und sagte: »Ich fürchte, ich kann für Ihre Seele nur noch beten, Frau Vonnegut. Ich werde Sie in meine Gebete einschließen.«

»Wollen Sie wieder beten?«, fragte Lydia Vonnegut enttäuscht und gehässig zugleich. »Ich dachte, ich hätte Sie endgültig von Ihrer Dummheit kuriert.«

»Es ist keine Dummheit. Ich nehme Ihnen nicht Ihren Glauben, also sollten sie auch nicht versuchen, mir den meinen zu nehmen.«

»Ich will Ihnen das Leben doch nur leichter machen«, sagte Lydia Vonnegut und lachte schrill. »Seien Sie endlich das, was jeder ist: ein gieriger Fleischklumpen.«

»Ich wäre es, wenn ich Ihnen glauben würde, so aber bin ich ein Mensch. Guten Tag.«

Wortlos verließ er das Schlafzimmer, ging die Treppe hinunter, zog die Haustür auf und trat in einen kalten Wintertag. Er fühlte sich gut. Diese Frau würde ihm nie wieder in sein Leben hineinreden und ihn unsicher machen. Er entschloss sich, sie nicht mehr zu besuchen.

Das Licht verschwand. Arved stand immer noch in absoluter Dunkelheit. Aber es ging ihm besser. Er hoffte, dass er sich nun richtig entschieden hatte. Falls es überhaupt eine Entscheidung war, die er getroffen hatte. Er drehte sich um und ging in die dem nun verschwundenen Lichtpunkt entgegengesetzte Richtung. Er wusste nicht einmal, ob er nun auf dem richtigen Weg zur Tür war, aber er hoffte es. Er betete darum. Und gelangte zur Tür.

Er hatte die Hände vor sich ausgestreckt und war stehen geblieben, sobald er Holz gespürt hatte. Nun drückte er die Klinke herunter und stieß die unverschlossene Tür auf. Grelles Licht blendete ihn. Er hatte nicht damit gerechnet, so leicht entkommen zu können. Es dauerte einige Sekunden, bis er in dem weißen Neonlicht etwas sehen konnte. Er befand sich wieder in einem der gleichförmigen, von allen Seiten mit Licht durchflossenem Korridore. Niemand war zu sehen. Er ging nach rechts, kam an die erste Biegung, sah einen Aufzug, dessen Türen geöffnet waren, stieg ein und drückte den Knopf für das Erdgeschoss. Mit einem heftigen Zischen schlossen sich die Türen und ruckelnd setzte sich der Aufzug in Bewegung. Im Erdgeschoss stieg Arved aus. Ein Pfeil zeigte den Weg nach draußen. Er kam an einer verlassenen Pförtnerloge vorbei und trat durch ein Jugendstilportal in den teilweise von Scheinwerfern beleuchteten Innenhof, in dem noch der schwarze Cadillac mit den abgedunkelten Scheiben stand. Schnell ging Arved an ihm vorbei und durch das Tor in dem Glasgebäude nach draußen auf die Straße.

Er war frei.

Und völlig allein in der totenstillen Stadt.

28. Kapitel

Arved stellte erstaunt fest, dass er sich auf der Saarstraße befand. Er hatte nicht gewusst, dass hier ein Polizeirevier lag. Die nächste Querstraße, auf die er traf, war die Töpferstraße. Also war er nicht mehr weit von Sankt Matthias entfernt. Ein verrückter Gedanke kam ihm. Vielleicht war Magdalena Meisen wieder zu Hause. Es würde ihn nicht wundern. Nichts wunderte ihn mehr.

Die Saarstraße ging in die Matthiasstraße über. Er betrat die große Kreuzung mit dem Beerdigungsinstitut auf der linken Seite und sah schon den wehrhaften Turm der alten Klosterkirche. Die Ampeln leuchteten, aber niemand war auf der Straße, kein Auto, kein Fußgänger. Mitten auf der Kreuzung blieb Arved stehen. Er hörte ein leises Geräusch, beinahe wie das Rauschen von Blättern, aber hier standen keine Bäume. Außerdem schien es von unten zu kommen. Verwirrt schaute Arved auf den Asphalt. Er glänzte wie nach einem Regenguss. Aber es hatte nicht geregnet. Er kniete nieder. Die Laute wurden deutlicher. Und dann sah er es.

Es waren Gesichter. Sie steckten im Asphalt. Die Münder waren schrecklich weit aufgerissen und leises Jammern drang aus ihnen. Arved rieb sich die Augen. Das Bild war verschwunden; es war nur Asphalt. Aber die Geräusche blieben.

Er stand wieder auf und ging weiter. An der hohen Klostermauer vorbei. Die mächtigen Bäume im Klausurgarten wisperten. Unförmige Schatten saßen in den Ästen; manchmal blitzte etwas auf und kleine Wolken stiegen hoch.

Nichts behinderte seinen Weg. Er bog in den Schammat ein und von dort aus in die Saarburger Straße. Die einförmigen Häuser mit den rosafarbenen Balkonen lagen unter blassem Mondschein. Und im ersten Stock der Nummer 1 brannte Licht.

Zuerst war sich Arved nicht sicher, ob es wirklich die Wohnung der Meisens war. Doch er erinnerte sich daran, dass er den Ahorn vom Wohnzimmerfenster aus gesehen hatte – den Ahorn, in dem Magdalena Meisen eine seltsame Gestalt zu sehen geglaubt hatte. Dieser Ahorn stand genau vor dem erleuchteten Fenster.

Arved umrundete das Haus und schellte.

Nichts geschah.

Eigentlich hatte er erwartet, dass niemand ihm öffnen würde. Er musste aber irgendwie hinaufgelangen. Arved drückte mit der flachen Hand auf alle Klingelschildchen gleichzeitig. Nichts rührte sich. Er lehnte sich gegen die Tür. Sie gab nicht nach. Arved ging zurück nach vorn und suchte nach einem kleinen Steinchen oder einem anderen Gegenstand, den er gegen Magdalenas Fenster werfen konnte. Während er sich bückte, hatte er wieder den Eindruck, als glotzten ihn tausend Augen an. Er fand ein kleines Stöckchen. Es fühlte sich seltsam warm und geschmeidig an. Arved warf es an dem Ahorn vorbei gegen das erleuchtete Wohnzimmerfenster. Er hörte deutlich das scheppernde Geräusch. Nichts tat sich. Kurz überlegte er, ob er versuchen sollte, an dem Ahorn hochzuklettern und auf den Balkon vor dem Wohnzimmerfenster zu springen, doch dazu war er nicht sportlich genug. Er stieß einen langen Seufzer aus. Vielleicht hatte Magdalena Meisen nur vergessen, das Licht auszuschalten; vielleicht war sie gar nicht da.

Als er noch überlegte, regte sich etwas im Treppenhaus. Durch die Dunkelheit huschte ein Schatten von innen auf die Eingangstür zu. Sie wurde aufgezogen und etwas wehte an Arved vorbei. Er hatte die Person nicht erkennen können; es war, als sei sie wirklich nur ein unkörperlicher Schatten gewesen. Rasch setzte er einen Fuß in die Tür und drückte sie auf. Er versuchte das Licht im Treppenhaus anzuschalten, aber es ging nicht. Vorsichtig tastete er sich voran.

Im ersten Stock erfühlte er eine nur angelehnte Tür, hinter der kein Licht hervordrang. »Magdalena?«, flüsterte er, dann etwas lauter: »Magdalena Meisen?«

Nichts antwortete ihm.

Aber etwas schlang sich ihm plötzlich um Beine und Arme und zog ihn in die Dunkelheit.

Die Luft wurde aus Arveds Lunge gepresst. Er wollte schreien, brachte aber keinen Laut hervor. So musste das tödliche Würgen einer Riesenschlange sein.

Dann ging ein Licht an. Es war eine nackte Glühbirne, die von einer Zimmerdecke herunterhing. Arved sah gerade noch, wie zwei graue, wurmartige Fortsätze sich in die Wand zurückzogen. Es schauderte ihn; er hielt sich so weit wie möglich von der Wand entfernt.

Er stand in einem Zimmer ohne jede Möblierung. Die nackten Wände starrten ihn an. Das Fenster ihm gegenüber schien ins Nichts zu gehen. Zwei Türen zweigten von dem Raum ab. Die, durch die er hereingekommen war, war verriegelt; die andere ließ sich öffnen.

Sie führte in einen gleichartigen, etwa quadratischen Raum, von dessen Decke ebenfalls eine nackte, brennende Glühbirne herabhing. Arved näherte sich einer der Wände und betastete sie vorsichtig. Sie fühlte sich warm und lebendig an – als werde sie von unsichtbaren pulsierenden Adern und Muskeln durchzogen. Rasch nahm er die Hand wieder weg und begab sich in die Mitte des Zimmers unmittelbar unter die Glühbirne.

Zuerst sah er es nur aus den Augenwinkeln. Es kam von oben. Schoss herab wie eine vorschnellende Froschzunge. Er sprang zur Seite. Es fuhr über die Stelle, wo er gestanden hatte, und schlug in den Boden ein. Es war in der Tat wie eine Zunge: rötlich, fleischig, aber gleichzeitig hart wie Stahl. Sie spaltete den Boden und schuf tiefe Risse. Arved lief durch eine der beiden Türen – und stand wieder in einem gleichartigen Raum. Oder war es der Raum, aus dem er gekommen war? Er ging auf eine der beiden Türen zu, überlegte nicht lange, riss sie auf – ein weiteres quadratisches Zimmer mit einer nackten Glühbirne. Nichts stach aus ihr hervor. Also hatte er zumindest nicht jenes Zimmer, das ihm beinahe zum Verhängnis geworden wäre, zweimal betreten.

Oder der fleischige Fortsatz hatte sich wieder in die Glühbirne zurückgezogen.

Das nächste Zimmer. Und noch eines. Er wollte es sich nicht eingestehen, aber er befand sich in einem Labyrinth. Und es gab keine Möglichkeit für ihn, sich einen Überblick darüber zu verschaffen. Er fragte sich, was ihn in der Mitte erwarten würde – falls er die Mitte erreichen sollte. Magdalena Meisen? War er nicht wegen ihr hier? Arved schüttelte müde den Kopf und öffnete eine weitere Tür.

Ein Zimmer, ungefähr quadratisch, mit weiß getünchten Wänden, wie die anderen auch, mit einer Glühbirne und einem Fenster, das nur in Schwärze hineinführte. Arved trat an das Fenster, das wie ein Spiegel war. Er sah sich näher kommen, die Hand heben, an den Griff legen, ihn drehen und das Fenster aufziehen. Dann verschwand das Bild, als die Scheibe in den Raum hineinschwang.

Und wurde durch vollkommene Schwärze ersetzt. Sie war wie Samt oder Seide.

»Hallo?«, rief Arved. Seine Stimme schien das Zimmer nicht zu verlassen. Er schloss das Fenster wieder, denn er wagte nicht, eine Hand über den Sims hinauszustrecken. Er ging in das nächste Zimmer.

Hier stand in der Mitte ein schmiedeeiserner Leuchter mit einer großen, weißen, brennenden Kerze darin – beinahe wie an einem Altar. Ansonsten war das Zimmer wie alle anderen.

Doch dieser eine Unterschied, die andere Beleuchtung, verschaffte Arved ein wahres Hochgefühl. Er war nicht im Kreis gelaufen! Er kam voran! Wie oft hatte er in seinem Leben das Gefühl gehabt, nicht von der Stelle zu kommen. Und nun war es ihm gelungen! Voller Hoffnung öffnete er die nächste Tür.

Wieder ein Zimmer, wieder ein Kerzenständer. Und wieder die nächste Tür, eine der beiden. Nie befanden sie sich gegenüber; immer schlug Arved Haken. Er wusste schon lange nicht mehr, in welcher Richtung er unterwegs war. Vielleicht kreiste er sein Ziel langsam ein. Während er die nächste Tür öffnete, fragte er sich, was das für ein Ziel sein mochte. Oder er würde auf ewig in diesem Labyrinth umherirren, sich immer weiter darin verirren, nie wieder hinausfinden, verloren sein. Sein Herz raste bei diesen Gedanken.

Wieder ein Zimmer. Verzweiflung schlug wie Wellen über ihm zusammen. Durchbrandete ihn. Noch eine Tür. Er blieb stehen, hatte die Klinke noch in der Hand, und überlegte, ob er aufgeben sollte. Es hatte keinen Sinn. Hatte alles keinen Sinn. Er konnte genauso gut hier bleiben, sich auf den Boden setzen und sein Ende erwarten. Dennoch drückte er die Tür auf.

Die Kerze im nächsten Zimmer war aus schwarzem Wachs.

Wieder Hoffnung, wie ein Licht in der Dunkelheit. Ein schwarzes Licht. Jetzt durfte er nicht aufgeben; möglicherweise war er kurz vor dem Ziel. Mit neuer Kraft lief er los.

Immer schneller lief er, immer hastiger riss er die Türen auf und schlug sie hinter sich zu. Schweiß lief ihm an den

Wangen herab und er spürte, wie seine Kleidung auf der Haut klebte. Und dann geschah es.

Als er eines der Zimmer betrat – hier war die Kerze schon beinahe ganz heruntergebrannt –, hatte er das Gefühl, als sei die Tür rechts von ihm soeben geschlossen worden; ein kalter Luftzug wehte noch durch den Raum. Er riss diese Tür auf – und glaubte die Tür links von sich in dem neuen Raum sich gerade schließen zu sehen. Vielleicht war es auch nur eine Sinnestäuschung, hervorgerufen durch das Flackern des Kerzenstummels. Trotzdem schritt er durch diese Tür.

Die Tür rechts schlug zu. Es war keine Einbildung. Er sah es genau. Er hörte es genau. Jemand lief vor ihm her. Er hastete zu der Tür, riss sie auf.

Er konnte die Dunkelheit sehen. Er sah, wie sie das Zimmer erfüllte, in dem die erloschene Kerze stand. Und er sah trotz dieser Dunkelheit die Gestalt neben dem Kerzenleuchter.

Dieses Zimmer hatte keine weitere Tür als die, durch welcher er hereingekommen war. Die Gestalt im Zimmer schien mit dünnen Schnüren oder Auswüchsen in den Wänden verankert zu sein; sie schwebte sogar über dem Boden, wie er unbegreiflicherweise sehen konnte. Dann wurde das Bild trotz der Finsternis noch deutlicher. Er erkannte, dass die Gestalt genauso groß war wie er. Sie schwebte ein wenig über ihm, weil sie den Kontakt mit dem Boden verloren hatte. Sie war blond; die Haare hingen ihr wirr ins Gesicht. Sie war ein wenig übergewichtig. Sie hatte blaue Augen und einen Hundeblick. Sie trug Sandalen, eine schwarze Hose und eine helle Windjacke.

Sie war Arved Winter.

Er überlegte nicht lange, als er den bittenden Blick in Arved Winters Augen sah. Er zerrte mit bloßen Händen an den Schnüren, an den Tentakeln, an den Fortsätzen, die aus der

Wand, der Decke und dem Boden herauswuchsen. Sie fühlten sich widerlich ledrig und pulsierend an. Sie waren warm und wanden sich wie Würmer unter seinem Griff. Aber er ließ nicht los. Er riss jeden einzelnen von Arved Winter ab und trampelte auf ihnen herum, bis sie leblos vor ihm lagen. Dann ging er auf Arved Winter zu, der die Augen in ungläubigem Erstaunen aufriss.

Und wurde eins mit ihm.

Er durchdrang ihn, wie er Magdalena Meisen durchdrungen hatte. Aber etwas war anders. Er spürte plötzlich einen Widerstand. Etwas, das er geradezu mit Händen greifen konnte. Er umklammerte es und hielt sich daran fest. Und dann war er in Arved Winter, zog sich ihn an wie einen Mantel. Er atmete befreit auf. Draußen vor dem Fenster wurde es hell. Der Morgen dämmerte herauf. Arved trat ans Fenster und öffnete es. Eine kühle Brise zog in den Raum. Allmählich floss Licht an den weißen Wänden vorbei. Arved öffnete die einzige Tür – und stand in Magdalena Meisens Wohnzimmer. Dort saß sie, wie sie in dem Zimmer im Gasthaus bei Buchholz gesessen hatte: den Mund aufgerissen, die Augen ins Leere starrend. Wieder trat er auf sie zu, wieder streckte er die Hände nach ihr aus.

Und diesmal fühlte er sie. Spürte sie. Packte ihre Schultern und schüttelte sie durch. Sie schloss den Mund, atmete tief durch, doch ihr Blick wurde nicht klarer.

Dann sprach sie. »Nicht schon wieder«, flüsterte sie. »Verlass mich nicht schon wieder. Wir haben es doch so schön. Warum musst du denn ausgerechnet jetzt gehen? Nicht schon wieder.« Sie stöhnte, hob die Hände, als wolle sie jemanden festhalten, ließ sie wieder sinken. Kraftlos lagen sie auf den Lehnen des Bauhaussessels.

»Magdalena«, sagte Arved leise, aber fest. »Ich bin es. Arved Winter. Der Priester. Wachen Sie auf.«

»Ich bin wach. Bin immer wach. Kann nicht schlafen. Muss alles sehen. Wie er mich betrügt. Und wie Alexander mich betrügt. Und wie Jonathan mich verlässt. Und immer bin ich die, die zurückbleibt. Immer. Und Jürgen. So viele Hoffnungen. Aber er hat mich auch verlassen. Verlass mich nicht! Nicht noch einer darf mich verlassen!«

Sie schaute ihn immer noch nicht an und er wusste nicht, ob sie mit ihren Worten ihn meinte. Er schüttelte sie noch einmal und spürte, wie sie sich versteifte. Zum ersten Mal bewegte sie die Augen. Schaute in Arveds Richtung. Durch ihn hindurch. Sah ihn nicht.

Sie krümmte sich wie unter starken Schmerzen im Sessel zusammen und presste die Hände gegen die Schläfen. »Bitte geh nicht. Ich flehe dich an, verlass mich nicht.«

»Magdalena! Ich verlasse dich nicht. Ich bin bei dir. Ich bleibe bei dir.«

»Nein, das sagst du nur. In Wirklichkeit wirst du mich verlassen. Wie alle. Ich halte das nicht mehr aus. Immer diese Demütigungen. Nur ein Stück Dreck, das man einfach so wegwirft!« Sie ballte die Hände zu Fäusten zusammen und schlug sich gegen die Stirn. »Bin ich das? Ein Ding, das man benutzt und nach Gebrauch entsorgt? Nur ein elendes Stück Dreck?«

Arved trat vor sie und packte ihre Arme. »Sieh mich an! Ich bin hier!«, brüllte er. Sie drehte den Kopf fort. Doch in ihren Augen flackerte etwas. Er überwand sich und ohrfeigte sie. Es half nichts. Dann tat er etwas, von dem er selbst nicht wusste, warum er es tat. Er brachte seinen Mund ganz nah an ihr Gesicht und hauchte sie an. Das Flackern in ihren Augen verstärkte sich. Sie blinzelte. Erkannte ihn. Schlang die Arme um ihn und drückte sich ganz fest und Hilfe suchend an ihn. Sie sagte kein Wort.

»Wir müssen von hier verschwinden«, sagte er, während er sie in seiner klammerartigen Umarmung hielt.

»Wohin?«, flüsterte sie. »Es gibt keinen Weg.«

»Es muss einen geben.«

»Jürgen ...«

»Was ist mit ihm?«

Sie sah ihn an; jetzt schien sie ganz sie selbst zu sein. »Ich habe ihn gesehen. Er ist auch hier. Wir müssen ihn mitnehmen.«

»Wo ist er?«, fragte Arved und machte sich sanft aus ihrer Umarmung frei.

»Ich habe ihn in meinen Visionen gesehen. Er hat mich verlassen. Immer wieder. Wie die anderen. Wie jeder.«

Arved schaute sich um. Alles wirkte so normal. So gewöhnlich. Er roch das Büffelleder des teuren Sofas, sah die Bauhaussessel, den chinesischen Teppich mit dem wunderbaren Königsblau. Alles war wie bei seinem ersten Besuch hier. Und doch lagen Welten dazwischen. Sein Denken schwamm wie in dunklen, unterirdischen Kanälen. Er konnte sich an alles erinnern, an jede Einzelheit, und doch passte nichts mehr zusammen.

Labyrinth.

Man glaubt die Wege zu kennen, doch es sind nicht die gleichen; sie führen nur scheinbar zum Ziel. Und auch das Ziel ist nicht das, was es zu sein vorgibt.

»Wo hast du ihn gesehen?«

»Ich ... ich weiß es nicht.« Sie schüttelte verzweifelt den Kopf. »Es war so dunkel. Ich weiß nicht, wo es gewesen ist. Da war in der Ferne ein riesiger Baum und eine Mauer mit einem Durchgang davor. In einer Minute war ich hier, dann wieder woanders. Es hätte überall sein können. Zuerst habe ich gar nicht begriffen, dass er es war. Er hatte Pflaster vor den Augen, oder sie waren zugenäht. Ich weiß es nicht. Er hat mich nicht erkannt. Er hat nichts erkannt. Aber er hat wie in Qualen gestöhnt. Er hat mir so Leid getan. Und ich konnte nichts für ihn tun, denn dann war ich schon wieder fort. In einem Gasthaus, glaube ich. Vor weißen, verhüllten Gestalten. Und dann in diesem Zimmer. Ich weiß nicht mehr, wie ich hierher gekommen bin. Wahrscheinlich bin ich gar nicht hier. Aber jetzt ist es besser. Ich habe viele Jahre in dem Gasthaus gelebt. Habe sie alle wiedergesehen. Und sie alle haben mich verlassen. Wieder verlassen. Immer wieder. Weißt du, wie weh es tut, verlassen zu werden?«

Arved streichelte ihr die Wange. »Jetzt ist es vorbei.«

»Warum sollte ich das glauben?«, fragte sie und schaute ihn schwindelnd tief an.

»Weil ich hier bin.«

»Auch du wirst wieder gehen.«

»Nur mit dir.«

»Und mit Jürgen.«

Arved seufzte leise. »Und mit Jürgen. Wir müssen herausfinden, wo er ist. Kannst du dich an Einzelheiten des Ortes erinnern?«

Magdalena schüttelte den Kopf. »Nein. Aber ich erinnere mich an eine Frau, die bei ihm war.«

»Eine Frau?«, fragte Arved verwundert und trat einen Schritt von Magdalena zurück.

»Sie trug einen Umhang, aber ihr Gesicht habe ich deutlich gesehen. Es war eine scheußliche alte Vettel. Aber am schlimmsten waren ihre Augen. So etwas habe ich noch nie gesehen. Das eine war grün und das andere schwefelgelb.«

Arved hielt den Atem an. Wie gut kannte er den Blick dieser schrecklichen verschiedenfarbigen Augen.

29. Kapitel

Arved glaubte, sich an etwas zu erinnern. Ein riesiger Baum in der Ferne, davor eine Mauer mit einem Durchgang. Natürlich, es hätte überall sein können, aber er hatte einen solchen Anblick schon einmal gesehen. Wenn er nur wüsste, wo das gewesen war!

Er stand immer noch vor Magdalena Meisen und schaute sie fragend an. Dann fiel es ihm ein. »Hast du vielleicht auch Kreuze gesehen? Oder Grabsteine?«

Magdalena dachte nach. »Ich weiß nicht ... Ich kann mich an kleine Parzellen erinnern, an beschnittene Büsche. Ja, ich glaube, da waren Grabsteine. Jürgen ging auf einem Kiesweg, neben dieser schrecklichen Frau mit den verschiedenfarbigen Augen.«

»Der Friedhof von Sankt Matthias«, sagte Arved mit Bestimmtheit.

»Natürlich!« Magdalena sprang aus ihrem Sessel auf und ergriff Arveds Hände. »Wir müssen sofort dorthin.«

»Sie sind bestimmt nicht mehr da«, gab er zu bedenken.

Magdalena schaute ihn bittend an. Tiefe Verzweiflung lag in ihren Augen. »Wir müssen es versuchen. Es ist unsere einzige Spur. Verlass nicht auch du mich noch!« Ihr Blick wurde feucht.

Arved nickte. »Komm, wir gehen. Es ist ja nicht weit.«

Sie traten aus dem Haus in die Finsternis einer nicht enden wollenden Nacht. Die Saarburger Straße lief auf die Klostermauer zu, vor der sie nach links abbogen. Die alten Bäume im Klausurgarten wirkten wie lahme Giganten, die einander traurig von vergangenen Zeiten erzählten.

Als Arved und Magdalena in die Medardstraße einbogen und immer noch an der Klostermauer entlangschritten, sagte er: »Ich habe dich gesehen. In meinen Träumen. In meinen Visionen. Aber da warst du nicht hier in der Stadt. Du warst in schrecklichen Räumen, die ich kaum beschreiben kann.« Er sah sie von der Seite an.

»Ich habe nach dir gerufen«, gestand sie. »Immer wieder – nach allen, die mich je verlassen haben. Aber ich war zuerst in diesem Gasthaus und dann immer hier – irgendwie. Und ich habe diese Schmerzen gehabt. Diese Schmerzen, weil ich immer wieder verlassen worden bin. Ich habe die schlimmsten Tage meines Lebens noch einmal durchlebt. Ich will auch weg von hier. Aber nicht ohne Jürgen. Was hast du mit deinem inneren Auge gesehen?«

Er versuchte ihr seine Visionen zu beschreiben, und sie hörte still zu.

»Nein«, sagte sie schließlich. »Das musst du dir eingebildet haben. Aber es stimmt, dass ich in Gedanken bei dir war. Nur du kannst uns hier herausholen. Ich habe darum gefleht. Und irgendwann konnte ich nicht einmal mehr das. Ich war so sehr in meinen Erinnerungen gefangen. Es wurde höchste Zeit, dass du kamst.«

Sie hatten Sankt Matthias erreicht. Eigentlich erwartete Arved, dass das Klosterportal verschlossen war, aber es stand weit offen – genau wie der kleine Durchgang zum Friedhof links von der trutzigen Kirche. Eine müde Laterne spendete milchiges Licht, jenseits dessen Schattenteiche lagen. Sie gingen an dem Oktogon der Quirinus-Kapelle vorbei und sahen dahinter den mit der Nacht verwobenen Durchgang in der Mauer. Die gewaltige Linde in der Ferne war kaum mehr als ein Schattenberg.

Magdalena blieb stehen. »Ja«, sagte sie. »Hier war es.«

Sie schritten durch den Bogen und gingen nach rechts an der alten Mauer vorbei. Eine der Kreuzwegstationen hatte ein wenig Licht eingefangen, das von einer weiteren Laterne hinter der Kapelle herbeiströmte. Es handelte sich um die zweite Station: Christus nimmt das Kreuz. Gleichzeitig war es der Grabstein für eine Familie Marx. Wie passend, dachte Arved. Die Christusdarstellung war grotesk verzerrt. Auf einem riesigen Körper saß ein viel zu kleiner Kopf, der lächerlich wie der eines Clowns war. Die Zunge hing ihm aus dem Mund und er schielte. Angeekelt wandte sich Arved ab.

Und sah etwas hinter ihnen forthuschen.

Er zupfte Magdalena am Kleid. Sie wirbelte herum. Und hatte es ebenfalls gesehen. »War das diese Frau?«, fragte sie leise.

Arved zuckte die Achseln und lief los.

Magdalena eilte sofort hinter ihm her. »Warte doch! Lass mich nicht allein!« Ihre Stimme wurde hysterisch.

Arved beachtete sie nicht, sondern verfolgte die Gestalt, deren Schatten er an der Kapelle vorbeischwirren sah. Die Person konnte Lydia sein; sie war sehr klein, aber äußerst flink. Sie verließ den Friedhof, eilte quer über den Vorplatz der Abtei und verschwand in einem der kleinen seitlichen Turmportale. Arved drehte sich um und wartete, bis Magdalena zu ihm aufgeschlossen hatte. Dann tauchten sie ein in die mitternächtliche Kirche.

Sie wurde von sechs Kerzen am Altar spärlich erhellt. Die Gestalt hastete den Mittelgang entlang und auf die Vierung zu. Sie schien zu humpeln. Nein, das war nicht Lydia Vonnegut. Arved und Magdalena holten auf. Sie sahen, wie der schwache Kerzenschimmer über die Gestalt hüpfte, die feucht zu glänzen schien. Sie lief an dem Sarkophag des heiligen Matthias vorbei, sprang die wenigen Stufen zum Altar hoch und setzte sich auf ihn. Ihre Beine baumelten herunter und sie stützte sich mit den Händen auf der Mensa ab.

Das war kein Mensch.

Die Beine waren dürr und grotesk verdreht, die Arme ebenfalls, und der Leib war dick wie ein Fass. Darauf saß, ohne dass ein Hals sichtbar gewesen wäre, der Kopf eines riesigen Ochsenfrosches. Das Maul war zu einem schrecklichen Grinsen verzerrt.

Arved und Magdalena hielten gleichzeitig an, wagten sich nicht mehr zu rühren. Hinter dem Wesen regte sich etwas. Arved schaute hoch zu dem mittleren Apsisfenster – dem berühmten Bleiglasfenster des Wilhelm von der Eifel, das dieser im Jahre 1515 geschaffen hatte. Die Figuren der Kreuzigungsszene bewegten sich, waren in einem langsamen Tanz befangen. Arved kniff die Augen zusammen. Er konnte nur wenige Einzelheiten erkennen. Aber es war nicht das fromme Thema, das er so gut kannte. Es war eine Blasphemie. Ein umgekehrtes Kreuz. Eine schwankende Gestalt, die es umarmte. Zerfließende Formen.

»Hübsch, nicht wahr?«, quakte das Froschwesen und grinste breit.

»Wo ist mein Mann?«, platzte Magdalena heraus.

Das Froschwesen sah sie mit starren Augen an. »Was suchst du den Lebenden bei den Toten?«, fragte es.

»Wer bist du?«, wollte Arved wissen.

»Ich bin, der ich nicht bin«, antwortete das Wesen rätselhaft.

Arved wagte nicht, näher zu kommen. Er stand links von dem Sarkophag. Magdalena hatte sich an ihn gedrückt und seine Hand ergriffen. Ihre langen Nägel gruben sich in sein Fleisch. Schatten legten sich über die Glasfenster in der Apsis. Das Froschwesen schaute sich um und schaukelte dabei mit den Beinen. Es konnte den Kopf ganz nach hinten drehen, ohne dabei den Körper zu bewegen. Die Kerzen blähten sich auf, die Flammen wurden heller und beleuchteten mehr von dem Altarraum und den Fenstern. Das Chorgestühl warf phantastische Schatten. Schatten, die sich bewegten. Genau wie die Fenster. Wesen mit gewaltigen Flügeln erschufen die Schatten; Wesen mit Krallen an den Fingern und Bocksfüßen. Hoch oben im rechten Fenster erschien der Mond. Er beschien einen Baum, der sich im Wind neigte. Es war ein ähnlicher Baum wie draußen neben der Kirche die gewaltige Linde. Doch unter dem Baum befanden sich Geschöpfe wie Albträume. Schwingen sirrten und erfüllten das Innere der Kirche mit einem leichten, andauernden, fauligen Lufthauch. Bizarre Giebel, wie ein architektonischer Nachtmahr, warfen verzerrte Schatten auf die mondhelle Umgebung. Der Mond ging unter und eine dunkle Sonne erhob sich hinter den Giebeln, Säulen, Pilastern und Simsen.

»Ihr könnt nicht finden, wenn ihr nicht an der richtigen Stelle sucht«, sagte das Froschwesen. Plötzlich schoss seine Zunge aus dem Maul hervor und fing ein kleines, weißes, elfenartig zartes Ding ein, das fast unsichtbar über dem Altar geschwebt hatte. Der Froschmensch fuhr die Zunge blitzschnell wieder ein, schmatzte zweimal und fuhr fort: »Ich kenne jemanden, der weiß, was ihr sucht. Aber sie ist schwer zu finden.«

»Lydia«, entfuhr es Arved. »Es ist Lydia, nicht wahr?«

»Namen sind lächerlich«, sagte das Froschwesen. Seine Stimme sank zu einem Zischen herab, das sich in dem hohen Gewölbe brach. »Namen haben keine Wahrheit und keine Wirklichkeit. Sie, die Wächterin dessen, den ihr sucht, findet ihr zwischen den Toten.«

»Ist sie hier?«, fragte Arved. Der Kerzenschein spielte auf dem Altar und enthüllte Risse und Brüche.

»Hier ... dort ... das ist gleichgültig. Nein, hier ist sie nicht. Sie ist dort.«

»Wo?«, fragte Arved.

»Dort, wo sie hingehört. Dort ist sie am liebsten. Nein, dort ist sie auch nicht. Ich habe euch angelogen.« Das Ding lachte glucksend. »Aber dort werdet ihr etwas erfahren. Dort wird man euch helfen.« Das Froschwesen schlug die lächerlich kurzen Beine mit Mühe übereinander und lehnte sich auf der Altarplatte zurück.

»Können wir ihm vertrauen?«, flüsterte Magdalena Arved ins Ohr.

»Natürlich nicht«, antwortete das Froschwesen. »Hier kann niemand dem anderen vertrauen. Das ist auch der Grund, warum ich euch helfe. Ich habe mit der Person, die ihr sucht, noch eine Rechnung zu begleichen. Ich werde mich nicht dazu herablassen, es selbst zu tun. Das wirst du für mich tun, Arved. Und nun geht. Es bleibt euch nicht mehr viel Zeit. Wisst ihr, wie es ist, wenn man die Augen verschlossen hat, sodass man nur noch in sich selbst hineinsehen kann? Das ist die schlimmste aller Qualen. Ihr habt bisher nur einen schwachen Widerschein davon erfahren. Und nun geht. Es ist ein weiter Weg. Geht dorthin, wo der Weg begonnen hat.«

Das Froschwesen hüpfte vom Altar und watschelte durch die Apsis zu einer kleinen Tür mit einem gotischen Spitzbogen. Die Tür schloss sich mit einem lauten Knall hinter ihm, der lange durch die mitternächtliche Kirche hallte. Arved lief durch den Chorraum und rüttelte an der Tür, aber sie war verschlossen.

Magdalena kam auf ihn zu, stellte sich hinter ihn und flüsterte ihm ins Ohr: »Was hat er gemeint?«

Arved drehte sich zu ihr um und kratzte sich am Kinn. »Ich bin mir nicht sicher. Er hat gesagt: ›Dort, wo sie hingehört.‹ Damit kann er eigentlich nur den Friedhof gemeint haben. Sie wurde auf dem Städtischen Friedhof an der Herzogenbuscher Straße beerdigt. Ich war dabei, wenn auch nicht in meiner Funktion als Priester. Das hatte sie sich verbeten. Aber ich weiß, wo ihr Grab ist.«

»Was sollten wir dort erfahren?«, hauchte Magdalena.

Arved zuckte die Achseln und schaute zurück zu den sechs Kerzenleuchtern. »Ich habe keine Ahnung«, gestand er leise.

»Trotzdem sollten wir uns auf den Weg machen. Es bleibt uns nichts anderes übrig. Wir müssen alles versuchen«, sagte Magdalena nervös. »Du hast gehört, wie das Wesen gesagt hat, Jürgen habe verschlossene Augen und leide stark. So habe ich ihn auch gesehen. Es stimmt also! Wir müssen etwas unternehmen. Komm.« Sie zerrte an seiner Windjacke.

Er gab nach. Nebeneinander schritten sie durch den Hauptgang und verließen die Kirche. Draußen schien die Dämmerung allmählich einzusetzen; ein grauer Schleier lag über dem Schwarz der Nacht. Immer noch war niemand zu sehen. Als Arved an der Kreuzung Abteistraße und Matthiasstraße eine Bushaltestelle sah, wollte er Magdalena zuerst auf sie aufmerksam machen, doch dann begriff er, wie sinnlos es war, in dieser menschenleeren Stadt auf einen Bus warten zu wollen.

Es war ein weiter Weg bis zu dem großen Friedhof im Norden Triers. Sie gingen die Saarstraße hinunter, die sich schrecklich zog. Nirgendwo war jemand zu sehen; kein Auto fuhr. Selbst als sie nach schier unendlich langer Zeit die Südallee und die kurz dahinter liegende Kaiserstraße überquerten, blieb alles totenstill. Das Grau hellte sich nicht auf; es war keine richtige Dämmerung, eher ein nicht eingehaltenes Versprechen. Als sie bereits in der Grabenstraße waren und sich dem Hauptmarkt näherten, blieb Arved plötzlich stehen. Magdalena sah ihn verwundert an.

»Hörst du das auch?«, fragte er leise, als fürchte er, die Stille zu zerreißen.

Magdalena schaute sich um und legte den Kopf ein wenig schief. Wie pastoral, dachte er plötzlich und musste unwillkürlich grinsen. Dann schüttelte sie den Kopf und sah ihn fragend an.

»Ich hatte geglaubt, Stimmen zu hören. Sehr weit entferntes Rufen und auch Schritte. Fast so etwas wie der Lärm von Passanten und Touristen, der sonst immer hier herrscht.« Arved zuckte die Achseln. »Ich habe mich wohl verhört.« Er ging weiter.

Das alte Marktkreuz ragte wie ein Galgen aus dem unbelebten Platz hervor. So hatte Arved ihn noch nie gesehen. Alle Häuser waren dunkel; selbst im Restaurant *Zum Domstein* brannte kein Licht. Nirgendwo war ein verspäteter Zecher zu sehen; keine Jugendlichen lungerten herum. Tot. Alles tot.

Sie gingen schweigend die Simeonstraße entlang. Bildete er es sich nur ein oder wurde es tatsächlich endlich heller? Er hatte keine Ahnung, wie spät es war; die Uhr an seinem Handgelenk war schon vor einiger Zeit stehen geblieben. Mit der Helligkeit verstärkten sich auch die seltsamen, fernen Geräusche.

In Höhe des gotischen Dreikönigenhauses hatte er plötzlich den Eindruck, als sehe er einen Schemen. Er schien sich zu teilen; es wurden immer mehr. Und sie kamen auf sie zu. »Siehst du das auch?«, fragte er Magdalena und deutete nach vorn.

Sie kniff die Augen zusammen; es dauerte eine Weile, bis sie nickte. Sie wichen den Schemen aus, doch schon nahten weitere. Es wurden immer mehr. Bei dem nächsten Ausweichmanöver bemerkten sie nicht, dass sie geradewegs in eine Gruppe von Schatten hineingelaufen waren.

Es war, als würde man durch einen Tümpel voller Emotionen waten. Es nahm Arved die Luft. Kurz hörte er ein Stimmengewirr, das unbarmherzig über ihm zusammenschlug. Schon war es vorbei; die Schemen waren weitergezogen.

Er schaute Magdalena an und wusste, dass sie dasselbe gespürt hatte. Dann senkte sich die Dunkelheit wieder über die Stadt; es war, als versickere das Grau der Dämmerung. Und alles war wieder einsam und unbelebt.

Sie liefen an der Porta Nigra vorbei, machten sich nicht die Mühe, die Fußgängerunterführung zu nehmen, sondern eilten einfach über die Fahrbahn der Nordallee. Keine Auto weit und breit. Dann die Paulinstraße hinunter, bis diese in die Herzogenbuschstraße überging. Vorbei an den Grabsteinhandlungen; eine kleine Straße wurde überquert und sie befanden sich am Haupteingang des Städtischen Friedhofs, der einladend offen stand. Weiter hinten bemerkte er die dunkle Masse seines alten Bentleys. Er stand noch dort, wo ihn die Polizisten angehalten hatten. Doch anderes war nun viel wichtiger.

»Ich glaube, ich kenne den Weg noch«, raunte Arved Magdalena zu, als habe er Angst, jemanden oder etwas zu stören. »Ihr Grab liegt direkt an der Mauer und daneben liegt ein Grabmal, das wie ein Epitaph aussieht, mit Pilastern und Voluten und einem alles überragenden Kreuz.«

Sie tauchten ein in die Finsternis des großen, alten Friedhofes. Das Tor stand weit auf. Zuerst sahen sie kaum den Weg, auf dem sie sich befanden. Kurz hinter dem Eingang bog Arved an den Toiletten vorbei vorsichtig nach rechts in den Weg ein, der an der Mauer vorbeiführte. Plötzlich leuchtete der Mond; es war, als sei er eine Lampe wie bei einer Theateraufführung. Das kalte, harte Licht beschien die Reihe der Gräber. Auf keinem brannte ein Totenlämpchen.

Nach wenigen Minuten blieb Arved stehen. Er hatte Lydia Vonneguts Grab gefunden. Es lag links neben dem Grab einer Familie von der Kall, dessen Monument Arveds Erinnerung genau entsprach. Und nun begriff er, was das Froschwesen gesagt hatte.

Das Grab war mit jungem Buchsbaum bepflanzt und ein genormtes Holzkreuz steckte am Kopfende. Doch etwas lag auf dem Buchsbaumteppich. Ein schwarzer Klumpen. Nein, zwei. Sie regten sich, als würden sie langsam aufwachen. Dann plötzlich schossen sie auf Arved los.

Magdalena sprang einen Schritt zurück und stieß einen spitzen Schrei aus.

Arved verschlug es den Atem. Dann lachte er auf. »Lilith! Salomé!«, rief er erfreut. Die beiden Katzen bremsten knapp vor ihm, schmiegten sich an ihn und schnurrten. Er bückte sich und streichelte sie. Sie ließen es willig geschehen. Arved hätte es nie für möglich gehalten, dass er so froh sein könnte, die beiden schwarzen Pelztierchen wiederzusehen. Er hatte befürchtet, sie für immer verloren zu haben. »Das sind Lydia Vonneguts Katzen«, klärte er Magdalena auf, die sich inzwischen wieder gefangen hatte und die beiden Tiere mit einer Mischung aus Misstrauen und Sympathie betrachtete. Als sie eines davon streicheln wollte, lief es fort. Das andere hetzte hinterher. »Halt«, rief Arved. Die beiden Katzen blieben kurz stehen, sahen sich um und liefen dann weiter. Arved setzte ihnen nach. »Was haben sie denn?«, fragte er verwundert.

Magdalena folgte ihm.

Die Katzen schauten immer wieder hinter sich und vergewisserten sich, dass man sie nicht aus den Augen verlor. Unter dem unwirklichen, aber entsetzlich hellen Theatermond huschten sie über den Weg neben der Friedhofsmauer. Am Eingang liefen sie die Herzogenbuscher Straße stadtauswärts entlang. Und blieben vor dem Bentley stehen.

Keuchend holte Arved sie ein. Erst einmal musste er Luft holen. Er war ins Schwitzen geraten.

Magdalena schnappte ebenfalls nach Luft. »Was wollen sie?«, fragte sie verwirrt.

»Offensichtlich Auto fahren«, gab Arved zurück und kramte in den Taschen seiner Windjacke nach dem Schlüssel. Als er ihn gefunden hatte, schloss er den Wagen auf. Lilith und Salomé brauchten keine Sekunde, bis sie das Innere für sich erobert hatten. Eine der Katzen – die wenigen silbernen Härchen am Hals wiesen sie als Lilith aus – hüpfte auf das Armaturenbrett und machte es sich dort bequem, während sich die andere auf dem Rücksitz zusammenringelte. Arved bat Magdalena einzusteigen.

Als sie neben ihm saß, fragte sie gereizt: »Und was jetzt? Ich dachte, wir wollen diese Lydia suchen. Jürgen braucht unsere Hilfe. Und da willst du mit dem Wagen in der Gegend herumfahren?« Lilith fauchte sie an und sofort schwieg sie.

Arved startete den Bentley und fuhr los in Richtung Porta Nigra. Er hatte keine Ahnung, was als Nächstes geschehen würde. Er konnte sich nur noch den Ereignissen überlassen. Alles war zum Labyrinth geworden, und doch fühlte er sich stärker, seit er in dem seltsamen Haus in der Saarburger Straße ... Nicht denken, sagte Arved sich. Bloß nicht darüber nachdenken.

Als er über die Balthasar-Neumann-Straße hinweggefahren war, sträubten sich Liliths Nackenhaare. Sie fauchte ihn von Armaturenbrett aus an und zeigte ihm ein bekralltes Spreizpfötchen. Er wendete mitten auf der Straße; schließlich war sonst kein weiterer Wagen zu sehen. Sie schien zufrieden zu sein, als er in die Balthasar-Neumann-Straße einbog.

»Offenbar wollen sie uns irgendwohin leiten«, sagte er. Magdalena erwiderte nichts darauf. »Vielleicht suchen sie ihre Herrin.«

Er hatte es irgendwie befürchtet, aber er hatte den Gedanken weit von sich geschoben. Lilith rannte aufgeregt auf dem Armaturenbrett entlang und machte ihm klar, dass er nach rechts in die Palmatiusstraße einbiegen sollte. Und den Wagen in die Garage seines eigenen Hauses setzen musste.

In die Garage von Lydia Vonneguts Haus. Als das Auto stand, sprang Lilith über ihn und Magdalena hinweg und kratzte an der Wagentür. Salomé tat es ihr gleich. Als Magdalena die Tür öffnete, schossen die beiden Tiere zur Haustür und schlugen mit aller Macht ihrer kleinen Pfoten dagegen.

»Sie wollen nur nach Hause«, meinte Magdalena enttäuscht.

»Nein«, sagte Arved entschlossen. »Es scheint, als hätten wir unser Ziel gefunden. Doch in seiner Stimme lag vibrierende Angst.

30. Kapitel

Mit bebenden Fingern schloss Arved die Haustür auf. Die Katzen liefen sofort zur Kellertreppe. Arved öffnete ihnen auch diese Tür. Sie huschten lautlos hinunter. Er schaltete das Licht ein; eine kahle Glühbirne, die ihn an das Zimmerlabyrinth erinnerte, flammte auf und beleuchtete die steile Treppe, die er noch nicht oft hinuntergestiegen war. Vorsichtig drang er in die Tiefen seines Hauses ein. Magdalena kam unmittelbar hinter ihm.

Sie betraten einen Vorraum, in dem die Katzen auf sie warteten. Arved wusste, dass zur Linken der kleine Keller mit der Therme für das warme Wasser lag. Genau in ihm verschwanden die beiden nachtschwarzen Tiere. Arved schaltete auch hier das Licht ein; die Schatten flohen hinter die Therme, die soeben klackend ansprang und zischte und fauchte. Die Katzen huschten hinter sie. Erstaunt stellte Arved fest, dass hinter der Therme eine niedrige Tür in der unverputzten Wand steckte. An ihr kratzten die Katzen wie verrückt und jaulten und miauten dabei. Die Tür war verschlossen und Arved fand an seinem Bund keinen Schlüssel dafür. In dem knappen Raum, der ihm zur Verfügung stand, nahm er Anlauf und warf sich gegen die kaum mannshohe Tür.

Sie gab nicht nach. Mit schmerzender Schulter drehte er sich zu Magdalena um und schaute sie fragend an. Die Katzen tobten und schrien.

Magdalena trat wortlos an die Tür. Arved machte ihr Platz und stellte sich neben den Heizkessel. Sie drückte sanft die Klinke herunter; natürlich half es nichts. Dann hob sie die Tür ein wenig an der Klinke an – und sie glitt leise nach innen. Arved machte große Augen.

Magdalena lächelte ihn an. »Wir haben selbst eine solche Tür«, sagte sie. »Sie ist ein wenig verzogen und man könnte glauben, dass sie verriegelt ist; dabei muss man sie nur in eine etwas andere Position bringen und sie lässt sich leicht öffnen. Jürgen hat diese Tür immer geärgert und er wollte sie entfernen lassen. Aber sie schließt so gut, wenn man einmal den Mechanismus kennt.« Sie steckte den Kopf in das dunkle Loch und tastete mit der Hand die Wand neben dem Rahmen ab. Die Katzen rannten zwischen ihren Beinen hindurch in die Finsternis. Arved trat hinter sie und spähte in den Raum.

Er hörte leises Jammern.

Magdalena und Arved sahen sich an. Dann sagte die junge Frau: »Das ist Jürgen!«, und schon war sie in der Höhlung verschwunden. Mit klopfendem Herzen folgte Arved.

Das Licht aus dem Heizungskeller erhellte den Raum nur unvollkommen. Immerhin erkannten sie die niedrige Decke, unter der man kaum aufrecht stehen konnte. Der Raum war schmal, aber tief – wie ein riesiger Schlauch. Und die Wände glänzten feucht und dunkel.

Am hinteren Ende flammte ein Licht auf. Ein Kerzenlicht. Von dort kam das Stöhnen. Magdalena schien keine Furcht mehr zu kennen; sie rannte auf den Ursprung der Klagelaute zu. Als Arved sich hinter ihr dem Ende des Raumes näherte, sah auch er die Pritsche, auf der jemand lag. Und am Fußende saß auf einem kleinen Hocker eine in einen Umhang gehüllte Gestalt. Er erkannte sie sofort. Erkannte sie in zweifacher Weise. Es war die Gestalt, die ihm mehrfach in der Stadt und auch im Wald oberhalb von Manderscheid begegnet war. Zwar hatte er damals nicht ihr Gesicht gesehen, doch Größe und Haltung waren dieselbe.

»Ich grüße dich, Arved Winter. Ich habe lange auf dich warten müssen.«

Ja, es war dieselbe Stimme – alt wie die Welt, brüchig wie uraltes Papier. Und jetzt wusste er, wem sie gehörte. Die beiden Katzen strichen ihr um die dürren Beine.

»Ich hätte es nie für möglich gehalten, dass wir uns wiedersehen, Lydia Vonnegut«, sagte er mit tiefem Abscheu in der Stimme.

»Was hast du mit meinem Mann gemacht, abscheuliche Alte?«, schrie Magdalena sie an und kniete neben Jürgen Meisen nieder.

»Gar nichts«, antwortete sie langsam und ungerührt. »Das, was du siehst und hörst, fügt er sich andauernd selbst zu. Ich kann nichts daran ändern. Ich kann ihn nur bewachen.«

»Bewachen? Warum?«, wollte Arved wissen und stellte sich vor die entsetzliche alte Frau. Sie hatte den Umhang ihrer Kapuze zurückgeschlagen und zeigte ihm unverhohlen ihr schreckliches Gesicht. Das grüne und das schwefelgelbe Auge fixierten ihn unbarmherzig, und ihr Gesicht war nur noch eine Ansammlung von Runzeln und Falten, wie bei einer Mumie.

»Wir verändern uns hier nicht mehr«, sagte sie. »Wir tragen nur noch unser wahres Gesicht, Arved Winter. Du solltest froh sein, dass es hier keine Spiegel gibt.«

Arved fuhr sich mit der Hand an Wange und Kinn.

Inzwischen schrie Magdalena ihren Mann an: »Jürgen! Wach auf! Ich bin es! Magdalena! Deine Magdalena ist hier!« Er reagierte nur, indem er noch lauter stöhnte. In der Tat waren ihm die Augen zugenäht worden.

»Was sieht er?«, fragte Arved.

»Das Schrecklichste, das er sich vorstellen kann«, antwortete Lydia Vonnegut.

»Wir nehmen ihn mit«, sagte Arved und wich dem Blick der Alten nicht mehr aus.

Sie verzog den zahnlosen Mund zu einem schiefen Lächeln. »Das geht nicht. Es ist wunderbar, solch besondere

Gäste wie euch hier zu haben. Es geschieht so selten – mit Leib und Seele. Welch eine Festspeise! Auch du und deine Begleiterin seid bald soweit. Ach, was für eine Wonne das wird!« Lilith und Salomé schnurrten und funkelten Arved an.

Arved sah, wie Magdalena ihren Mann umarmte. Er schien es nicht zu bemerken. Die Alte grinste noch immer. »Sie versteht es nicht«, sagte sie mit falschem Bedauern in der Stimme und schüttelte den Kopf.

»Wir werden von hier weggehen und wir werden ihn mitnehmen«, sagte Arved bestimmt.

»Ah, interessant. Der kleine Arved Winter wird plötzlich stark. Ein wenig zu spät, wie mir scheint, Herr Pastor.«

»Das glaube ich nicht.« Arved stemmte die Fäuste in die Hüften und sah sie scharf an. Etwas an ihr wich zurück. Es war nichts Körperliches. Arved verstand es nicht, aber er setzte nach. Er spürte eine große Kraft in sich pulsieren. Und er spürte, wie Lydia Vonnegut sich sammelte.

Etwas drang in ihn ein. Es war hart und voller Bilder. Nun sah er wieder das, was er in seinen Visionen von Magdalena Meisen gesehen hatte – damals in einem anderen Leben. Er sah ungeheuerliche Räume, durchschwirrt von unglaublichen Wesenheiten, deren Anblick einem bereits das Blut gefrieren ließ. Arved biss die Zähne zusammen und konzentrierte sich. Das Bild wurde schwächer. In seinen Gedanken bildete sich eine Faust. Es war seine eigene Faust. Mit ihr griff er in Lydia Vonnegut hinein. Sie zuckte zusammen und keuchte auf. Das Bild war verschwunden, und er sah, wie die Frau vor ihm auf dem kleinen Hocker hin und her schwankte.

»Du wirst mir nichts mehr befehlen, Lydia Vonnegut«, presste er zwischen den zusammengebissenen Zähnen hervor. Er packte ihr Innerstes. Die Katzen machten einen weiten Sprung von ihrer Herrin fort und kauerten sich unter dem Bett zusammen.

Der Boden unten ihnen begann zu schmelzen. Zuerst bemerkte Arved es nicht, doch als auch er allmählich taumelte, schaute er nach unten und sah mit Erstaunen und Erschrecken, dass der Untergrund sich hob und senkte. Dort, wo Magdalena und die Pritsche standen, war er noch fest. Sie bemerkte nichts, hatte nur Augen für ihren Mann und versuchte ihn aufzuwecken.

Arved drückte noch einmal zu. Es war ein Gefühl, als halte er ihr Herz gepackt, das in seinem Griff zuckte und hüpfte.

Der Boden riss. Es tat sich ein Spalt auf, der schnell zu einem kreisrunden Loch wurde. Lydia Vonnegut sprang von ihrem Hocker auf, der in die Tiefe stürzte. Doch sie verlor das Gleichgewicht. Einen Moment lang taumelte sich noch am Rande des Loches, dann war es schon so breit geworden, dass sie sich nicht mehr halten konnte. Sie warf die Arme in die Luft, versuchte sich irgendwo festzuhalten, doch nichts befand sich in ihrer Reichweite. Mit einem schrecklichen Schrei flog sie in den bodenlosen Abgrund.

Nun ruderte auch Arved mit den Armen. Er stieß einen verzweifelten Ruf aus. Magdalena riss sich von ihrem Mann los und schaute hinter sich. Als Arved das Gleichgewicht zu verlieren drohte, hastete sie hinter ihn und ergriff ihn an seiner Jacke. Arved spürte, wie seine Füße den Halt verloren. Er blickte hinab in den Schlund.

Und sah die Wesen, die er in seinen Visionen gesehen hatte.

Sie warteten auf ihn.

Magdalena packte ihn jetzt bei den Schultern und riss ihn unsanft zurück. Er fiel auf sie. Das Loch schloss sich vor seinen Augen wie ein Mund. Aber der Riss war noch sichtbar.

»Schnell!«, rief Magdalena, während sie sich von Arved losmachte und aufstand. »Hilf mir, ihn hinauszutragen.« Sie war wieder neben ihrem Mann und hielt ihn bei den Schultern. »Nimm die Beine. Beeil dich!«

Arved gehorchte, wie damals im Kunowald. Gemeinsam gelang es ihnen, den Reglosen von der Pritsche zu heben. Sie taumelten mit ihm in Richtung der niedrigen Tür. Dabei mussten sie den geschlossenen Spalt überqueren.

Er öffnete sich wieder. Nun bot ihnen nichts mehr Halt; sie gerieten ins Rutschen. Doch statt in einen schwarzen Schlund mit albtraumhaften Ungeheuern zu fallen, blies ihnen ein fauliger Wind entgegen, und Arved hatte den Eindruck, als drehe sich ihre Umgebung im rechten Winkel. In der Tat stürzten sie nicht in eine bodenlose Tiefe, sondern sie standen auf einem windumtosten Bauwerk.

Arved und Magdalena sahen sich verständnislos an. Dann erst bemerkten sie, dass Jürgen Meisen verschwunden war.

»Jürgen!«, schrie Magdalena verzweifelt. »Wo ist er? Wir hatten ihn doch fest gepackt? Hast du ihn losgelassen? Wo sind wir?«

Auf all diese Fragen wusste Arved keine Antwort. Er selbst hatte sich schon lange keine Fragen mehr gestellt. Es war sinnlos. Dort, wo sie waren, gab es auf keine Frage eine Antwort.

Sie standen auf dem Dach eines gewaltigen Wolkenkratzers. Er befand sich nicht in Trier, das wusste Arved. Als er den Blick in alle Richtungen schweifen ließ, wusste er auch, dass sich weder dieser Wolkenkratzer noch die anderen Gebäude, die man von hier aus sehen konnte, in irgendeiner bekannten Stadt der Welt befanden. Wohin er auch schaute, erhoben sich Hochhäuser in allen möglichen Formen. Nur ihre Farbe war gleich: Grau. Sie alle bestanden aus Beton. Und alle waren Rohbauten. Hinten, in einer Entfernung von mehreren Kilometern, stürzte eines ein. Eine gewaltige graue Rauchwolke verhüllte die Ruine für lange Zeit. Dumpfes Rumpeln drang mit einiger Verzögerung an sein Ohr. Auch rechts von ihm kam es zur Katastrophe; es war wie ein Widerhall des Einsturzes vor ihm.

Und überall wurde gebaut. Mit rasender Geschwindigkeit. Doch nichts wurde fertig. Manchmal erzitterte der Rohbau, auf dem sie standen, in seinen Grundfesten, wenn wieder ein anderes Gebäude einstürzte, und Rauch und Schuttwolken drangen bis zu ihnen. Fauliger, dicker Wind umblies sie, zerrte an ihren Haaren, an ihrer Kleidung und zwang sie, immer wieder die Augen zu schließen.

Der Himmel war so grau wie die Gebäude und der Rauch. Das Hochhaus, auf dessen Dach sie standen, trug unzählige Erker, Türmchen und Giebel und wirkte beinahe wie ein aus allen Proportionen geratenes Schloss. Sogar Wasserspeier aus Beton waren etwas tiefer unten zu erkennen. Das Flachdach hingegen passte überhaupt nicht zu diesem Stil. Vielleicht sollte es noch ein Spitzdach aus Schieferplatten erhalten. Doch vermutlich würde es nie so weit kommen, denn kein einziges der unzähligen Häuser, die Arved von seinem luftigen Standort aus sah, war endgültig fertig gestellt, keines war bewohnt.

Dieses Häusermeer machte jede Stadt der Welt klein. Immer wieder stiegen Rauchwolken auf, mal näher, mal weiter, und immer wieder dröhnte lautes oder leiseres Rumpeln zu ihnen herauf.

Und immer wieder schwankte und erzitterte das Hochhaus, auf dem sie standen. Wie lange mochte es noch halten?

»Wo ist er? Wo ist er nur? Wir haben ihn doch ganz fest gehalten!«, keuchte Magdalena und lief auf der geländerlosen Plattform herum.

»Sei vorsichtig!«, rief Arved ihr zu. Der Wind verwehte seine Stimme. Magdalena lief gefährlich nahe an den Rand des Daches und spähte hinunter. Arved blieb fast das Herz stehen, als er sah, wie sie am Abgrund balancierte.

Plötzlich drehte sie sich um und winkte ihn aufgeregt heran. »Da unten ist Jürgen!«, schrie sie ihm durch den tosenden Wind zu. Arved ging vorsichtig zu ihr hinüber. Sie schaute wieder über den Rand.

»Leg dich!«, rief er. »Der Wind könnte dich erfassen!« Zu seinem Erstaunen gehorchte sie. Er ging ebenfalls in die Hocke, als er den Abgrund beinahe erreicht hatte, legte sich flach auf den Beton und robbte sich an das Bodenlose heran. In der Ferne stiegen weit voneinander entfernt zwei Rauchwolken gleichzeitig auf. Sie wirkten wie Himmelssäulen, die sich mit dem Grau der Wolken verbanden.

Arved schaute über den Rand.

Dort unten, viele hundert Meter tiefer, beinahe schien es ihm wie Kilometer, stand jemand auf einem Erker und hatte die Arme in flehender Geste gehoben. Seine schwarzen Haare wehten im Wind. Arved konnte nicht sagen, ob das wirklich Jürgen Meisen war, aber seine Frau schien davon überzeugt zu sein.

»Jürgen!«, rief sie, doch die Gestalt dort unten reagierte nicht. Vermutlich hörte sie den Ruf gar nicht. Magdalena schaute Arved von der Seite an. »Wir müssen hinunter. Wir müssen ihn da fortholen.«

»Wie denn? Hier scheint es keine Treppe nach unten zu geben«, wandte Arved ein.

»Ich habe eine Nottreppe außen an einer Wand gesehen. Dort drüben.« Sie zeigte in die gegenüber liegende Richtung. Vorsichtig robbten sie vom Abgrund zurück, sprangen auf und liefen an den jenseitigen Rand.

Tatsächlich kamen schmale Stufen ohne jedes Geländer dort hoch und hörten etwa einen Meter unter dem Dach auf. Magdalena überlegte nicht lange und setzte sich auf den Rand. Eine schwere Bö erfasste und schüttelte sie. Arved schlang ihr die Arme um den Brustkorb und stemmte sich selbst gegen den Wind, der ihm den Atem aus der Lunge presste. Als die Luft wieder etwas ruhiger war, machte sich Magdalena mit einer schlangenartigen Bewegung von Arved frei und sprang auf die Treppe. Gegen die Wand gedrückt, lief sie nach unten, bis sie in einem tieferen Stockwerk verschwand.

Arved zögerte kurz, doch dann eilte er ihr nach. Vorsichtig tastete er sich Stufe für Stufe nach unten. Der Wind zauste seine Haare und warf sie ihm immer wieder ins Gesicht, und seine Jacke flatterte laut. Einmal schaute er hinunter. Er konnte die Straße kaum erkennen, in solch gewaltiger Höhe schwebte er. Er hatte den Eindruck, dass sich dort unten gar nichts befand. Endlich kam er an eine Türöffnung, durch die Magdalena wohl verschwunden war. Er huschte hindurch und war froh, dem ewigen Wind entkommen zu sein.

Von hier aus gab es ein Treppenhaus – zwar auch ohne Geländer, aber breit und ungefährlich. Er hörte Magdalenas Schritte weit unter sich und bemühte sich, sie einzuholen. Mehrfach rief er nach ihr, aber sie beachtete ihn nicht mehr. Sie hatte nur noch Augen und Ohren für ihren Mann.

Der Weg nach unten. Arved folgte nur dem Getrappel von Magdalenas Schritten. Plötzlich brach es ab. Arved hatte Angst, es könne ihr etwas zugestoßen sein. Er sprang noch schneller die Stufen hinunter. Beinahe wäre er vorbeigelaufen.

Als er kurz nach rechts schaute, sah er sie plötzlich. Magdalena stand in einer Öffnung in der Wand, hinter der sich das Dach eines mit kleinen Türmchen verzierten Erkers befand. Und auf diesem Dach stand Jürgen Meisen. Arved hörte, wie er schluchzte, als wieder ein Hochhaus in recht geringer Entfernung in sich zusammenstürzte. Arved blieb in dem Durchgang stehen und sah gebannt zu, wie Magdalena auf das Dach hinaustrat. Sofort erfasste der Wind sie wieder und zerwirbelte ihr Haare und Kleid.

»Jürgen, komm. Ich bin es. Deine Magdalena. Ich bin bis hierher gekommen, um dir zu helfen«, sagte sie mit einer Stimme, die Arved die Tränen in die Augen trieb.

Und Jürgen Meisen drehte sich tatsächlich um. Arved sah seine zugenähten Augen und den in unsäglichen Schmerzen verzerrten Mund. Magdalena lief auf ihn zu. Jürgen schien etwas sagen zu wollen, doch er kam nicht dazu. Magdalena stand vor ihm, umarmte ihn sanft und strich ihm über die Augen. Die Fäden lösten sich, schmolzen. Vorsichtig schlug er die blauen Augen auf. Und sah sie.

Sie küsste ihn. Er schlang die Arme um sie. Beide weinten vor Glück.

31. Kapitel

Gemeinsam schritten sie die Treppe hinunter. Jürgen Meisen war sehr schwach; er konnte nicht schnell gehen. Die Stufen schienen kein Ende zu nehmen. Immer wenn Arved durch den geländerlosen Mittelschacht schaute, hatte er den Eindruck, dem nur undeutlich erkennbaren Boden keinen Meter näher gekommen zu sein.

Magdalena stützte ihren Mann. Alle Streitereien und Zwistigkeiten schienen vergessen. Auch wenn es Arved ein ganz klein wenig weh tat, freute er sich doch sehr über diesen Anblick. Manchmal blieben sie stehen und küssten sich zärtlich und glücklich, als müssten sie sich vergewissern, ob sie auch wirklich wieder zusammen seien.

Arved ging vor ihnen die Treppe hinunter und ließ ihnen so wenigstens ein bisschen Zweisamkeit. Manchmal hörte er einige Wortfetzen von Jürgen Meisen, wenn eine Windbö es geschafft hatte, bis in das Innere des Rohbaus zu dringen.

» ... keine Ahnung, wie das alles passiert ist ... der Übergang war so schrecklich ... bei vollem Bewusstsein ... und war mit dieser schrecklichen Alten zusammen ... sie hat mir lachend gesagt, dass ich im ersten Kreis wäre und noch sehr viel vor mir hätte ... unendlich ... entsetzliche Qualen ... immer das, was einem selbst am schlimmsten ist ... wie müssen erst die anderen Kreise aussehen ... fort von hier ...«

Fort von hier ... wie sollte ihnen das gelingen? Arved schob diesen Gedanken beiseite. Zuerst war es wichtig, aus dem Gebäude herauszukommen.

Sie schritten die Stufen hinunter, bis sie so müde waren, dass sie eine lange Pause einlegen mussten. Es hatte den Anschein, als wären sie überhaupt nicht tiefer gekommen. Sie setzten sich erschöpft auf die Treppe. Von fern ertönte immer wieder ein Rumpeln und Donnern; es waren weitere einstürzende Rohbauten.

»Ich ...«, flüsterte Jürgen Meisen müde, »ich war es, der das alles erbaut hat. Aber es hält nicht. Es ist falsch berechnet. Es kann nicht vollendet werden.« Er verzog das Gesicht vor Qualen

»Wenn Sie es erbaut haben, kennen Sie auch den Weg hinaus«, meinte Arved.

»Es gibt keinen Weg hinaus. Die Stadt erstreckt sich auf allen Seiten bis an den Horizont. Wir müssten wochenlang laufen, und vielleicht hat die Stadt inzwischen ja gar kein Ende mehr. Wir sind hier gefangen. Für immer.« Jürgen Meisen stützte den Kopf in die Hände.

»Wir sind nicht so weit gekommen, nur um jetzt aufzugeben«, sagte Arved. »Wir finden einen Weg. Wir haben bisher immer einen Weg gefunden.«

Jürgen Meisen schaute ihn von unten herauf zweifelnd und dankbar zugleich an. Magdalena legte den Arm um ihn. »Alles wird gut«, sagte sie beschwichtigend.

»Dann lasst uns weitergehen«, sagte Jürgen Meisen mit plötzlicher Entschlossenheit und stand auf. Sie machten sich wieder auf den Weg.

Und irgendwann hatten sie es geschafft. Sie hatten das Erdgeschoss erreicht. Und sie traten hinaus auf die Straße. Hier war es viel dunkler als oben auf dem Wolkenkratzer. Die Hochhäuser ließen kaum Licht in die Straßenschluchten einfallen. Es dauerte einige Zeit, bis sich ihre Augen an die graue Düsternis gewöhnt hatten.

Eine Betonbank an der toten Straße lud zu einer Pause ein. Die drei setzten sich und atmeten tief durch. Die Luft schmeckte nach Schutt. Inzwischen hatten sie sich an das Rumpeln und Grollen gewöhnt, und Jürgen Meisen schien es nichts mehr auszumachen. Er hatte nur noch Augen für seine Frau. »Wie habt ihr mich gefunden?«, fragte er endlich.

»Ich ... ich weiß es nicht«, antwortete seine Frau und rieb sich die Schläfen. Sie sah Arved verdutzt an.

Arved zuckte die Achseln. Er wollte nicht darüber nachdenken. Er wollte über gar nichts nachdenken, was ihnen hier widerfuhr. Wenn er sich darauf einließ, wäre er verloren, das wusste er.

Die Betonbank verwandelte sich. Sie bildete Fortsätze aus. Arved sprang hoch und rief: »Vorsicht!« Magdalena konnte den Fortsätzen knapp entkommen. Jürgen wurde von ihnen gefesselt. Seine Frau riss gemeinsam mit Arved daran, doch sie waren so hart, dass sie sie keinen Millimeter bewegen konnten. Sie hatten sich um Jürgen geschlungen und zogen ihn in die Bank hinein.

»Nein, nein!«, schrie Magdalena. Jürgen wand sich unter der steinernen Umarmung, konnte sich aus ihr aber nicht befreien. Arved packte noch einmal einen der Arme und zerrte mit aller Kraft daran. Nun lockerte er sich doch ein wenig. Mit neuem Mut arbeitete Arved verbissen weiter. Er spürte, wie ihm der Schweiß über die Stirn lief und in den Augen brannte. Der Betonarm wurde schlaff und plötzlich fielen auch alle anderen grauen Tentakel von Jürgen ab, der sofort aufsprang und davonlief. Arved und Magdalena setzten ihm nach.

Und nicht nur sie.

Sie kamen aus allen Häusern. Aus allem Unfertigen. Sie waren wie der Geist der Häuser. Unfertig. Als Arved sich kurz nach den Geräuschen umdrehte, blieb ihm fast das Herz stehen. »Seht nur nach vorn!«, rief er den anderen beiden zu. »Lauft, so schnell ihr könnt.«

Es waren Ausgeburten einer kranken Phantasie. Sie bestanden aus Teilen der ungeheuerlichen Wolkenkratzer und aus Organischem. Sie waren grau wie alles hier. Sie waren gewaltig. Bizarr. Grotesk. Und schnell.

Vorn auf der Straße stand jemand und winkte sie heran. Arveds erster Gedanke war, ihm auszuweichen und in eine Seitengasse einzubiegen. Doch es war etwas an der verwachsenen, verhüllten Gestalt, das ihn trotz allem zuversichtlich stimmte. Nun waren sie nicht mehr weit von ihr entfernt. Seine beiden Gefährten schienen sie überhaupt nicht bemerkt zu haben. Die Gestalt schlug die Kapuze ihres Umhangs zurück.

Es war das Froschwesen, das sie in der alten Klosterkirche gesehen hatten. Das Froschwesen, das ihnen den Weg hierher gewiesen hatte. Es hob einen kurzen, verdrehten Arm und hielt die Finger gespreizt. Arved bemerkte beiläufig, dass sich zwischen den Gliedern Schwimmhäute dehnten.

»Hier entlang«, sagte es gelassen und zeigte auf ein Loch im Boden. »Beeilt euch.«

Arved blieb stehen und sah Magdalena und Jürgen an. Nun hatten sie die Gestalt ebenfalls gesehen. Magdalena verzog das Gesicht in Abscheu und Jürgen streckte abwehrend die Hand aus.

»Stellt euch nicht so an«, raunzte Arved sie schließlich an, nachdem er sich entschieden hatte. »Wir haben keine andere Wahl.« Er lief an dem Krötenwesen vorbei und sprang in den Schacht.

Er sprang ins Bodenlose.

Arved wusste nicht, ob Magdalena und Jürgen ihm gefolgt waren. Er fiel und fiel und fiel. Um ihn herum war nur Schwärze. Doch dann hellte es sich allmählich auf. Und sein Fall wurde sanft abgebremst.

Er stand auf einem festen Untergrund. Kurz hatte er noch den Eindruck, dass die Tiefe ihn ansog, doch dann schien die ganze Welt sich zu drehen. Er rieb sich die Augen, denn er konnte nicht glauben, was er sah.

Er stand wieder auf dem Dach eines Hochhauses, ähnlich dem, auf dem sie oben gestanden hatten. Aber was war oben? Er schaute hoch und sah ein Spiegelbild der ungeheuren Stadt; die Bauten hingen wie Stalaktiten von einer unsichtbaren Decke – aus dem Himmel. Es hatte den Anschein, als lägen nur wenige hundert Meter zwischen dem umgekehrten Hochhaus, dem Spiegelbild des Gebäudes, auf dem er stand, und ihm selbst. Die Stadt war verdoppelt, war oben und unten. Es nahm ihm den Atem.

Neben ihm standen jetzt Magdalena und Jürgen. Auch sie waren sprachlos.

Staub und Rauch rieselte vom Himmel, von der auf dem Kopf stehenden Himmelsstadt; auch dort brachen die Gebäude in sich zusammen.

Das Froschwesen hatte sich zu ihnen gesellt. »Beeindruckend, nicht wahr?«, quakte es. »Ich finde es immer wieder faszinierend, all die unterschiedlichen Visionen und Albträume zu sehen. Springt.«

Arved sah es mit großen Augen an. »Springen? Wohin?«

»In den Himmel«, antwortete es und warf einen scheelen Blick auf Jürgen Meisen.

Arved legte den Kopf in den Nacken und schaute auf das drohend herunterhängende Haus über ihnen. »Warum sollten wir dir vertrauen?«, fragte er das Wesen.

»Weil ihr mir einen Gefallen getan und die alte Vettel dorthin befördert habt, wohin zu gehen sie sich bisher standhaft weigerte.« Es kicherte auf. »Wir sind hier nicht alle so, wie ihr glaubt. Habt Vertrauen. Springt. Aber beeilt euch, denn auch dieses Haus wird bald zusammenbrechen.«

Arved hatte schon vorhin gespürt, wie es schwankte. »Und du?«

»Was soll mir schon passieren?«, meinte das Froschwesen.

»Wer bist du?«, fragte Arved noch einmal.

»Manche nennen mich Azrael – ein lächerlicher Name«, sagte es lachend – und verschwand. Es löste sich vor den Augen der drei auf, wurde zu Staub, dann zu Luft.

Arved fühlte die Anziehung des Hauses über sich. Er ging in die Hocke und drückte sich ab. Er flog. Flog geradewegs auf das andere Haus zu. »Kommt!«, rief er den beiden zu, die er tief unter sich stehen sah. Sie taten es ihm gleich. Das Haus am Himmel schoss auf sie zu. Während des Fluges drehte es sich, das Dach schmolz weg; das Haus wurde zu einer Röhre. Arved, Magdalena und Jürgen flogen hinein. Fielen auf den Boden der viereckigen Röhre. Standen wieder auf, gingen los. Schweigend. Nebeneinander. Bis sie den hellen Punkt sahen.

Plötzlich übernahm Jürgen die Führung. Der Punkt kam rasch näher. Es war nicht das Grau, sondern ein sehr helles, gleißendes, weißes Licht. Aber es schmerzte nicht in den Augen. Es umschmeichelte sie.

Als der Punkt zu der Größe einer Handfläche angeschwollen war, blieb Jürgen plötzlich stehen. Er sah Magdalena an und sagte: »Jetzt muss ich allein weitergehen.«

Magdalena sog scharf die Luft ein. »Nein. Du kommst mit uns.«

»Das kann ich nicht, und das weißt du auch. Aber was ihr für mich getan habt, ist unendlich viel mehr, als ihr euch vorstellen könnt.« Er lächelte seine Frau an. »Ich warte auf dich.« Er gab ihr einen Kuss auf die Wange. Arved schüttelte er die Hand und sagte: »Auch Ihnen danke ich von ganzem Herzen. Gehen Sie Ihren Weg weiter. Er ist noch weit.« Dann drehte er sich um und ging auf das Licht zu.

Magdalena wollte ihm nachlaufen, doch Arved hielt sie zurück. Es hatte den Anschein, als werde Jürgen Meisen immer kleiner; das Licht indes veränderte sich nicht. Schließlich war Jürgen Meisen nicht mehr als eine fingergroße Gestalt, die sich schwarz von dem Leuchten abhob. Es schluckte ihn und verglomm.

Magdalena und Arved standen allein in grauem Zwielicht und hielten sich aneinander fest. Sie schluchzte und weinte; Arved strich ihr sanft über die Haare und die Schultern, bis er schließlich sagte: »Unser Weg ist noch nicht zu Ende. Komm.«

Sie machte sich von ihm los, schaute ihn mit verweinten Augen an und nickte.

Gemeinsam gingen sie weiter den Schacht entlang.

32. Kapitel

Der Schacht endete vor einer niedrigen Tür, deren altersdunkles Holz in dem schwachen Licht kaum von den Wänden zu unterscheiden war. Arved suchte nach einer Klinke, fand sie rasch und drückte sie. Die Tür schwang in einen schmalen, sehr langen Raum auf, in dem nichts als eine Pritsche und ein Hocker standen. Eine Kerze spendete Licht, das nach der langen Wanderung durch den Schacht blendend hell wirkte. Gegenüber der Pritsche, weit entfernt am anderen Ende des fensterlosen Raumes, stand eine Tür halb offen, und von dort floss milchiges Neonlicht herein. Der Heizungskeller. Arved und Magdalena sahen sich an. Sie waren zurückgekehrt.

Beim Anblick der leeren Pritsche, auf der Jürgen gelegen hatte, brach sie wieder in Tränen aus. Arved legte den Arm um sie und zog sie ganz dicht an sich. »Wir müssen jetzt gehen. Es ist noch nicht vorbei«, sagte er leise. Etwas sog und zog an seinem Innersten und machte ihn schrecklich unruhig.

Unter der Pritsche regte sich etwas. Zwei schwarze Knäuel schossen hervor und strichen Arved und Magdalena um die Beine. Lilith und Salomé hatten gewartet. Nun aber schienen auch sie schnell von hier verschwinden zu wollen. Sie liefen aus dem Keller, durch die große Diele und zur Haustür.

»Wohin wollen sie?«, fragte Magdalena matt, nachdem sie hinter Arved aus dem Keller gestiegen war.

»Ich weiß es nicht, aber ich glaube beinahe, sie spüren dasselbe wie ich«, antwortete er und öffnete die Haustür.

Einen Moment lang hatte er gehofft, die Sonne würde sie begrüßen, aber da war nur das Dunkel, das an den Rändern seltsam auszufasern und von finsterem Grau erobert zu werden schien. Es war noch lange nicht vorbei. Das Saugen und Ziehen wurde stärker. Die Katzen liefen die Palmatiusstraße in Richtung Alkuinstraße entlang, blieben in einiger Entfernung von Arved und Magdalena stehen und schauten sich nach ihnen um.

»Wir sollten ihnen folgen«, meinte Arved und ging los.

»Wohin?«, fragte Magdalena.

»Die Katzen scheinen es zu wissen.«

»Nimmt das denn nie ein Ende?«, stöhnte Magdalena matt. »Ich gebe es auf.« Sie setzte sich auf die Stufe, die zur Haustür hochführte. »Ich habe Jürgen gefunden und wieder verloren. Es wird endlos so weitergehen. Ewig. Alles ist sinnlos.« Sie verbarg den Kopf in den Händen.

Arved warf einen raschen Blick zu den Katzen hinüber, die unentschlossen mitten auf der Palmatiusstraße standen, dann hockte er sich vor Magdalena und sagte: »Nein, es ist nicht alles sinnlos. Es ist nur sinnlos, wenn du aufgibst. Du kannst noch gar nicht ermessen, was du für deinen Jürgen getan hast. Aber damit du es wirklich begreifen kannst, müssen wir von hier verschwinden. Endgültig. Wir müssen dorthin zurückkehren, wo wir hingehören.«

»Du gehörst hierhin. Du wohnst hier.«

Arved stand auf und betrachtete das efeuüberwucherte Haus. »Nein«, sagte er. »Komm. Ich bleibe bei dir, bis das alles vorbei ist.« Er reichte ihr die Hand. Sie schaute zu ihm auf und ergriff sie. Dann folgten sie den Katzen.

Es war ein Weg, den Arved schon so oft gegangen war, doch jetzt war er völlig anders. Noch immer waren keine Passanten auf der Straße, aber immer öfter glaubte er Schemen am Rande des Blickfeldes zu sehen. Er hörte Wispern, und manchmal hatte er den Eindruck, als laufe er geradewegs durch eine Menschengruppe. Er spürte Gefühle, roch Ängste und Hoffnungen, schmeckte dunkle Gedanken. Doch da war noch anderes.

Die Katzen führten sie die Paulinstraße entlang bis zur Porta Nigra. Dort liefen sie einfach über die leere Fahrbahn der Nordallee, unter der Porta Nigra hindurch, am Simeonstift vorbei, die Simeonstraße entlang bis zum Hauptmarkt, wo die Katzen plötzlich anhielten. Sie liefen nach rechts, nach links, schienen nicht genau zu wissen, wohin sie sich nun wenden sollten.

Das Ziehen und Saugen war unerträglich geworden. Arved hatte den Eindruck, als wolle ihm etwas das Herz aus der Brust reißen. Inzwischen schien auch Magdalena dieses Saugen zu verspüren. »Was ist das?«, fragte sie; es klang, als rede sie mit sich selbst. Sie drehte sich um die eigene Achse, wollte nicht stehen bleiben, wollte weitergehen, wollte weiter gezogen werden, genau wie Arved.

Schließlich hatten sich die Katzen entschieden. Sie bogen vom Hauptmarkt in die Fleischstraße ein und wurden immer schneller. Arved und Magdalena liefen hinter ihnen her.

Und hinter ihnen lief etwas anderes her.

Unterwegs drehte sich Arved mehrfach um. Und mehrfach sah er einen Schemen in einem Hauseingang oder einem scheinbar offenen Schaufenster verschwinden. Es waren nicht die nur undeutlich wahrgenommenen Menschenmassen, durch die sie nun immer wieder tauchten, sondern etwas anderes, etwas Einzelnes, etwas, das sie verfolgte.

Johannisstraße. Die Katzen wurden nicht müde. Immer wieder drehten sie sich um. Arved keuchte und schnappte nach Luft. Magdalena wurde immer langsamer. Rechts war das kleine Antiquariat, an das sich Arved erinnern konnte. Der Weg zu Lioba Heiligmann.

Hinter den Büchern im Schaufenster des Antiquariats schaute jemand hervor. Er hatte einen grotesk großen Kopf – wie eine nackte, rosige Kugel. Seine Hand, die auf einigen Büchern ruhte, war mit Krallen bewehrt.

Bald tauchte vor ihnen das Krankenhaus auf, neben dem die Antiquarin wohnte. Die Katzen liefen die stille Straße hinunter und blieben vor dem ersten der beiden Giebelhäuser stehen. Es war in der Tat Liobas leicht heruntergekommenes Haus. Arved schaute hinter sich. Magdalena folgte in einigen Metern Abstand.

Und dahinter drückte sich etwas Großes, Unförmiges unter ein überhängendes Hausdach. Arved spürte seine Gegenwart. Es war wie ein Pesthauch aus einem bodenlosen Abgrund.

Die Katzen kratzten an Lioba Heiligmanns Haustür. Arved hastete die wenigen Stufen hoch; Magdalena hatte ihn inzwischen eingeholt und drückte sich eng gegen ihn. Auch sie schien die Gegenwart von etwas Fürchterlichem zu spüren. Arved sah noch einmal zurück.

Es versperrte den Blick. Nun versteckte es sich nicht mehr. Wie ein Hochhaus ragte es auf. Es hatte keinen festen Umriss; es veränderte andauernd seine Form. Als Arved es zum ersten Mal deutlich sah, stockte ihm der Atem. Magdalena wollte sich umdrehen, aber Arved hielt sie fest. »Nicht!«, schrie er. Er hingegen konnte den Blick nicht abwenden; das Ding hypnotisierte ihn. Erst das eindringliche Mauzen der Katzen brachte ihn wieder zur Besinnung.

Er sah noch, wie das Ding allmählich näher kam; dann drückte er gegen die Tür. Sie war nicht verschlossen.

Aus dem Inneren des Hauses drangen Stimmen. Beschwörende Stimmen. Eine davon war die von Lioba, die andere kannte Arved auch, aber er konnte sie nicht zuordnen. Die Katzen stürmten in die kleine Diele und von dort in das Zimmer, das rechts von ihr abging.

Die Bibliothek.

Arved folgte ihnen. Das Saugen in seinem Innern war inzwischen unerträglich geworden. Er stolperte in die Bibliothek und zog Magdalena mit sich.

Und das Unnennbare quoll ebenfalls durch die Tür hinter ihnen; es drückte seine amorphe Masse in die Diele und füllte sie ganz aus. Die Geräusche, die dabei entstanden, waren entsetzlich. Arved sah Lioba in einem magischen Kreis stehen. Sie hatte die Arme ausgebreitet. Neben ihr stand Ulrich Schwarz mit einem uralten kleinen Buch in der Hand und rezitierte laut Worte, die Arved nicht verstand. Auf der anderen Seite kauerte Thomas. Er hatte die Augen aufgerissen, als er sah, was da herbeikam. Dort, wo Arved nun stand, war es finster, doch kurz vor dem magischen Kreis begann das Licht. Es fiel durch das Fenster und Arved konnte den blauen Himmel erkennen. Ein ungeheures Verlangen überkam ihn. Dieses Blau noch einmal sehen! Den letzten Schritt tun!

Er machte einen Schritt über die Schwelle der Dunkelheit und zog Magdalena mit sich. Dann überstürzten sich die Ereignisse.

Thomas sah schlechter denn je aus. Alles Blut war aus seinem Gesicht gewichen. Er starrte ungläubig in die Dunkelheit, streckte die Arme aus, taumelte aus dem Kreis.

Hinter Arved rauschte es heran. Er spürte, wie ein Teil davon ihn durchdrang. Er sah Bilder, die seine Seele zerrissen. Bilder von Qualen, Bilder von Schrecken, Bilder von Hoffnungslosigkeit. Dann war es an ihm vorbei und stürzte sich auf Thomas. Ein Schrei erhob sich mitten aus der Masse; es war unmöglich zu sagen, ob er von Thomas oder der grauenhaften Wesenheit kam. Dann, innerhalb einer Sekunde, war alles vorüber.

Thomas lag am Boden, mit grässlich verzerrten Gliedern und starrem Blick. Er atmete nicht mehr. Lioba kniete sich rasch neben ihn und fühlte seinen Puls. Sie schaute zu Arved auf. In ihrem Blick lag eine seelenverzehrende Mischung aus Erleichterung und Trauer. Ulrich Schwarz schloss das Buch und trat auf Arved und Magdalena zu.

»Willkommen zurück«, sagte er mit einer Stimme, die aus einem bodenlosen Schlund zu kommen schien. Dann kniete auch er neben Thomas nieder und betete für ihn.

33. Kapitel

Nach der Beerdigung von Thomas Hieronimi saßen Lioba, Arved, Ulrich Schwarz und Magdalena im Restaurant *Postillion* im Erdgeschoss eines achtstöckigen, mit Marmortafeln verkleideten Hochhauses gegenüber dem Friedhof zusammen und tranken ein Glas Wein auf den Verstorbenen. Zuerst schwiegen sie gemeinsam; jeder hing seinen Gedanken nach.

Arved konnte noch immer nicht glauben, was Lioba ihm und Magdalena erzählt hatte, nachdem sie in der Krahnenstraße wieder aufgetaucht waren und Thomas während des Beschwörungsrituals starb.

Wie sich später herausstellte, hatte er einen Herzinfarkt erlitten.

Sein Lungenkrebs aber hätte ihm ohnehin nur noch wenige Monate zu leben erlaubt. Er hatte gewusst, auf was er sich einließ, denn wie Lioba mehrfach betonte, hatte er sich freiwillig bereit erklärt, als Ritualopfer zu dienen.

Arved hatte nur den Kopf geschüttelt. »Thomas hat an so etwas nicht geglaubt«, sagte er im dumpfen Tabakqualm, der die Kneipe durchzog.

Lioba und Ulrich schauten ihn an. »Ich habe es Ihnen doch schon erklärt«, sagte Lioba und richtete den Blick wieder auf ihr halb volles Weinglas. Sie zog an ihrem Zigarillo und legte eine Decke aus Rauch über das Glas. »Er hat wirklich nicht daran geglaubt, aber er war ein Agnostiker. Er schloss nicht aus, dass es wirken könnte. Und für Sie hat er sich bereit erklärt, das Risiko auf sich zu nehmen.«

Arved nahm einen Schluck Wein und ließ die goldgelbe Flüssigkeit danach im Glas kreisen. »Es war nicht das Ritual. Es war ein Herzinfarkt.«

»Dem Obduktionsbefund nach ja«, gestand Ulrich. »Aber du hast selbst gesehen, was zusammen mit euch durch den Spalt gedrungen ist.«

»Ich habe gar nichts gesehen«, gab Arved gereizt und müde zugleich zurück. »Wir wollten Lioba besuchen; wir dachten, es ist eine gute Idee, und wir haben euch bei diesem unsinnigen Ritual überrascht.«

Lioba lachte schrill auf. »Das nennt man Selbstbetrug, mein Lieber«, sagte sie und begann, mit der einen Hand den Bierdeckel, auf dem ihr Weinglas stand, an den Ecken zu knicken. Mit der anderen streifte sie die Asche ihres Zigarillos daran ab. »Mich besuchen! Dass ich nicht lache. Wir waren es, die euch durch den Spalt gezogen haben. Und Thomas hat sein Leben dafür gegeben.«

Magdalena hatte nicht einmal an ihrem Wein genippt. »Ich verstehe immer noch nicht, dass wir länger als zwei Monate ... *dort* gewesen sein sollen«, sagte sie wie im Traum. »Es waren doch nur wenige Tage ...«

»Tatsache ist, dass wir das Ritual zwei Monate und vier Tage nach Arved Winters Verschwinden vollführt haben«, meinte Ulrich Schwarz mit leiser Stimme und faltete die Hände auf dem Tisch. Seine Haut war weiß wie eine frisch gekalkte Wand, und er schien noch dünner geworden zu sein. Der blond-graue Haarkranz war zerzaust, als habe er einen Stromschlag erhalten. »So lange hat es gedauert, bis wir das Zauberbuch der Ludwiga Bohnum in unseren Besitz bringen konnten.« Er hielt inne. »Ich bin sehr froh, dass wir es nach der Beschwörung verbrannt haben.«

»Du hast gesagt, dass einer der Teufelsanbeter wahnsinnig geworden sei und in eine Anstalt eingeliefert wurde«, warf Arved ein. »Und dass sich ein weiterer nach der Beschwörung, an der ich teilgenommen habe, umgebracht hat. Was ist aus den anderen geworden?«

»Es ist besser für dich, wenn du es nicht weißt«, antwortete Ulrich Schwarz und nahm einen Schluck Wein. »Wenigstens waren sie nur allzu gern bereit, uns das Buch zu überlassen. Wir mussten allerdings deinen neuen Journalistenfreund Jochen, den Indianer, einschalten. Und dem schulden wir noch eine Geschichte. Allerdings wird er nicht die ganze Wahrheit erfahren.«

»Ich habe nicht gewusst, dass du ... dass du ... so etwas machen würdest ...«, begann Arved und wusste nicht, wie er es formulieren sollte.

»Dass ich Beschwörungen durchführe und auch Exorzismen? Das tue ich schon lange, allerdings nicht in Deutschland, denn hierzulande ist der Exorzismus verboten«, half Ulrich ihm. »In Italien habe ich in dieser Hinsicht viel gelernt – und viel gesehen. Es hätte keinen Sinn, meine Erfahrungen mitzuteilen; außerdem bin ich in den meisten Fällen sowieso zu Stillschweigen verpflichtet.«

»Du hast mir gesagt, dass du nicht an die Hölle glaubst«, wunderte sich Arved.

Ulrich lächelte müde. »Das ist nicht ganz richtig. Ich habe gesagt, dass die Theologen nicht mehr an die Hölle glauben. Ich selbst habe so viel gesehen, dass meine eigenen Überzeugungen nicht mehr in allen Einzelheiten mit den Lehren der Mutter Kirche übereinstimmen. Aber ich wollte dich damals nicht beunruhigen.«

»Du bist spitzfindig wie immer. Seit wann kennst du Lioba eigentlich?«, fragte Arved. Der Vorname ging ihm glatt über die Lippen; er freute sich daran. So viele Fragen, dachte er. Und auf die wichtigsten gab es keine befriedigende Antwort.

»Erst seit kurzem. Sie hat durch eine Schwester der Borromäerinnen mit mir Kontakt aufgenommen. Schwester Bonarita weiß von meinen exorzistischen Erfahrungen. Als Lioba sich ihr anvertraut hat, schien es ihr das Beste, mich ins Spiel zu bringen – als Fachmann und Praktiker sozusagen.« Ulrich verkrallte die Hände ineinander, bis die Knöchel weiß hervorstachen. Hinten in der Kneipe spielten drei Männer Skat. Sie droschen die Karten auf den Tisch und brüllten dabei. Ulrich verzog das Gesicht und beugte sich zu Arved hinüber. »Ich hatte gehofft, dass du nach deiner fehlgeschlagenen Beschwörung im Wald oberhalb von Eisenschmitt keine weiteren Versuche mehr machen würdest, aber ich habe mich über deine Hartnäckigkeit getäuscht. Daher musste ich dir einfach helfen.«

»Helfen ...«, meinte Arved. »Ich weiß nicht ...« Er rieb sich die Schläfen. Die Ereignisse der vergangenen Zeit begannen sich zu verwirren und zu verwischen. »Ich erinnere mich an das schreckliche Ritual in der Kirche von Buchholz. Von da an ...« Er schaute Lioba Hilfe suchend an.

Sie erwiderte seinen Blick und wagte ein zaghaftes, ermunterndes Lächeln, während sie den Zigarillostummel ausdrückte.

Dies machte ihn ein wenig stärker und er fuhr fort: »Es waren die Räucherungen. Ich bin mir sicher, dass diese Räucherungen Halluzinationen bei mir hervorgerufen haben. Ich muss dann nach Hause gefahren sein ...«

»Und wie erklärst du dir, dass du mehr als zwei Monate abwesend warst, wenn ich es so ausdrücken darf?«, fragte Ulrich und bedachte Arved mit einem durchdringenden Blick.

Arved rieb sich die Augen. »Es war mir nicht wohl ... ich bin nicht auf die Straße gegangen ... und habe nicht auf Anrufe reagiert ... glaube ich.«

Lioba verdrehte die Augen. »Ich sage doch, er glaubt einfach nichts mehr. Es ist ja auch schwer zu glauben, sogar für mich. Und wo, lieber Herr Winter, sind Ihre Fahrzeugpapiere und Ihr Personalausweis, die Sie der Polizei übergeben mussten – angeblich?«

Arved schaute sie an wie ein geschlagener Hund. »Bitte rühren Sie doch nicht weiter in meinen Wunden. Ich weiß es nicht. Ich muss sie verlegt haben. Oder ich habe sie verloren. Ich weiß es nicht. Es stimmt, ich habe euch alles erzählt, was ich in meinen wilden Visionen und Träumen seit der Beschwörung von Buchholz gesehen zu haben glaubte. Aber das dürft ihr doch nicht als wirklich ansehen! Ich habe es nur gesagt, weil ich nach der ganzen Sache einfach zu verwirrt war – und weil ihr nicht aufgehört habt, mich danach zu fragen, während der arme Thomas noch in der Bibliothek lag. Fangt bitte nicht schon wieder damit an!«

»Wir sollten ihn nicht weiter quälen«, sagte Lioba.

Arved warf ihr einen dankbaren Blick zu. Schwarz stand ihr gut; es kontrastierte hervorragend mit den Silberstreifen in ihrem inzwischen sorgsam gekämmten Haar. Doch auf ihre Wanderstiefel hatte sie auch heute nicht verzichtet. »Sie haben uns all Ihre ... *Visionen* berichtet, so wie sie Ihnen in Erinnerung waren, Herr Winter. Daraus mag jeder seine eigenen Schlüsse ziehen. Für mich ist klar, was geschehen ist. Ich glaube an die Wirklichkeit Ihrer Erlebnisse. Wenn Sie das nicht tun, kann ich es Ihnen nicht verübeln. Ich habe Ihnen schon einmal gesagt, dass es so viele Wirklichkeiten wie Menschen gibt. Jeder an diesem Tisch hat seine eigene Wirklichkeit. Nur Thomas Hieronimi nicht mehr. Trinken wir auf seine Seele!« Sie hob das Glas und schaute nacheinander alle am Tisch an. Die anderen schlossen sich ihrem Trinkspruch an.

»Glauben Sie wirklich, dass er sich ... geopfert hat?«, fragte Magdalena leise, nachdem sie einen winzigen Schluck Wein genommen hatte.

»Wir haben ihm die Gefahren sehr deutlich aufgezeigt, aber er wollte sich nicht umstimmen lassen. Er sagte, er werde es erst glauben, wenn er es sehe, und außerdem habe er sowieso nicht mehr lange zu leben«, erklärte Ulrich und drehte den Stiel seines Glases vorsichtig zwischen den Fingern hin und her. »Wie ich hörte, wollen Sie uns verlassen?«

Magdalena schien ihn erst nicht zu verstehen, doch dann wagte sie ein kurzes Lächeln. »Ich will weg von hier – ganz weit weg. Schon bevor ... bevor das mit Jürgen ... also, ich habe eine Schwester in Italien, wie ich Arved schon erzählt habe. Sie ist von ihrem Mann verlassen worden, und ich habe mit ihr vereinbart, dass ich zu ihr fahre. Schon nächste Woche. Ich weiß nicht, ob der räumliche Abstand reicht, aber es ist immerhin einen Versuch wert. Hier kann ich nicht bleiben.« Sie hatte wieder Tränen in den Augen. »Dabei hätte ich meinen Jürgen so gern noch einmal gesehen.«

Ulrich Schwarz ergriff ihre Hand und streichelte sie vorsichtig. »Aber Sie haben ihn doch gesehen, meine Liebe«, sagte er besänftigend. »Ihnen ist etwas Wunderbares widerfahren. Sie konnten nicht nur Abschied von ihm nehmen, sondern ihm auch noch helfen.«

»Ich wäre so gern in seiner letzten Stunde bei ihm gewesen«, schluchzte sie und entzog Ulrich die Hand. »Ich hätte ihn so gern berührt und ihm das Gefühl gegeben, dass ich da bin. Und ich hätte ihn so gern noch einmal in seinem Sarg gesehen.«

Arved schluckte. Jetzt war der richtige Augenblick. Er dachte daran, wie er gemeinsam mit dem Bestatter den verplombten Sarg geöffnet hatte. Er konnte dieses unerklärliche Geheimnis nicht länger für sich behalten, und nach allem, was geschehen war, glaubte er, dass Magdalena Meisen ein Anrecht auf die Wahrheit hatte.

»Der Sarg war leer«, flüsterte er.

Magdalena schaute ihn verständnislos an.

»Ich weiß nicht, wie es gekommen ist, aber der Sarg, der auf dem Mattheiser Friedhof beerdigt wurde, war leer. Ich habe es selbst gesehen.«

Magdalenas Augen füllten sich wieder mit Tränen. Sie ballte die Hände zu Fäusten. »Das glaube ich nicht«, sagte sie schrill. »Du musst dich getäuscht haben.«

Arved zuckte entschuldigend die Schultern. »Leider nicht. Ich habe einen Zeugen: den Bestatter. Wir haben den Sarg gemeinsam geöffnet.«

»Das kann nicht sein!«, ereiferte sich Magdalena. »Das glaube ich nicht.«

»Es tut mir so Leid. Ich hätte es dir wohl nicht sagen sollen. Aber es hätte mich sehr belastet, dich in Unwissenheit ziehen zu lassen.«

Magdalena schaute verzweifelt in die Runde. »Aber jetzt bringst du mich noch mehr durcheinander. Was soll das denn bedeuten? Ein leerer Sarg? Ich kann nicht nach Italien fahren, bevor ich nicht weiß, was da passiert ist.« Alle sahen sie bedrückt an. Plötzlich hellte sich Magdalenas Gesicht auf. »Ich weiß, was ich tun werde. Ich verlange eine Exhumierung!« Sie sprang auf und lief aus der Gastwirtschaft.

34. Kapitel

Es geschah in der Nacht. Ein großes Zelt war um die Stelle aufgebaut und starke Lampen erhellten das Innere. Es hatte zwei Wochen gedauert, bis Magdalena Meisen die Genehmigung zur Exhumierung erhalten hatte; Arved hatte zu Protokoll geben müssen, was er damals gesehen hatte, und auch der Bestatter war zu einer Aussage gezwungen worden, was ihm sehr unangenehm war. Es hatte von Seiten des Friedhofsamtes Vorwürfe gehagelt, warum die Sache erst jetzt ans Licht komme. Man drohte mit Verfahren, doch Arved konnte den wahren Grund nicht angeben – er kannte den wahren Grund ja selbst nicht. Oder besser: Er wollte ihn nicht kennen.

Jetzt standen Magdalena Meisen, Arved und ein Abgesandter des Amtes vor dem ausgehobenen Grab des Jürgen Meisen, und zwei Arbeiter mühten sich ab, den Sarg mit einer Winde hochzuziehen. Und noch jemand war anwesend: Jochen W. Martin, der Journalist aus Houverath. Lioba hatte erfahren, dass der *Trierische Volksfreund* einen Reporter schicken wollte, und Martin hatte es als freier Journalist mit besten Kontakten geschafft, sich selbst als den passenden Mann zu verkaufen, damit nur das an die Öffentlichkeit drang, was die Beteiligten zuließen. Er hatte sich zuvor mit Arved getroffen, ihm sein Beileid zum Tod seines Freundes Thomas Hieronimi ausgesprochen und beiläufig erwähnt, dass er durch die Aushebung des Satanistenzirkels zu einer brisanten Story gekommen sei, die er bald zu veröffentlichen gedenke.

Der Sarg schwankte in den Seilen. Martin stieß Arved sanft an und meinte: »Eine wilde Sache, das Ganze. Sie tut mir Leid.« Er zeigte auf Magdalena, die ganz in Schwarz gekleidet hinter dem Beamten stand und andauernd die

Hände zu Fäusten ballte und wieder öffnete. Sie hatte den ganzen Abend mit niemandem geredet, dafür umso mehr an ihren ehemals gut manikürten Fingernägeln gekaut. Zuerst war sie Arved sehr böse gewesen, was ihn äußerst geschmerzt hatte, doch inzwischen hatte sie nur noch Augen für den Sarg.

Erde fiel von ihm ab und prasselte unter dumpfen Geräuschen zurück in das offene Grab.

»Was werden Sie schreiben, wenn der Sarg leer ist?«, fragte Arved.

Jochen Martin zuckte die Achseln. »Etwas von Verwechslung und so weiter. Ohne natürlich einen Schuldigen zu benennen. Auch wenn ich zugeben muss, dass die ganze Sache mehr als merkwürdig ist. Da ist doch eine Riesensauerei passiert. Am liebsten wäre es mir, wenn der Tote ganz einfach im Sarg liegt, wie es sich gehört«, flüsterte er.

Arved bedachte ihn mit einem zweifelnden Blick. »Ich habe mit eigenen Augen gesehen, dass der Sarg leer war.«

Die Arbeiter schwenkten den Sarg auf das Nebengrab, das zuvor abgedeckt worden war, und setzten ihn sanft ab. Dann holten sie ihr Werkzeug und machten sich daran, den Eichensarg, der noch keinerlei Spuren von Zerfall zeigte, aufzubrechen.

Es war ein hartes Stück Arbeit, doch schließlich gab der Deckel nach. Sie schoben ihn im Schein der Lampen unter dem Zelt zur Seite.

Magdalena schaute sich um und suchte Blickkontakt mit Arved. Ihre Wut schien verflogen zu sein. Arved trat hinter sie und legte ihr den Arm um die Schulter. Er spürte, wie steif sie unter ihrem schwarzen Kostüm war.

»Hätte ich das doch bloß nicht getan«, schluchzte sie. Ihre Schultern bebten. »Es tut so weh. Ich habe Angst vor dem, was ich gleich sehen werde, was es auch sein mag.«

»Ich hätte nichts davon sagen sollen«, gestand Arved zerknirscht. »Aber ich hatte geglaubt, dass du ein Anrecht auf die Wahrheit hast.«

Sie drehte den Kopf und schaute ihn an. »Das habe ich auch. Es war richtig. Ich will alles wissen, was es zu wissen gibt«, sagte die mit gedämpfter Stimme. »Vielleicht kann ich ja dann in Italien wieder zu mir finden und ein neues Leben anfangen.« Sie versuchte ein zaghaftes Lächeln. »Auch wenn das bedeutet, dass ich die Ereignisse der letzten ... der letzten Monate verdrängen muss.«

Arved packte sie fester. »Du wirst es schaffen«, flüsterte er ihr ins Ohr.

In dem Eichensarg lag der Zinksarg, wie Arved es beschrieben hatte. Die Arbeiter schienen überrascht zu sein, denn sie hatten nicht mit weiteren Anstrengungen und Mühen gerechnet. Einer von ihnen sagte mürrisch etwas, das Arved nicht verstehen konnte, doch der andere zischte ihn an und deutete mit dem Kopf auf Magdalena.

Der Beamte hatte den ganzen Abend noch kein Wort gesagt und sah auch nicht so aus, als gedenke er das in absehbarer Zukunft zu ändern.

Magdalena schaute kurz auf die Bemühungen der Arbeiter und wandte dann den Blick wieder zu Arved. »Ein Aufschub«, meinte sie. »Es tut so weh. Ich möchte wieder ein ganz normales Leben führen können. Hoffentlich führt dieser Abend nicht zum genauen Gegenteil.«

Darauf wusste Arved nichts zu sagen. Er war selbst sehr angespannt, auch wenn er wusste, was sie erwarten würde. Was würde er darum geben, wenn er sich geirrt hätte! »Du wirst wieder ein normales Leben führen«, sagte er, ohne selbst an seine Worte zu glauben. »Weit weg von hier. In Italien. Und du wirst auch wieder Glück erfahren. Du musst es nur zulassen.« Ich rede mal wieder wie ein salbadernder

Seelsorger, dachte Arved und seufzte. Es würde ihn wohl nie loslassen. Eine Berufskrankheit.

Inzwischen hatten die Arbeiter eine Brechstange zwischen Sarg und Deckel treiben können. Mit ganzer Kraft und einigen halb zerbissenen Flüchen versuchten sie, den Deckel abzuhebeln. Er widersetzte sich ihren Bemühungen standhaft. Der Beamte trat inzwischen ungeduldig von einem Bein auf das andere und hielt sich an seinem Notizblock mit vorgedruckten Formularen fest. Jürgen W. Martin hatte sich etwas abseits gestellt, während Magdalena und Arved miteinander redeten, doch als er sah, dass die beiden in Schweigen verfallen waren, trat er wieder an Arveds Seite.

»Spannend, spannend«, meinte er leise und schrieb etwas in ein kleines Notizbuch. »Gleich ist es wohl soweit. Ich wünschte, ich wäre ganz weit weg. Aber das konnte ich keinem Kollegen überlassen, der womöglich eine schlimme Story daraus gemacht hätte.«

Arved drückte ihm still die Hand. »Ich bin Ihnen sehr, sehr dankbar«, sagte er aus der Tiefe seines Herzens. »Sie haben mir sehr geholfen – damals und jetzt. Das werde ich Ihnen nie vergessen.«

»Na, hängen Sie's nicht zu hoch«, scherzte Martin, dem dieses Lob sichtbar unangenehm war. Er kratzte sich mit dem Kuli hinter dem Ohr, schrieb wieder etwas und schaute dann gebannt auf die beiden Arbeiter.

Sie hatten den Deckel gelöst.

Einer stellte sich an das Kopfende, der andere an das Fußende, und gleichzeitig hoben sie den Deckel ab. Sie ächzten und stöhnten dabei und wuchteten die Platte auf das Nachbargrab.

Der Beamte trat als Erster vor. Er schrieb unbeteiligt etwas in sein Formular. Erst dann machte er den Weg für die anderen frei.

Arved ließ Magdalena den Vortritt. Er stellte sich dicht hinter sie und legte ihr ganz leicht eine Hand auf die Schulter. Neben ihm beugte sich Martin über den Sarg.

Magdalena holte tief Luft. Und weinte. Arved nahm sie in die Arme. Sie drehte sich ab. Arved spürte ihre Tränen an seiner Schulter. An ihr vorbei hielt er den Blick in den Sarg gerichtet.

Darin lag Jürgen Meisen.

Seine Haut war bleich und wächsern, doch die Verwesung hatte noch nicht eingesetzt.

Er hatte die Lippen zu einem glücklichen Lächeln verzogen.

Epilog

Als der Lastwagen sich entfernte, seufzte Arved auf und drehte sich auf der Schwelle seines Hauses um. Seines Hauses in Manderscheid. Ein Haus inmitten eines riesigen, überwachsenen Gartens, in dem die letzten Rosen des Jahres blühten.

In der Diele stand Lioba. Sie trug eines ihrer alten, geblümten Kleider und war über und über mit Staub bedeckt. »Ich muss schon sagen, dass Sie auf Ihren Sachen nicht oft Staub gewischt haben«, meinte sie grinsend.

»Es wird noch schlimmer, wenn ich die Kisten auspacke«, gab Arved zurück und schloss die Haustür hinter sich. Es war ein seltsames Gefühl, zwischen all den Kisten und den frisch gestrichenen Wänden zu stehen. Er war froh, das dunkle Haus in Trier verkauft zu haben, und er fühlte sich hier am richtigen Ort.

»Wie gut, dass Sie sich zu dieser Entscheidung durchringen konnten«, meinte Lioba, während sie ins Bad ging. Arved blieb vor der Tür stehen, die sie aufgelassen hatte. Er hörte, wie sie sich die Hände wusch. »Das ist ja staubiger hier als zwischen meinen Büchern, und das will schon etwas heißen«, sagte sie. Der schwache Hall im Badezimmer verzerrte ihre dunkle und angenehm weiche Stimme ein wenig. »Aber es hat sich gelohnt. Das hier ist ein schönes Haus. Ich habe Thomas immer darum beneidet.«

Ihre Worte versetzten Arved einen Stich in die Seele. »Wissen Sie, das alles erinnert mich an meinen Umzug vor etwas mehr als einem halben Jahr«, sagte er. »Es war der Beginn einer Katastrophe. Ich habe Angst, es könnte jetzt wieder so sein. Die Situation ist die gleiche.«

»Nur weil Thomas Sie zum Alleinerben eingesetzt hat, wie diese Lydia Vonnegut?«, rief Lioba aus dem Badezimmer.

Leise raschelnder Stoff deutete an, dass sie sich gerade die Hände trocknete. Kurze Zeit später erschien sie im Türrahmen und blieb dort stehen. Sie sah ihn mit ihren beinahe schwarzen Augen fest an. »Thomas hat Ihnen sein Eigentum nicht unter einer Auflage vermacht, sondern nur, weil er Sie sehr gemocht hat.«

»Ich fühle mich schuldig an seinem Tod.«

»Das sind Sie nicht! Sie wissen, dass er vor dem unausweichlichen Krebstod stand. Er ist ein Risiko eingegangen, indem er uns geholfen hat, aber so ist er einem schlimmen Siechtum und einem langen, schmerzhaften Tod zuvorgekommen.«

»Wissen Sie, dass heute wieder eine Hexennacht ist?«, fragte Arved leise.

»Natürlich. Die Nacht vor Allerheiligen. Die Amis feiern heute Halloween. Und da wir ihnen alles nachmachen müssen, feiern wir es halt auch – obwohl es eigentlich ein irisches Fest ist. Aber machen Sie sich nicht zu viele Gedanken. Sie sollten einfach heute Abend im Haus bleiben und den Jungs, die an ihrer Tür betteln kommen, ein paar Süßigkeiten geben. Schließlich müssen Sie sich gut einführen, wenn Sie hier leben wollen. Dann aber machen Sie die Tür wieder zu und legen sich auf das Gästebett, das ich schon im Schlafzimmer aufgestellt habe. Morgen ist der Spuk vorbei und es beginnt ein neues Leben für Sie.«

Arved schaute sie eingehend an. Ihr dunkler Blick ruhte auf ihm. Er spürte, dass er rot wurde. »Sie haben mir so geholfen«, flüsterte er wie ein Schuljunge.

»Nicht der Rede wert«, wehrte Lioba ab, der dieses Lob sichtlich peinlich war. »Außerdem war ich nicht allein. Und es hätte alles noch in einer Katastrophe enden können, wenn nicht Jochen W. Martin, sondern irgendein Schmierer vom *Trierischen Volksfreund* bei der Beerdigung als Journalist dabei gewesen wäre.«

Arved nickte. Martin hatte dem Redakteur einfach gesagt, die Leiche habe vorschriftsmäßig im Sarg gelegen, und außer einem leicht hysterischen Ex-Pastor sei daran gar nichts erwähnenswert. Also wurde nicht einmal ein kurzer Bericht über die Exhumierung gebracht.

Lioba Heiligmann trat aus der Tür heraus und nahm sich ihre Jacke, die sie in der Diele über einen Stapel Umzugskartons gelegt hatte.

»Magdalena Meisen hat mir geschrieben«, sagte Arved nachdenklich.

Lioba hielt in ihrer Bewegung inne und sah Arved neugierig an. »Und das sagen Sie mir jetzt erst! Wie geht es ihr?«

»Sie schreibt, ihre Schwester habe sie herzlich aufgenommen. Keine Ahnung, was sie ihr über die Ereignisse hier erzählt hat. Jedenfalls gehe es ihr schon ganz gut, auch wenn sie ihren Mann noch sehr vermisse. Aber die Sonne sei Balsam für sie und auch die fremde Umgebung.«

»Das alte, chaotische Italien wird ihr helfen, mit ihrem neuen Leben zurechtzukommen. Und Sie sollten ebenfalls froh sein, nicht mehr in Ihrer alten Umgebung zu stecken. Ich an Ihrer Stelle hätte nie wieder in den Keller gehen können.«

»Aber das alles waren doch nur Halluzinationen und Einbildungen«, wiegelte Arved ab.

Lioba warf in gespieltem Entsetzen die Hände in die Luft. »Glauben Sie mir, das war mehr!«

»Glauben?«

»Ach ja, ich hatte vergessen, dass Sie damit immer noch Schwierigkeiten haben. Ich muss jetzt gehen, sonst schaffe ich es nicht mehr, im Hellen in Trier zu sein.«

»Haben Sie Angst vor der Dunkelheit?«, fragte Arved ein wenig spöttisch.

Lioba gab keine Antwort darauf. Sie zog sich die Lederjacke über, die in einem seltsamen Kontrast zu ihrem staubigen Kleid stand.

Arved versuchte es mit einer weiteren Frage, die ihm schon auf den Lippen brannte, seit er Lioba zum ersten Mal gesehen hatte. »Warum tragen Sie eigentlich immer diese klobigen Wanderstiefel?«

Sie stand da, die Hände in den Taschen der Jacke, und sah mit ihrer spitzen Nase, den dunklen Augen und den Silbersträhnen sehr schön aus. »Damit ich meine Bocksfüße verbergen kann«, sagte sie mit einem schelmischen Lächeln, das Arved ansteckte. Dann machte sie einen Schritt auf ihn zu, küsste ihn auf die Wange und meinte: »Ich komme morgen früh zurück, Arved. Dann packen wir zusammen aus, ja? Und als Dank will ich dann dein Brandzeichen sehen.«

Arved konnte nur nicken. Als er sie endlich umarmen wollte, war sie bereits an der Tür, zog sie auf und huschte in den wilden, großen Garten. Sie drehte sich kurz um, winkte ihm zu und ging zu ihrem kleinen Renault Twingo.

Als sie abfuhr, standen plötzlich Lilith und Salomé neben Arved und hoben gleichzeitig die Köpfe. Dann gingen sie ganz langsam in den Garten hinaus, als trauten sie der neuen Freiheit noch nicht. Sie schauten Arved an, als erwarteten sie, dass er ihnen befahl, wieder ins Haus zu kommen, doch das tat er nicht.

Schritt für Schritt eroberten sie sich ihre neue Welt. Er sollte sie erst wiedersehen, als die Hexennacht begann.

Nachdem Liobas Renault um die Ecke gebogen war, ging Arved zurück in sein neues Haus. Er ging auf Wolken.

Am Abend kamen sie tatsächlich. Zuerst schossen die Katzen verschreckt in die Wohnung hinein. Dann lärmte der ungebetene Besuch. Es waren fünf. Sie trugen schreckliche Masken. Arved war zunächst entsetzt, doch als die piepsigen Stimmen von Sechs- oder Siebenjährigen »Süßes oder Saures« forderten, schmolz seine Angst. Er gab ihnen reichlich. Dann zogen sie weiter, um in dieser zweiten Hexennacht des Jahres noch eine reiche Beute einzufahren.

Eine der Gestalten schaute sich noch einmal um. Arved fragte sich verwundert, ob sie soeben auch vor seiner Tür gestanden hatte. Sie war klein und trug einen langen, schwarzen Umhang mit einer Kapuze, die so groß war, dass sie den Kopf unsichtbar machte.

Die Gestalt stieß ein meckerndes Lachen aus, drehte sich wieder um und huschte hinter den anderen her.

Arved zählte die kleinen Schemen. Nun waren es sechs. Das war kein Kinderlachen gewesen. Er kannte diese Stimme. Diese weibliche Stimme, die so alt wie die Welt und brüchig wie uraltes Papier klang. Mit zitternden Beinen ging er zurück ins Haus und legte die Kette vor.

Als ob das etwas nützen würde.